BLT

Mit der Welt
auf Buchfühlung

Alexis Lecaye arbeitet beim Fernsehen. Mit »Julie Lescaut«, einer Fernsehserie, der sein 1992 erschienener Roman zugrunde lag, hat er in Frankreich ein großes Publikum erreicht. »Herz Dame« ist seine Rückkehr zum Kriminalroman und der Auftakt einer neuen Romanserie um den Pariser Ermittler Kommissar Martin. Sein zweiter Fall »Pik Dame« ist in Frankreich bereits mit großem Erfolg erschienen.

ALEXIS LECAYE

HERZ DAME

Aus dem Französischen
von Christiane Landgrebe

BLT

BLT

Band 92 218

1. Auflage: Juli 2006

Vollständige Taschenbuchausgabe

BLT in der Verlagsgruppe Lübbe

Titel der französischen Originalausgabe
DAME DE CŒUR,
erschienen bei Editions de Masques, Paris

Textredaktion: Ulf Geyermann
Lektorat: Daniela Bentele-Hendricks
Umschlaggestaltung: © HildenDesign, München
Titelbild: © Eigenarchiv HildenDesign, München
Autorenfoto: © Privat
Satz: Kremerdruck GmbH, Lindlar
Druck und Verarbeitung: GGP Media GmbH, Pößneck
Printed in Germany
ISBN-13: 978-3-404-92218-2
ISBN-10: 3-404-92218-5

Sie finden uns im Internet unter
www.luebbe.de

Der Preis dieses Bandes versteht sich einschließlich
der gesetzlichen Mehrwertsteuer.

Kapitel 1

Sie kam gerade noch rechtzeitig aus dem Büro zurück, um das Abendessen zuzubereiten, als ihre Schwester anrief. Sie plauderte ein paar Minuten mit ihr, dann legte sie den Hörer auf. Als sie kurz darauf einen Edelstahltopf auf den Herd setzen wollte, merkte sie, dass kein Gas mehr in der Gasflasche war. Nachdem sie den Schlauch an der neuen Flasche befestigt hatte, musste nur noch die Béchamelsauce zubereitet werden. Der Rest des Essens war schon seit dem Morgen fertig.

Die runde Wanduhr über dem Kühlschrank zeigte halb acht. Wie war das möglich?

Ihr Herz pochte, und ihre Hand, die den hölzernen Kochlöffel kreisen ließ, begann zu zittern.

Blitzartig ließ sie den Löffel fallen, als habe sie sich am Stiel verbrannt, und krampfte die Hände ineinander. Sie hatte glatte Hände mit langen Fingern und sauberen, kurz geschnittenen Nägeln, sehr schöne Hände – bis auf einen Makel: Der kleine Finger der linken Hand war am mittleren Glied leicht nach innen gebogen, Folge eines drei Monate alten Knochenbruchs. Ihr einziger Schmuck war ein goldener Ehering, der so fest am Ringfinger saß, dass sie ihn wohl nie mehr abstreifen konnte.

Halb acht, und er war noch nicht zu Hause. Ihr Körper, ihre Hände hatten früher reagiert als sie selbst.

Sie hätte beide Hände endlos gegeneinander reiben können, doch das Zittern hätte nicht nachgelassen. Sie fror. Sie fror am ganzen Körper. Alles zog sich zusammen, verengte sich, selbst ihre Brüste schienen sich zusammenzuziehen, wollten am liebsten ganz verschwinden, sich ineinander kehren, und sie hatte den Eindruck, dass ihre Beine gleich unter ihr nachgeben würden; und doch, ein Teil ihrer selbst beobachtete dies alles aus einer merkwürdigen Distanz. Sie hatte das schon zu oft erlebt.

Sie maß ihren Puls fünfzehn Sekunden lang. Einunddreißig Schläge, hundertvierundzwanzig pro Minute, und der Puls beschleunigte sich weiter.

Ein anderer Teil ihrer selbst, naiv, einfältig, den sie zutiefst missachtete, hoffte trotz allem, dass diese Vorzeichen täuschten. Doch diese winzige Hoffnung schrumpfte, je weiter der Sekundenzeiger der Küchenuhr vorrückte, je weiter die Minuten verrannen.

Der Geruch nach Verbranntem riss sie aus ihrem Dämmerzustand. Die Béchamelsauce war dahin – womöglich auch der Stahltopf.

Mit ein paar raschen, automatischen Handgriffen stellte sie die Flamme aus, warf Topf und Kochlöffel ins Spülbecken, öffnete das kleine quadratische Fenster und drehte den Wasserhahn auf. Der kalte Strahl drang durch die dunkle dickliche Schicht, die den Stahlboden bedeckte, schwemmte breiige Klumpen heraus, die über den Topfrand ins Spülbecken quollen und den Ausguss verstopften.

Es sprudelte, das Wasser stieg und stieg, doch sie starrte nur in das Becken, ohne den Hahn abzudrehen.

Ihre Hände, auf den Beckenrand gestützt, hatten aufgehört zu zittern. Wie benommen fischten ihre Finger in der breiigen Masse. Ihr Kopf leerte sich, er leerte sich ebenso wie das Spülbecken. Es würde ihr nichts nützen, Angst zu haben; und sich zu wehren ebenso wenig. Schon lange hatte sie sich damit abgefunden, dass sie kein Recht hatte, sich aus ihrer Hölle zu befreien.

Sie hörte, wie er sich mit unsicheren Bewegungen an der Eingangstür zu schaffen machte. Kaum war die Tür geöffnet, kaum war sie wieder zugeschlagen, drang sein Geruch in die Wohnung.

Sie drehte den Wasserhahn zu und wandte sich um. Gleich würde er hereinkommen. Sie war auf alles gefasst.

Auf der Türschwelle hielt er kurz inne, der Küchengeruch stieg ihm in die Nase. Er starrte seiner Frau in die Augen, und sie hielt seinem Blick stand.

»Was hast du jetzt schon wieder angerichtet?«, fragte er leise. »Ich schufte den ganzen Tag über, und du hast nichts Besseres zu tun als ...«

Er schwieg, machte drei rasche Schritte auf sie zu, stieß sie mit dem Handrücken zur Seite, beugte sich über das Spülbecken, tauchte den Zeigefinger in die Reste der Béchamelsauce und hielt ihr den Finger vor die Augen.

»Was ist das hier für eine Scheiße?«

Sie antwortete nicht. Wozu auch.

Er drückte ihr den schmutzigen Finger ins Gesicht, schmierte ihr Nase und Wangen ein.

»Willst du weiterhin schweigen? Hast du mir nichts zu sagen?«

Sie versuchte zurückzuweichen, doch er hielt sie am Saum ihrer Bluse und zog sie an sich, so heftig, dass ihre Zähne gegeneinander schlugen.

»Warum antwortest du nicht? Warum? Ich habe elf Stunden auf dieser Scheißbaustelle verbracht, und dann bin ich dir kein einziges Wort wert? Ganz zu schweigen vom Abendessen. Ich will nur wissen, womit ich das verdient habe.«

Sie schloss die Augen, angewidert vom Alkoholgeruch, den er verströmte. Sein wutverzerrtes Gesicht streifte ihre Wangen, sein Atem stieg ihr in die Nase. Es würde so kommen wie immer, so und nicht anders, und vor dem ersten Schlag musste er das, was folgen würde, rechtfertigen.

»Ist es zu viel verlangt, dass du mich ansiehst, wenn ich mit dir rede?«

Sie öffnete die Augen und gab sich Mühe, ihn anzusehen. Noch von Zornesröte entstellt sah er gut aus, seine kurz geschnittenen rotblonden Locken umrahmten eine breite niedrige Stirn. Seine Gesichtszüge waren regelmäßig, ausgewogen, der Mund, der sie anhauchte, war groß, aber schön geformt. Ihr Peiniger gefiel den Frauen, das wusste sie. Er hatte auch ihr gefallen, sie hatte ihn sogar geliebt.

Er war nicht immer gewalttätig gewesen, und in der ersten Zeit ihrer Beziehung hatte er nie die Hand gegen sie erhoben.

Manchmal verschwand er ganze Wochenenden lang. Er kam von seinen Touren zurück, wirkte zerknirscht, und sein Atem roch nach Pfefferminz. Er schwor, dass er sie nicht betrog. Sie hatte beschlossen, es zu glauben, denn er war sehr aufmerksam zu ihr und schien sich nur wenig für andere Frauen zu interessieren. Er liebte es, sich in ihre Arme zu schmiegen wie ein kleiner Junge, und sie nannte ihn ihr Baby. Er sah sehr gut aus und freute sich, wenn sie ihm das sagte. Er verbrachte viel Zeit damit, sich im Spiegel zu betrachten, und sie fand das rührend.

Alles hatte sich verändert, als sie schwanger geworden war. Im vierten Monat stieß er sie während ihres ersten Streits die Treppe hinunter. Er behauptete, sie interessiere sich nicht mehr für ihn. Sie versuchte ihm zu sagen, das sei vollkommen falsch, sie könne aus dem einfachen Grund nicht mehr so oft mit ihm schlafen, weil sie so müde und in anderen Umständen sei.

Er wurde immer finsterer, schweigsamer und sah manchmal verstohlen auf ihren Bauch, als handele es sich um eine scheußliche Krankheit; als sei ihr Bauch eine Schande für ihn. Dabei hatten sie über das Kind gesprochen, und sie hatte geglaubt, er wünsche es sich ebenso wie sie.

Trotz des Sturzes verlor sie das Kind nicht. Ein paar Tage schien er voller Reue, und am Ende redete sie sich ein, dass es nur ein Unfall gewesen war.

Bis zur Geburt rührte er sie nicht mehr an, doch sie merkte, dass er dies nicht aus Vorsicht oder Schuldgefühlen tat, sondern aus Abscheu.

Er hatte stets einen Hang zum Alkohol gehabt, doch jetzt kam er immer später von der Arbeit heim und gab sich keine Mühe mehr, den Geruch seines Atems durch Pfefferminzbonbons zu kaschieren. Während seiner ausgedehnten Wochenendexkursionen – lange vor ihrer Schwangerschaft – war er dem Alkohol verfallen, jetzt aber versuchte er nicht einmal mehr, seine Sucht zu verbergen.

Als sie kurz vor der Entbindung stand, verschwand er und kam erst zehn Tage später wieder.

Er weinte und bat sie, ihm zu verzeihen. Er wisse nicht, warum er weggegangen sei, das Einzige, was er noch wisse, sei, dass er Angst gehabt habe, Angst, dass sie ihn nicht mehr liebe, dass es ihn für sie nicht mehr gäbe.

Sie hatte ihn noch nie weinen sehen. Sie war außer sich und beschloss, einen Schlussstrich zu ziehen. Er hatte sich verändert. Er war nicht mehr derselbe. Lange hielten sie einander in den Armen und weinten zusammen.

Als er sich ein wenig beruhigt hatte, flammte ein Leuchten in seinen Augen auf, und ein Lächeln stand ihm ins Gesicht geschrieben, und sie gewann all ihre Zuversicht zurück.

Sie hatte das Wochenbett noch nicht wieder verlassen, aber was machte das schon, denn das Einzige, was zählte, war, dass sie sich wieder vertragen hatten.

Er nahm sie in die Arme und drückte sie fest an sich, schmiegte seinen Kopf an ihren Hals.

Dann berührte er ihren Busen, überrascht und zufrieden – ihren wohl geformten zarten Busen, dessen Volumen sich mehr als verdoppelt hatte.

Sie wollte, dass er sich ihr gemeinsames Kind ansah, doch irgendetwas hielt sie davon ab, gleich mit ihm ins Kinderzimmer zu gehen.

Er öffnete die obersten Knöpfe ihrer Bluse, schob sachte die Hand in den BH, streichelte ihre prallen Brüste, ließ seinen Handteller auf ihrem Busen ruhen und ihre Brustwarzen durch seine schweren Finger gleiten. Er glich einem verzauberten Kind, und dieser Anblick wiederum bezauberte sie. So hatte sie ihn noch nie gesehen.

Sie seufzte. Er hob sie mit beiden Armen hoch und trug sie zum Bett hinüber. Sie passte wieder in ihre Jeans, Größe 38, und sie war stolz darauf. Er öffnete den ersten Knopf, rasch streifte er die Hose über ihre Schenkel. Er rieb Nase und Bart gegen ihren nackten, noch weichen Bauch, fuhr mit der Zunge in den Nabel und glitt weiter nach unten. Sie stöhnte erneut, nahm seinen Kopf in die Hände und zog ihn hinauf zu ihrem Gesicht, ebenso erregt wie er. Er küsste ihre Lippen, ihre Wangen, ihre Nase, das Kinn. Sie fuhr mit der Hand zwischen die beiden Körper, ließ ihre Finger zwischen festen Bauch und Gürtel gleiten und nahm sein erregtes Glied in die Hand.

Er stöhnte auf.

Noch nie hatte sie solche Lust auf ihn gehabt. Sie schüttelte den rechten Fuß, um die störende Jeans abzustreifen, dann ließ sie sich auf beide Fersen zurückfallen und spreizte Beine und Knie, so weit sie konnte. Er war ihr Mann, und sie wollte ihn ganz in sich spüren. Sein Hintern war so hart, dass sie ihn mit den Händen nicht zu fassen bekam, und sie biss ihm in den Hals, als er mit einem Stoß tief in sie drang. Sie stieß einen Schrei aus und schlang ihre Beine fest um seine Taille.

In diesem Moment begann das Baby zu schreien.

Sie spürte, wie der Mann über ihr zu zittern begann und von ihr zurückwich.

Sie versuchte ihn festzuhalten, aber er löste ihre Schenkel, die ihn hielten, und warf sich auf die Seite.

»Komm«, sagte sie, »ist nicht schlimm. Es hat nur Hunger, das ist alles. Es kann ein paar Minuten warten.«

Er antwortete nicht, starrte stattdessen an die Decke.

Sie stützte sich auf den Ellbogen und ließ ihren Kopf auf seinem Bauch ruhen. Sein Glied wurde schon wieder weich. Sie nahm es in die Hand und bewegte sich auf sein Gesicht zu, doch er stieß sie so heftig von sich, dass sie aus dem Bett fiel.

Dann sprang er auf, zog seine Hose wieder an, wandte sich von ihr ab und ging hinaus.

In den folgenden Monaten fing er an sie zu schlagen. Erst

einfache Ohrfeigen, dann Fausthiebe in Bauch oder Rücken. Er wollte nicht, dass man es sah.
Sie schämte sich so sehr, dass sie mit niemandem darüber sprach, nicht einmal mit ihrer Schwester.
Einmal versuchte sie, mit dem Baby und einem Koffer zu fliehen, doch er erwischte sie am Bahnhof und zwang sie, wieder nach Hause zu kommen.
»Du gehst, wenn ich dir sage, dass du gehen sollst, vorher nicht.«
Sie gab nach, voll Angst, er könnte ihrem Kind etwas antun. Er schlug sie ungefähr einmal pro Woche, doch er versuchte nie wieder mit ihr zu schlafen. Das Kind gab es für ihn nicht. Er sah es nie an, nahm es nicht auf den Arm, wusste womöglich nicht einmal seinen Namen.
Bis zu dem Tag, es war acht Monate nach der Geburt, an dem er das Zimmer seines Sohnes betrat, ihn aus dem Bett nahm und gegen die Wand warf, bevor sie überhaupt nur hatte begreifen können, was in diesem Moment geschah. Drei Stunden später starb das Kind im Krankenhaus.

Sie bestätigte unter den misstrauischen, kalten Blicken der Ärzte und Ermittler, dass es sich um einen Unfall gehandelt hatte.
»Ich glaube dir nicht! Er war's«, hatte ihre Schwester empört gesagt. »Warum hast du das gemacht? Warum deckst du dieses Schwein?«
»Ich decke niemanden. Es war ein Unfall, und ich bin genauso dafür verantwortlich wie er.«
Nie wich sie von ihrer Aussage ab. Die Wahrheit konnte sie nicht aussprechen, aus einem – wie sie fand – nahe liegenden Grund, den ihre Schwester nicht verstehen konnte.

Wäre er ins Gefängnis gekommen, wäre sie allein geblieben in einem Leben ohne Sinn. Denn sie konnte sich nicht verzeihen, dass sie das Unglück nicht vorhergesehen und ihren Jungen nicht geschützt hatte. Sie war ebenso schuldig wie er, doch ihre Schuld wog schwerer. Die Schläge hatte sie mehr verdient als jeder andere, denn sie hatte es nicht verdient, am Leben zu sein. Doch sie war feige. Sie hatte nicht den Mut, sich das Leben zu nehmen. Sie wusste, eines Tages würde er sie zu heftig schlagen; dann wäre es endlich vorbei. Sie brauchte nur ein wenig Geduld.

Der erste Schlag traf sie unterhalb der Gürtellinie, eine Feuerkugel explodierte in ihrem Unterleib. Sie krümmte sich zusammen, es drückte ihr die Luft ab. Der zweite Schlag traf sie an der Schläfe, sie strauchelte, schlug gegen die Anrichte und landete auf den Knien.

Sie fühlte sich kraftlos, benebelt, doch ihr Kopf war hellwach. Wie durch ein Wunder waren die Schmerzen erträglich – noch. Sobald sie sich zu bewegen aufhörte, gab er ihr normalerweise weniger heftige Schläge und hielt dann inne, denn sein Zorn verrauchte, wenn sie so still dalag. Es war Zeit, es zu Ende zu bringen. Sie musste wieder hochkommen. Sie stützte sich am Boden ab, an der Tischplatte, und zwang ihre Beine in eine aufrechte Position, als ein Stich ihre Brust durchbohrte. Sie schrie laut auf. Er hatte ihr etwas gebrochen, vielleicht eine Rippe, die sich jetzt womöglich einen Weg ins Herz bohrte. War dies das Ende?

Ein letzter Schlag …

Er stand da, ruhte auf seinen kräftigen Beinen, eine Hand zur Faust geballt, und holte aus, um sie endgültig zu Boden

zu strecken. Sie schloss die Augen, wartete, doch seltsamerweise schlug er nicht zu.
Schließlich öffnete sie die Augen. Er starrte sie an, mit einem seltsam unsicheren Gesichtsausdruck. Sie war überzeugt, dass er die Wahrheit plötzlich ahnte. *Sie wollte, dass er sie tötete.* Wie hatte er das bloß erraten? Tränen der Verzweiflung stiegen ihr in die Augen, ihr, die in seiner Gegenwart für gewöhnlich nicht weinte.
Beim Anblick ihrer Tränen musste er lächeln, und sie war sicher, dass er Bescheid wusste.
Mit dem Mut der Verzweiflung versuchte sie, sich auf ihn zu stürzen, doch er sprang behände zur Seite und sah sie zu Boden fallen.
»Verfluchte Schlampe«, zischte er. »Elende, verfluchte Schlampe, du willst doch nur sterben, damit ich für immer in den Knast wandere! Ist es das? Hab ich Recht?!«
Mühsam wandte sie den Kopf und sah ihn von unten an. Seine Pupillen waren verengt vor Zorn, seine Züge verkrampft. Sie hoffte, dass er sich nicht würde beherrschen können, und für Sekunden hatte er verzweifelt gegen sein drängendes Verlangen anzukämpfen, sie für ihr Vorhaben büßen zu lassen. Sein Blick war von Wut entstellt, jetzt würde er ihr den Todesstoß versetzen.
In diesem Moment sah er aus dem Augenwinkel, wie sich sein Gesicht in der Fensterscheibe der Küchentür spiegelte. Er sah aus wie ein Cowboy, ein Rächer. Er hätte Filmschauspieler werden können, wenn er nur gewollt hätte. Seine Mutter hatte einmal gesagt, er sähe aus wie Johnny Halliday. Er trat einen Schritt zurück, sein Zorn legte sich, und auf seinem Gesicht breitete sich der Ausdruck amüsierter Berechnung aus. Sie heulte laut auf. Sie hatte verloren. Sie

versuchte ihn zu beschimpfen, doch sie hatte kaum Kraft genug, ihre Lippen zu bewegen.
»Bilde dir ja nicht ein, du könntest mich auf diese Weise fertig machen.«
Er verließ den Raum, und sie verlor das Bewusstsein.

Als sie wieder zu sich kam und ihr Bewusstsein langsam aus dem Nebel der Betäubung erwachte, hörte sie ihn unter der Dusche singen.
Vorsichtig betastete sie ihren Körper. Sie hatte starke Schmerzen, aber nichts schien gebrochen zu sein.
Von jetzt ab würde er, wenn immer er sie schlug, mit Kalkül vorgehen, mit wissenschaftlichem Kalkül, und es bestand nicht die geringste Hoffnung, dass er sie dabei umbringen würde.
Ihre Hölle würde ewig dauern.

Kapitel 2

Seit zwei Wochen hatte er sie nicht mehr geschlagen. Nicht, dass er keine Lust dazu gehabt hätte, doch er hatte schlicht Angst vor ihr, und es waren mehrere Tage verstrichen, bis er sich diese schreckliche Tatsache eingestehen konnte.

Er kam Tag für Tag später nach Hause, versuchte, sich nie im selben Zimmer aufzuhalten wie sie, und schlief auf dem Sofa im Fernsehzimmer. Außerdem trank er viel zu viel.

So konnte es nicht weitergehen, er musste eine Lösung finden.

Wenn er daran dachte, in welche Lage sie ihn beinahe gebracht hätte, fuhr ihm ein eiskalter Schauer über den Rücken. Diese elende Schlampe! Er musste sie loswerden, musste sie aus seiner Welt vertreiben.

Aber halt, es war einfach zu gefährlich. Wenn sie so sehr darauf aus war, ihn zu vernichten, wenn sie sogar bereit war zu sterben, um ihr Ziel zu erreichen, würde sie auch andere Wege finden. Diese Drecksau war nicht blöd.

Manchmal wurde seine Wut so stark, dass er glaubte, das sei das Ende, er könne der Lust nicht widerstehen, sie tot zu schlagen. Dann dachte er an seine Mutter, dachte daran, was sie dazu gesagt hätte, und er kam wieder zur Vernunft. Er musste sich unbedingt beherrschen. Sonst würde dieses

Biest bekommen, was es wollte, und er wäre ruiniert. So einfach war das.

Wenn er sorgfältig nachdachte, gab es nur eine Lösung. Er musste sie für immer loswerden. Sie musste sterben. Das wollte sie ja schließlich auch. Aber es musste auf eine Weise passieren, die ihm nicht schaden konnte und bei der man ihn nicht mal verdächtigen würde. Er brauchte ein perfektes Alibi.

Schon einmal, vor langer Zeit, war es ihm gelungen, sich an jemandem zu rächen, der ihm Unrecht getan hatte. Lange hatte er überlegt und schließlich die richtige Methode gefunden. Es war nicht leicht gewesen, aber der Streich gelang. Sein Gegner war tot, aber nie war man ihm auf die Schliche gekommen.

Diesmal konnte es komplizierter werden. Schon beim geringsten Fehler würde man ihm Fragen stellen, viel zu viele Fragen. Der Tod des Säuglings, der niemals ganz aufgeklärt worden war, würde wieder aufs Tapet kommen. Man würde ihn festnehmen, er würde verhaftet, käme in Untersuchungshaft. Sein Chef würde ihn sofort rausschmeißen. Und danach, selbst wenn man keine Beweise gegen ihn hätte, würde er Mühe haben, Arbeit zu finden, außer er ginge weg, sehr weit weg. Alles spricht sich herum.

Also musste er gut nachdenken und sich Zeit lassen.

Abends kam er nicht mehr gleich nach Hause. Schon lange hatte er sich ein paar Kilometer von ihrem Einfamilienhaus entfernt eine Garage aus Hohlblocksteinen und Wellblech gemietet, in der Nähe von Schrebergärten, die von Rentnern gepflegt wurden. Die Garage war für seinen Schatz bestimmt, einen nachtblauen 3er-BMW mit optimiertem

Zylinderkopf und einer völlig neu gestylten Karosserie. In der Garage waren auch Werkbank und Werkzeuge, und er hatte viele hundert Stunden hier verbracht und an seinem Auto herumgebastelt. Doch nie benutzte er es, um zur Arbeit zu fahren.

Das dröhnende Motorgeräusch war die einzige Musik, die vorübergehend seinen Hass und seine Wut besänftigen konnte.

Er verließ seinen Unterschlupf und fuhr aufs Geratewohl durch die Gegend, den linken Arm lässig aus dem Seitenfenster baumelnd, und genoss die bewundernden oder neidischen Blicke der Fußgänger, ohne sich etwas anmerken zu lassen. Ab und zu warf er einen Blick auf sein Bild im Rückspiegel und war mit sich selbst im Reinen.

Wenn es Abend wurde, fuhr er gemächlich durch die Vorstädte, bis er an einen Ort kam, an dem es ihn anzuhalten reizte. Im Allgemeinen war dies eine Autobahnraststätte.

Jetzt hatten seine Ausflüge ein Ziel. Er stellte den Motor ab und blieb stundenlang im Wagen sitzen, trank ein Bier nach dem anderen und dachte über seinen Plan nach, der allmählich Form annahm. Dabei beruhigte ihn das Geräusch der Autos und der ganz in der Nähe vorbeirauschenden Lastwagen.

Warum? Es war dies die erste Frage, die er sich stellen musste. Warum sollte ein anderer als er sie loswerden wollen? Der gesamte Plan musste an diesem Punkt seinen Ausgang nehmen, immerhin sind nicht alle Bullen Idioten. Und ihre Schlampe von Schwester würde die Polizei schnell auf ihn hetzen. Er musste deshalb von Anfang an jegliche Suche nach seiner Person ausschließen und ihnen möglichst schnell eine zufrieden stellende Antwort auf die Frage nach dem Motiv bieten.

Das Problem war, dass sie außer ihm keine Feinde hatte. Oder gab es da jemanden im Büro? Er bedauerte flüchtig, dass er nichts über ihr Arbeitsleben wusste, doch letztlich spielte das keine Rolle, denn kein Streit im Büro liefert einen hinreichenden Grund für einen Mord. Es musste von anderswo kommen.

Einen Typ bezahlen, der den Mord für ihn verübte?

Nein, das war zu riskant. Selbst wenn er ein oder zwei Kerle kannte, die bereit waren, so eine Arbeit anzunehmen, und es sogar gern tun würden – er hatte kein Geld, um sie zu bezahlen. Und selbst wenn er es gehabt hätte, vertrauen konnte er denen nicht. Die Leute reden immer: ein Schlag ins Gesicht, die plötzliche Lust, vor einem Mädchen oder einem Freund zu prahlen, irgendein Handel mit einem Bullen. Nein, viel zu riskant.

Als sein Blick zufällig ein zerrissenes Filmplakat streifte, das an einem Bauzaun flatterte, kam ihm ein erster Gedankenfunke.

Es war ein düsteres, in Rottönen, Nachtblau und Schwarz gehaltenes Plakat: Man konnte die Gestalt einer Frau erkennen, die in die Dunkelheit floh, mit schlanken Beinen auf hohen Absätzen, die sich deutlich im hellen Schein einer einsamen Straßenlaterne abzeichneten. Ihr Verfolger blieb unsichtbar, dabei war klar, dass sie verfolgt wurde.

Frauen sind natürliche Opfer, wer wusste das besser als er. Und seine Frau – blasse Haut, feine Züge, lange Beine – war schön. Sie war eine elende Schlampe, eine Gefahr für ihn, aber ihre Figur erinnerte an die der Frau auf dem Plakat, und einem Mann, der sie nicht kannte, würde sie sicher gefallen, so sehr gefallen, dass er hinter ihr hergehen und sie ansprechen würde.

Auf ihrem Rückweg vom Büro gab es zwischen Bahnhof und zu Hause mindestens drei Stellen, an denen sie einem Übergriff schutzlos ausgeliefert wäre, doch um zu verhindern, dass die Polizei auf ihn aufmerksam wurde, musste er eine andere, eine überzeugendere Spur legen, der man folgen würde.
Welche Spur? Wer? Immer wieder kam er an diesen Punkt zurück. Er musste überlegen.
Und plötzlich lächelte er.
Die Idee nahm Gestalt an, und während sie sich weiter und beinahe von selbst entwickelte, wie es bei guten Ideen der Fall ist, sagte er sich, dass sein Plan genial war. So genial, dass niemand vorher je darauf hatte kommen können. Er war eben nicht nur ein gut aussehender, sondern auch ein sehr intelligenter Mann.
Schade nur, dass er nie jemandem würde erzählen können, wie schlau er wirklich war.

Kapitel 3

Kommissar Martin sagte sich, womöglich zum zehntausendsten Mal in seinem Leben, dass er Kriminelle hasste.
Vor allem wenn es heiß war, und es war sehr heiß, und weder in seinem Büro noch auf einer der fünf Etagen im Gebäude gab es eine Klimaanlage.
Was er besonders an Kriminellen hasste, war weniger ihre Gewalttätigkeit, ihre Amoralität, ihr mangelndes Ehrgefühl selbst gegenüber Komplizen und Leuten, die ihnen nahe standen, sondern ihre erstaunliche, verblüffende, abgrundtiefe Dummheit, die ihr Pendant nur in der Engstirnigkeit, Fantasielosigkeit und Steifheit vieler Bullen und Richter hatte – andernfalls hätten sich all diese Strolche seit langem im Gefängnis wieder gefunden.
Selbst wenn es ihnen gelang, sich aus dem Staub zu machen, waren sie nicht in der Lage zu begreifen, was für ein Glück sie gehabt hatten. Im Gegenteil, sie hatten in der Regel nichts anderes im Sinn, als gleich wieder anzufangen.
Vor ihm saß Paul Mercier, Paulo der Mond genannt – wegen seiner Gesichtsform, wegen der blässlichen, zerklüfteten Oberfläche seiner Visage. Er sah ihn erstaunt an und war die Unschuld in Person.
»Ich sage Ihnen doch, dass ich mit fünf Kumpels zusammen war«, wiederholte er laut. »Wir haben gepokert. Ich habe Ih-

nen die Namen doch genannt, Sie brauchen nur zu fragen. Ich kann es gar nicht gewesen sein. Der Typ muss mir ähnlich gesehen haben, anders kann ich es mir nicht erklären.«
Drei Zeugen hatten ihn als Einbrecher in einem Juweliergeschäft im dritten Arrondissement identifiziert – er hatte sich die Maske vom Kopf gerissen und sich heftig an der Nase gekratzt, bevor er hinter den dunklen Scheiben des acht Stunden zuvor gestohlenen Mercedes in Sicherheit war. Es war der dritte Einbruch, den Paulo in einem Monat mit zwei Komplizen durchgeführt hatte – die beiden anderen schmorten im Büro nebenan, mit Handschellen gefesselt, den Rücken zur Wand. Sie begnügten sich nicht mit Einbrüchen. Sie verschleppten ihre Opfer, schlugen sie, wenn es sich um Männer handelte, schlugen und vergewaltigten sie, wenn es sich um Frauen handelte. Sie waren sehr dumm und äußerst bösartig.
Martin seufzte.
»Von deinen fünf Freunden sind drei auf Bewährung draußen«, sagte er.
»Das heißt noch lange nicht, dass sie lügen.«
»Hast du jemals was von Bewährungsauflagen gehört, Paulo?«
»Nein«, sagte Paulo und tat, als verstünde er nicht.
»Wenn jemand auf Bewährung draußen ist«, fuhr Martin geduldig fort, »dann darf er nicht um Geld spielen. Klarer Fall von Verstoß gegen die Auflagen – vor allem vom Standpunkt des Haftrichters aus.«
»Also, deshalb werden Sie denen doch wohl keinen Ärger machen.«
»Ich nicht, aber der Richter.«
Er nahm den Hörer ab und wählte eine Nummer.

»Guten Tag, Odile, hier Kommissar Martin. Ist der Richter da? Sehr gut, richten Sie ihm aus, dass ich um Rückruf bitte.«
Paulo der Mond wurde noch ein wenig blasser.
»Das werden Sie nicht tun«, stöhnte er.
»Warum nicht?«, fragte Martin. »Kann dir doch egal sein. Wenn deine Kumpel schlau sind, sagen sie bloß, dass sie dich nicht kennen, und wir können kaum das Gegenteil beweisen. Dann hast du kein Alibi mehr. Und du kommst in den Knast. Und wenn du im Bau hockst, nehmen sie über einen Anwalt Kontakt zu Freunden auf, damit die sich mal um dich kümmern. Und dann gibt's eine heftige Abreibung. Zahltag, ausgleichende Gerechtigkeit.«
Paulo schluckte. Er wusste, dass Martin keine Witze machte. Sie würden ihn vielleicht nicht umbringen, aber was sie mit ihm machen würden, wäre kaum besser.
»Ich hab nicht die ganze Wahrheit gesagt«, begann er, »an dem Abend war ich nicht mit denen zusammen, und ich spiele auch kein Poker.«
»Wo warst du?«
»Ich darf es nicht sagen. Das wäre nicht fair.«
»Ach, schau an!«
Martin ließ einen Moment der Stille verstreichen, eine Schweigetaktik, die Wirkung zeigte. Paulo rutschte nervös auf seinem Stuhl hin und her.
»Wenn ich es Ihnen sage, machen Sie ihr dann keinen Ärger?«
»Wem denn?«, fragte Martin noch immer voller Geduld.
Paulo zögerte einen Augenblick.
»Anita. Annie Berger. Früher waren wir zusammen. Ich will ihr nicht schaden. Es geht ihr gut, sie hat ein Café und

einen Ehemann. Manchmal hat man Lust, mal wieder wie früher … Sie wissen schon. Wenn Sie sie vorladen, darf ihr Mann nichts davon erfahren.«

Martin nickte.

»Wie rücksichtsvoll du bist, Paulo. Wir werden die Dame in aller Diskretion verhören, keine Sorge.«

Paulo seufzte erleichtert auf – das ging einfacher, als er dachte. In ein paar Minuten würde er volle zwanzig Stunden in Haft sein. Draußen auf dem Flur wartete sicher schon sein Anwalt, den Aktenkoffer auf dem Schoß. Er musste ihm nur wegen Anita Bescheid sagen. Diese Nutte ließ sich von Bullen nicht einschüchtern, sie würde von sich aus kommen und eine Aussage machen. Anita war fünfzig Jahre alt, ihre Beine waren von Krampfadern übersät, und nie wäre Paulo auf die Idee gekommen, mit ihr zu vögeln, aber sie würde eine Aussage machen und dafür später belohnt werden. Sie hatte ordentliche Papiere.

Die Ohrfeige kam überraschend.

Er schrie auf vor Schmerz.

Martin hatte sich schon wieder hingesetzt, beide Hände ruhten rechts und links neben dem Computer.

»Entschuldigung, ist mir so rausgerutscht«, sagte der Kommissar mit einem liebenswürdigen Lächeln. »Nur damit du besser aufpasst. Und jetzt zeig ich dir mal was.«

Er stand auf, packte Paulo bei der Schulter und zog ihn hinaus auf den Flur. Er schob ihn vor eine schmale Tür, öffnete sie und ließ sie hinter ihnen wieder ins Schloss fallen. Sie standen im Dunkeln wie in einem Schrank, die Luft war staubig, die Wand vor ihnen schwach beleuchtet. Paulo zog den Bauch ein und stemmte die Schultern in die Höhe, immerhin rechnete er mit dem Schlimmsten.

Plötzlich, durch den Zauber eines verborgenen Knopfes, den Martin gedrückt hatte, wandelte sich ein fahler Schimmer in ein taghelles Rechteck, und Paulo zwinkerte – zunächst überrascht, und wenig später, nachdem sich seine Augen an das grelle Licht gewöhnt hatten, war er zu Tode erschrocken.

Vor ihm, auf der anderen Seite der teildurchlässigen Spiegelwand, saßen seine beiden Komplizen, mit Handschellen an der Wand fixiert, sichtlich genervt durch die Neonlampe, die ihr Licht über sie ergoss.

»Wir können reden«, sagte Martin. »Sie können uns nicht hören. Ich weiß genau, dass du nicht der Boss bist, Paulo. Er ist der Chef, der mit der Narbe auf der Stirn, der ältere der beiden Ogall-Brüder.«

»Kenne ich nicht«, hob Paulo verlegen an.

»Wie du willst.«

Er nahm ihm die Handschellen ab.

»In Ordnung, du kannst gehen.«

Paulo sah ihn verunsichert an, er witterte eine Falle – uralter Trick, aber überaus wirkungsvoll.

»Ja, du bist frei. Du warst bei Anita, und du kennst die beiden Ogall-Brüder nicht. Das beweist, dass du mit der Sache nichts zu tun hast.«

»Bin ich wirklich frei? Kann ich gehen?«

»Genau das.«

Martin schob ihn auf den Flur.

»Los, hau ab!«

Paulo konnte sich nicht entschließen zu gehen.

»Moment, warten Sie! Und was werden Sie denen sagen? Dass ich sie verraten habe?«

Martin drehte ihm den Rücken zu, setzte sich Richtung

Büro in Bewegung und grüßte zerstreut einen Kollegen, der aus dem Fahrstuhl trat.

Paulo warf einen Blick auf die Kabine, deren Tür sich schloss, dann rannte er hinter Martin her.

»Das ist illegal«, stöhnte er. »Die lassen mich umlegen. Es gibt noch drei andere Ogall-Brüder, die kriegen mich auf jeden Fall.«

»Ich kann nichts dagegen tun, dass die sich ihren Teil bei der Sache denken«, sagte Martin leise, ohne seine Schritte wesentlich zu verlangsamen. »Hau ab.«

Paulo blieb verzweifelt stehen. Er ging auf die Treppe zu und nahm die ersten Stufen. Schnell begriff er, dass ihn seine Beine nicht mehr trugen. Er setzte sich. Ihm wurde schwindelig. Er war so gut wie tot, und niemand konnte ihm helfen. Obwohl er die Ogall-Brüder nicht verraten hatte, würden diese überzeugt sein, dass er genau das getan hatte. Nie würde es ihm gelingen, sie vom Gegenteil zu überzeugen. Und derjenige, der kommen würde, um ihn umzulegen, würde ihm keine Zeit lassen, sich zu rechtfertigen. Er stand auf. Das Leben war zutiefst ungerecht, aber er hatte keine Wahl.

Nach Dienstschluss entschied sich Martin für eine Stunde Training. Er musste nach einem langen Bürotag für körperlichen Ausgleich sorgen. Er nahm seine Sporttasche aus dem Schrank und sah nach, ob alle seine Sachen drin waren.

Er machte sich Gedanken wegen der Ohrfeige, die er Paulo verpasst hatte. Die Hand war ihm einfach ausgerutscht, und er hatte sich selbst etwas erschreckt. Dabei machte er sich weniger die Tat an sich zum Vorwurf als die fehlende Kontrolle, die sie möglich gemacht hatte. Irgendetwas stimmte mit ihm nicht, das vermutete er schon seit einiger Zeit, und die Ohrfeige war das letzte und aktuellste Anzeichen für diese Vermutung.

Um diese Zeit würde das Fitness-Center voll sein, aber er würde sich eben mit den freien Geräten begnügen. Der Haftrichter hatte nicht zurückgerufen, ganz einfach weil Martin nie versucht hatte, ihn zu erreichen. Als er an Jeannettes Büro vorbeikam, streckte er den Kopf zur Tür herein und dankte ihr für die gute Zusammenarbeit. Sie antwortete mit einem strahlenden Lächeln.

Im Laden an der Ecke kaufte er eine Flasche Mineralwasser und Marzipan, aß es und trank ein paar Schluck, bevor er die Flasche in seine Tasche steckte.

Die Mitarbeiterin im Fitness-Center machte ihn darauf aufmerksam, dass sein Abonnement fast abgelaufen war.

Beinahe alle Kleiderhaken waren belegt. Martin fand noch einen freien Schrank, zog sich aus, griff sich seine Shorts und ein ausgeleiertes T-Shirt, räumte vorsichtig Papiere und Schlüssel in den Spind und behielt nur die Stoppuhr, die Wasserflasche und das Mobiltelefon bei sich. Pistole und Dienstmarke hatte er im abschließbaren Handschuhfach seines Wagens gelassen, nicht gerade ein Zeichen von Klugheit.

Die Halle war hoffnungslos überfüllt – so viel stand fest. Von weitem grüßte er zwei Kumpel, gab dem Trainer die Hand, und aus dem Augenwinkel sah er, dass sein Lieblingsgerät wie durch ein Wunder frei war. Lange würde das nicht so bleiben. Wenn er sich jetzt am Rudergerät aufwärmen würde, wäre die Maschine gleich von einem anderen belegt. Also kein Rudern.

Er ging auf die Trainingsbank zu und legte eine Serie von fünfzehn Hebeübungen vor, ohne sich die Mühe zu machen, andere Gewichte aufzulegen.

Die Gespräche und das Stöhnen der Maschinen übertönten die leise Musik, und während er mit den Augen einen Fleck an der Decke fixierte, begannen seine Gedanken abzuschweifen.

Als er mit der Übung fertig war, richtete er sich wieder auf. Sein Blick verharrte kurz, sein Bild wurde von einem riesigen Spiegel zurückgeworfen, der die gesamte Rückwand einnahm, aber er wandte sogleich die Augen wieder ab. Er mochte sein Aussehen nicht besonders, diesen massigen Körper eines Mannes von fünfundvierzig Jahren, massiv wie ein Fels in der Brandung – im Sitzen wirkte er noch fülliger als sonst –, ein Fels, der gefährlich zu verwittern begann; vor allem von innen her. Er musste grinsen – das Bild vom Fels in der Brandung stimmte hinten und vorne nicht.

Ein anderer Mann, einer mit athletischem Körperbau, betrachtete sich selbstgefällig im Wandspiegel, und Martin stellte einmal mehr fest, dass sich Männer viel häufiger im Spiegel bewundern als Frauen.

Ihm gegenüber trainierte eine hübsche Brünette in schwarzer Gymnastikhose und lila Trikot ihre Leistenmuskulatur, ihre Schenkel waren eben noch in unfreiwillig unanständigem Winkel von nahezu 180 Grad gespreizt, dann wieder mit konzentrierter Leidenschaftlichkeit zusammengepresst. Sie hielt das Gesicht nach oben gerichtet, die Kopfhörer eines Walkman über die Ohren gestreift. Ihre Augen waren geschlossen, Hals und Kiefer schienen durch die heftige Anstrengung stark angespannt. Unter der Gymnastikhose, deren Stoff sich dehnte, schien sie nicht viel anzuhaben.

Martin richtete den Blick zu Boden, aus Angst, er könne zum Voyeur werden.
Die Pausenminute war vorbei. Jetzt trainierte er seinen Trizeps, indem er abwechselnd die Arme nach oben streckte und den Unterarm so weit wie möglich zum Rücken krümmte, dann holte er zwei Zwanzig-Kilo-Gewichte, befestigte sie an der Hantelstange und streckte sich auf die Bank, die Füße fest verankert. Er schickte sich an, wiederum zwölf Mal die Arme in die Höhe zu stemmen. Er holte tief Luft und wuchtete die achtzig Kilo in einer zügigen Bewegung nach oben.
In diesem Augenblick begann sein Handy zu vibrieren wie eine dicke verzweifelte Hummel.
Martin wollte sich nicht ablenken lassen, unbeirrt schloss er die Übung ab. Dann legte er die Stange in die Halterung zurück und griff sich das Telefon, das genau in diesem Moment zu vibrieren aufhörte. Auf dem Display hatte er, kurz bevor es verstummt war, die Nummer des Kommissariats erkennen können.

Kapitel 4

Als Martin am Tatort eintraf, machten sich die Spurensicherung und ein junger Praktikant von der Gerichtsmedizin an der Leiche zu schaffen. An beiden Enden der Seitenstraße forderten Polizisten in Uniform die Gaffer auf weiter zu gehen. Das Opfer ruhte am Fuße einer grauen unebenen Mauer, eine junge brünette Frau, genauer: eine eben noch junge brünette Frau mit bleicher Haut und langem Haar.

Martin korrigierte sich selbst. Nein, sie ruhte nicht, ihre Haltung hatte weder etwas Endgültiges noch Entspanntes. Sie lag auf der linken Seite, den linken Arm nach hinten geworfen, den rechten senkrecht zum Oberkörper ausgestreckt, die Beine halb angewinkelt, es sah aus, als stellte sie eine hektische Laufbewegung nach. Doch es war purer Schein, denn sie hatte nicht einmal die Zeit gehabt für den Versuch, ihrem Mörder zu entkommen.

Einen Schuh hatte sie verloren, er lag einen knappen Meter von ihrem Körper entfernt, der zweite saß noch am Fuß, ein eleganter Pumps mit dünnem Absatz.

Ihr gerade geschnittener Rock aus braunem Stoff war bis auf halbe Höhe der Schenkel gerutscht, sie trug keine Strümpfe. Ihre schlanken, wohl geformten Beine waren leicht gebräunt, sie wirkten noch immer lebendig, dabei würden sie nie mehr gehen oder rennen. Das Blut in diesem jungen

Körper, der noch Jahrzehnte hätte leben können, hatte aufgehört zu zirkulieren. Und selbst wenn er lebendig wirkte, so hatte die Zersetzung bereits begonnen.
Sie trug eine Halskette aus massiven Kettengliedern, Gold oder ein Goldimitat, ferner zwei goldene Armreifen am rechten Handgelenk und am linken eine kleine goldene Uhr. Am linken Ringfinger waren ein Brillantring und ein goldener Ehering zu erkennen.
Verlobung und Hochzeit mussten für diese Frau einen besonderen Stellenwert gehabt haben. Und doch hatte sie ein gewisses verführerisches Charisma und eine dezent erotische Ausstrahlung. Ein feines Goldkettchen zierte ihr linkes Fußgelenk.

Der geöffnete Mund ließ schöne gerade Zähne mit feinem Zahnschmelz und eine weiße Zungenspitze erkennen. Ihre Augen waren geschlossen, was Martin seltsam erleichterte, denn in den Augen der Toten erahnte er meist düstere Botschaften, die er nicht gern entschlüsselte, aus Angst, darauf nicht antworten zu können.
Am Hals der Frau war eine Blutspur zu sehen, das Blut hatte zu gerinnen begonnen. Es verklebte die braunen Haarsträhnen des Opfers, rann durch Pflastersteinfugen, verschwand unter Mülltonnen und mündete gut zwei Meter entfernt in eine dicke schwarze Pfütze.
Die Vertreterin des Staatsanwalts, eine hoch gewachsene junge Frau mit flachen Absätzen, trat zu ihm an die Leiche und hielt ihre schwarze Aktentasche wie einen Schild an ihren Körper gepresst. Es war eine Neue, die Martin noch nicht kannte. Sie sah überall hin, nur nicht auf die Tote. Schließlich überwand sie ihre Angst, und ihr Gesicht verfärbte sich

grün, als sie endlich auf die Leiche blickte. Sie trat von einem Bein aufs andere und ging erleichtert zur Seite, als Martin ihr sagte, er werde sich um alles kümmern und sie anrufen, sobald die ersten Untersuchungsergebnisse vorlägen.

»Sie ist hier getötet worden«, sagte der junge Mitarbeiter von der Spurensicherung im Brustton der Überzeugung. »Sie ist noch ein paar Schritte gegangen und dann zusammengebrochen. Sie wurde nicht hierher gebracht.«

»Können Sie sagen, wann sie gestorben ist?«, fragte Martin und tauschte einen kurzen Blick mit Jeannette, seiner Mitarbeiterin, die er den ganzen Tag nicht gesehen hatte.

»Achtzehn Uhr, nicht früher«, sagte der junge Mann ebenso bestimmt. »Der Pfeil hat ihre Jochvene getroffen.«

»Was für ein Pfeil?«

Stolz hielt ihm ein anderer junger Mann mit schönen braunen Locken einen Plastikbeutel entgegen, der innen mit Blut beschmiert war und einen kurzen, offenbar metallenen Pfeil enthielt. Kein Pfeil, dachte Martin, das ist der Bolzen einer Armbrust samt Metallspitze, Letztere leicht verbogen.

»Wer hat Ihnen gestattet, diesen Gegenstand zu entfernen, bevor ich da bin?«, fragte er, nur mühsam konnte er seinen Ärger beherrschen.

Der junge Mann schluckte und wies auf einen weißen Kreidekreis, der sich ein Stück entfernt, am Fuß der Mauer, abzeichnete.

»Er lag da hinten, ich dachte nicht, dass ...«

Martin war wütend. So ein Volltrottel! Wortlos drehte er sich um. Dummheit war kein Privileg von Gaunern, das hatte sich mal wieder bestätigt. Er nahm sich vor, es Bélier, der Chefin der Gerichtsmedizin, zu melden, Pech, wenn der junge Mann deswegen nicht befördert wurde.

Jeanne, seine Mitarbeiterin, die alle Jeannette nannten, reichte ihm die Handtasche, die bei dem Opfer gefunden worden war.
»Eine Sekunde«, sagte er und zog Plastikhandschuhe an.
In der roten Handtasche befanden sich ein Terminkalender aus dunkelrotem Krokodilleder, ein Portemonnaie aus demselben Material, eine Tablettenschachtel, ein Fahrausweis, ein Schminktäschchen, ein winziges Adressbuch, engzeilig beschrieben und kaum lesbar, ein Roman von Muriel Spark in einer Taschenbuchausgabe, ein eingeschaltetes Mobiltelefon, zwei Schlüsselbunde – einer davon für den Wagen –, ein Lippenstift, ein paar mehr oder weniger zerknitterte Zettel, zwei Konzertkarten, der Kassenbeleg für ein Paar Schuhe (die, welche sie anhatte?), Kleingeld, ein Abholzettel für Fotos und eine kleine rechteckige Mappe aus Leder mit Visitenkarten auf den Namen Armelle Desplèche.
In dem Portemonnaie befanden sich eine Kreditkarte, ein Personalausweis und ein Führerschein auf denselben Namen, eine Sammelkarte fürs Schwimmbad, das Foto eines Säuglings, sechzig Euro in glatten neuen Zwanzigerscheinen, wahrscheinlich frisch aus dem Automaten, die Quittung über die sechzig Euro, zwei Visitenkarten mit verschiedenen Namen, Namen von zwei verschiedenen Männern und deren jeweiligen Arbeitgebern.
»Diebstahl wird kaum das Motiv für das Verbrechen gewesen sein«, bemerkte Jeannette.
»Seit wann bringt ein Dieb seine Opfer mit einem Armbrustbolzen um?«, sagte Martin.
Die Autopsie sollte am nächsten Tag stattfinden, doch er war sich so gut wie sicher, dass dabei wenig herauskommen würde. Die Frau war vermutlich weder vergewaltigt noch misshan-

delt worden, denn ein Vergewaltiger bringt Frauen ebenso wenig wie ein Dieb mit einer Armbrust um. Seit mehreren hundert Jahren, dachte Martin, bedient sich niemand mehr einer Armbrust, um seinen Nächsten ins Jenseits zu befördern. Trotz der milden Luft war Martin plötzlich kalt.
Er zog einen Plan des Stadtviertels aus der Tasche. Die junge Frau wohnte hundert Meter von der Stelle entfernt, an der sie umgebracht worden war. Die enge Straße, in der man sie gefunden hatte, lag auf dem kürzesten Weg zwischen dem Ausgang der Metro und ihrer Wohnung, das bedeutete, dass der Mörder auf sie gewartet hatte. Sie war gejagt und getötet worden wie ein Tier.
Nachdem Martin dies festgestellt hatte, begann er, sich das Szenario vorzustellen.
Sie war in die Straße eingebogen, als der Mörder sie von vorn überrascht hatte. Eine Armbrust mit einer Reichweite von fünfzig Metern, aber Martin hätte wetten können, dass der Mörder ein kleineres Modell benutzt hatte, denn der Bolzen war nicht länger als fünfzehn Zentimeter.
Der Mörder – Martin war sicher, dass es sich um einen Mann handelte – konnte höchstens zehn Meter von seinem Ziel entfernt gewesen sein. Martin wusste das so genau, weil er vor Jahren mit verschiedenen Waffen trainiert hatte und sich noch erinnerte, dass eine Armbrust an Präzision zu wünschen übrig lässt, selbst wenn der Schütze viel Geschick an den Tag legt.
Martin trat auf die Gasse und zählte die Schritte, dann sah er sich um. Zehn Meter von der Leiche entfernt befand sich ein überdachter Hauseingang. Er versuchte die Tür aufzustoßen, doch sie bewegte sich nicht. Das Gebäude war verschlossen, und ein an der Tür befestigter Hinweis besagte, dass es bei Strafe verboten war, das Gebäude zu betreten. Der Mann

hatte sich womöglich am Hauseingang untergestellt, aber was hatte er anschließend getan? Auf dem grauen Pflaster Fußspuren finden zu wollen war vergeblich, trotzdem winkte er einen Mann von der Spurensicherung herbei.

Er bat ihn um einen Bleistift, lehnte sich gegen das Holz der Eingangstür und wies mit dem Stift auf die Leiche. Er hätte seine Dienstpistole nehmen können, doch damit hätte er womöglich einen Moment der Unruhe ausgelöst.

Dann glaubte er, Opfer einer Halluzination zu sein. Direkt hinter der Stelle, an der die Frau gestürzt war, war mit groben Strichen eine Gestalt, oder besser: ein Oberkörper, auf die Wand gemalt.

Jeannette sah Martin erstaunt an und wagte nicht zu fragen, warum er die unregelmäßige Oberfläche der Wand so intensiv betrachtete.

»Siehst du denn nichts?«, fragte er.

Sie trat näher an die Mauer heran.

»Meinst du die weißen Spuren da? Sieht aus wie Kreide.«

»Sieh sie dir mal von der Türschwelle aus an und sag mir, was du davon hältst.«

An der Schwelle angekommen, nickte sie und hob den Daumen.

Als sie zurückkam, zeigte ihr Martin kleine helle Einschläge in der Wand, etwa einen Meter fünfzig über dem Boden, auf Höhe des Halses der Kreidefigur.

»Verflucht, der hat geübt, bevor er sie getötet hat«, sagte sie fassungslos.

Der Kommissar nickte. »Du weißt, was zu tun ist«, entgegnete er. »Du nimmst dir Olivier, Renard und Dobrinsky. Ihr fangt sofort an, die Umgebung zu untersuchen. Ich geh inzwischen zu ihr nach Hause.«

Kapitel 5

Es war der Ehemann des Opfers, der ihm die Tür öffnete. Wenn man Martin gefragt hätte, was die schlimmste Seite seines Berufs sei, hätte er geantwortet, es gebe so viele, dass er keine nennen könne. Zu erleben, wie ein Mörder davonkommt? Bei der Autopsie eines misshandelten Kindes dabei sein? Indes, wenn er näher über die Frage nachdachte, musste er zugeben, dass es das Schlimmste für ihn war, nahen Angehörigen eines Opfers gegenüberzustehen und ihnen die Nachricht zu überbringen. Jedes Mal hatte er den Eindruck, mitschuldig zu sein am Tod eines Menschen. Und womöglich speiste sich aus diesem tieferen Grund sein Hass auf Mörder.

Der Mann brach völlig zusammen, und Martin musste ihn zum Sofa tragen, bevor er den Krankenwagen rief. Er wartete neben ihm und hielt ihm die Hand, bis Hilfe kam, und noch als der Mann ins Krankenhaus fuhr, war er in einem Zustand tiefer Niedergeschlagenheit und völlig erstarrt.

Der Rettungswagen war noch nicht um die Ecke verschwunden, da hatte Martin schon begonnen, systematisch die Wohnungseinrichtung zu untersuchen. Wäre ihm dabei ein viel versprechendes Indiz in die Hände gefallen, so hätte er es wegen dieser illegalen Hausdurchsuchung ohne Zeugen gar nicht verwenden dürfen, andererseits konnte eine solche Entdeckung – und wenn sie noch so unbedeutend war – die Ermittlungen auf die richtige Spur bringen. Oder aber sie in eine vollkommen falsche Richtung lenken.

Der Ehemann arbeitete in einem renommierten Architekturbüro, seine Frau, das Opfer, war Produktionsassistentin in einer Produktionsfirma für Filme und sonstige Formen audiovisueller Sendungen. Wenn man sich an die Fotos hielt, die in der Toilette hingen, waren die beiden begeisterte Skilangläufer, doch nirgends war ein Anhaltspunkt für die Existenz eines Kindes zu finden. Martin machte sich einige Notizen, er durfte nicht herauszufinden vergessen, um welches Baby es sich bei dem Foto im Portemonnaie der Frau handelte.

Die Bibliothek setzte sich aus einer ansehnlichen Menge Bücher zusammen, vor allem Reiseberichte und Werke über moderne und klassische Architektur, Kochbücher, Kunstbände sowie diverse Enzyklopädien und Filmlexika. Und es fanden sich Branchenverzeichnisse der neueren Film- und Videoproduktion, darunter zwei dicke, die bereits zwei Jahre alt und an den Ecken abgestoßen waren, eines mit Schauspielerinnen, das andere mit Schauspielern, beide waren mit Schwarz-Weiß-Fotografien illustriert.

Zehn Bilder hingen an der Wand, Originale unterschiedlicher Qualität, wie Martin befand. Viele von ihnen zeigten Kuba und Havanna, und Martin brachte sie mit den Reisebüchern in den Bücherregalen in Verbindung. Aufgeklärte Touristen, die sich für Kultur und Kunst der Länder, die sie besuchten, interessierten.

In dem weitläufigen Wohnzimmer, das auch als Esszimmer und Arbeitsraum diente, standen neben konventionellen

Möbeln ein ultramoderner Zeichentisch und eine riesige Kommode aus rotem Holz mit breiten, tiefen Schubladen.
Bevor Martin die erste Schublade öffnete, hatte er bereits die Vermutung, es handele sich um ein Möbel, um Architektenpläne aufzubewahren. Er fand zahlreiche Baupläne, viele auf weißem Papier, auf Blaupausen.
Ein riesiger Fernseher mit Video und DVD dominierte das Schlafzimmer – aus mehr Räumen bestand die Wohnung nicht –, daneben stand ein Regal mit einer beachtlichen Zahl DVDs, überwiegend Klassiker, dazu zwei erotische Filme. Martin zog keine weiteren Schlüsse daraus, musste aber flüchtig an jenes Goldkettchen denken, welches das Fußgelenk der Toten zierte.
Die Schränke und Schubladen der Kommode enthielten nichts als Kleidungsstücke. Um nicht doch etwas zu übersehen, zog Martin jede einzelne Schublade heraus und sah nach, ob etwas unter Pullovern und Socken versteckt war.
Weder fand er eine Armbrust noch Kokain, noch radioaktive Produkte an jenen vertrauten Orten, an denen Polizisten stets fündig werden, im Wasserkasten der Toilette, hinter Sanitär-Wartungsklappen und Gardinenstangen, in Küchenvorratsbehältern und Tiefkühlfächern.
Als er die Nachttischschublade öffnete, dachte er zunächst, er habe ein Tagebuch vor sich, und womöglich hätte das Heft ein solches werden wollen, doch waren die Seiten von vorn bis hinten unbeschrieben. Nur in der Mitte des Heftes fand er etwas, einen eng gefalteten Brief, den er Wort für Wort sorgfältig las, bevor er ihn wieder zusammenfaltete und nachdenklich dorthin zurücklegte, wo er ihn gefunden hatte.

In dieser teuer ausgestatteten, leeren Wohnung war alles zum Verzweifeln normal und alltäglich, Martin überkam ein Gefühl des Verlusts und der Trauer. Das Unglück hatte keinerlei Veranlassung, sich an diesem Ort einzufinden.
Er setzte sich auf das Bett, ließ sich nach hinten fallen und streckte sich mit einem Seufzer der Länge nach aus. Diese Zimmerdecke hatte die junge Frau Abend für Abend über sich gesehen, bevor sie einschlief.
Hatte sich Martin auf ihren Platz oder auf den ihres Mannes gelegt? Er selbst hatte während seiner Ehe stets auf der linken Seite geschlafen. Jetzt schlief er, wenn er allein war – was ungefähr drei von vier Abenden der Fall war –, in der Mitte des Bettes, mal die Arme gekreuzt, mal gestreckt. Und er brauchte eine zusätzliche Decke.
Er richtete sich auf, schlug die Überdecke zurück und roch am Kopfkissen – wohl wissend, dass sein Verhalten von dem eines normalen Ermittlers abzudriften begann. Ein langes braunes Haar beantwortete seine Frage. Sie schlief rechts. Ein leichter Parfumduft stieg ihm in die Nase. Er suchte unter dem Kopfkissen und fand ein zusammengelegtes Nachthemd. Er entfaltete es und hielt es vor sich. Es war sehr kurz, aber mit altmodischer Spitze gesäumt, ein Kompromiss zwischen Tradition und Moderne. Die Tote hatte in diesem Gewand sicher so entzückend wie sexy ausgesehen.
Es schien ein Paar ohne eine besondere Geschichte, ein glückliches Paar. Sie liebten sich und hatten wahrscheinlich vor, ihr Leben lang zusammenzubleiben, ein langes Leben lang. Martin seufzte. Er seufzte in letzter Zeit ziemlich oft, sogar im Büro, aber bisher hatte noch niemand es gewagt, ihn darauf anzusprechen.
Er war bereit, sein nächstes Gehalt zu verwetten, dass das

Mordmotiv nichts mit dem geordneten Leben des Opfers zu tun hatte – ebenso wenig wie mit dem ihres Mannes, und das gefiel ihm ganz und gar nicht.
Er streckte sich wieder aus und ließ seine Gedanken schweifen. Der Tod war schnell gewesen wie der Blitz, er war von nirgendwoher und ohne sichtbaren Grund gekommen. Aber war das nicht immer so? Nein, er durfte sich nicht in solchen Gedanken verlieren.
Wie konnte jemand, der ein so friedliches und banales Leben führte, einen so schrecklichen und außergewöhnlichen Tod sterben? War diese Frage am Ende idiotisch? Es sei denn ... Hatte der Täter sich in ihrer Person getäuscht? Nein, das war lächerlich. Der Mörder hatte das Opfer lange beobachtet, er wusste genau, welchen Weg sie nahm, fast auf den Zentimeter genau. Jeder Irrtum war ausgeschlossen. Das Verbrechen war vorbereitet worden, wahrscheinlich von langer Hand. Das würden lange und schwierige Ermittlungen werden, er spürte es. Und die Wahrscheinlichkeit, dass sie zu keinem Ergebnis führten, war groß – ein alles in allem bestürzender, wenn auch realistischer Gedanke, und mit großer Willensanstrengung schob er ihn beiseite.
Er schloss die Augen und gähnte. Er war müde, erschöpft. Und er hatte es keineswegs eilig, in seine leere Wohnung zurückzukehren. Seine Tochter war auf Tournee in der Provinz, in Chartres oder Angoulême, er wusste die Reihenfolge der Aufführungen nicht mehr. Seine Freundin war für eine Reportage im Ausland unterwegs, und er wusste nicht, wann sie wiederkam. Er dachte daran, Jeannette anzurufen, um zu fragen, wie weit sie mit den Ermittlungen in der Nachbarschaft gekommen war, doch vielleicht würde er sie mitten

in einer Befragung stören. Der Schlaf überraschte ihn, ohne dass er versuchte, ihm zu widerstehen.
Er träumte von der Toten. Aus einem Grund, den nur sie kennen konnte, war sie wütend auf ihn und versetzte ihm kleine harte Schläge aufs Fußgelenk. Die Schläge schmerzten, sie schmerzten so sehr, dass er schließlich aufwachte, und als er die Augen öffnete, beugte sie sich über ihn, ein Küchenmesser in der Hand. Sie schien sehr wütend.

Kapitel 6

Martin war aufgewacht, doch der Traum spann sich fort. Für einen Augenblick dachte er daran, vielleicht doch auf den Vorschlag von Marion, seiner Freundin, der Journalistin, einzugehen und einen Therapeuten zu konsultieren, statt so etwas kategorisch abzulehnen. Sie hatte es ihm nach einer Reihe schlafloser Nächte nahe gelegt.

Der Gedanke verschwand so schnell, wie er gekommen war. Immerhin, kein Traum war je so konkret, lebendig und einleuchtend gewesen wie der von der brünetten Frau, die sich über ihn beugte und schreiend ein Messer auf ihn richtete. Er konzentrierte sich auf ihre Worte, ein Wort – Polizei! – wiederholte sich ständig, und schließlich hatte er begriffen, dass sie dort angerufen haben musste und dass die Polizei gleich hier aufkreuzen würde. Am besten blieb er einfach liegen.

Unwillkürlich fuhr er mit der Hand ins Futter seiner Jacke, eine Bewegung, die Brusttasche und Reißverschluss beiseite schob und seine Dienstwaffe zum Vorschein kommen ließ, worauf sie erneut zu schreien begann, um nur noch heftiger mit dem Messer herumzufuchteln.

Einen Moment fürchtete er, sie würde auf ihn einstechen, doch dann zog sie sich in den hinteren Teil des Zimmers zurück, stets die lange Messerklinge auf ihn gerichtet.

Langsam und geschmeidig zog er seine Brieftasche hervor und holte seine Dienstmarke heraus.

Für wenige Sekunden beruhigte sie sich, dann sagte sie schlagfertig: »Eine Marke wie die kann sich jeder schnitzen, selbst ich.«

Er glaubte, eine gewisse Unsicherheit aus ihrem Ton herausgehört zu haben.

Jetzt, wo er allmählich wach war, wurde ihm klar, dass die Frau trotz deutlicher Unterschiede der Toten sehr ähnlich sah. Sie trug nicht die gleichen Kleider, sie hatte Jeans an und eine leichte Weste über einem schwarzen T-Shirt. Ihre Haare waren länger, und sie wirkte etwas jünger, doch auch sie war sehr hübsch, selbst in dem Augenblick, als sie ihn jetzt mit großen braunen Augen wütend musterte.

»Auch wenn Sie Polizist sind, ist das noch lange kein Grund, zu Leuten in die Wohnung zu kommen, die nicht zu Hause sind, und sich in ihr Bett zu legen«, fuhr sie fort.

»Ich kann Ihnen das erklären«, sagte er ruhig, »gedulden Sie sich bitte einen Moment.«

Er drückte auf die Taste 4 seines Handys, die Nummer von Jeannette, und bat sie, die nächste Polizeiwache anzurufen und den Notruf rückgängig zu machen.

Nachdem er aufgelegt hatte, stand er auf und strich seine Hose glatt, unter den immer noch wachsamen, aber weniger erschrockenen Blicken der jungen Frau. Seine Ruhe, auch wenn sie nur gespielt war, hatte sich auf sie übertragen.

»Es ist mir klar, dass es unverzeihlich ist, Ihnen solche Angst gemacht zu haben, und zu meiner Entschuldigung kann ich lediglich vorbringen, dass ich sicher war, es würde niemand hereinkommen.«

»Ich weise Sie darauf hin, dass diese Wohnung meiner

Schwester und meinem Schwager gehört«, antwortete sie barsch. »Ich weiß nicht, wie Sie darauf kommen, niemand würde herkommen. Meine Schwester kommt sicher bald, sie ist im Schwimmbad. Sie haben mich zum Abendessen eingeladen.«

Kommissar Martin seufzte, und sie spürte sofort, dass die Antwort, die er ihr geben würde, schlimmer war als alles, was sie befürchtete. Sie war intelligent, sie würde rasch verstehen. Er sah, wie sie blass wurde, das Messer auf den Fernseher legte und beide Arme um ihren Oberkörper legte, als sei ein eisiger Wind durchs Zimmer gefahren.

»Es ist etwas passiert«, flüsterte sie. »Sagen Sie mir bitte, was geschehen ist.«

Er machte zwei Schritte auf sie zu, nahm sie bei der Hand und ließ sie auf dem Bett Platz nehmen. »Es tut mir sehr Leid, aber ich muss Ihnen etwas Schreckliches mitteilen«, sagte er.

»Nein«, sagte sie, »nein, bitte nicht.«

Er wartete eine Weile, bevor er sich dazu durchrang, ihr die Wahrheit beizubringen.

»Ihre Schwester ist gegen neunzehn Uhr auf dem Nachhauseweg gestorben.«

»War es ein Auto?«

Er begriff, was sie eigentlich hatte sagen wollen: ein Unfall.

»Nein, man hat auf sie geschossen.«

»Man hat auf Armelle geschossen?« Sie schüttelte den Kopf. »Das kann nicht sein.«

»Warum?«

»Sie hat nie jemandem etwas getan, sie hat keine Feinde. Warum sollte jemand so etwas tun? Das muss ein Irrtum sein. Das kann nicht sein.«

Ihre Stimme hob wieder an, vor Empörung zitternd, denn die Bestätigung, die sie zu finden suchte, war stärker als ihr Schmerz. Niemand hatte Armelle etwas anhaben können. Niemand konnte auf die Idee kommen, sie zu töten, sie musste noch am Leben sein. Unwiderlegbare Logik, doch der Tod hat mit Logik nichts zu tun, dachte Martin traurig.

Sie schien sich etwas zu fangen und sagte vorwurfsvoll: »Sie reden Unsinn. Ich glaube Ihnen nicht. Ich weiß nicht, was Sie suchen, aber Sie lügen! Polizisten lügen immer. Und warum ist Julien nicht da? Ich habe Ihnen doch gesagt, dass wir heute Abend zusammen essen wollten!«

»Ihr Schwager ist zusammengebrochen. Er ist im Krankenhaus und bekommt Beruhigungsmittel.«

Sie wich zurück, als hätte er sie geschlagen, und er konnte an ihrem starren Blick ablesen, dass die Botschaft endlich bei ihr angekommen war. Sie hatte versucht, tapfer zu kämpfen, doch sie hatte verloren. Sie brach in Tränen aus und schlug auf ihn ein.

Er nahm sie in die Arme, drückte sie an sich, trotz Faustschlägen und Kopfstößen, und bald waren der Kragen seines Hemdes und das Revers seiner Jacke tränennass. Er versuchte, Trost zu spenden, Worte des Trostes, es wird schon wieder, ist ja gut, bitte beruhigen Sie sich.

Die letzte Frau, die er so zu trösten versucht hatte, war seine Tochter gewesen, Liebeskummer, und auch da hatte seine Methode kaum Wirkung gezeigt.

Erst nachdem sie sich ein wenig beruhigt hatte, begleitete er sie ins Krankenhaus ans Bett ihres Schwagers und ließ die beiden allein.

Als er nach Hause kam, ging er in der Wohnung auf und ab, hellwach und unfähig, sich zu beruhigen.
Er wäre gern ins Fitness-Center gegangen, doch das hatte schon lange geschlossen.
Er hatte zu Hause eine kleine Trainingsbank, doch benutzte er sie ungern, seitdem er einmal unter einer 165-Kilo-Stange eingeklemmt gewesen war. Mehr als drei Minuten hatte es gedauert, bis er die Stange wegschieben und sich wieder aufrichten konnte. Dennoch beschloss er, das am Nachmittag unterbrochene Programm fortzusetzen. Als er fertig war, nahm er eine Dusche und ging wieder auf und ab, denn noch immer hatte er weder Lust noch Ruhe zu schlafen.
Schließlich setzte er sich an den Schreibtisch und schrieb alles auf, was ihm durch den Kopf ging. Die Schwester der Toten hieß Émeline, war zwei Jahre jünger, es gab keine weiteren Geschwister, sie war unverheiratet und arbeitete wie das Opfer in der Filmbranche, doch war ihre Arbeit eher technisch-kreativ als administrativ. Sie war Cutterin.
Die Tote hatte gut verdient, etwas mehr als Martin, obwohl er schon seit achtzehn Jahren im Berufsleben stand, doch reich war sie nicht, weit gefehlt, und ihr Mann ebenso wenig. Soweit Émeline wusste, hatte keiner von beiden Feinde gehabt, und auch von Problemen mit Nachbarn wusste sie nicht zu berichten.
Er hatte vergessen, sich nach dem Foto des Babys zu erkundigen, und plötzlich fiel ihm ein, dass Émeline irgendetwas über einen Babysitter gesagt hatte. War das ihr Kind? Das mussten sie noch herausfinden. Darum sollte Jeannette sich kümmern.
Und da war noch etwas, eine Kleinigkeit, an die er sich im Moment nicht erinnern konnte.

Um halb eins, mitten in der Nacht, klingelte es, und er setzte sich in Bewegung, um die Haustür zu öffnen. Es war Myriam, seine Ex-Frau. Typisch, dass sie um diese Zeit vorbeikam. Sie besuchte ihn zwei bis drei Mal im Monat nachts, ohne vorher Bescheid zu sagen. Zuerst hatte Martin geglaubt, sie tue das, um ihn in galanter Gesellschaft einer anderen Dame zu überraschen. Doch schließlich hatte er begriffen, dass die Erklärung weit einfacher war und viel über ihre Beziehung verriet; oder besser über jene Beziehung, die sie während ihrer Ehe gern mit ihm gehabt hätte – was ihnen womöglich die Scheidung hätte ersparen können.

Sie huschte herein, küsste ihn sanft auf den Mund und stellte ihre Handtasche ab.

Sie war mittelgroß, durchtrainiert, hatte breite Schultern und eine schmale Taille. Mit siebenundzwanzig war sie Meisterin im Powerlifting gewesen, und auch wenn sie seither – freiwillig – einen Teil ihrer Muskeln abtrainiert hatte, so war ihr Körper noch immer voller Kraft. Immerhin, seit sie Teilhaberin eines gut eingeführten Maklerbüros war, hatte sie sich für bürgerliche Eleganz entschieden und trug wahlweise graue, schwarze oder dunkelblaue Kostüme. Sie gestattete sich stets nur einen Farbton, und doch wirkte sie alles andere als konventionell.

An diesem Abend trug sie ein enges Kostüm aus blauer Seide, eine weiße Seidenbluse und Schuhe mit spitzen Absätzen, die sie um zehn Zentimeter größer machten, und ihre dichten schwarzen Haare waren kurz geschnitten. Sie zog ihre Jacke aus und drehte sich einmal um die eigene Achse.

»Wie findest du mich mit dieser Frisur?«, fragte sie mit unsicherem Lächeln.

In Augenblicken wie diesen war sie wieder beinahe das

kleine Mädchen, das sie früher gewesen sein musste, unsicher, darauf aus, die Meinung von Freunden und Bekannten zu erfahren, sonst hingegen ... Er betrachtete sie aufmerksam, bevor er antwortete – das war eines der Dinge, die er seit seiner Scheidung gelernt hatte. Er antwortete nie mehr automatisch, und sämtliche Fragen wog er gründlich ab. Jeder einzelne Moment, den sie gemeinsam verbrachten, war wichtig, und er wollte, dass sie merkte, dass ihm dies bewusst war.

»Wundervoll«, sagte er aufrichtig.

Der Ausdruck der Unsicherheit schwand, an seine Stelle trat ein breites Lächeln.

»Bist du sicher, dass du das nicht sagst, um mir eine Freude zu machen?«, fragte sie kokett.

Er ging auf das Spiel ein.

»Als ob du fünfzehn wärst. Wenn wir zusammen schlafen würden, dann käme ich mir fast wie ein Pädophiler vor.«

»Jetzt übertreib mal nicht. Also gut, ich hatte Angst, sie würde dir nicht gefallen. Und sag mir nicht, das hätte nichts zu sagen, weil wir geschieden sind. Also, hast du das einfach nur so gesagt, oder ist es ernst gemeint?«

»Die reine Wahrheit«, sagte er, ohne einen Augenblick überlegen zu müssen. »Ich kenne keine Frau, die so sexy ist wie du. Das habe ich dir doch schon oft gesagt.«

Sie wurde rot vor Freude und nahm ihn in die Arme. Ihr Kopf reichte nur bis zu seinem Kinn, und einen Augenblick legte sie ihre Stirn gegen seine Schulter. Er streichelte ihr den Nacken, sie aber löste sich von ihm, nahm ihn an der Hand und zog ihn ins Schlafzimmer.

Jetzt, wo sie getrennt lebten, sprachen sie über alles, nur über das Wesentliche sprachen sie nicht. Er wusste nicht, ob sie einen oder mehrere Liebhaber hatte, und sie hatte nicht die geringste Ahnung von seiner Beziehung mit der Journalistin.

Er hatte die alte Wohnung behalten, das hatte sie so entschieden, weil sie es ›unmoralisch‹ fand, ihn zum Auszug zu zwingen, während sie problemlos eine neue Wohnung finden konnte. Er setzte sich auf den Bettrand, begann sein Hemd aufzuknöpfen und betrachtete sie.

Er sah ihr sehr gern beim Ausziehen zu, bewunderte die Bewegung, mit der sie Knopf und Reißverschluss ihres Rocks öffnete, die Art, wie sie den Stoff an ihren Schenkeln herabgleiten ließ und dabei die Hüften drehte. Die leichte Übertreibung ihrer Bewegungen verriet, dass sie genau wusste, dass er sie beobachtete und wie er sich darüber freute. Sie warf ihm von der Seite einen Blick zu, legte den Rock über einen Stuhl und öffnete ihre Bluse, die bis zu ihren runden schön geformten Schenkeln herabreichte. Plötzlich überkam ihn ein fast schmerzliches Verlangen nach ihr. Gleich würde er Marion betrügen. Ob es weniger schlimm war, weil er es mit seiner Ex-Frau tat?

»Du bist so seltsam«, sagte sie. »Ist heute irgendwas passiert? Etwas Besonderes?«

»Zwei Dinge«, sagte er. »Ein merkwürdiges Verbrechen. Eine junge Frau wurde ermordet. Selten ist mir ein Mord so sinnlos und unerklärlich erschienen, Täter und Motiv unbekannt. Eine junge Frau, nett, verheiratet, ohne Kinder. Ein glückliches Paar ohne besondere Geschichte. Der Mann erlitt einen Nervenzusammenbruch und musste ins Krankenhaus. Trotzdem ist das Verbrechen genau geplant worden, da bin ich sicher. Das wird wahrscheinlich sehr schwierig werden.«

Er schwieg eine Weile, bewegte die Finger.

»Traurige Geschichte«, sagte sie schließlich. »Glaubst du, sie hatte einen Liebhaber und er eine Freundin?«

»Werden wir herausfinden, aber ich glaube es nicht. Ich glaube, sie liebten sich.«

»Und was ist noch passiert?«

»Ich habe eine Dummheit begangen und einen Verdächtigen geohrfeigt.«

»Will er klagen?«

»Nein, glaube ich nicht. Das ist nicht das Problem. Ich habe so etwas seit Jahren nicht mehr gemacht.«

»Was hat er getan?»

»Schwerer Raub und Vergewaltigung.«

»Na, dann gebe ich dir Absolution. Hat er dich angegriffen?«

»Nein. Jedenfalls nicht körperlich. Er hat zu viel Mist geredet, und es ist mir so rausgerutscht. Ich habe gar nicht überlegt, hab eben die Kontrolle verloren.«

»Und das ist etwas, was Monsieur Martin sich nicht erlauben kann«, sagte sie ironisch.

Sie baute sich vor ihm auf, ihre gebräunte seidige Haut schimmerte und glänzte. Sie war nackt – bis auf ihren schwarzen Slip und einen dazu passenden BH.

Er wollte sie um die Taille fassen, doch sie warf ihn aufs Bett zurück, was er geschehen ließ. Dann griff er nach ihren Händen und zog sie an sich, was sie zu verhindern wusste, indem ihre beiden Hände sich auf seiner Brust abstützten.

»Nein, lass, ich habe etwas anderes vor. Ich habe mich nur ausgezogen, um mich wohler zu fühlen. In dir ist viel zu viel ungesunde Spannung, in diesem Zustand bist du zu nichts gut.«

»Danke auch.«

Sie zog ihm das Hemd über den Kopf, und widerwillig ließ er sich auf den Bauch fallen, bevor sie sich auf seinen Hintern setzte, die Beine zu beiden Seiten auf das Laken gekauert.
»Mach die Augen zu, und lass es geschehen. Und halte die Hände am Körper, die Handflächen nach oben.«
Er gehorchte, und Myriams Hände drangen wie Stahlstifte in seinen Rücken. Er stöhnte auf vor Schmerz.
»Na, was habe ich gesagt?«, scherzte sie. »Da ist einiges zu tun. Erzähl, ist heute noch mehr passiert?«
»Das reicht doch wohl, oder?«, sagte er, bemüht, nicht schon wieder aufzustöhnen. »Ach ja, doch. Als sie den Mann des Opfers ins Krankenhaus gebracht hatten, bin ich dort in der Wohnung eingeschlafen, auf seinem Bett, und die Schwägerin hat mich kurz darauf geweckt.«
Myriam lachte, hielt aber gleich wieder inne.
»Du bist einfach so in der Wohnung eingeschlafen? Bist du vielleicht ein wenig depressiv?«
Er antwortete nicht. Auf diese Idee war er selbst schon gekommen, aber er hatte keine Lust, ihr weiter nachzugehen. In letzter Zeit hatte ihn der Schlaf allzu leicht übermannt, ein typisches Zeichen für den Wunsch nach Vergessen, und die fehlende Selbstbeherrschung war ein weiteres Symptom, ferner das Gefühl von Ohnmacht, Wut und Traurigkeit, das ihn gepackt hatte, als er die junge Ermordete gesehen hatte. Der Tod war ein alter Bekannter, doch je älter Martin wurde, desto weniger ertrug er die Gewalt, zu der Menschen an ihresgleichen fähig waren. Diesmal hatte es ihn heftig erwischt, und er hatte sich beherrschen müssen, um seine Gefühle vor den Mitarbeitern und der Spurensicherung zu verbergen. Einzig Jeannette hatte seine Reaktion

bestimmt bemerkt, aber sie war zu klug und zu loyal, um mit irgendwem darüber zu sprechen.
Vielleicht sollte er besser den Beruf wechseln, bevor es zu spät war.
»Braucht ihr nicht jemanden, der sich um die Sicherheit eurer Häuser und Gebäude kümmert?«, fragte er Myriam plötzlich, den Kopf leicht angehoben.
»Es stimmt also, du bist auf dem absteigenden Ast«, antwortete sie und ließ ihre Finger über seine Lendenwirbel gleiten. »Warum nicht gleich Aufpasser im Supermarkt, Parkwächter?«
Stoisch ertrug er die Folter über weitere Minuten, dann drehte er sich kraftvoll um, und sie kam auf der Seite zu liegen. Still und stumm lag sie da und sah ihn herausfordernd an, Oberlippe und Stirn bedeckte ein zarter Schweißfilm. Sie hatte sich wirklich angestrengt.
Seine Hand tastete sich vorwärts, sie streichelte die kurvige Hüfte, die sich wie ein Hügel nach oben wölbte, fuhr hinauf bis zur rechten Brust, die er durch den BH hindurch streichelte, dann zum leicht gewölbten Bauch, dann zum Venushügel, den er durch den Slip sanft rieb, dann bewegte er die Hand weiter nach unten und versuchte, seine Finger zwischen Slipgummi und Innenleiste gleiten zu lassen. Ihre Reaktion ließ nicht lange auf sich warten, sie drückte beide Schenkel fest zusammen und umklammerte seine Finger.
»Bist du sicher, dass du Lust hast?«, fragte sie.
Er sah sie an, ohne zu antworten.
»Bist du sicher, dass du es mit mir willst?«, hakte sie nach.
»Du bist jetzt hier«, gab er zurück, »und taugst dazu ebenso wie eine andere.«
»Du Schwein!«

Sie legte sich auf ihn, Bauch an Bauch, sie krümmte sich und rieb ihre Brust an seiner Brust.
»Behältst du BH und Unterhose extra an?«, fragte er und legte die Hände auf ihren Rücken.
»Ich antworte nicht auf dumme Fragen«, antwortete sie und biss ihn leicht in die Schulter.
Seine Hände schlüpften unter dem Slipgummi hindurch, er streichelte ihren Hintern und bedeckte Hals und Mund mit Küssen. Sie war über vierzig, ihre Haut mochte ein wenig an Spannkraft eingebüßt haben, doch sie fühlte sich sanfter an als früher, und Myriam schmolz unter seinen Händen und Küssen dahin.
Er hatte nicht gelogen, noch immer war sie ihm der Inbegriff von Weiblichkeit, das begehrenswerteste Geschöpf auf der Welt. Jedenfalls in diesem Moment.
»Begutachtest du die Ware?«, fragte sie leise. »Jetzt bin ich dran.«
Sie öffnete seinen Gürtel und umfasste sein Glied mit beiden Händen.
»Nicht übel, gar nicht übel.«
Sie rutschte nach unten und nahm seinen Penis in den Mund.
Er ließ es einen Moment geschehen, bis er spürte, dass er eine solche Lust auf sie hatte, dass dieses Spiel, wenn er es weiter geschehen ließ, in weniger als fünfzehn Sekunden vorbei wäre.
Er nahm ihr Gesicht in die Hände und zog sie nach oben, dann legte er sich auf sie. Er küsste sie auf den Mund, den Hals, die Brustwarzen – eine nach der anderen, wozu er die Körbchen beiseite schob. Dann ließ er die rötlich schimmernden Brustwarzen durch seine Finger gleiten, bis sie

hart wurden, fuhr mit der Zunge über ihren Bauch, bettete den Mund – noch immer trug sie ihren Slip – auf ihren Venushügel, während sie die Beine spreizte und sich ihm entgegenstreckte. Er spürte die Wärme und Feuchtigkeit durch den dünnen Stoff, er fühlte sich zusätzlich erregt.
Seine linke Hand glitt von ihrer Brust, schob vorsichtig den Slip beiseite und dirigierte seine Zunge die Schenkel hinab Richtung Venushügel, um weiche Schamlippen und den kleinen runden Hügel ihres Kitzlers zu erkunden. Dann schob er den Daumen zwischen ihre Pobacken, tastete sich bis zu ihrem Anus vor, streichelte ihn, fuhr mit kleinen Stößen hinein und spürte dabei, wie der Muskelring seinen Finger spasmisch umschloss.
Sie stieß einen kurzen Schrei aus und wandte sich ihm zu, bevor sie erneut aufschrie, ihre Schenkel umklammerten seine Schläfen fest und hart. Kurz darauf folgte ein dritter Aufschrei, und wiederum kurz darauf wurden sein Kinn und sein Mund von einer herb duftenden Flüssigkeit überschwemmt. Er leckte weiter, bis sie sich wehrte, bis sie ihn an den Schultern packte und nach oben zog, bis sie ihren geschmeidigen, kräftigen Körper bewegte und sein Glied verschlang.
Er seufzte und spürte, dass es ihn gleich überkommen würde, er drehte sie auf den Bauch, zog den schwarzen Slip zur Seite und dirigierte sein Glied – er würde jeden Moment kommen – stürmisch in sie hinein. Nach kaum zwei Stößen, heftige, harte Stöße, die ihn um ein Haar wieder hinausgleiten ließen, war es so weit. Sie stöhnten auf und kamen gleichzeitig, dann ließen sie sich auf das Bett gleiten, eng ineinander verschlungen.
In die geistige Leere, die für gewöhnlich auf den Beischlaf

folgt, tauchte schemenhaft das schreckliche, wenig passende Bild der Toten – gefolgt von dem zarten, bleichen, schmerzverzerrten Gesicht ihrer Schwester.

Er versuchte, die Bilder zu verscheuchen, doch es war zu spät, und der Schleier von Glück und Vergessen war zerrissen.

»Woran denkst du?«, fragte Myriam sanft.

Sie hatte sofort gespürt, dass seine Stimmung umgeschlagen war. Er küsste sie auf den Hals, grub seine Hände fester in ihre Brüste. Früher hatte er, wenn sie ihm diese Frage stellte, grundsätzlich gelogen, doch der stillschweigende Pakt, der sie miteinander verband, verbot es ihm nun.

»Ich habe nicht nachgedacht«, sagte er. »Da war nur ein Bild, das mich überkam. Die Tote, ihre Schwester …«

»Ist sie hübsch?«

»Die Schwester? Ja, wahrscheinlich – wenn sie gut drauf ist …«

»Hat sie dein Hemd mit ihren Tränen nass gemacht?«

Sie hatte alles gemerkt.

»Ja, ich habe noch nie jemanden so schluchzen sehen.«

»Zum Glück warst du da und konntest sie in den Arm nehmen.«

»Willst du mir eine Szene machen?«, fragte er erstaunt.

Sie wich von ihm, drehte sich zur Seite und ließ eine Hand zwischen ihren Schenkeln verschwinden.

»Ich bin völlig nass, da muss ich wohl ohne Unterhose auskommen.«

Sie drehte sich auf den Rücken, sie schien nachzudenken.

»Nein, ich mache dir keine Szene, ich bin nur neugierig, das ist alles. Und doch: Warum wolltest du nicht, dass ich es dir mit dem Mund mache?«

Peinlich berührt und überrascht von ihrem Gedankensprung wandte er den Blick ab.
Was sie im Bett taten und ungetan ließen, darüber hatte er noch nie gern geredet. Für ihn waren Sex und Sprache zwei Welten für sich, und so sollte es auch bleiben. Früher war sie genauso gewesen, früher – das gehörte zu den Dingen, die sich verändert hatten.
Sie lachte.
»Ich will dich nicht in Verlegenheit bringen.«
»Doch, doch, ich antworte dir. Ich wollte, dass es so lange dauert wie möglich. Und ich wollte, dass du mit mir zusammen einen weiteren Orgasmus genießt.«
Nachdenklich zog sie die Brauen zusammen.
»Ich glaube, du hast nur zum Teil auf meine Frage geantwortet«, sagte sie. »Womöglich war es mein größtes Vergnügen, dich zum Höhepunkt zu bringen, ohne selbst ein zweites Mal zu kommen. Kannst du das verstehen?«
Er seufzte.
»Entschuldigung, aber ich hatte nicht den Eindruck, etwas Schlimmes zu tun.«
»Darum geht es nicht«, sagte sie verärgert. »Was ich sagen will ... Ach, verdammt, es geht um etwas, das bei dir so fest sitzt, dass du es nicht einmal bemerkst. Selbst mit mir im Bett hast du noch Angst, die Beherrschung zu verlieren. Und das ist der Punkt, an dem etwas nicht stimmt. Genau da lief es zwischen uns beiden nicht mehr. Niemand darf dich mal ablösen, niemals. Im Grunde traust du niemandem, und du bist sicher, dass du immer besser weißt als jeder sonst, was gut ist für andere.«
»Tut mir Leid«, sagte er. »Beim nächsten Mal machst du mit meinem Körper, was du willst.«

»Wenn es ein nächstes Mal gibt«, antwortete sie. »An deiner Stelle wäre ich mir da nicht so sicher.«

Sie sprang auf, ging ins Badezimmer und schloss die Tür hinter sich.

Martin spürte, dass er wieder Lust auf sie bekam. Sie hatten mehr als zehn Jahre zusammengelebt, und sein Verlangen nach ihr hatte nie nachgelassen. Und jetzt, wo sie sich nur noch gelegentlich trafen, kam es ihm immer wieder vor, als wäre es das erste Mal.

Was würde sie sagen, wenn er zu ihr unter die Dusche käme?

Nein, der Moment war vorüber.

Lange lauschte er dem Plätschern des Wassers, und als sie wieder aus der Tür trat, war sie in seinen viel zu großen Bademantel gehüllt, den Gürtel um die Hüften geschlungen. Sie sah ihn an, ihn, der sich nicht von der Stelle gerührt hatte.

Sie suchte ihre Sachen und ihre Handtasche zusammen und verschwand wieder im Badezimmer. Ein paar Augenblicke später kam sie wieder heraus, perfekt gekleidet, und zog ihre Schuhe an, während sie ihr feuchtes Haar kämmte.

Er hatte Lust, mit der Hand unter ihren Rock zu fahren und sie langsam nach oben zu schieben, doch er rührte sich nicht.

»Du sagst ja gar nichts, habe ich dich etwa beleidigt?«, fragte sie.

Er schüttelte den Kopf.

»Nein, es ist nicht deswegen.«

»Warum bist du dann nicht zu mir unter die Dusche gekommen?«

»Ich dachte, du wärst sauer auf mich.«

Sie nickte, als habe sie diese Antwort erwartet, und plötzlich lag eine gewisse Traurigkeit in ihrem Blick.
»Du darfst, was ich sage, nicht so wichtig nehmen«, meinte sie plötzlich. »Vielleicht habe ich Unrecht. Vielleicht ist es ja richtig von dir, nie ganz loszulassen. Weißt du ... Ich werde nie einen anderen lieben wie ... wie ich dich geliebt habe, egal, was passiert.«
Das klang nach Abschied. Plötzlich bekam ihr Erscheinen, ihre Umarmung, überhaupt alles einen Sinn, der ihm bislang verborgen geblieben war. Er stand auf und wollte sie in den Arm nehmen, er war erschüttert.
»Warte«, sagte sie und schob ihn von sich, ohne ihn anzusehen. »Ich bin noch nicht fertig. Ich war nicht ganz ehrlich zu dir.«
Angst stieg in ihm auf vor dem, was sie jetzt sagen würde, und doch hatte er, tief in seinem Inneren, lange schon damit gerechnet.
»Ich werde ... heiraten«, sagte sie schnell. »Wahrscheinlich schon nächsten Monat.«
Er stand da wie erstarrt, unfähig, etwas zu sagen. Nein, darauf war er nicht vorbereitet gewesen. Ein anderer Mann in ihrem Leben, das musste irgendwann passieren, sie konnte sich schließlich nicht damit begnügen, ein oder zwei Mal im Monat Sex zu haben. Er konnte einen Rivalen akzeptieren, das gehörte nun einmal zum Preis ihrer Trennung, aber eine Hochzeit!
Sie wandte ihm den Rücken zu und verschwand.

Kapitel 7

Er beobachtete sie im Schlaf, mit einer Mischung aus Abscheu und Faszination, und ihr ruhiger, regelmäßiger Atem schürte den Hass, der ihn umtrieb.

Es wäre so einfach gewesen, sich auf sie zu setzen und den zarten Hals so lange zuzudrücken, bis sie nicht mehr atmete. Aber danach würde er angeklagt und verurteilt, und sie hätte gewonnen.

Nein, die Lösung, die er gewählt hatte, war die einzig mögliche. Sie verlangte Mut, Einfallsreichtum und Entschlusskraft, aber er würde aus dieser Prüfung gestärkt hervorgehen, als freier Mann. Er würde der Gewinner sein, und lange würde er die Erinnerung an diesen Sieg bewahren. Auch wenn die Bullen ihn befragen würden, was unvermeidlich war, bliebe er Herr in diesem Spiel, er würde gefühlvoll und aufrichtig ihre Fragen beantworten, doch im Grunde würde er sich weiter über sie lustig machen und sie vor Herausforderungen stellen, denen kein Mensch gewachsen war.

Er schlich sich aus dem Schlafzimmer, zog seine Jacke an und verließ das Haus.

Er konnte es nicht lange in derselben Umgebung wie sie aushalten, selbst wenn eine Wand zwischen ihnen lag. Er hatte Angst, dass ihn der Hass übermannte. Er musste weiter über seinen Plan nachdenken.

Der erste Teil war erstaunlich leicht gewesen. Die kleine Armbrust war ein Spielzeug, das ihm ein Onkel zum zwölften Geburtstag geschenkt hatte. Es war das Einzige, was ihm aus seiner Kindheit geblieben war. Nie hatte er sich davon trennen können, nie würde irgendjemand dadurch auf seine Spur kommen. Die Sehne gab es schon lange nicht mehr, der Abzug war verstaubt und rostig, aber er war ein geschickter Bastler und leicht in der Lage, solche Probleme zu lösen.

Mit den Armbrustbolzen war es schon schwieriger gewesen.

Er hatte sie aus Aluminiumröhrchen, Gummi und Kraftkleber selbst herstellen müssen, und die Röhrchen aufzutreiben war bei weitem die schwierigste Aufgabe. Zunächst wollte er sie aus Holz herstellen, aus dünnen Nussbaumzweigen. Er hatte es ein paar Mal versucht, ohne ein befriedigendes Ergebnis. Die Stiele mussten stark, leicht und vollkommen gleichmäßig sein. Lange hatte er sich den Kopf zerbrochen, aber schließlich gefunden, was er brauchte, in einem Laden, der auf entlegene Gegenstände und ausgefallenen Bastelbedarf spezialisiert war. Kleine, fünfzehn Zentimeter lange Röhrchen hingen nebeneinander, an einem Faden aufgereiht, der seinerseits befestigt war an einem größeren Röhrchen. Die Verkäuferin hatte ihm erklärt, dass das Aluminium bei leichtem Wind gegeneinander schlagen und einen wohligen Klang erzeugen würde. Sie bewegte das Gebilde, und es begann zu klingen. Er kaufte gleich zwei dieser Mobiles und verlangte dafür einen Rabatt, der gewährt wurde: fünf Prozent. Er hätte gerne weiter gehandelt, verzichtete jedoch klugerweise. Er zahlte in bar, und als er gefragt wurde, ob er eine Geschenkverpackung wünsche, hätte er beinahe laut gelacht.

Die Herstellung der Miniaturbolzen erfüllte ihn mit einer ungewohnten Befriedigung. Sein Plan nahm Gestalt an, und die glänzenden Projektile glichen winzigen Raketen. Bald ruhten in einem Karton, der zuvor einen Luftfilter beherbergt hatte, zweiundzwanzig dieser kleinen, glänzenden Bolzen, fein säuberlich aneinander gereiht, Kopf bei Fuß. Natürlich würde er nicht alle benutzen, doch er musste üben, wieder und wieder, vor jedem weiteren Schritt. Improvisation kam bei seinem Vorhaben nicht in Frage.

Er übte auf dem Innenhof hinter seiner Garage, wo sich Unmengen Autoteile und Wellblech befanden. Zudem hatte er eine, wie er fand, geradezu revolutionäre Idee, denn auch am Tatort selbst wollte er trainieren.

Sämtliche Vor- und Nachteile hatte er gegeneinander abgewogen. Es war riskant, gefährlich, jemand konnte ihn erkennen. Aber wenn er sich nur ein wenig verkleidete und zudem vorsichtig agierte, dann konnte man dieses Risiko ausschalten. Nichts ist so gut wie Üben an Ort und Stelle. Natürlich hatte er nicht geplant, fünfzehn Pfeile abzuschießen, aber zwei oder drei sollten es schon sein.

Sein Opfer hatte er durch Zufall entdeckt, genau wie die Aluminiumröhrchen, und die Kombination aus Zufall und Planung gab ihm Kraft. Nichts konnte ihn aufhalten.

Der jungen Frau war er begegnet, als alles Form anzunehmen begann, und die Entdeckung dieses potenziellen Opfers, als sein Plan schon ausgereift war, erschien ihm als gutes Vorzeichen, als Beweis, dass er auf dem richtigen Weg war.

Als er das erste Mal sah, wie sie die Baracke betrat, in der die Bauleitung untergebracht war, hatte er zuerst Unbehagen verspürt, derart erinnerte ihn die Figur der Dame an die seiner Frau, dieser Schlampe, die ihn vernichten wollte.

Dieselbe Anmut, dieselbe ätherische Ausstrahlung, dieselben unbefangenen Gesten, es war just diese Mischung aus Vitalität und Zerbrechlichkeit, die ihn vor langer Zeit verführt hatte und die heute in ihm die Lust zum Schlagen und Töten wecken konnte. Wie hatte er sie geliebt, bevor sie dick und hässlich geworden war und diese winzige Menschenkarikatur zur Welt gebracht hatte, die ihm alle Liebe und sämtliche Aufmerksamkeit stehlen sollte.

Er hatte sich in aller Diskretion nach der Frau erkundigt, die der seinen so ähnlich sah. Sie war die Frau des Architekten und hatte aus irgendeinem Grund ihren Mann auf der Baustelle besucht. Ob man auf ihn kommen würde? Nein. Mehrere hundert Leute gingen auf dieser Baustelle ein und aus, er war nur vorübergehend als Aushilfe beschäftigt und gehörte offiziell zu einer anderen Baukolonne. Nirgendwo gab es etwas Schriftliches über ihn, und die Frau war nie wieder in Erscheinung getreten.

Die Adresse des Architekten herauszufinden war die erste und zugleich einfachste Aufgabe. Während der Mittagspause durchsuchte er die Akten und fand die Adresse des Architekturbüros, in dem der Mann arbeitete.

Alles andere war eine Frage der Organisation und der Geduld.

Ausgestattet mit einem Motorradhelm ging er in besagtes Architekturbüro und gab sich als der Kurier einer wichtigen Sendung aus. Kurz darauf hielt er die Privatadresse des Architekten in Händen. Von einer der Wohnung gegenüber liegenden Grünfläche aus beobachtete er, wie die Frau morgens die Wohnung verließ, und folgte ihr. Nachdem er auf diese Weise herausgefunden hatte, wo sie arbeitete, lauerte er ihr am Abend auf. Zwei Mal hatte er sie verpasst, offenbar kam sie zu unregelmäßigen Zeiten nach Hause, oft kaum vor neun Uhr abends, dann wieder weit früher, nach irgendwelchen auswärtigen Terminen, über deren Orte er nichts in Erfahrung bringen konnte.

Nur donnerstags kam sie immer zur selben Zeit, wobei sie dann nicht direkt nach Hause ging, sondern zur Wassergymnastik, gemeinsam mit zwanzig anderen Frauen ins städtische Schwimmbad in der Nähe ihrer Wohnung. Schon am Morgen nahm sie außer den üblichen Sachen eine kleine Sporttasche mit. Sie freute sich so sehr aufs Schwimmen, dass sie keine Zeit verlieren wollte.

An einem solchen Abend würde er handeln.

Gründlich studierte er den Weg, gründlich überschlug er die Zeit, die sie dafür brauchte. Stets nahm sie die gleiche Metro, sechzehn Stationen, zwei Mal umsteigen. Abends kam sie mit munterem Schritt aus dem Bahnhof, überquerte die Straße, oft auch bei Rot, bog nach rechts und wieder nach rechts und in eine kleine Straße ein, ein schmaler Gang, auf dessen einer Seite baufällige Häuser standen, überwiegend zugemauert oder verriegelt, und auf dessen anderer Seite sich eine lange graue Mauer erstreckte, hinter der eine riesige Baustelle lag.

Die Gasse führte auf eine stark bevölkerte Einkaufsstraße, in welche die junge Frau – immer noch schnellen Schrittes – einbog, bevor sie in einem engen Wegstück verschwand, das zum öffentlichen Schimmbad führte.

Am besten passte er sie hier ab – in der engen menschenleeren Gasse.

Drei Donnerstage hintereinander postierte er sich am Ende der kleinen Querstraße auf der Seite der Ladenmeile und wartete auf sie. Beim ersten Mal kam sie um drei Minuten

vor sieben, beim zweiten Mal zwei Minuten nach sieben und beim dritten Mal eine Minute vor sieben.
Er hatte nicht mehr zu tun, als zwei oder drei Minuten hinzuzurechnen oder abzuziehen, um sicher zu sein, dass er sie nicht verpasste.
Natürlich gab es noch das Problem der anderen Passanten, doch abends um diese Zeit war die Straße erstaunlich leer. Sein Plan sah vor, ihr um Viertel vor sieben entgegenzugehen und sich, sobald sie auftauchte, etwa in der Mitte der Straße zu befinden. Alles andere war eine Frage der Übung und des Glücks.
Auf mittlerer Höhe der Straße lag ein Gebäude, dessen sämtliche Fenster zugemauert und dessen Eingangstür versperrt waren. An einem Samstagmorgen ging er aufs Katasteramt, und was er dort entdeckte, bestätigte ihn darin, nun den letzten Teil seines Plans vorbereiten zu können.

Am Vorabend des Tages X überkamen ihn Zweifel. Er ging seinen Plan noch einmal von Anfang an genauestens durch, es würde reibungslos funktionieren, schlimmstenfalls würde alles in einem Patt enden. Doch er war zu nervös, fast hätte er die Selbstbeherrschung verloren. Auf der Baustelle stritt er sich mit einem Kollegen, und es fehlte nicht viel, und er wäre handgreiflich geworden. Aus Angst, einem weiteren Gewaltimpuls zu erliegen, fuhr er abends nicht nach Hause. Er schlief stattdessen in der Garage, direkt neben seinem Auto.
Anders am Donnerstag, einem hellen frischen Tag; er war ruhig und unbeschwert, bereit zum Handeln und hatte einen klaren Kopf. Etwas Besonderes lag in der Luft, etwas, dessen Auslöser er sein würde. Farben und Formen, noch die win-

zigsten Details inner- und außerhalb der Garage zeichneten sich in ungewohnter Schärfe ab, auch Geräusche, Gerüche. Es war wohl seltsam, nicht aber unangenehm, und er fühlte sich im Einklang mit diesen anregenden Sinnesreizen.

Ein paar Minuten trainierte er im Hof hinter der Garage, schärfte noch einmal die bleibeschwerten Bolzenspitzen, feilte. Schon lange stand fest, dass er nur einen Bolzen mitnehmen würde. Er steckte ihn samt Miniatur-Armbrust in die rechte Außentasche der grünen Jacke, die er in einem Army-Shop gekauft hatte, eine tiefe, breite, bauschige Tasche. Keine verdächtige Beule verriet die Waffe, und doch, wenn er mit der rechten Hand in die Jacke fuhr, konnte er sie in kaum drei Sekunden herausnehmen.

In einem Baucontainer wurden die Jacken und Mäntel der Poliere sowie sonstige Kleidungsstücke verwahrt. Er hängte die Militärjacke in den Spind, der ihm zugewiesen worden war, streifte seine Arbeitskluft über und legte das Sicherheitsschloss davor, das er aus eigener Tasche bezahlt hatte. Noch immer durchdachte er seinen Plan, doch sämtliche Zweifel hatten sich in Luft aufgelöst. Er war zur Tat bereit.

Er wusste, dass alles gut gehen würde.

Die Arbeit erledigte er mechanisch, zügig, dies war ein Teil seines Plans, denn er durfte sich nicht den geringsten Fehler leisten, und dieser Zustand schützte ihn gegen jeden unwillkommenen Fehler. Die Kollegen musterten ihn misstrauisch, fragten sich, was er wohl ausheckte, doch er ließ sich durch nichts provozieren.

Ein Teil von ihm durchstreifte immer wieder besagte Gasse, stellte sich alles Mögliche vor, auch wie die Situation in eine Katastrophe münden könnte. Es war wie ein Film, der, kaum am Ende angekommen, schon wieder von vorne begann, in immer neuen Varianten, doch verspürte er nicht die geringste Angst, während alle diese Möglichkeiten vor seinem inneren Auge abliefen. Es bot ihm die Gelegenheit, Dinge vorherzusehen und zu berechnen, sich auf alles einzustellen.

Um zwanzig nach fünf verließ er die Baustelle, er nahm sich sogar noch Zeit, mit einem anderen Polier zu plaudern. Er hatte keine Eile, alles lief nach Plan.

Eine halbe Stunde vor besagtem Zeitpunkt betrat er die enge Straße, prüfte, ob alles funktionierte, und stellte sich um Viertel vor sieben ans Ende der Gasse. Er hielt eine Zeitung in der Hand und tat, als läse er die Schlagzeilen. Er trug dünne durchsichtige Plastikhandschuhe, die gleiche Sorte, die eine Stunde später Kommissar Martin und die Leute von der Spurensicherung tragen würden.

6.46 Uhr. Er steckte die zusammengefaltete Zeitung in die Tasche, nahm die Armbrust heraus und legte an, bevor er den Pfeil in die Schiene bettete.

Im selben Augenblick erschien sie am anderen Ende der Straße. Zu früh. Er fühlte, wie sein Herz heftig zu schlagen begann, er verlangsamte seinen Schritt, den rechten Arm am Körper angelegt, die Mini-Armbrust gegen die Jeans gebettet, beinahe unsichtbar.

Nichts an seinem Gang sollte die Frau alarmieren.

Sie kam auf ihn zu, heiter und gleichgültig, nicht die Spur einer Ahnung, dass dies ihre letzten Atemzüge waren. Er ging dicht an der Wand, dicht an der Häuserzeile entlang, um der Frau im Fall einer Vorahnung zu signalisieren, dass sie genug Platz hätte, um weiterzugehen.

Sie lief zügig voran, die Augen leicht gesenkt, den Blick nach

vorn gerichtet, wie jemand, der seines Weges geht, ohne ein Hindernis zu fürchten.
Sein Zeigefinger berührte den Abzug.
Sie war noch dreißig Meter entfernt, als er vor dem Hauseingang stehen blieb. Er tat, als schiebe er die Tür auf, um einzutreten.
Jetzt war sie nur noch fünfzehn Meter entfernt.
Er hob den Arm und zielte auf den Hals der jungen Frau.
Es schien ihm unmöglich, doch sie sah es immer noch nicht. Oder sie wollte es nicht sehen, wie ein Kind, das im Dunkeln die Augen schließt, um seine Angst zu vertreiben. Er hob den Arm, atmete leise, und mit einer langsamen, festen Bewegung drückte er auf den Abzug. Der Bewegungsablauf war vollkommen, er hielt den Atem an, als sein Zeigefinger die Bewegung vollendete.
Ein Hebelmechanismus, vom Abzug ausgelöst, senkte den winzigen Stift, der die Sehne spannte, in die Tiefe der Laufschiene. Die Sehne gab ein trockenes Geräusch von sich, der Bolzen flog seinem Ziel entgegen.
Der kleine spitze Bleikopf drang an der vorgesehenen Stelle durch Haut, Fleisch und Vene.
Die Gesichtszüge der Frau erstarrten, doch ihr Körper setzte seine Bewegungen fort. Sie machte einen Schritt, streckte die Hände vor ihren Körper, wie um sich vor der Gefahr zu schützen, machte einen weiteren Schritt, öffnete den Mund, riss die Augen auf und kippte nach vorn.
Er lief zu ihr hin und beugte sich über sie. Das Blut sprudelte und strudelte aus ihrem Hals, sie schien nicht zu leiden, und doch streckte sie ihm Hand und Finger in bittender Bewegung entgegen. Ihr Blick war getrübt, ihre Lippen formten Laute, die er nicht verstand, ihre Hand sackte auf die Seite,

und sie schloss die Augen, als ob sie verstünde, dass er ihr nicht helfen würde, als ob sie seinem forschenden Blick zu entkommen suchte.

Er richtete sich wieder auf und begriff, dass er kostbare Minuten verloren hatte. Ihretwegen.

Er suchte den Bolzen. Er lag drei Meter hinter der Leiche der jungen Frau am Fuß der Mauer.

Er stürzte darauf zu, doch hörte er in diesem Moment eine Sirene in seinem Rücken.

Plötzlich vergaß er alles, rannte auf den Hauseingang zu, von Panik gepackt, trat im Vorbeilaufen auf die Hand seines Opfers, warf sich in den Hauseingang und ließ die Tür hinter sich zuschlagen. Mit zitternden Händen, in kalten Schweiß gebadet, schob er das Brett, das die innere Eingangstür versperrte, zur Seite und merkte allmählich, dass sich die Sirene wieder entfernt hatte. Hinter der Tür hörte man nicht das leiseste Geräusch.

Er zögerte und fragte sich, ob er noch Zeit habe, zurückzulaufen und das Geschoss zu holen, doch es war zu spät. Dann eben nicht, der Pfeil würde die Polizei niemals auf seine Spur bringen, er hatte ihn vor Gebrauch sorgfältig abgewischt. Er betrat das Gebäude mit den verrammelten Fenstern, schob verschiedene Türen auf, die er, nachdem er sie passiert hatte, wieder versperrte.

Er ging durch einen Keller, stieg durchs Treppenhaus eines bewohnten Nachbargebäudes nach oben und gelangte ein paar Meter von der Metro entfernt wieder ans Tageslicht.

Es war vorbei, er hatte es geschafft, und sein Plan hatte funktioniert. Seine Angst ließ nach, und ein maßloses Glücksgefühl überkam ihn. Er war stark und unbesiegbar.

In der Metro lächelte eine junge Frau ihm zu. Wenn die

wüsste. Er sah sein Spiegelbild in der Scheibe des Abteils. Er lächelte zurück, und in diesem Moment hatte er das Gefühl, die Welt erobern zu können. Da bemerkte er die Tasche, die er sich unter den Arm geklemmt hatte. Er blickte nach unten, sah nach. Eine Tasche aus Stoff. Die Sporttasche der jungen Frau. Wieder ergriff ihn Panik, fast so heftig wie in dem Moment, als er die Sirene gehört hatte.

An der nächsten Station sprang er aus dem Zug und rannte, bis er auf einer menschenleeren Grünfläche einen ruhigen Platz gefunden hatte.

Er untersuchte den Inhalt der Tasche. Ein Badetuch, Plastiksandalen, eine Bademütze aus Gummi, eine Flasche Duschgel, Hautkrem und ein Badeanzug. Er steckte die Sachen wieder in die Tasche und setzte sich in Bewegung. Er öffnete einen Mülleimer, wollte die Tasche hineinwerfen, doch dann besann er sich, ohne zu wissen warum, eines Besseren.

Kapitel 8

Kaum war Martin im Büro eingetroffen, da erreichte ihn ein Anruf des Ermittlungsrichters, der über den Fall informiert zu werden verlangte. Es war Martel, der dienstälteste Richter, der Martin gut kannte und ihn bat, so schnell wie möglich vorbeizukommen.

Martin ging hinüber ins Gerichtsgebäude, diktierte einen ersten Bericht auf Band und fasste den Vorgang in ein paar Zeilen für Martel zusammen.

»Ich habe zweihundert Ermittlungen, davon achtzig dringende«, sagte der Richter, als er ihn zur Tür begleitete, »also tun Sie Ihr Bestes, und machen Sie gute Arbeit. Ich zähle auf Sie.«

Martin dankte und kehrte in sein Büro zurück. Die guten Beziehungen zum Ermittlungsrichter kamen ihm sehr zupass. Als er Jeannette erblickte – sie stand gerade vor der Kaffeemaschine –, verdrehte er die Augen und rief: »Was bin ich doch für ein Idiot!«

Unter den erstaunten Blicken der jungen Frau stürmte er in sein Büro und nahm das Telefon ab, um sicherzugehen, dass er sich nicht geirrt hatte.

Jeannette folgte ihm.

»Ich habe Roussel getroffen, Sie sollen sofort in sein Büro kommen.«

»Später, Jeannette«, sagte Martin und hörte, wie seine Gesprächspartnerin auflegte.
Émeline, die Schwester des Opfers, bestätigte ihre Aussage vom Vorabend und begann am Telefon wieder zu weinen.
Er versprach ihr, sie anzurufen, sobald er Neuigkeiten hatte, und rief die Spurensicherung an. Er bat Bélier ans Telefon, die seine Vermutung bestätigte.
Jeannette sah ihn von der Tür aus fragend an.
»Ich habe etwas übersehen, was sich als sehr wichtig erweisen könnte«, sagte er. »Das Opfer war auf dem Weg ins Schwimmbad. Wir hätten neben ihr eine Sporttasche mit ihren Sachen finden müssen, aber da lag nichts. Der Mörder ist mit der Tasche verschwunden.«
»Glaubst du, da war etwas Kostbares drin?«
»Nein, aber wir müssen das untersuchen. Warst du schon auf ihrer Arbeitsstelle?«
»Ich komme gerade von dort, alle waren völlig schockiert. Armelle Desplèche war eine der wichtigsten Mitarbeiterinnen in dem Laden. Tüchtig, engagiert, sie hatte alles im Griff …«
»Und keiner von denen hat dir was vorgemacht?«
»Nicht auf den ersten Blick jedenfalls. Im Übrigen sitzen sie durch ihren Tod ganz schön in der Scheiße. Sie organisierte gerade die Post-Produktion eines Films, der soeben fertig geworden ist, und keiner kann sie ersetzen.«
»Fehlen nicht irgendwelche Papiere, Dokumente, irgendwas in ihrer Firma?«
»Nein, wen sollte das auch interessieren? Es wurden weder ihr Schmuck noch ihr Adressbuch gestohlen.«
»Ich kriege langsam Angst«, sagte Martin und ließ sich in seinen Sessel fallen.

»Was?«

»Wenn wir nicht irgendein verdammtes Motiv finden ...«

Sie nickte. Sie verstand, was er sagen wollte.

»Vergiss nicht, dass Roussel in seinem Büro auf dich wartet.«

Er stand auf und verließ den Raum.

Jeannette seufzte.

Wenn Martin sich nicht irrte, wenn der Mörder weitermachen würde, wie er zu befürchten schien, bedeutete das, dass sie wochenlang Überstunden machen müssten und kaum zum Schlafen kommen würden. Ihre kleine Tochter war zwei Jahre alt, jeden Morgen tat es ihr in der Seele weh, sich von ihr zu trennen. Aber mit unbezahlten Überstunden könnte sie die Ferien nicht finanzieren. Ihr Mann war sowieso schon sauer auf sie, und es sah nicht gerade nach Versöhnung aus.

Jeanette versuchte diese Gedanken abzuschütteln. Eine unschuldige junge Frau war gestorben, eine schreiende Ungerechtigkeit, und sie wusste genau, dass sie alles geben würde, und sie würde erst wieder Ruhe finden, wenn sie es geschafft hatten, es sei denn, durch einen Beschluss der Verwaltung würde sie von der Aufgabe entbunden; was oft genug vorkam.

Martin überquerte den langen Flur, verschwand in einer kleinen Türöffnung, stieg eine Wendeltreppe hinauf, öffnete eine weitere Tür und betrat einen Flur, der genau so aussah wie der erste, mit dem einzigen Unterschied, dass das Linoleum hier hellgrün war und nicht braun. Dann passierte er ein weiteres Treppenstück mit ausgetretenen Stufen, öffnete eine weitere Tür und stand auf halber Höhe der riesigen Eingangstreppe des Rathauses.

Er erklomm die mit rotem Teppich bedeckten Marmorstufen, hinauf zum obersten Stockwerk, passierte einen unterhalb des Daches gelegenen schmalen Flur, dessen Dielen knarrten, und klopfte an eine kleine Tür.

Die Frau, die ihm öffnete, war über fünfzig, hatte dichtes, leicht ergrautes, welliges Haar, das sie hoch gesteckt trug, eine ovale Brille mit Edelstahlrand, schöne blaue Augen, einen ausdrucksvollen Mund und eine rundliche, aber attraktive Figur. Was Martin an ihr am besten gefiel, war ihre Stimme, die sie nach Belieben verändern konnte, weich wie Samt oder rau und scharf wie Granit. Sie schätzten einander, wie es nur echte Feinde können. Sie war Psychologin, dekoriert mit mehreren Hochschuldiplomen, sie hatte drei Bücher geschrieben, darunter zwei Handbücher über den Umgang mit der nachwachsenden Generation. Doch ihre eigentliche Berufung, ihr Vergnügen, der Sinn ihres Lebens fand hier in diesem winzigen Büro unterm Dach statt, angesichts von Frauen und Männern, die nicht mehr weiter wussten. Jede Kündigung oder Entlassung eines Polizisten, jeden Selbstmord empfand sie als persönliches Versagen.

An zwei der Wände standen Regale mit Büchern und Zeitschriften, ein großer Teil des Bodens war mit einem Kelim in leuchtenden fröhlichen Farben bedeckt.

»Sieh an, Sie haben es endlich geschafft, mich zu besuchen, Martin«, sagte sie mit ironischem Lächeln.

Der Eingang war so eng, dass er nicht umhin konnte, sich an ihrer ausladenden Hüfte zu reiben.

»Ich hab von Ihnen geträumt«, sagte er und setzte sich in einen Sessel gegenüber des riesigen Schreibtisches, der drei Viertel der Kammer ausfüllte. »Es hat mich irritiert.«

»Beruflich?«, fragte sie überrascht.

»Nicht wirklich, wir haben zusammen geschlafen.«

Die Provokation war nur zur Hälfte erlogen, denn er hatte diesen Traum vor zwei Monaten gehabt, und weil er nicht zu seiner vollsten Befriedigung geendet hatte, hinterließ er ein Gefühl der Unvollendetheit. Und doch hatte der Traum ihn irritiert, denn im wachen Zustand hätte er nie solche Bilder mit dieser Frau in Verbindung gebracht.

Sie wandte den Kopf zur Seite, um ihren Gesichtsausdruck zu verbergen, aber Martin bemerkte, dass sie errötete, und er freute sich darüber.

Sie nahm ihm gegenüber Platz und schob ihre Beine unter seinen Sessel.

»Haben Sie mir sonst noch etwas zu sagen?«, fragte sie grinsend. Sie hatte ihr Gleichgewicht zurückgewonnen. »Haben Sie nicht seit Jahren Lust, mit mir zu schlafen? Wie es eben vielen Männern mit den meisten Frauen geht, denen sie begegnen. Und umgekehrt – da machen Sie sich mal keine Sorgen.«

Sie war drei Mal verheiratet gewesen und lebte inzwischen allein, nicht aber als Einsiedlerin. Jedenfalls erzählte man sich das.

»Sie sehen müde aus«, fuhr sie fort. »Zu viel Druck?«

»Ersparen Sie mir berufliches Mitgefühl«, wehrte Martin ab. Zugleich hob er die Hand zur Versöhnung. »Entschuldigung.«

Sie machte ihm mit einer Geste deutlich, dass sie schon ganz anderes gehört hatte.

Da war etwas an ihr, das ihn jedes Mal wieder aggressiv machte, und hinterher ärgerte er sich über sich selbst. Wer weiß, am Ende hätte er wirklich gern eine engere Beziehung zu ihr gehabt, das irritierende Gefühl inbegriffen, ihre blauen Augen könnten sein Innerstes durchleuchten.

Sie faltete die Hände.

»Wenn es um Sie persönlich geht, Martin, dann müssen Sie einen Termin vereinbaren. Wenn es um einen Rat geht, habe ich zehn Minuten Zeit bis zum nächsten Termin.«

»Gestern hat ein Mensch vorsätzlich eine junge, schöne, kinderlose und verheiratete Frau mit einer Armbrust ›von vorn‹ getötet, der Bolzen ist in ihren Hals eingedrungen. Er stand ihr gegenüber, ungefähr zehn Meter entfernt, und hat sie danach offensichtlich nicht berührt. Das Motiv ist unbekannt, und nichts im Leben der jungen Frau oder dem ihres Mannes kann uns irgendeinen Hinweis geben. Sie trug Schmuck und hatte Geld bei sich, aber das Einzige, was er gestohlen hat, ist ihre Tasche mit Schwimmsachen.«

Die Psychologin gestattete sich zehn Sekunden des Nachdenkens.

»Interessant«, sagte sie schließlich.

Sie lehnte sich in ihrem Sessel zurück und nahm die Brille ab. Sie biss auf ihre vollen Lippen, die Augen in die Ferne gerichtet. Er wartete schweigend.

»Haben Sie einen besonderen Grund zu betonen, dass er sie ›von vorn‹ getötet hat?«, fragte sie.

»Nein, keine Ahnung. Es scheint mir wichtig, aber ich finde nicht heraus warum. Vielleicht hat es keinerlei Bedeutung. Entweder sie kannte ihn nicht, oder sie kannte ihn, und in diesem Fall sollte sie vielleicht erfahren, dass er ihr Mörder war. Andererseits passt das nicht zusammen. Alle Leute aus ihrer Umgebung sagen, dass sie keinen einzigen Feind auf der Welt hatte, ihr Mann betete sie an, ihre Schwester ebenfalls, auch die Kollegen. Sie führte ein ruhiges, geregeltes Leben.«

»Ich verstehe, was Sie beschäftigt«, sagte sie und setzte ihre Brille wieder auf. »Es gibt kein Motiv … Haben Sie schon in den Akten nachgesehen, ob es andere Mordtaten dieser Art in der Gegend gegeben hat?«

»Wir fangen heute damit an.«

»Hoffen wir, dass sich diese Vermutung nicht bewahrheitet«, sagte sie und seufzte. »Denn mit so wenigen Indizien …«

Sie hielt mitten in ihrem Gedankengang inne. Wenn es sich um ein Verbrechen ohne Motiv handelte, konnte es bedeuten, dass dies der Anfang einer Mordserie war. Ein Freudenfest für die Medien und der Albtraum jedes Polizisten.

»Warum sehen Sie so enttäuscht aus?«, sagte sie und stand auf. »Ich bin Psychologin und keine Hellseherin. Tragen Sie ein paar Mosaiksteine zusammen, und ich tue mein Möglichstes, um Ihnen zu helfen.«

Sie drückte ihm die Hand.

»Verlassen Sie sich auf Ihre Intuition, Martin«, schloss sie und schob ihn auf den Gang. »Ich glaube, Sie haben Recht, das Wichtigste ist nicht die gestohlene Tasche. Ein Fetischist hätte eher ihre Unterhose oder ihre Schuhe gestohlen; oder eine Haarsträhne. Entscheidend ist, dass er es gewagt hat, sie von vorn mit einer Ein-Schuss-Waffe zu töten. Übrigens, heute Nacht, Sie und ich, war es schön?«

Er ging, ohne sich noch einmal umzudrehen, und ihr Lachen war bis ans Ende des Flurs zu hören.

Kapitel 9

Seit beinahe einem Monat hatte sie ihn kaum zu Gesicht bekommen, und ebenso lange hatte er sie nicht angerührt. Wenn sie von der Arbeit nach Hause kam, nahm sie wahr, dass er in der Wohnung gewesen sein musste, geduscht hatte, saubere Sachen mitgenommen oder sich aus dem Kühlschrank Essen geholt hatte. Aber was auch immer er tat, es geschah in ihrer Abwesenheit. Zwei Mal hatten sich abends ihre Wege gekreuzt, zufällig, und er war an ihr vorbeigegangen, ohne sie anzusehen.

Nachts fuhr sie gelegentlich mit klopfendem Herzen aus dem Schlaf hoch. Sie wusste, dass er im Haus war, sie musste vermuten, dass er das Schlafzimmer betreten und zugesehen hatte, wie sie schlief. Was wollte er? Woran dachte er?

Warum hatte er sich plötzlich so sehr verändert? Was war mit ihm passiert?

Mit schweren Schritten ging er die Treppe hinauf und hinunter, sie hörte, wie er über die herausziehbare Leiter auf den Speicher stieg oder sich in der Abstellkammer, dem früheren Kinderzimmer, zu schaffen machte. Wonach suchte er bloß? Einmal begegnete sie zufällig im Spiegel über dem Kamin im Wohnzimmer seinem Blick und glaubte zu ihrem Erstaunen in der Art, wie er sie flüchtig ansah, einen

Ausdruck des Spottes zu entdecken, doch sofort wandte er wieder den Kopf ab.

Allmählich verflüchtigte sich die Furcht, er könnte sie ohne Grund jeden Augenblick schlagen, doch die Angst tief in ihrem Innern blieb. Sie war überzeugt, dass sie sich in der Deutung des Blickes, den er ihr zugeworfen hatte, als er glaubte, sie sähe ihn nicht, keinesfalls getäuscht hatte. Sie wusste, sie spürte, dass er etwas ausheckte.

Sie hatte nicht die geringste Ahnung, worum es sich handelte, doch musste es mit ihr zu tun haben; und es konnte nicht zu ihrem Vorteil sein.

Die tägliche körperliche Angst war einer anderen, heimtückischeren Angst gewichen. Vorher hatte sie gewusst, was jeden Abend passieren konnte, jetzt hatte sie nicht die geringste Ahnung, was weit schlimmer war.

Diese namenlose Angst wandelte sich in eine panische Besessenheit, die sie auf der Arbeit verfolgte, in öffentlichen Verkehrsmitteln, zu Hause. Früher schon hatten Angst und Scham einen Wall um sie errichtet, durch den nichts und niemand sich ihr nähern konnte, nicht einmal ihre Schwester. Mittags aß sie seit langem allein, denn meist begann sie zu essen, wenn ihre Kollegen bereits die Mittagspause beendet hatten. Wenn man sie nach dem Grund fragte, hatte sie immer eine Entschuldigung parat, eine Bilanz, die noch nicht fertig war, oder irgendwelche Einkäufe …

Hier und heute hatte sich indes alles noch verschlimmert, denn sie fühlte sich eingesperrt in einem Gefängnis aus Glas, in dem sie zu ersticken drohte. Sie erledigte weiterhin ihre Arbeit, so gut sie eben konnte, doch kaum war sie zu Hause angelangt, blieb sie regungslos am Wohnzimmertisch sitzen, in der Küche, und wenn sie dann nach der Uhr sah, merkte sie, dass zwei Stunden vergangen waren. Da sie nur noch für sich allein das Abendessen zubereiten musste, ließ sie es immer häufiger ausfallen. Sie legte sich ins Bett, ohne sich auszuziehen, behielt ihre Kleider zwei Tage hintereinander an – manchmal länger –, dabei war sie stets die Sauberkeit in Person gewesen.

Mehrmals hatten ihre Kollegen, Männer und Frauen, versucht, mit ihr zu reden, aber sie resignierten eines Tages, weil sie vollkommen gleichgültig wirkte und keinen Laut von sich gab. Die Blicke, die man ihr zuwarf, und die Bemerkungen, die man hinter ihrem Rücken fallen ließ, nahm sie nicht wahr.

Sie bemühte sich, Zahlenreihen hinter- und untereinander zu schreiben, das war das Einzige, woran sie sich noch klammerte.

Als sie sah, wie ihre Chefin zu ihr kam – braunes Haar, energischer Gang –, krümmte sie sich innerlich zusammen, als müsste sie sich gegen Schläge verteidigen. Offenbar war sie kurz davor, verrückt zu werden, denn kein Mensch hier würde sie zu schlagen wagen.

Die Frau beugte sich über sie, so dicht, dass sie sie fast berührte. Ihre Augen blitzten vor Zorn.

»Sie hören sofort auf mit dem, was Sie da machen, und kommen in mein Büro«, sagte sie und bemühte sich, ihre Stimme im Zaum zu halten.

Im Großraumbüro des Sekretariats verstummten die Gespräche, ohne dass sie es bemerkt hätte. Sie stand auf, dann folgte sie ihrer Chefin, die mit energischem Schritt vorangegangen war.

Die Chefin schloss hinter ihnen die Tür des Büros.

»Was ist mit Ihnen los?«, fragte sie trocken.

Sie blinzelte, worauf wollte sie hinaus?
»Meinetwegen, stellen Sie sich ruhig dumm, aber ich habe gerade einen Anruf des Chefbuchhalters bekommen. Die Bilanz ist falsch, alles ist falsch, so kann er sie nie und nimmer dem Rechnungsprüfer vorlegen. Er versteht nicht, wie Sie so viele grobe Schnitzer auf einmal machen konnten. Ich frage Sie noch einmal: Was ist los?«
Die Worte drangen kaum in ihr Bewusstsein. Sie begriff, dass die Frau wütend war, nur den Grund verstand sie nicht genau – und war das letztlich nicht auch alles egal?
Sie wandte den Blick zum Fenster, dann starrte sie auf ihre Finger.
»Was ist bloß mit Ihnen los, Roselyne«, die Frau packte sie heftig am Arm.
Doch Roselynes freie Hand zuckte, sie machte eine Bewegung, als wolle sie ihr Gesicht schützen, dann ließ sie Arm und Hand auf halbem Weg wieder sinken. Die Frau errötete, sie ließ ihren Arm los, als hätte sie sich verbrannt.
»Hatten Sie Angst, ich würde Sie schlagen?«
Roselyne schwieg, sie bedauerte den unglücklichen Reflex, der einem Geständnis gleichkam.
Die Chefin verzog das Gesicht, ihre Nasenlöcher waren geweitet.
»Sie tragen einen Pullover voller Flecken, Sie riechen nach Schweiß. Sie sprechen mit niemandem, Sie geben auf sich nicht mehr Acht. Sie sind doch sonst nicht so, Roselyne, hören Sie mich? Was ist mit Ihnen los?«
Sie nickte, wohl wissend, dass man sie ohne Antwort nicht gehen lassen würde.
Die Frau musterte sie noch immer, weniger verärgert als vielmehr tief besorgt.

»Wollen Sie nicht mit mir sprechen, Roselyne? Wollen Sie mir nicht sagen, was passiert ist?«
Sie sträubte sich einen Moment, überrascht von der Frage. Sollte sie ihr sagen, was geschehen war? Nein, es war alles so unwirklich, dass es schon wieder komisch wirkte, und die Roselyne von früher hätte Tränen gelacht. Aber das durfte sie nicht, die Vorgesetzte sollte nicht erfahren, was wirklich los war. Warum auch immer, aber Roselyne musste diesem aufmerksamen, intensiven, beinahe raubtierartigen Blick um jeden Preis entkommen. In dem verzweifelten Versuch, diesem Büro zu entfliehen, rang sie sich ein Lächeln ab. Sie hatte das Gefühl, dass sie nie mehr würde reden können, ihre Zunge ruhte wie ein totes Gewicht in ihrem trockenen Mund.
»Ich bin ein wenig müde«, brachte sie schließlich hervor.
In einer ungeschickten Bewegung wandte sie sich um, tastete sich nach vorn Richtung Türgriff, sie trat auf den Flur, voller Angst, dass die Frau sie packen und zwingen würde zurückzukommen.
Sie ging in ihr Büro, sie griff nach Tasche und Jacke.
Wie sie letztlich nach Hause gekommen war, das wusste sie nicht mehr zu sagen. Das Haus war leer, und sie roch unangenehm, es war nicht zu verbergen – ebenso wenig wie die Tatsache, dass sie ihre Arbeit nicht mehr ordentlich erledigen konnte. Ihre letzte Verbindung zur Wirklichkeit löste sich in Luft auf.
Sie legte sich auf die Seite, zog die Beine an die Brust und schlief ein.

Kapitel 10

Roussel ließ Martin mehr als zehn Minuten warten. Das war ärgerlich, aber er nutzte die Zeit, um Jeannette anzurufen und sie zu fragen, ob sie begonnen hatte, sämtliche Datenbanken, Kriminal- und Strafregister durchzusehen; und sie sollte ihn daran erinnern, Kontakt zu Interpol aufzunehmen.

Roussel war zwei Jahre jünger als er, doch er wirkte älter. Oder genauer gesagt wirkte er alterslos. Er trug Anzüge vom immer gleichen Grau, Hemden vom immer gleichen Blau, die Krawatten waren unifarben, manchmal getupft. Er hatte hohle Wangen und an den Mundwinkeln zwei tiefe Falten, ein typisches Zeichen für starkes Rauchen. Das Rauchen war übrigens – soweit man wusste – sein einziges Laster.

Als Martin das Zimmer betrat, las Roussel gerade seinen Bericht.

Er las ihn bis zum letzten Wort, bevor er den Blick hob.

»Haben Sie noch mehr?«, fragte er über seine schmale Brille hinweg, ohne ihn eines Grußes zu würdigen.

»Es steht fast alles drin, mit einer Ausnahme. Der Mörder hat dem Opfer die Schwimmtasche gestohlen, das habe ich erst heute Morgen festgestellt.«

»Mir gefällt das gar nicht«, erklärte Roussel. »Der Vater der jungen Frau ist ein früheres Mitglied des Stadtrats.«

Man konnte sich darauf verlassen, Roussel würde sofort und mit unnachahmlichem Gespür die politische Dimension eines Falles wittern.
»Glauben Sie, dass es da einen Zusammenhang gibt?«, fragte Martin scheinbar naiv. »Dass ein politischer Gegner des Vaters die Tochter ermordet hat?«
Roussel blitzte ihn an.
»Sie wissen genau, dass ich das nicht so meine. Wie sieht es eigentlich mit dem Einbruch im Juweliergeschäft aus?«
»Wir haben drei Verdächtige festgenommen, einer von ihnen hat gestanden.«
»Perfekt. Ich sollte öfter auf Kongresse fahren«, sagte Roussel mit einem annähernd menschlichen Lächeln. »Im Moment kümmern Sie sich nur noch um den Mord und lassen alles andere liegen.«
Martin nickte.
»Ich möchte regelmäßige Berichte, auch mündlich, wenn Sie wenig Zeit haben.«
Martin unterdrückte ein Lachen. Wenn er Jeannette erzählte, dass Roussel mündliche Berichte haben wollte, hätte sich die Geschichte bis zum Abend im ganzen Haus herumgesprochen.

Jeannette saß vor dem Computer, ihr Gesicht war vom Bildschirm bläulich verfärbt. Sie zeigte ihm Blätter, die der Drucker ausgespuckt hatte, erste Ergebnisse, Morde, die in den letzten fünfzehn Jahren mit alten Schuss- oder Wurfwaffen verübt worden waren, drei an der Zahl.
1994 war in Marseille ein Afrikaner gestorben, nachdem er von einer Lanze durchbohrt worden war. Der Mörder war verurteilt worden und saß noch im Gefängnis.

1989 war eine junge Frau von einem Dolch mitten ins Herz getroffen worden. Sie probte gerade mit ihrem Freund für einen Auftritt in einem Varietee. Das Gericht hatte auf Totschlag befunden. Der Freund der Toten hatte eine Bewährungsstrafe erhalten und war danach nie mehr straffällig geworden.
1987 wurde ein Jugendlicher in einem Wald im Departement Morbihan in der Bretagne gefunden, Auge und Gehirn waren von einem Pfeil aus Haselnussholz durchbohrt. Seine Kameraden wurden verhört, aber kein Verdächtiger verhaftet. Es kam niemand in Untersuchungshaft, die Ermittlungen wurden eingestellt.
Martin bat Jeannette, sich vom Gericht in Lorient so schnell wie möglich eine Kopie der Akten oder zumindest die wichtigsten Fakten schicken zu lassen. Wahrscheinlich würde das drei bis vier Wochen dauern.
Danach rief er den Gerichtsmediziner an, der ihm riet, Bélier von der Spurensicherung anzurufen. Er folgte seinem Rat, und Bélier sagte ihm, er könne vorbeikommen. Womöglich gab es da ein paar viel versprechende Anhaltspunkte – hätte sie ihm auch am Telefon mitteilen können, dachte Martin. Aber die Leute von der Spurensicherung waren stolz auf ihr Können, und voller Inbrunst breiteten sie vor den Ermittlern ihre Tricks aus, auch um zu beweisen, dass heutzutage der wichtigste Teil der Aufklärungsarbeit in ihren Labors gemacht wurde. Martin störte das nicht. Er mochte Bélier gern, immerhin war es ihr gelungen, den langjährigen Stellungskrieg zwischen Biochemikern, Physikern, weiteren Fachleuten der Spurensicherung und den Gerichtsmedizinern beizulegen.

Bélier war eine hübsche Rothaarige von achtunddreißig Jahren, ein enger weißer Kittel verhüllte ihre ansehnlichen Formen – der Traum jedes Jugendlichen, ein Traum jedoch, der für jeden gestandenen Playboy an der Gürtellinie ausgeträumt schien. Mit zwölf hatte Bélier Kinderlähmung gehabt, und ihr rechtes Bein war dünner als das andere, es ließ sich nicht vollständig bewegen, allerdings hatte sie durch eine ständig und beharrlich absolvierte Krankengymnastik gelernt, nahezu ohne jedes Hinken zu gehen.

Als Martin ihr Labor betrat, blickte sie gerade durchs Mikroskop. Ihr Assistent war der schöne Jüngling mit braunen Locken und blassem Teint, den Martin schon an der Mordstelle gesehen hatte.

Beide trugen Masken wie in der Reanimationsabteilung eines Krankenhauses, Masken, die Mund und Nase bedeckten. Der Junge stand dicht bei ihr, er steuerte und regelte einen mit zahlreichen Drähten versehenen Kasten. Er warf Martin einen flüchtigen Blick zu, wies mit dem Kinn auf den Karton mit den Masken und setzte seine Arbeit fort.

Etwas schwer zu Beschreibendes in der Haltung der beiden verriet eine gewisse Vertrautheit, und Martin fragte sich kurz, ob diese Nähe über das rein Berufliche hinausging, immerhin war Bélier mit einem leitenden Angestellten eines Luftfahrtunternehmens verheiratet und hatte vier Kinder.

Martin zog seine Maske über, ging im Labor umher und achtete darauf, nicht die Hände aus der Tasche zu nehmen.

»Ich bin gleich wieder da«, sagte Bélier, ohne sich umzudrehen. »Sieh dir das linke Tablett an und fass nichts an!«

Martin ging zu dem Stahltablett mit den abgeschrägten Ecken, das über einem Stapel Dokumente und verschie-

densten Instrumenten thronte. Auf der glatten und glänzenden Oberfläche des Tabletts standen zwei kleine weiße Porzellanschalen.
In den Schälchen waren Staubteilchen von unbestimmter Farbe auszumachen, manche glänzten im Schein der Halogenlampe.
Am Rand eines der Schälchen war ein Etikett mit dem Buchstaben A, auf dem anderen war ein B zu erkennen.
Im Schälchen A war wesentlich weniger Staub als im Schälchen B.
Bélier trat zu ihm.
»Offenbar bist du grob mit meinem armen Fabien umgesprungen«, sagte sie, packte ihn am Arm und küsste ihn auf die Wange. »Aber ich habe ihn auch angebrüllt, stimmt's, Fabien?«
Fabien antwortete nicht, und Martin wurde allmählich ungeduldig.
»Ist ja schon gut, reg dich nicht auf«, sagte Bélier. »Schälchen B enthält Sand und Zement, die im Hauseingang gefunden wurden, acht Meter achtzig von der Leiche entfernt. In Schälchen A befindet sich Sand und Zement, die auf den Fingern und der rechten Hand des Opfers waren oder am Boden nahe der Finger. Sand und Zement beider Proben sind identisch – kannst du mir folgen?«
»Er ist ihr auf die Hand getreten?«
»Ja, ich finde keine andere Erklärung. Nirgendwo sonst an ihrem Körper oder an den Kleidern haben wir die kleinste Spur Sand oder Zement gefunden, und Sand und Zement kommen von anderswoher, jedenfalls nicht von der Straße.«
»Kann man sagen, woher sie kommen?«

»Quartz- und Chlornatriumgehalt weisen darauf hin, dass der Sand aus einem der Steinbrüche Westfrankreichs stammt, aus denen zwölf Prozent des Baumaterials der Hauptstadt bezogen werden, Baumärkte nicht eingeschlossen.«

»Und der Zement? Hast du ihn untersucht?«

»Ja, aber der Spektrograph ist kein Zauberstab. Du weißt doch, dass man Zement nicht in der Natur findet. Er ist ein Kunstprodukt, grob gesagt eine Mischung aus Lehm und Kalk, die Herstellung ist überall dieselbe. Er kann von überall her stammen.«

»Wenn er ihr auf die Hand getreten ist, dann gibt es sicher irgendeine Spur.«

»Du bist süß«, sagte sie. »Ihr Ringfinger war gebrochen, sogar aufgeplatzt.«

»Gut. Ich gehe zum Gerichtsmediziner.«

»Er hat mir Fotos und Röntgenaufnahmen geschickt. Er ist acht Autopsien im Rückstand und hat gesagt, es wäre ihm lieber, wenn ich für ihn die Tatortskizze anfertige.«

Martin lächelte anerkennend. Es war eine große Leistung, einem bekanntermaßen feindseligen Mann wie dem Chef der Gerichtsmedizin ein solches Zugeständnis abzuringen.

Sie holte einen Ordner aus einer Schublade und öffnete ihn. Die verletzte Hand war mit Blitzlicht aus verschiedenen Blickwinkeln fotografiert worden, danach hatte man den Finger aufgeschnitten und … Auch der Bruch des zweiten Fingerglieds war aufgenommen worden.

Martin hielt sich nicht länger bei den Bildern auf, was ihn mehr interessierte, waren die Schlussfolgerungen, die Boissier, der Mediziner, und Bélier daraus ableiten würden.

Die junge Frau wies auf die Bruchlinie.

»Siehst du, der Rand ist heftig zerdrückt worden. Boissier

hat ein Knochenstück vergleichbarer Größe genommen und es auf verschiedene Arten zerdrückt, mit verschiedenen Sohlen. Ohne Ergebnis. Dann kam er auf die Idee, einen Hammer zu nehmen. Er hat auf den Knochen geschlagen und ist zu einem ganz ähnlichen Ergebnis gekommen.«

Martin fragte lieber nicht, wie er an das Knochenstück gekommen war.

»Glaubst du wirklich, der Typ hat ihren Finger mit einem Hammer kaputtgeschlagen ...«

Er hielt inne. Natürlich nicht, er hatte Sand und Zement vergessen.

»Klar, logisch«, fuhr er fort. »Der Mörder trägt Schuhe mit Stahlabsatz. Oder zumindest ein Teil des Absatzes ist mit Stahl verstärkt, oder?«

Bélier lächelte ihn an.

»Das ist noch nicht alles. Ich habe die Tests wiederholt. Fabien hat eine Schneidemaschine mit verstellbarer Druckstärke ausfindig gemacht und es damit probiert. Das Ergebnis ist dieses Foto dort. Der Druck entspricht einem Gewicht von etwa dreiundachtzig Kilo. Hundertprozentig. Der Mörder wiegt mit Kleidern und Stahlabsatz-Schuhen zwischen zweiundachtzig und vierundachtzig Kilo.«

Martin nickte, sie hatte gute Arbeit geleistet, aber er nannte so etwas Indizien a posteriori, Indizien, die man nur nutzen konnte, wenn man den Verdächtigen bereits kannte oder die Wahl hatte zwischen mehreren Verdächtigen.

Bélier las die Enttäuschung auf seinem Gesicht.

»Tut mir Leid, dass ich keinen dicken, wohl bekannten Fingerabdruck gefunden habe«, sagte sie trocken.

»Entschuldigung«, antwortete er, »ihr habt das sehr gut gemacht.«

»Wer sagt, dass die Arbeit abgeschlossen ist?«

Martin hielt einen Seufzer zurück. Er hatte am Vorabend vor dem Einschlafen beschlossen, nicht mehr zu seufzen. Jedenfalls so wenig wie möglich.

»Der Pfeil.«

Martin nickte.

»Der Bolzen«, sagte er. »Oder der Pfeil, so und nicht anders nennt man das Ding.«

Sie lächelte.

»Genau, den hat jemand selbst hergestellt. Keine Spur von einem Fingerabdruck, keine organischen Rückstände außer denen des Opfers.«

Sie suchte eine Schachtel, in der Teile des Geschosses lagen. Die Spitze, der Stiel und die Plastikstücke, die als Flügel gedient hatten, bevor sie abgefallen waren.

»Die Spitze besteht vermutlich aus Dachrinnenblei oder alten Rohren, geschmolzen, geschnitten und mit Sandpapier geschliffen. Und wir haben Farbspuren gefunden, unmöglich zu sagen, woher sie stammen, alles viel zu alt. Der Stiel ist aus Aluminium und stammt von einem Gerät, vielleicht aus der Küche, mehr wissen wir noch nicht. Wenn sich bei der Analyse ergibt, dass ein erhöhter Grad Unreinheit besteht, könnte bewiesen sein, dass das Metall weder in Frankreich noch sonst in Europa oder den USA hergestellt wurde, wo die Auflagen strenger sind. Bei den Flügeln haben wir ein paar Überraschungen erlebt.«

Sie nahm eine der kleinen Zungen heraus, an einem der Ränder war noch Kleber zu sehen.

»Am Kleber ist nichts Besonderes, aber sieh dir das mal an. Dieses Material ist dünn, aber nicht zu dünn, es ist leicht und fest, man kann es beträchtlich in die Länge ziehen, ohne

es zu zerreißen, danach nimmt es wieder die ursprüngliche Form an. Sieh dir die Farbe an. Erinnert sie dich an nichts?«
Die Plastikstücke waren aus sehr zartem, weißlich durchwirkten Blau.
Sie lächelte, sie war entzückt von seinem Erstaunen.
»Dieses Material ist ein Gummi, das man zur Herstellung von Schwimmbeckenfolie benutzt.«
Martin zog die Augenbrauen hoch.
»Damit stattet man heutzutage Schwimmbäder aus. Ein wasserdichtes und extrem widerstandsfähiges Material, mit dem das Becken abgedichtet wird und das den Rand abschließt. Eine Innovation, durch die Schwimmbäder viel billiger sind als vorher, beim Kauf, im Unterhalt. Aber man findet dieses Material nicht an jeder Straßenecke. Dein Mörder hat offenbar Abfälle verwendet.«
Bleirohre, Regenrinnen, Sand, Zement, Folie ... Martin lächelte. Allmählich konnte man sich ein Bild machen.

Kapitel 11

Myriam, Martins Ex-Frau, fluchte innerlich über ihren letzten Kunden. Seinetwegen kam sie zu spät zum Rendezvous mit Rémy, ihrem Verlobten.

Er hatte den Ort für ihr Treffen ausgewählt, ein absolutes In-Restaurant im Faubourg Saint-Honoré. Myriam hasste diese Art Restaurant, aber sie war Rémy nicht böse. Er hatte ihr sicher einen Gefallen tun wollen, als er diesen Ort auswählte, immerhin kannte er ihren Geschmack noch nicht sehr genau.

Sie parkte auf dem Zebrastreifen, rannte zur Tür, wartete gut fünf Minuten auf den Portier und bedauerte, dass sie ihren Mini nicht selbst im Parkhaus an der Place Vendôme abgestellt hatte.

Als sie die Geschäftsführerin nach dem Tisch von Monsieur Regnier fragte, tauchte ein junges Mädchen vor ihr auf – hüfttief geschnittene Jeans, der breite Streifen gebräunten Bauches war nicht zu übersehen – und führte sie in lässigem Schritt durch eine Flut kleiner, im Halbdunkel liegender Räume voller Tische, Stühle, Sofas, Sessel, die meisten längst besetzt.

Unaufhörlich huschten Bedienungen und Besucher hin und her, der Altersdurchschnitt lag bei etwa dreißig, nur hier und da war ein angegrauter Kopf oder ein frisches Lifting zu

erkennen. Im Vorbeigehen glaubte sie zwei Schauspielerinnen wahrzunehmen, an deren Namen sie sich beim besten Willen nicht erinnern konnte, ferner einen Fernsehmoderator mit siegesgewissem Gesichtsausdruck.
Ihre Begleiterin geleitete sie zu einem kleinen, von Sonnenschirmen beschatteten Innenhof, dann verschwand sie ebenso schnell und leise, wie sie aufgetaucht war.
Rémy kehrte ihr den Rücken zu und tippte mit Expertenhand auf seinen Palm ein. Myriam überkam ein freudiges Prickeln, als sie ihn erblickte, und sie zögerte den Moment, in dem sie sich bemerkbar machte, hinaus. Er war schön wie eine antike Gottheit und schien sich dessen keineswegs bewusst. Am liebsten hätte sie ihn direkt mit zu sich nach Hause genommen – oder wäre zu ihm gegangen; oder ins erstbeste Hotel. Vielleicht gab es an diesem seltsamen Ort auch Zimmer … Die Wonnen der Vorfreude schlugen in Schuldgefühle um, Schuldgefühle deshalb, weil sie gestern noch mit ihrem Ex geschlafen hatte, und außerdem war sie es, die als Erste wieder heiraten würde. Martin aber war immer noch allein, und nichts wies darauf hin, dass er sich wieder mit einer Frau zusammentun würde. Dabei waren sie seit gut zweieinhalb Jahren getrennt.
Sie bettete eine Hand auf Rémys Schulter, streichelte ihm den Nacken und küsste ihn aufs Ohr, bevor sie um den zu großen runden Tisch ging, der sie voneinander trennte. Damit sie sich setzen konnte, musste ein junger Mann, den sie nur von hinten sah, zur Seite rücken. Der runde Tisch wackelte, und Rémy war weiter von ihr entfernt als die Gäste des Nachbartischs. Aus den Lautsprechern, die sich hinter allerlei Nippsachen verbargen, tönte ein abscheulicher Musikbrei, ein Remake von Songs der 80er-Jahre, auf die sie

während ihrer ersten Flirts getanzt hatte. Mehr und mehr hasste sie das Restaurant, schnell warf sie Rémy ein Lächeln zu.

»Gefällt dir das Restaurant?«, fragte er.

»Und wie«, antwortete sie, streckte ihm die Arme entgegen und verschränkte ihre und seine Finger ineinander. »Außerdem sterbe ich vor Hunger und Lust auf dich.«

Er blickte sich hastig um, aus Angst, man hätte sie gehört, und sie lachte leise, sie fand die Schüchternheit dieses zweiunddreißigjährigen Mannes wunderbar.

Rémy war verheiratet, seine Frau war dreißig Jahre alt, und es war schon seine zweite Ehe. Aus erster Ehe hatte er zwei Kinder, Junge und Mädchen, je sechs und acht Jahre alt, und seine zweite Frau hatte ihm einen weiteren Jungen geschenkt, der gerade zwei geworden war. Für den kommenden Monat war die Scheidung angesetzt.

Seit der Geburt dieses Kindes hatten die beiden Probleme miteinander, lange bevor Rémy und Myriam sich kennen gelernt hatten, trotzdem fand sich Myriam ziemlich gemein. Zugleich aber erfüllte es sie mit Stolz, dass ein Mann sie einer zehn Jahre Jüngeren vorzog.

Rémy war Beamter im höheren Dienst des Kulturministeriums und hatte Myriam bei einer Gebäudebesichtigung kennen gelernt: eine Villa, die unter Denkmalschutz stand und in der er sein privates Geld anlegen wollte, solange er noch entsprechende steuerliche Vorteile geltend machen konnte. Myriams Maklerbüro arbeitete mit einem Steuerberater zusammen, einem Spezialisten für steuerbegünstigte Immobilienanlagen. Nachdem sie die Unterlagen gesehen hatte, wusste Myriam, dass Rémy und seine Frau eine Zugewinngemeinschaft bildeten, und zu ihrer Überraschung half sie dem Paar, durch Investitionen ihre Gemeinschaft zu festigen, obwohl sie sich nichts sehnlicher wünschte, als dass sich die beiden trennten. Investition oder nicht, Rémys Frau hatte ihn schließlich rausgeworfen, seit zwei Monaten wohnte er im Hotel.

Rémy streckte seine langen Beine unter den Tisch.

»Auch ich habe Lust auf dich«, sagte er leise und rieb seine Fußgelenke an ihren.

»Sollen wir gehen?«, fragte sie.

»Ich habe Champagner bestellt, danach können wir gehen, wenn du willst.«

»Nein, es ist besser, wenn wir etwas essen. Ich habe seit heute Morgen nichts mehr bekommen. Ist die Bedienung nicht zu langsam?«

»Nur ein bisschen«, sagte er.

»Kommst du oft hierher?«

»Nein, gelegentlich führe ich ausländische Kollegen aus. Sie mögen alles, was in Paris in ist.«

Myriam verzog den Mund.

»Tut mir Leid«, sagte er. »Ich habe der Sekretärin gesagt, sie solle etwas reservieren für ein Dienstessen mit einem Kollegen aus der Provinz, und sie tat ihr Bestes. Das hat man davon, wenn man lügt.«

Er konnte sie nicht in sein Hotel mitnehmen, weil er fürchtete, dass seine Frau ihn verfolgen ließ, um bei der Scheidung mehr Geld herauszuschlagen.

Myriam nahm ihn in ihre Wohnung mit, sie fuhr viele Umwege – sie passierte sogar eine Privatgarage mit Ein- und Ausfahrt –, dieweil er sich fast den Hals ausrenkte, weil er dauernd nach hinten sah.

Als sie bei ihr zu Hause angekommen waren, gingen sie gleich ins Bett. Schon am Anfang ihrer Beziehung hatte sie begriffen, dass, wollte sie etwas Neues, sie es selbst erfinden musste. Erotische Fantasie war nicht eben seine Stärke. Sie hatte bei ihm Reste bürgerlicher, gar religiöser Erziehung ausgemacht, die ihn daran hinderten, sich leicht hinzugeben, und da sie ihn noch nicht gut genug kannte, um zu viel Initiative zu wagen, die ihn hätte verunsichern können, waren ihre ersten Begegnungen nicht wirklich befriedigend gewesen. Das war nicht schlimm, sie hatten Zeit, sich kennen zu lernen. Außerdem war das Teil seines Charmes, und davon hatte er viel. Er war sehr intelligent, und sein Humor hatte etwas Zynisches, das sie mal belustigte, dann wieder rasend machen konnte. Er nahm nichts ernst, nichts außer seinem Beruf und ihrer Beziehung.

Er hatte den hoch gewachsenen Körper eines Tennisspielers, hatte eine merkwürdig glatte Haut. Außerdem war ihm eine gewisse Vornehmheit eigen – und eine verborgene Schwäche, die sie anrührte.

In vielerlei Hinsicht war er das genaue Gegenteil von Martin, und schon mehrmals hatte sie sich gefragt, ob sie das am meisten anzog, der Eindruck, sich auf einem exotischen und unbekannten Terrain zu bewegen. Sie hatte eher wenige Männer aus nächster Nähe kennen gelernt, aber mit jedem hatte sie längere Zeit zusammengelebt. Ihrem ersten Freund war sie mit fünfzehn begegnet, hatte ihn mit achtzehn geheiratet und mit achtundzwanzig verlassen. Sie hatten eine Tochter gehabt, die früh gestorben war, danach hatte sie keine weiteren Kinder bekommen.

Martin war sie wie später auch Rémy durch ihren Beruf begegnet, als er Ermittlungen wegen einer Einbruchserie durchführte, die fast alle in Häusern geschahen, die über Myriams Büro verkauft worden waren. Myriam war damals nur eine kleine Angestellte gewesen. Er hatte sie peinlich genau verhört und vermutlich verdächtigt, mitbeteiligt zu sein. Erst viel später trafen sie sich wieder, und sie fragte ihn, ob er die Einbrecher gefunden habe. Die Polizei habe sie schließlich festgenommen, verriet er, doch arbeite er schon lange nicht mehr an der Sache. Er habe die Dienststelle gewechselt und sei jetzt bei der Mordkommission. Sie hatte Lust gehabt, länger mit ihm zu reden, und bei ihm denselben Wunsch gespürt.

Er erzählte ihr, dass seine Frau bei einem Unfall ums Leben gekommen sei und er lange gezögert habe, seine Beförderung anzunehmen, da er mehr arbeiten musste und auch mehr Verantwortung trug, während seine Tochter ihn brauchte.

Er erklärte ihr, dass er eine neue Wohnung suche und glaube, ein Tapetenwechsel sei gut für sie. Seine Tochter sei von krankhafter Faulheit und verbringe ihre Tage damit, Erinnerungen an ihre Mutter zu sammeln.

Sie bot Martin an, ihm zu helfen, fand die ideale Wohnung, und er zog ein, obwohl die kleine Isabelle Tränen vergoss und mit den Zähnen knirschte.

Er dankte Myriam mit einer Kiste Champagner und einem riesigen Blumenstrauß, und sie war tief gerührt, weil sie wusste, was er verdiente, entschieden weniger als sie.

Es wurde für sie zur Gewohnheit, sich immer öfter zu sehen, bis sie merkten, dass sie ohneeinander nicht mehr auskamen.

Sie lernte Isabelle kennen und mochte sie bald so gern wie ihre eigene Tochter. Nach der Scheidung hatte diese Zuneigung nichts von ihrer Kraft verloren. Selten verging ein Tag, ohne dass sie mit Isabelle telefonierte. Aber da war noch mehr.

Noch heute, trotz allem, was Rémy für sie bedeutete, konnte sie sich eine Welt ohne Martin nicht vorstellen.

»Alles in Ordnung?«, fragte Rémy und legte ihr die Hand auf den Bauch. »Wie schaffst du es nur, immer so braun zu sein?«

»Dafür gibt es Tabletten«, antwortete sie und legte ihrerseits eine Hand auf seinen Körper. »Wann musst du nach Hause?«

»Ungefähr in einer Stunde. Ich darf nicht zu spät ins Hotel kommen, das fällt zu sehr auf, und morgen um fünf fahre ich nach Köln.«

»Dann lass uns gleich anfangen.«

Er lachte, und sie setzte sich auf ihn und wippte auf und ab. Sie mochte das Gefühl, ihre Brüste auf seine magere und harte Brust zu pressen. Sie packte ihn bei den Handgelenken, breitete seine Arme aus und versetzte ihm winzige Bisse auf Gesicht und Hals.

Er versuchte sich zu wehren und sie wieder mit den Armen zu berühren, aber sie war im Vorteil und außerdem genau so stark wie er, ein Umstand, der sie am Anfang, als sie es gemerkt hatte, ein wenig aus dem Gleichgewicht kommen ließ. Auch hier war er das Gegenteil von Martin. Dessen starke Muskeln passten genau zu seinem sonstigen kräftigen Körperbau. Wenn sie kämpften, bevor sie andere Spiele spielten, fühlte sie sich genauso hilflos wie ein Kind im Arm eines Bären, selbst wenn er aufpasste, ihr nicht wehzutun, und alle Kraft, die sie durch ständigen Sport errungen hatte, änderte daran nichts.

Myriam half Rémy mit Hand und Mund, bis sich eine angenehme Härte einstellte – und streichelte sich diskret mit der anderen Hand. Sie wünschte sich, dass er sie herumdrehte und sein Gesicht zwischen ihre Schenkel drückte, doch stattdessen lag er bewegungslos da, die Arme ausgebreitet, in derselben Lage wie vorher.

»Ich liebe es, wenn du mich lutschst«, sagte er plötzlich, und nur mir Mühe konnte sie sich ein Lachen verbeißen.

Als seine Verklemmtheit zu schwinden begann, hatte sie festgestellt, dass er während des Liebesspiels gerne und häufig redete und Worte verwendete, die er sonst nie benutzte, als betrete er ein Universum, in dem das durch seine Erziehung verbotene Vokabular durch die Trivialität der Betätigung, der er sich hingab, erlaubt sei. Dieser Gedanke war ein wenig erschütternd, denn wenn sie ihn zu Ende dachte, bedeutete es, dass er im tiefsten Innern Sex als etwas Schmutziges betrachtete.

Sein Penis war lang und dünn, seine Eichel fast so spitz wie eine Lanzenspitze, doch mit Hilfe der Muskeln ihrer Schenkel und ihrer Vagina konnte sie ihn, wenn er in sie eindrang, in ganzer Länge spüren.

Langsam kletterte sie auf ihn, sie streichelte sich immerzu, bis sie ihn in sich schob. Sie wurde von einem ersten Orgasmus überwältigt, dann von einem zweiten, als er wieder weich und schlaff wurde. Kein Zweifel, er hatte nichts davon gehabt. Sie öffnete die Augen und versuchte in seinem Gesicht zu lesen, worauf er Lust hatte. Er lächelte ihr zu.

»Wenn du willst, dass ich auch komme, musst du ihn wieder hoch bringen, der Kleine hat es heute Abend ein bisschen schwer.«

Sie beantwortete sein Lächeln mit einem Nicken und machte

sich ans Werk. Sie war etwas sauer auf ihn, dass er so passiv blieb, und erinnerte sich, dass sie sich gestern wegen des genauen Gegenteils über Martin geärgert hatte.
Sie sagte sich, dass sie sich aufführte wie eine Nutte, beugte sich über ihn und schob ihm nacheinander beide Brüste in den Mund. Er saugte daran, er befühlte und berührte ihre Brüste, und sie spürte, dass es Wirkung zeigte.
Er drang erneut in sie ein, sie bewegte sich ein wenig und hatte einen dritten Orgasmus, im gleichen Moment wie er. Sie wäre gern so liegen geblieben, ihren Körper auf seinen gebettet, den Kopf in seiner Schulterbeuge geborgen, die Schenkel an seine geschmiegt, aber er schob sie sanft zur Seite, und sie ließ sich fallen.
Er stand schnell auf, hastete schnellen Schrittes ins Badezimmer und griff sich im Vorbeigehen Hemd und Unterhose. Jetzt, wo es vorbei war, wollte er in ihrem Beisein nicht lange nackt bleiben.
Als er zurückkam, lag sie auf dem Rücken und starrte an die Decke.
»Schlaf, mein Liebling«, sagte er und beugte sich über sie.
»Nein, ich bin nicht müde, ich stehe jetzt auf.« Sie starrte weiter an die Decke, dann richtete sie den Blick auf ihn. »Entschuldigung, aber ich habe gerade nachgedacht …«
Er sah sie ein wenig beunruhigt an.
»Ist alles in Ordnung? Du siehst aus, als würdest du dir Sorgen machen.«
»Nein … Ich habe nur an etwas gedacht, eine junge Frau, die bei uns arbeitet …«
»Und?«
»Ich weiß nicht … Sie macht eine gute Arbeit, aber ich weiß nicht, was diese Woche mit ihr los ist, ihr sind ganz irre

Fehler passiert. Heute habe ich sie zu mir bestellt und angefangen sie zu beschimpfen … Ein paar Momente hat sie mir höflich zugehört, ohne die winzigste Regung zu zeigen, und dann ist sie weggegangen, einfach so, mit einem merkwürdigen Gesichtsausdruck, als verstünde sie nicht, wovon ich rede …«

»Ist das alles?«

»Sie hat ohne Entschuldigung das Büro verlassen, kein Wort hat sie gesagt. Ich habe mit ihrer Kollegin gesprochen … Ich glaube, es war eine Dummheit von mir, sie zu beschimpfen. Seit ein paar Tagen wird sie anscheinend immer seltsamer. Ich weiß nicht so richtig, was ich tun soll … Vielleicht sollte ich sie zu Hause besuchen.«

Rémy beugte sich herunter, um ihr die Stirn zu küssen. Die Krawatte, die er gerade band, fegte über ihre Brust.

Sie zog ihn an sich. Er protestierte lachend und küsste ihre Brustwarzen.

»Sollen wir noch mal von vorne anfangen?«

Er schüttelte bedauernd den Kopf.

»In einem Monat, spätestens zwei, sind wir für immer zusammen«, sagte er. »Nur noch ein paar Wochen.«

»Was soll ich deiner Meinung nach mit diesem Mädchen tun? Wenn du sie gesehen hättest …«

Er setzte sich auf den Bettrand und tätschelte ihren Schenkel.

»Weißt du, als Chef soll man sich nicht zu sehr engagieren, das ist gefährlich. Nach allem, was du mir erzählt hast, behandelt ihr eure Mitarbeiter mehr als gut, aber wenn du erst mal anfängst, dich in ihr Privatleben einzumischen, dann nimmt es kein Ende mehr, glaub mir. Ganz zu schweigen von der Eifersucht und dem Neid, die man damit bei den anderen auslöst. An deiner Stelle würde ich das lassen, und wenn sie deinem Betrieb schadet, dann wird sie rausgeschmissen.«

Myriam sah ihn schweigend an.

»Findest du mich zu hart?«

»Nein«, zwang sie sich zu antworten, »du hast wahrscheinlich Recht.«

Wieder küsste er sie auf die Stirn.

»Nicht wahrscheinlich, sicher, ganz sicher. Ich liebe dich, mein Schatz.«

Er stand auf, zog sein Jackett an, beugte sich herunter, um ihr den großen Zeh zu küssen, und ging.

»Wirf sie raus!«

Myriam hatte das Gefühl, als habe ein Dämon einen Eisblock auf ihr Herz gelegt, der allmählich schmolz und der sie mit einer Kälteschicht überzog.

Im Grund waren es weniger seine Worte als seine Art zu reden. Diese kalte Effizienz, frei von Wut und dafür fast gleichgültig im Tonfall, wie von einem Technokraten, der sich nicht verantwortlich fühlt. Und genau das war Rémy. Sie konnte diesen Teil seiner Persönlichkeit nicht ertragen, konnte nicht verstehen, dass man sich Angestellter, die einen Fehler machen, einfach entledigt. Dass man eine junge Frau, die zu deutlich zeigt, wie sehr sie ihren Mann braucht, einfach fallen lässt.

Myriam wurde rot, bemüht, diesen Vergleich zurückzunehmen. Das hatte nichts miteinander zu tun. Rémys Frau, bald seine Ex-Frau, war wirklich eine Nervensäge. Selbst das Kind hatte sie sich heimlich machen lassen, so hatte er es ihr erzählt – gleichviel, in jedem Fall konnten sie sich gegenseitig nicht mehr ertragen. Es war besser, wenn sie sich trennten, besser auch für das Kind. Die Frau war noch jung, und sie würde schnell einen anderen finden.

»So eine Scheiße!«, sagte sie laut.

Sie sprang aus dem Bett und ging duschen.

Die geräumige Wohnung war leer und traurig. Sie fragte sich, was sie im Idealfall am liebsten tun würde. Es war dies ein Spiel, das sie oft mit sich selbst gespielt hatte, als sie jung war. Ein Weg, die Wirklichkeit nach ihren Wünschen zu formen? Wenn ich genau das tun könnte, wozu ich jetzt Lust hätte, was würde das sein? Rémy zurückholen und mit ihm schlafen. Oder Martin anrufen. Sie griff nach dem Telefon, dann zog sie ihre Hand wieder zurück. Nein, nach dem, wass sie ihm gesagt hatte, durfte sie ihn nicht mehr belästigen, vor allem nicht nachts.

Sie lief in der Wohnung umher. Als sie genug davon hatte, zog sie sich an und ging nach draußen.

Sie nahm ihr Auto, fuhr ins Maklerbüro, schaltete die Alarmanlage aus und stöberte wie eine Diebin in den Personalakten. Sie schrieb sich Roselynes Adresse und Telefonnummer auf.

Die junge Frau wohnte in Cergy-Pontoise, einer im Nordwesten von Paris, gut 30 Kilometer entfernt gelegenen Vorstadt.

Myriam zögerte, noch immer hatte sie keine Lust zu schlafen.

Sie passierte die Rue de Rivoli und die Champs-Elysées, zwei zu später Stunde sehr belebte Straßen, dann bog sie in die Avenue de la Grande-Armeé und schließlich in die Avenue de Neuilly ein, wo sie wegen des Feierabendverkehrs

nur langsam vorankam. Dann passierte sie den Tunnel von La Défense Richtung A 86 und A 15 und nahm nach 25 Kilometern die Ausfahrt Richtung Cergy-Pontoise.
Ab hier wusste sie nicht mehr weiter, also hielt sie sich links, fuhr unter der Autobahnbrücke hindurch und schließlich in die zu dieser Zeit leere Trabantenstadt, deren Ampeln gelbes Blinklicht auf den Asphalt warfen.
Während sie an einer Kreuzung zögerte, hielt neben ihr ein weißer Renault 19 auf gleicher Höhe, vier schwarze Jugendliche sahen sie mit kaltem, forschendem Blick an. Sie schaltete die automatische Türsicherung ein – eine Vorrichtung, die im Fall eines Angriffs völlig sinnlos war –, als der Renault anfuhr, nach links einbog und verschwand.
Weiter vorne, hinter hohen Verwaltungsgebäuden und Läden erstreckte sich ein weites Neubaugebiet. Sie fuhr hinein und hielt kurz darauf an, sie hatte einen beleuchteten Stadtplan entdeckt.
Myriam parkte den Wagen so nahe wie möglich an dem Plan und suchte eine Weile, bis sie Roselynes Adresse gefunden hatte.
Langjährige Übung als Immobilienmaklerin half ihr dabei, bald hatte sie die Adresse sowie den kürzesten Weg dorthin gefunden.
Sie stieg wieder ins Auto und fuhr los, erstaunt, dass keine Menschenseele auf der Straße war.

Roselyne wohnte in einem kleinen, schon älteren Einfamilienhaus, das hundert anderen glich wie ein Ei dem anderen. Im Vergleich zu den Nachbarhäusern aber wirkte es verlassen. Die Hecke um den kleinen Garten war nicht geschnitten, ein zerbrochenes Fenster nicht repariert.

Ich muss ja völlig verrückt sein, dachte Myriam, was mache ich jetzt bloß?

Sie nahm ihr Handy und rief Roselyne an.

Sie lauschte und hörte im Innern des Hauses das Telefon klingeln. Keine Reaktion.

Sie schob die Gartentür auf und trat ein.

Die Klingel schien nicht zu funktionieren, also klopfte sie an die Tür, und als niemand reagierte, drehte sie den Türknauf und sagte sich dabei, sie sei wohl wahnsinnig.

Mit einem leichten Quietschen ging die Tür auf, Myriam trat ins Haus.

Die kleine Diele führte in ein Wohnzimmer, in die Küche, zur Treppe.

Langsam ging sie durch das Erdgeschoss, dann stieg sie die Treppe hinauf.

Das erste Zimmer des ersten Stockwerks schien als Rumpelkammer genutzt zu werden, die Tür zum zweiten Zimmer war angelehnt.

Sie stieß sie vorsichtig auf und hörte einen Menschen atmen.

Sie näherte sich der dunklen Gestalt auf dem Bett.

Es war Roselyne. Sie schlief in ihren Kleidern, zusammengekauert wie ein Embryo. Myriam suchte nach Substanzen, nach Medikamenten, fand aber nichts.

Sie kehrte um, trat aus dem Zimmer und ging die Treppe hinab.

Als sie die Haustür öffnete, schrie sie auf.

Eine riesige Gestalt blockierte den Eingang. Myriam trat einen Schritt zurück. Die Gestalt kam auf sie zu, machte eine Bewegung zur Seite, und dann standen sie beide in hellem Licht.

Der Mann war weniger kräftig, als sie gedacht hatte, aber groß und stattlich gebaut, und er machte keinerlei Anstalten, seine Feindseligkeit zu verbergen.
»Was haben Sie hier zu suchen?«, fragte er barsch.
»Ich bin Roselynes Chefin«, antwortete sie. »Es ging ihr nicht gut heute, und da habe ich mir Sorgen gemacht. Da ich auf dem Heimweg – ich war bei Freunden eingeladen – hier vorbeikam, habe ich mir gedacht, es könnte nicht schaden, nach ihr zu sehen.«
Sie merkte, dass er ihrer halb erlogenen Geschichte nicht im Geringsten glaubte. Er sah sie kalt und berechnend an, als frage er sich, was er mit ihr machen solle. Plötzlich hatte sie Angst.
»Hat sie Ihnen gesagt, dass es ihr nicht gut geht?«
»Nein, es ist mir selbst aufgefallen«, antwortete sie. »Sie hat mir nichts gesagt.«
Er schien weniger beunruhigt, und sie wusste, dass sie instinktiv die richtige Antwort gegeben hatte, ohne zu wissen warum.
Plötzlich lächelte er ihr zu, es war das künstlichste Lächeln, das sie je gesehen hatte. Er sah gut aus, hatte ein angenehmes Gesicht, aber dieses Lächeln ließ einen Schauer über ihren Rücken rieseln.
»Entschuldigen Sie«, fuhr er fort, »man muss aufpassen in dieser Gegend hier. Ich habe mich erschreckt, denn ich habe nicht damit gerechnet, jemandem zu begegnen. Um diese Zeit schläft Roselyne normalerweise. Ich kann Ihnen einen Kaffee anbieten.«
»Vielen Dank«, sagte sie, »aber es ist schon spät, und ich muss nach Hause. Entschuldigen Sie, dass ich hier so einfach eingedrungen bin. Gute Nacht.«

Sie drückte sich an ihm vorbei und ging hastig zu ihrem Auto.

Auf dem Rückweg raste sie mehr, als dass sie fuhr, sie wollte keinerlei finsteren Typen begegnen. Die Straßen waren wie leer gefegt, nur in der Ferne sah sie ein zweirädriges Gefährt, wahrscheinlich ein Arbeiter, der von der Spätschicht heimkehrte.

Als sie zu Hause angekommen war, hatte sie Mühe einzuschlafen. Sie sah die junge Frau vor sich, in Seitenlage, die Beine zum Bauch gekauert, in Straßenkleidung, es hatte etwas Erschreckendes, etwas, das ihr nahe ging. Warum hatte der Mann sie gefragt, ob Roselyne mit ihr gesprochen hatte? Und warum war er so beruhigt gewesen, als sie die Frage verneint hatte? Es mangelte ihr nicht an Erklärungen, aber mit keiner der Erklärungen konnte sie sich zufrieden geben.

In der Abstellkammer im ersten Stock war ihr ein Gegenstand aufgefallen, nur wusste sie nicht mehr, was für ein Gegenstand. Dann fiel es ihr ein: Es war eine zerbrochene Wiege aus Holz, dabei konnte sie sich an kein weiteres Anzeichen für die Existenz eines Kindes erinnern. Sehr merkwürdig.

Kapitel 12

Nach viel versprechendem Anfang schien Martin der Rest des Tages eher enttäuschend verlaufen zu sein – um schließlich sehr viel versprechend auszuklingen.

Mit Jeannette und Olivier, der am Tag zuvor aus den Ferien zurückgekommen war, versuchte er ein erstes Phantombild des Mörders zu erstellen mittels der Informationen, über die er verfügte.

Dann stellten sie Vermutungen darüber an, warum er den Finger des Opfers zertreten hatte.

Sie waren der Meinung, er habe den Bolzen holen wollen, sei dann aus irgendeinem Grund in Panik geraten, in die entgegengesetzte Richtung geflohen und dabei auf den Finger der Toten getreten.

Indes, diese so genannte »entgegengesetzte Richtung« wollte Martin alles andere als gefallen, denn warum hatte er ausgerechnet diese Straßenseite für die Flucht benutzt und nicht die andere, die näher am Boulevard gelegene?

Drohte Gefahr in Person eines Fußgängers? Hatte er keine andere Wahl gehabt? So weit Oliviers Theorie, auf den ersten Blick eine sehr verführerische Erklärung, aber je mehr man darüber nachdachte, desto unlogischer schien sie.

Dieser Fußgänger hätte die Leiche entdecken und sich be-

merkbar machen müssen. In Wirklichkeit hatte erst eine halbe Stunde später eine alte Dame die Tote entdeckt.
Martin wies Oliviers Theorie von dem Passanten, der den Mörder gestört hatte, zurück, und Jeannette schloss sich seiner Meinung an. Da war etwas, was sie nicht wussten.
Sie mussten eine andere Erklärung finden.
Gerade als Martin eine Idee kommen wollte, wurde er von Jeannette unterbrochen, die einen merkwürdigen Zusammenhang entdeckt hatte. Immerhin, der Mörder arbeitete womöglich in einer Firma, die Schwimmbäder anlegte, und die ermordete Frau war gerade auf dem Weg in ein Schwimmbad; außerdem hatte er ihre Schwimmsachen gestohlen.
Martin räumte ein, dass dies recht merkwürdig sei, man aber nur schwer Schlussfolgerungen daraus ziehen konnte, solange man nicht mehr wusste.
Jeannette beschloss, alles über das Schwimmbad oder die Bäder, die das Opfer besuchte, herauszufinden. War dort in letzter Zeit gebaut worden? Wann? Und welche Firmen waren beteiligt? Hatte es Probleme mit dem Bademeister gegeben? War da vielleicht ein Voyeur unter den Gästen? Waren andere Frauen beim Betreten oder Verlassen der Schwimmbäder belästigt oder angegriffen worden? Sie beschloss, die Kollegen der Polizeistation vor Ort zu fragen.
Jeannette und Martin hatten lange über die wenigen Aussagen der Psychologin gesprochen. Jeannette teilte deren Meinung über die verlorenen Sachen nicht. Wenn der Mörder sein Opfer beim Schwimmen beobachtet hatte, konnte der gestohlene Badeanzug durchaus als erotisches Hilfsmittel dienen, das ebenso bedeutungsvoll war wie ein Slip.
Während sie darüber sprachen, erklärte Olivier, dass er im-

mer einen Slip seiner Freundin bei sich trage, worauf Jeannette ihn als Macho bezeichnete und die übliche Schimpftirade vom Stapel ließ.
Jeannettes Überlegungen schienen Martin richtig, aber irgendetwas daran störte ihn, und er brauchte Zeit, um herauszufinden, was ihn daran störte.
Erst als er seine Wohnung betrat, begriff er, wo der Hase im Pfeffer lag.
Es war die Art und Weise, wie die Frau getötet worden war. Dieser Mord hatte etwas Eiskaltes, etwas grundlegend Nichtsexuelles an sich. Es war ein Heckenschützen-Mord, von der Originalität der Waffe einmal abgesehen, der an eine Hinrichtung erinnerte. Der Mörder hatte das Opfer nur aus Versehen berührt und dann nur mit dem Rand seines stahlverstärkten Absatzes. Martin glaubte zu erraten, warum er eine Armbrust verwendet hatte. Zum einen, weil der Mörder aus irgendeinem Grund damit umzugehen verstand. Zum andern, weil die Herkunft der Waffe nicht zurückverfolgt werden konnte, besonders wenn er sie selbst hergestellt hatte – wie den Miniatur-Bolzen. Und womöglich gab es noch einen anderen Grund, dessen sich der Mörder selbst nicht bewusst war. Martin musste das noch einmal mit der Psychologin durchsprechen.
War es seitens des Mörders ein Fehler, Schwimmbadfolie für die Herstellung seiner Waffe zu benutzen? Oder hatte er eine falsche Spur gelegt, die durch den Diebstahl der Badesachen noch unterstrichen werden sollte? Und wenn es auch alles andere als einfach war, Muster dieser Folie im Handel zu bekommen, bedurfte es sicher einer zusätzlichen List, sich solche Muster zu beschaffen. Und der Mörder war gewiss raffiniert.

Warum aber war er zurückgekommen, anstatt zu fliehen? Martin kam immer wieder auf die Ausgangsfrage zurück.
Er bereitete sich vier Spiegeleier zu, packte sie auf eine Lage vorgewärmter Toastscheiben, kippte reichlich Tabasco und Ketschup über die Eier und machte sich darüber her. Er aß viel zu viele Eier, es gab praktisch keinen Tag ohne Eier, aber es war eine einfache, praktische und reichhaltige Ernährung, zu deren Zubereitung man nicht viel können musste. Und wenn er wieder einmal vergaß, die restlichen Eier in den Kühlschrank zu stellen, roch es nicht wie bei Fleisch zwei Tage später wie im Leichenschauhaus.
Er ließ seine Gedanken schweifen. Er musste an etwas anderes denken als immer nur an diesen Mord, um die Idee, die sich in seinem Kopf bereits geformt hatte, wieder Gestalt annehmen zu lassen.
Leider gab es dieses andere bereits, und leider war es so geartet, dass er sich seit gestern bemühte, nicht daran zu denken.

Er machte sich ein Bier auf und nahm ein paar Schluck. Warum hatte Myriam ihm gesagt, dass sie heiraten würde? Zuerst hatte er ihr nicht geglaubt. Dann hatte er sie in der Nacht, als er nicht schlafen konnte, immer wieder vor sich gesehen, während sie ihm die Neuigkeit mitteilte, einmal, zwei Mal, hundert Mal. Am Morgen war er nur noch halb überzeugt, dass sie die Wahrheit gesagt hatte. Teilweise aus Hochmut, aber auch aus Angst, nicht zu wissen, was er ihr sagen sollte.
Seit sie geschieden waren, hatten sie sich regelmäßig getroffen und schliefen gelegentlich miteinander. Nicht allzu oft, etwa zwei bis drei Mal im Monat. Wenn sie wirklich bald

heiraten würde, bedeutete dies, dass sie ihren Verlobten seit einiger Zeit kannte und dass sie eine ganze Zeit lang zwei Männer gehabt hatte.

Martin hatte seit der Scheidung nur mit zwei Frauen geschlafen. Die erste war eine Kollegin aus der Provinz, eine geschiedene Kollegin. Sie war im Zuge ihrer Ermittlungsarbeit nach Paris gekommen, Martin hatte ihr mit ein paar Ratschlägen geholfen, und schließlich waren sie im Bett gelandet. In der ersten Nacht war es sehr schön gewesen, in der zweiten weniger schön, und sie hatten gemeinsam beschlossen, es sein zu lassen.

Die andere Frau war eine Journalistin, die ihn interviewt hatte über die Arbeit der Mordkommission, für einen Zeitungsartikel und für ein Buch, das sie später schreiben wollte. Irgendwann waren sie dann auf persönliche Dinge gekommen, Martin hatte seine Scheidung erwähnt, und die junge Frau hatte aus ihrem Leben erzählt (ziemlich viele Liebhaber, nichts Festes). Sie hatten sich drei Mal getroffen und beim dritten Mal die Nacht zusammen verbracht. Es war eine angenehme und aufregende Sache gewesen, sie sahen sich wieder, und es entwickelte sich gerade so etwas wie eine Beziehung, als Marion wegen einer Reportage ins Ausland reisen musste. Weder sie noch er hatten sich dazu geäußert, was nach ihrer Rückkehr aus ihnen werden sollte. Von Heiraten war nie die Rede gewesen, nie von der Möglichkeit, zusammen zu leben.

Als er an diese beiden Affären dachte, wurde Martin bewusst, dass er Myriam von der Kollegin aus der Provinz erzählt hatte, aber nie von Marion. Warum? Schwer zu sagen. Er fragte sich, ob er bereit wäre, Marion zu heiraten, im unwahrscheinlichen Fall, dass sie Lust dazu hatte. Seine

Antwort war nein. Aber stellte sich diese Frage jetzt, wo es mit Myriam für immer vorbei war, neu? Wohl kaum, denn er hatte keine Lust auf eine weitere Ehe. Doch Marion fehlte ihm, das stand fest, und seit ein paar Tagen dachte er immer öfter an sie, ungeduldig sehnte er ihre Rückkehr herbei, auch wenn er sich das nicht eingestehen wollte.
Er schnappte sich ein neues Bier und trank es in einem Zug leer.
Was wollte er eigentlich? Wusste er es überhaupt? Ja, er wusste es. Er wollte nicht, dass Myriam wieder heiratete. Und was wäre, wenn er wieder mit ihr leben und Marion verlassen müsste? Er wusste keine Antwort, ach, das alles war ziemlich kompliziert.
Nachdem das Bier auf geheimnisvolle Weise verdampft war, nahm er sich eine neue Flasche, war ja erst die dritte. Oder die vierte? Was machte das schon? Er trank das Bier, öffnete ein viertes oder fünftes, und er begann sich einigermaßen wohl zu fühlen, wenn er auch immer noch sehr verwirrt war.
Gegen fünf Uhr morgens wurde er wach, seine Schläfen, seine Stirn und sein Nacken schmerzten wie verrückt. Er lag halb angezogen auf dem Bett.
Er ging in die Dusche und verharrte eine ganze Weile unter dem Wasserstrahl. Nachdem er sich angezogen hatte, zwang er sich, ein paar Toast ohne Butter zu essen – er hatte am Vorabend die Butter aufgebraucht –, nahm Aspirin mit Vitamin C, stellte eine Einkaufsliste zusammen, wobei er prüfend Küchenregale und Kühlschrank studierte. Dann verließ er die Wohnung.
Er parkte den Wagen ein paar Meter von der Seitenstraße entfernt, genau wie das Opfer. Nach zehn Schritten drehte

er sich um. Er war allein. An der Stelle, wo sie hingefallen war, hatte man das Blut teilweise beseitigt, die Markierungen der Spurensicherung konnte man in Teilen erahnen. Die Kreidestriche an der Wand, die im frühen Morgenlicht kaum zu sehen waren, waren immer noch da.

Er ging zu seinem Wagen zurück, startete und fuhr in die Gasse. Sie war so schmal, dass kein anderes Fahrzeug hätte an ihm vorbeifahren können.

Er parkte nahe der Wand und kletterte aufs Dach seines Wagens.

Auf der anderen Seite der Mauer, so meinte er wahrzunehmen, war der Boden niedriger, der Unterschied betrug gut drei Meter fünfzig. Das Gelände war uneben, die Baumaschinen am anderen Ende hatten es mächtig traktiert. Wenn der Typ über diesen Weg abgehauen war, musste er sich beim Sprung verletzt haben, es sei denn, er wäre ein gut trainierter Sportler oder Mitglied eines Einsatzkommandos. Hatte er ein Seil benutzt?

Nein, auf dem Grat der Mauer war keine Stelle auszumachen, an der man ein Seil befestigen konnte. Hatte er einen Haken dabei? Ein Typ, der mit einer Armbrust schießt, warum sollte der keinen Haken oder Anker mit sich führen? Nein, er war durch die Straße hergekommen und durch die Straße wieder weggegangen. Es sein denn …

Martin kletterte vom Autodach herunter, mit einem dumpfen Laut nahm es seine ursprüngliche Form an. Da war sie, die Idee war wieder da. Natürlich. Der Hauseingang. Die verriegelte Tür. Durch sie war der Mörder geflohen. Deshalb war er zurückgegangen.

Wie die anderen Polizisten hatte sich Martin in die Irre führen lassen. Der Mörder war in diese Richtung gelaufen und hatte den Finger seines Opfers zertreten, weil die Tür der vorgesehene Ausgang war, ein sorgfältig vorbereiteter Fluchtweg.

Martin nahm sein Handy, gab den Mitarbeitern Anweisungen und verfluchte sich wegen der verlorenen Zeit.

Kapitel 13

Roselyne wachte zur selben Zeit auf wie immer und musste an ihren seltsamen Traum denken.
Ihre Chefin war vorbeigekommen, um sie zu besuchen. Es war ein absurder Traum, kaum absurder als das Leben selbst. Ein Signal, dass Roselyne am Scheideweg angekommen war? Sie konnte einfach im Bett liegen bleiben, ins Nichts hinüberdämmern und auf die Befreiung warten, die der Tod ihr bringen würde, doch seit dieser Nacht kam ihr das bei weitem nicht mehr so einfach vor. Ihre stille Verzweiflung hätte größer nicht sein können. Und doch war gestern Abend etwas geschehen. Sie hatte sich in dem wütenden, überraschten und betroffenen Blick ihrer Chefin gesehen, und was sie gesehen hatte, gefiel ihr ganz und gar nicht.
Wenn sie sich weiter so gehen ließ, würde sie nicht nur ihr Leben verlieren, sondern auch das Bild, das sie immer von sich selbst gehabt hatte. Mit ihr würde etwas Unfassliches verschwinden, etwas, das wesentlich war, etwas, das sie nicht benennen konnte, das ihr aber eine Menge bedeutete. Oder war es doch nicht so unfassbar wie angenommen? Sie schnupperte die Luft um sich herum, und es war kaum zu ignorieren, dass dieser Gestank von ihr ausging.
Sie zog sich aus, nahm eine ausgiebige Dusche und streifte saubere, sorgfältig ausgewählte Kleider über.

Sie wischte über den beschlagenen Spiegel, betrachtete sich und beschloss, Make-up aufzutragen. Bei dem, was sie heute vorhatte, wollte sie alles andere als Mitleid erregen.
Sie trug ihr schönstes Kleid, sah in der Handtasche nach, ob sie nichts vergessen hatte, und machte sich auf den Weg.
Sie hatte beschlossen, sich nicht mehr treiben zu lassen von dem, was kommen würde, und sie war überzeugt, dass ihre Entscheidung richtig war. Es gab ohnehin keinen anderen Ausweg für sie. Längst hatte sie keine Angst mehr zu sterben, dieses Stadium hatte sie hinter sich gelassen. Aber sie musste es auf ordentliche Weise tun, ohne jemandem zu schaden. Sie wusste noch nicht, wie sie es anstellen sollte, doch ihre innere Unruhe war verschwunden. In den Wochen, die vor ihr lagen, würde sie den richtigen Weg finden. Sie hatte ihren inneren Frieden gefunden.
Als sie das Büro betrat, stürzte sich ihre Kollegin auf sie. Sie habe versucht sie anzurufen, warum bloß hatte sie nicht geantwortet?
Roselyne behauptete, dass die Leitung gestört gewesen sei.
Ihre Kollegin musterte sie überrascht – es schien ihr auf jeden Fall viel besser zu gehen als am Vortag. Die Chefin hatte gesagt, man solle sie informieren, wenn Roselyne nicht zur Arbeit käme.
»Was soll ich tun«, fragte Roselyne, »soll ich ihr sagen, dass ich da bin, oder nicht? Ja, ich gehe zu ihr.«
Sie klopfte an die offen stehende Bürotür und trat ein.
Myriam saß am Schreibtisch und begutachtete gerade Fotos von Gebäuden, die zum Verkauf standen.
»Ja bitte?«, sagte Myriam, ohne sich umzudrehen.
»Sie wollten mich sprechen?«
Myriam ließ von den Fotos ab und drehte sich um. Die junge

Frau, die vor ihr stand, hatte nur noch entfernte Ähnlichkeit mit der, die gestern ihr Büro verlassen hatte. Sie war schön, geradezu anziehend und voller Leben, und der leere verwirrte Blick, der ihr Angst gemacht hatte, war verschwunden.

»Ich wollte Sie sowieso sprechen«, sagte Roselyne schnell. »Ich bedauere, was geschehen ist, und ich habe keine Entschuldigung. Ich beginne mit der Arbeit noch einmal von vorne, und diesmal ganz ohne Fehler. Ich rufe auch den Rechnungsprüfer selbst an und sage ihm, dass es meine Schuld ist.«

»Das brauchen Sie nicht, Roselyne, vorausgesetzt die Arbeit ist erledigt«, sagte Myriam und lächelte ihr zu. »Es scheint Ihnen heute besser zu gehen als gestern.«

»Ja, danke, viel besser. Ich wollte Ihnen noch etwas sagen«, begann Roselyne mit leichtem Zögern.

»Ich wollte Ihnen auch noch etwas sagen.« Myriam lächelte. »Sie zuerst oder ich zuerst?«

»Ich … Wenn es Ihnen nichts ausmacht«, entgegnete Roselyne. »Also, ich werde kündigen …«

Schnell fügte sie hinzu: »Nicht, weil ich anderswo eine bessere Stelle hätte oder mehr Geld bekäme. Ich fühle mich sehr wohl bei Ihnen.«

»Warum dann?«

»Weil ich aufhören möchte zu arbeiten. Aber machen Sie sich keine Sorgen, ich bleibe, bis Sie einen Ersatz für mich gefunden haben, ich bleibe sogar etwas länger, um die Nachfolgerin einzuarbeiten, wenn Sie das möchten.«

Myriam seufzte.

»Wollen Sie sich das nicht noch einmal überlegen? Ich würde Sie gern überreden zu bleiben.«

Roselyne lächelte und schüttelte den Kopf.
»Nein, ich habe meine Entscheidung getroffen«, sagte sie. »Ich bin davon nicht abzubringen, aber ich schwöre Ihnen, dass es nichts mit Ihnen zu tun hat.«
»Gut«, sagte Myriam. »Dann ist es eben, wie es ist. Aber ich bedauere es sehr.«
»Jedenfalls noch mal vielen Dank«, sagte Roselyne. »So, jetzt gehe ich wieder an die Arbeit. Ach ja, Sie wollten mir doch auch noch etwas sagen?«
»Nur, dass Sie, wenn Sie Sorgen haben und darüber reden möchten …«
»Ich habe nichts auf dem Herzen, alles in bester Ordnung«, entgegnete Roselyne mit fester Stimme und rang sich ein Lächeln ab. »Ich versichere Ihnen, es ist alles in Ordnung. Es war nur eine vorübergehende Sache.«
Sie weigert sich, mir irgendetwas zu sagen, dachte Myriam. Na gut, ich hab's wenigstens versucht.
Roselyne machte einen Schritt auf die Tür zu, als Myriam einen letzten Versuch wagte. Diese Frau verbarg etwas vor ihr, ohne jeden Zweifel.
»Warten Sie«, sagte sie. »Auch ich möchte mich entschuldigen.«
Roselyne schüttelte den Kopf.
»Nein, auf keinen Fall. Sie hätten viel strenger mit mir umgehen und mich wegen der Fehler entlassen können.«
»Darum geht es nicht«, sagte Myriam. »Hat Ihr Mann Ihnen denn nichts gesagt?«
Die Farbe schwand aus Roselynes Gesicht.
»Ich verstehe nicht«, sagte sie mit veränderter Stimme. »Was soll er gesagt haben?«
»Ich war gestern Abend bei Ihnen.«

»Bei mir zu Hause?«

»Ja, ich hatte mir Sorgen gemacht, Sie wirkten so ... seltsam, als Sie weggelaufen sind.«

»Was ... Was hat mein Mann Ihnen gesagt?«

Myriam bemerkte, dass beide Ehepartner Angst vor dem hatten, was der andere sagen könnte. Was für ein Geheimnis verbarg dieses merkwürdige und ungleiche Paar?

»Nichts. Er hat mir nichts gesagt, und Sie haben schon geschlafen.«

»Dann sind Sie also wirklich gekommen«, sagte Roselyne leise.

»Ja.«

»Ich habe geträumt, dass Sie mich im Schlaf beobachten«, sagte Roselyne, »und ich habe mich unendlich geschämt.«

Myriam trat näher an sie heran.

»Warum?«

Roselyne wollte etwas sagen, entschied sich aber zu schweigen. Sie lächelte wieder, lächelte ein Lächeln ohne jede Fröhlichkeit, ging zu Myriam und küsste sie zart auf die Wange.

»Danke«, sagte sie. »Sie haben mir sehr geholfen, mehr als ich verdient habe.«

Dann verließ sie den Raum.

Was hatte das zu bedeuten? Mehr als ich verdient habe? Was hat sie Furchtbares getan, dieses Mädchen, dass sie es nicht verdient, dass man sich für sie interessiert? Nein, sie hat nichts Hysterisches an sich, sie ist traurig, aber keinesfalls hysterisch. Nein, sie ist nicht traurig, sie ist unglücklich, verbesserte sich Myriam. Nein, das war es immer noch nicht, sie hat mir etwas vorgespielt, die coole, heitere junge Frau, die gut drauf ist. Aber da stimmt etwas nicht! Eine

Frau, die deprimiert oder unglücklich ist, könnte so etwas nicht vorspielen.
Sie ist nicht unglücklich und auch nicht deprimiert, es ist mehr als das. Sie ist verzweifelt, und angesichts ihrer Verzweiflung erscheint ihr alles harmlos, wenn nicht gar komisch. Humor ist die höfliche Form der Verzweiflung – wer hat das noch mal gesagt? Sie kann sich weder erlauben zu lachen noch zu lächeln. Nichts hat mehr Bedeutung, weil …
Weil was?
Plötzlich wusste sie die Antwort auf ihre Frage. Als Roselyne gesagt hatte, sie wolle gehen, hatte sie das wörtlich gemeint. Sie wollte ohne weitere Erklärung und für immer fortgehen, gebettet in einen Holzsarg.
Myriam schüttelte den Kopf. Steigerte sie sich da gerade in irgendein Hirngespinst? Nein, sie hatte richtig gesehen, diese Frau plante, sich umzubringen. Myriam hatte nicht die leiseste Ahnung, wie sie sie davon abbringen konnte.

Kapitel 14

Zwei Tage nach dem Mord war er in die Seitenstraße zurückgekehrt, und nach langem Zögern hatte er beschlossen, ganz hindurchzugehen. Als er am Ende der Straße angekommen war, hatte sich dasselbe Glücksgefühl eingestellt wie kurz nach dem Mord.

Man sah so gut wie keine Spuren mehr von dem, was vorgefallen war. Es war ein Geheimnis zwischen dem Opfer und ihm, neuerdings zwischen dem Opfer, der Polizei und ihm.

In den Zeitungen war, mangels neuer Anhaltspunkte, nur einen Tag lang über den geheimnisvollen Mord berichtet worden. Kein Journalist schilderte die Art und Weise des Mordes, es war stets die Rede von »einem Angriff mit einer Waffe, der schlimm geendet« hatte. Ein beruhigender und gleichwohl enttäuschender Umstand.

Er fragte sich, warum die Polizei der Presse nicht mehr erzählt hatte, und kam zu dem Schluss, dass ihre Vorliebe für Geheimnisse dabei eine Rolle gespielt haben musste. Außerdem hatte die Polizei kein Interesse daran, dass in der Bevölkerung Panik ausbrach. Vielleicht hätte er sie auf banalere Weise umbringen sollen, mit einem Messer oder einem Gewehr, aber wann immer er über den Mord nachgedacht hatte, war ihm die Armbrustmethode als selbstverständlich

erschienen. Er wusste, mit der Armbrust würde alles gut gehen, womöglich ein Aberglaube, aber für diesen Plan war es günstiger, das Glück auf seiner Seite zu wissen.
Nach der Arbeit verbrachte er mehr und mehr Zeit in seiner Garage, in sein Auto gekauert, dachte er nach. Nach einer Weile fuhr er los, machte eine Spritztour, doch nicht selten strengte ihn selbst das zu sehr an. Dann begnügte er sich damit, hinter dem Steuer zu sitzen und den Mord in allen Einzelheiten noch einmal durchzugehen, als wäre alles gerade eben erst geschehen.
Ein Ereignis nach dem Tod der Frau hatte ihn allerdings überrascht, gar irritiert, und zwar diese Frau, die Roselyne am Abend besucht hatte. Nachdem sie weggegangen war, war er ihr gefolgt. Er wusste, wo sie wohnte. Er hatte ihren Namen auf dem Briefkasten gefunden und am nächsten Morgen in Roselynes Maklerbüro angerufen.
Sie hatte nicht gelogen, sie arbeitete tatsächlich dort, doch welche Verbindung bestand zwischen ihr und Roselyne? War sie eine in Roselyne verliebte Lesbe? Wie auch immer, sein Misstrauen und Argwohn waren so gut wie verschwunden.
Eine Zeit lang liebäugelte er mit der Idee, sie zum nächsten Opfer zu machen, aber das war völliger Unsinn. Denn obgleich sie brünett war, schön, wenn auch auf ganz andere Weise, hatte sie kurz geschnittene Haare und war älter. Es war nicht derselbe Typ Frau, und er durfte nun einmal nicht von seiner Linie abweichen.
Womöglich hatte Roselyne mit ihr gesprochen? Er ballte die Hände, Zorn verdüsterte seinen Blick. Nein, Roselyne redete niemals. Und wenn die andere doch etwas ahnte ... Es würde genügend Zeit bleiben, darüber nachzudenken.

Das würde auf jeden Fall ein Mord sein, der mit dem anderen nichts gemein hatte, besser gesagt – mit den anderen.

Seit er begonnen hatte, seinen Plan auszuhecken, trank er so gut wie nicht mehr. Er hatte nicht einmal mehr das Bedürfnis danach. Für gewöhnlich nippte er eine Stunde lang an demselben Bier, wobei er es manchmal sogar auszutrinken vergaß.
Die Folgen seines Planes abzuwägen, das kleinste Detail bedacht zu haben, all das gab ihm ein Gefühl der Zufriedenheit, das dem Genuss von Alkohol weit überlegen war. Außerdem war es Teil seines Vorhabens, nicht zu trinken, denn er traute seinen Reaktionen nicht, wenn er getrunken hatte. Er wusste nicht, was er dann sagen oder tun würde. Die Kontrolle über sein Handeln, die absolute Kontrolle stand im Vordergrund. Wenn er den Fehler begehen würde, Roselyne schwer zu verletzen oder zu töten, dann wäre alles versaut.
Nein, jetzt kam es darauf an, klug zu planen, wie es weiterging. Er musste zunächst eine weitere Frau finden, und dann würde er ebenso aufmerksam und umsichtig zur Tat schreiten wie beim ersten Mal.
Eine Frau zu finden, die einem bestimmten Typ entsprach, war weit schwerer, als er gedacht hatte. Beim ersten Opfer war ihm ein glücklicher Zufall zu Hilfe gekommen.
Kurz und gut, er würde sich etwas Neues ausdenken müssen. Eine Weile hatte er sich gefragt, wo er anfangen sollte, bis ihn die Zeitungslektüre auf eine ebenso einfache wie brillante Idee brachte.
Hunderte, Tausende Frauen jeden Alters, die allein lebten und einen Partner suchten, setzten Kontaktanzeigen in die

Zeitung. Sie beschrieben sich ausführlich, und er brauchte sich nur seinen Typ herauszusuchen. Braunhaarig, schlank, helle Augen, zwischen achtundzwanzig und fünfunddreißig. Er brauchte das nächste Opfer nur anzurufen, er würde sich mit ihr verabreden, würde sie von weitem beobachten und ihr diskret nach Hause folgen. Schließlich brauchte er sie nur an einem geeigneten Ort zu erledigen, alles in allem eine Sache von ein bis zwei Wochen. Höchstens.
Er kaufte mehrere Zeitungen und begann mit der Auswahl.

Kapitel 15

Das Schwimmbad, für welches das Opfer eine Sammelkarte besaß, lieferte nicht die geringste Spur.

Und doch hatte Jeannette für einen kurzen Augenblick geglaubt, den Jackpot geknackt zu haben. Ein Mann war vor einiger Zeit verhaftet und verhört worden, weil ihn mehrere Frauen beschuldigt hatten, sie auf zudringliche Weise beobachtet zu haben, beim Schwimmen unter Wasser, beim Umziehen über die Kabinentüren hinweg.

Er hieß Jacques Tarnier, war nach der Anzeige für vierundzwanzig Stunden in Polizeigewahrsam genommen worden, die Anklage wurde vorbereitet, er stand unter Beobachtung.

Der Polizeibeamte, der seine Verhaftung angeordnet hatte, erklärte, der Angeklagte habe nichts Gewalttätiges an sich, eine psychiatrische Behandlung liege hinter ihm. Er maß einen Meter fünfundfünfzig, und auf dem anthropometrischen Foto ähnelte er einem schmächtigen Jüngling.

Jacques Tarnier arbeitete seit kurzem in einem großen Haushaltswarenladen, nachdem er lange arbeitslos gewesen war. Jeannette und Olivier stellten ihm die üblichen Fragen. Er wirkte verloren, und der Gedanke, wegen etwas, wovon er nicht das Geringste wusste, ins Gefängnis zu müssen, flößte ihm Angst ein. Nach ihrem Besuch – da machte er

sich nicht die geringste Hoffnung – würde sein Chef ihn bestimmt rauswerfen.
Als sie den Laden verließen, waren die beiden Polizisten sicher, dass dies nicht der Mann war, den sie suchten.
»Ein Typ mehr, dessen Leben wir versaut haben«, sagte Jeannette laut.
Olivier zuckte die Achseln.
»Es ist riskant, nicht jeder Spur nachzugehen. Die meisten Sexualverbrecher haben mit kleinen Sachen angefangen. So können wir wenigstens sicher sein, dass sich der Idiot zurückhält.«
»O Scheiße, ich hab was vergessen«, sagte Jeannette. »Warte mal 'ne Sekunde.«
Olivier stieg ins Auto, steckte sich eine Zigarette an und öffnete das Fenster. Jeannette hasste es, wenn jemand im Auto rauchte.

Sie betrat das oberhalb des Ladens gelegene Büro des Chefs.
»Ich wollte mich noch mal für die Zusammenarbeit bedanken«, sagte sie.
»Keine Ursache«, erwiderte der Chef, ein Hitzkopf mit eng zusammenstehenden grünen Augen. »Aber wenn hier ständig Bullen – entschuldigen Sie, Polizisten – auftauchen, dann ist das schlecht fürs Geschäft. Die Kunden könnten sich Fragen stellen. Ich habe meine Frau gerade eben gebeten, ihm das Restgehalt auszuzahlen.«
»Das ist Ihre Sache«, sagte Jeannette, »aber wir haben ihm nichts vorzuwerfen. Im Gegenteil, er war uns sehr behilflich in einer wichtigen Sache, über die er nicht reden darf.«
»Ach so, in dem Fall ist es was anderes.«

Jeannette schenkte ihm ihr berühmtes Lächeln, nickte und ging.
»Was hattest du vergessen?«, fragte Olivier, er löschte seine Zigarette an der Außenseite der Autotür, während sie sich setzte und ihn anstrahlte.
»Wenn man dich um einen Gefallen bitten würde ...«, begann Jeannette und mühte sich, ihr Fenster zu öffnen, die Mechanik hauchte seit Monaten ihr Leben aus. »Hier stinkt es vielleicht! Worauf wartest du noch, fahr endlich los!«

Martins Kopfschmerzen hatten sich wieder eingestellt, einen ganzen Tag lang, einen drückend heißen Tag.
Bélier, die nur höchst ungern ihr Labor verließ, war mit ihrem Team vorbeigekommen, um sicherzugehen, dass bei der Suche nach stofflichen Indizien kein Fehler unterlief. Unablässig war sie im Einsatz gewesen, hatte den Hin- und Rückweg verfolgt, den der Mörder aller Wahrscheinlichkeit nach genommen hatte, hatte ihre vier Mitarbeiter auf Trab gehalten, ihnen Ratschläge gegeben, sie für die geleistete Arbeit gelobt.
Von der Haustür bis zu der Straße, über die der Mörder geflohen war – Martin hatte daran keinen Zweifel mehr –, war alles einzeln aufgenommen und verzeichnet worden. Die Fingerabdrücke waren systematisch miteinander verglichen worden, das geringste Stückchen Faden, jeder einzelne Zigarettenstummel waren aufgelesen worden. Die Ausbeute war nicht sonderlich groß, das Gebäude stand seit einiger Zeit leer, und Hausbesetzer hatte man durch das Zumauern sämtlicher Öffnungen abgeschreckt.
Das Hauptindiz wurde Kommissar Martin von Béliers schönem Jüngling präsentiert, einmal mehr wollte er sich ins

rechte Licht rücken. Es ging um ein Ölkännchen, das verwendet worden war, um widerspenstige Schlösser auf dem Fluchtweg wieder gangbar zu machen.

Auf dem Kännchen fand sich kein Fingerabdruck, es war ziemlich alt, seine Herkunft konnte nicht ermittelt werden, und die Art des Öls hätte womöglich Hinweise auf die Herkunft des Behälters liefern können. Allein die Existenz dieses Gegenstands erfüllte Martin mit einer gewissen inneren Befriedigung. Sein Bild des Mörders nahm allmählich Gestalt an, das Bild eines Mannes, der sehr genau vorging, vorausschauend, wohl organisiert, der mit Werkzeugen hantieren konnte und der nicht zuletzt über ein gewisses handwerkliches Geschick verfügte.

Die Entdeckung eines weiteren Indizes löste eine gewisse Erregung aus. Es handelte sich um einen Abdruck, genauer: den halben Abdruck einer Sohle auf einem Erdsandhäufchen an einer der Türschwellen.

Bélier hatte den Abdruck mit einem Spezialharz eigenhändig abgenommen.

Im Inneren des einsamen Hofes erwischte sich Martin, bei all diesem Tun mehr Zuschauer als Akteur, wie er beim Inspizieren der schwammzerfressenen Mauern leise und gemächlich vor sich hin pfiff.

All diese Indizien konnten ihm zwar nicht den direkten Weg zum Mörder weisen, aber sie lieferten ihm eine Vorstellung von seinem Aussehen, seiner Denkweise, lieferten eine Art Phantombild seines Verhaltens, das ihm zu gefallen begann. Wie jedes Mal, wenn er es mit einer Vergewaltigungs- oder Mordtat zu tun hatte, gab es einen Moment, in dem ihm der Unbekannte, den er suchte, beinahe vertraut war, in dem nicht viel fehlte, um die Gedanken des Täters zu denken.

Nicht dass sich der Kommissar mit den Gedanken des Täters identifizierte, das war eine Idee von Kriminalautoren und Drehbuchschreibern, die für Martin mit der täglichen Wirklichkeit einer Ermittlung nichts zu tun hatte. Es ging einzig um die Logik und Stimmigkeit der Gedanken. Wenn der Mörder dies tat, wenn er jenes tat, dann aus dem einfachen Grund, dass er so dachte wie er dachte, und so ergab sich dank der Entdeckung bestimmter Indizien nach und nach seine Art des Verhaltens, des Denkens, aus der man – im besten Fall – seinen nächsten Schritt erahnen konnte. Ein Wiederholungstäter neigt dazu, ein erfolgreiches Schema zu wiederholen. Das war ein Rezept, das Martin nie getäuscht hatte, und es galt ebenso für Serienmörder wie für Einbrecher.

Es dauerte bis zum Einbruch der Nacht, bis die Spurensicherung mit der Arbeit fertig war.

Bélier wirkte erschöpft, aber zufrieden. Sie hatten gute Arbeit geleistet.

Martin dankte der Mannschaft, dann fuhr er ins Büro zurück.

Dort schrieb er schnell seinen Bericht für Roussel – er verlor Zeit, was ihm aber immer noch lieber war, als selbst hinzugehen – und bat Jeannette, ihn erst dem Chef zukommen zu lassen, nachdem er, Martin, gegangen wäre.

Der Gerichtsmediziner hatte ihm eine Nachricht hinterlassen, also rief er ihn zurück – ohne große Erwartungen zu hegen, und so zeigte er sich nicht sonderlich überrascht zu erfahren, dass das Opfer an Sauerstoffmangel im Gehirn gestorben war, hervorgerufen durch eine Blutung, die aus der Zerstörung eines wichtigen Gefäßes resultierte, eine Verletzung, die durch eine Schusswaffe herbeigeführt worden war, durch den Bolzen einer Armbrust.

Der Gerichtsmediziner erwähnte den zertretenen kleinen Finger nicht, er wies stattdessen darauf hin, dass die junge Frau kerngesund und im ersten Monat schwanger gewesen war. Er hatte für den Fall, dass Martin es für nötig erachtete, die Vaterschaft festzustellen, den Fötus entnommen. Teil der Routineuntersuchung.

Bevor er ging, ließ Martin Jeanette und Olivier in sein Büro kommen, um zusammenzutragen, was sie erreicht und was sie nicht erreicht hatten, und Olivier erklärte, dass seiner Ansicht nach der Ehemann das Verbrechen begangen hatte.

»Was ist das denn für ein Quatsch?«, fragte Jeannette in aller Freundlichkeit.

»Wenn du ausnahmsweise einmal nachdenken würdest, meine Süße, es liegt doch auf der Hand«, gab Olivier heftig zurück. »Dieser Kerl arbeitet auf einer Baustelle. Einverstanden? Der Sand, der Zement, die Folie ...«

»Gut möglich«, sagte Jeannette.

Martin sagte nichts.

»Außerdem«, fuhr Olivier fort, »vergessen wir anscheinend alle durch die Bank, dass ihr Mann Architekt ist.«

»Sehr richtig«, sagte Martin. »Weiter.«

»Ich glaube, der Architekt hat diesen Typ auf einer Baustelle getroffen und ihn beauftragt, aus diesem oder jenem Grund seine Frau zu töten. Punkt. An eurer Stelle«, sagte er und wandte sich an Martin, »würde ich ihn unter Druck setzen. Klar, er mag einen Zusammenbruch erlitten haben, als er vom Tod seiner Frau erfuhr, aber das beweist nichts. Im Gegenteil. Selbst wenn er Lust hatte, sie umzulegen, dann klafft für so einen Kerl immer noch ein tiefer Graben zwischen Planung und Ausführung. Als er dann erfuhr, dass sie

tot war, muss ihn das ziemlich beeindruckt haben, tja, und dann überkam es ihn.«
Eine derart lange Ausführung von Seiten Oliviers war eine Seltenheit, selbst Jeannette schien beeindruckt.
»Er war es nicht«, sagte Martin.
»Warum?«, fragte Olivier. »Selbst wenn er ein Alibi hat, das beweist gar nichts. Wir müssen das Motiv finden und ihn in die Enge treiben.«
»Ich habe einen Brief gefunden, den er seiner Frau geschrieben hat und der nur wenige Monate alt ist. Sie war zu einem Dreh unterwegs. Der Brief ist nie abgeschickt worden, er hat ihn ihr bei ihrer Rückkehr in die Hand gedrückt. Dieser Mann liebte seine Frau mehr als alles auf der Welt. Er hätte sein Leben für sie gegeben, und jetzt ist seinem Leben der Inhalt und das Ziel genommen worden.«
Es wurde still. Olivier schüttelte den Kopf, er weigerte sich, so leicht aufzugeben. Dennoch schwieg er.
»Trotzdem hat Olivier uns weitergebracht«, sagte Martin. »Selbst wenn wir nichts über das Motiv wissen, können wir die Untersuchungen auf die Baustellen ausweiten, auf denen ihr Mann arbeitete, jedenfalls im letzten Jahr. Womöglich hat ihn seine Frau auf einer der Baustellen besucht ...«
»Können wir gleich zu ihm gehen?«, fragte Olivier, wieder munter geworden.
»Nein, das würde nichts bringen. Sie haben ihn so mit Beruhigungsmitteln voll gestopft, dass er seit zwei Tagen schläft. Aber ihre Schwester könnt ihr befragen, man kann nie wissen. Ich rufe derweil im Krankenhaus an und bitte darum, die Dosis herunterzufahren. Mit etwas Glück können wir ihn morgen Früh besuchen. Jeannette, kümmerst du dich bitte darum?«

»Einverstanden.«
Besonderen Spaß schien es ihr nicht zu machen. Sie stand auf, zog ihre Jacke an, nickte den beiden Männern eilig zu und verschwand.
Wenige Augenblicke später folgte ihr Olivier.
Martin hielt nicht allzu viel von der Baustellentheorie. Olivier hatte auf ein interessantes Detail hingewiesen, aber Martin konnte sich nicht vorstellen, dass ein Mann, der im Voraus sämtliche Schlösser auf seinem Fluchtweg ölt, einen so groben Fehler beging. Wenn er wirklich sein Opfer auf einer Baustelle ausgesucht hatte, dann weil er wusste, auf diesem Weg gerade nicht identifiziert zu werden.
Martin reckte sich. Seine Kopfschmerzen waren wie weggeblasen. Er hatte keine Lust, nach Hause zu fahren, und so dachte er an den Mann, der zwei Leben vernichtet hatte. Vielleicht sogar mehr. Und der, dessen war er fast sicher, noch weitere zerstören würde.
»Ich werde dich kriegen, du Schwein!«, murmelte er.
Aber er wusste, dass der Mann erneut zuschlagen musste, bevor er ihn zu fassen bekam. Und das war das Allerschlimmste an der Sache.

Kapitel 16

Zu vorgerückter Stunde war Martin noch immer im Büro. Unschlüssig griff er mehrmals zum Telefon und überlegte, was er denn sagen sollte, wenn Myriam am anderen Ende der Leitung den Hörer abhob.

Schließlich legte er den Hörer ein letztes Mal weg und machte sich auf den Weg nach Hause.

Er fühlte sich gedemütigt, verletzt, er war eifersüchtig. Und er kam sich betrogen vor. Gerne hätte er etwas gefunden, um seine Ex in ähnlicher Form zu verletzen, wobei ihm gleichzeitig klar war, wie kindisch das war – kindisch und dumm.

Gestern Abend, kurz bevor er einschlief, hätte er sie beinahe angerufen, um ihr zu sagen, dass er sie liebte und alles dafür gäbe, wieder mit ihr zusammen zu sein. Aber hätte er das auch gemacht, wenn Marion da gewesen wäre? Er musste diese Frage, wenn er sie denn ehrlich beantworten wollte, eindeutig verneinen.

Am nächsten Morgen, kurz nach dem Aufwachen, dachte er daran, was er beinahe getan hätte, und allein der Gedanke trieb ihm die Schamesröte ins Gesicht. Es war doch so:

Während er daran festhielt, in der Scheidung nicht die endgültige Trennung zu sehen, hatte Myriam sich eine Zukunft aufgebaut, aus der er ausgeschlossen war.

Martin seufzte. Er seufzte viel in letzter Zeit. Warum konnte er Myriam nicht einfach vergessen?
Mehrere Nächte lang hatte er versucht sich an den genauen Wortlaut ihrer Unterhaltung bei ihrem letzten Treffen zu erinnern, doch es wollte ihm nicht gelingen.
Er hatte eine Bemerkung über ihre nächste Begegnung fallen lassen, worauf sie geantwortet hatte – womöglich in einem Anflug von Wut: »Wenn es ein nächstes Mal gibt«.
Und dann waren Worte gefallen, die ihn tief gerührt hatten: »Nie werde ich jemanden so lieben, wie ich dich geliebt habe« – nun, das war nicht der genaue Wortlaut, aber etwas Ähnliches hatte sie von sich gegeben, und wie dem auch war, es hatte sich nach einem endgültigen Abschied angehört, wie jene salbungsvollen Floskeln, die gerne an Gräbern Verwendung finden.
Und schließlich hatte sie ihre Heirat angekündigt, was zweifelsohne der Wahrheit entsprach und ohnehin leicht nachzuprüfen war. Er brauchte sie nur anzurufen, doch gerade das wollte ihm nicht gelingen.
Martin versuchte sich vorzustellen, wie wohl ihr künftiger Mann aussähe, wer es wohl wäre. Ein Kollege? Ein Jugendfreund? Er ging alle Männer durch, die sie getroffen hatten, damals, als sie noch zusammen lebten und gemeinsam ausgingen.
Keiner schien die erforderlichen Eigenschaften auf seine Person zu vereinen. Jeder konnte es sein, ein Bankangestellter, ein Ausländer, ein Mitarbeiter, eine Urlaubsbekanntschaft, ein Klient. Ein reicher Kunde, der ihr jenen Luxus bot, den Martin nicht bieten konnte. Zum Ende ihrer Ehe hatte sie bereits das Vier- oder Fünffache seines Gehalts verdient, und obgleich er sich immer wieder vor-

machen wollte, dass ihm das egal sei, wusste er zugleich, dass es nicht stimmte.

Man hatte ihm irgendwann die Stelle eines Sicherheitschefs in einem großen Unternehmen angeboten, bei gutem Verdienst und mit zahlreichen Vergünstigungen, und er hatte ernsthaft daran gedacht, den Posten anzunehmen. Myriam hatte ihm vehement abgeraten, natürlich vollkommen zu Recht.

Bei diesen Überlegungen machte sich plötzlich eine Leere in seinem Magen breit, und ihm wurde klar, dass er den ganzen Tag nichts anderes gegessen hatte als ein Sandwich – was seine Taille indes vollkommen unbeeindruckt ließ.

Er schlug die restlichen Eier in einen Stahltopf – wo war gleich die Pfanne? –, fluchte, als er merkte, dass kein Brot mehr da war, und verlor die brutzelnden Eier aus dem Blick, als das Telefon klingelte.

Er hoffte, Myriams Namen auf dem Display seines Handys zu lesen, aber es war eine unbekannte Nummer.

Er nahm ab – und erkannte die Stimme nicht sofort, so wenig hatte er an die Person gedacht, die ihn anrief. Sie hatte ihren Namen nicht genannt, und so musste er sich erst ein wenig herantasten, bis die Anruferin ein lautes Lachen ausstieß.

»Sagen Sie mal, Martin, ich müsste eigentlich beleidigt sein. Ich dachte, Sie träumen von niemandem außer mir.«

Er gab einige Brummlaute von sich, sie lachte erneut.

»Hier spricht Ihre Lieblingspsychologin, die hofft, Sie nicht zu stören. Ich habe wieder an Ihren Armbrust-Mörder gedacht, gibt's Neuigkeiten?«

»Nichts von Belang«, sagte Martin, »aber unsere Informationen bestätigen das vorhandene Bild, wonach er den Mord mit unglaublicher Präzision vorbereitet hat. Nur tappen wir vollkommen in Dunkeln, was das Motiv anbelangt.«

»Sollen wir drüber reden?«, fragte die Psychologin. »Manchmal setzt es das Denken in Bewegung, und man kommt auf neue Lösungen.«

»Haben Sie eine Idee?«, fragte Martin.

»Wer weiß – könnte sein ...«

»Na dann ... Wann haben Sie Zeit?«

»Jetzt zum Beispiel.« Sie schwieg einen Moment.

»Nur so dahingesagt«, stellte sie rasch klar, »morgen oder übermorgen ginge es natürlich auch.«

»Nein, jetzt passt es mir sehr gut«, sagte Martin lebhaft. »Und wo sollen wir uns treffen?«

»Haben Sie schon zu Abend gegessen?«

»Nein«, sagte Martin, »ich muss nur die angebrannten Eier vom Feuer nehmen, danach gehöre ich Ihnen.«

Sie lachte. Sie verabredeten sich in einem kleinen italienischen Restaurant im 17. Arrondissement, doch als Martin auflegte, fragte er sich, ob er womöglich einen Fehler begangen hatte. Der Vorschlag der Psychologin war begleitet von einem gewissen Unterton. Oder hatte er sich das nur eingebildet?

Das Leben war einfach kompliziert für einen Mann. Er wusste nicht so recht, wo er mit Myriam stand – immerhin hatte sie den entscheidenden Schritt getan, was die Scheidung anging. Und es gab Marion, wenngleich sie seit einer guten Woche nicht mehr telefoniert hatten. Sie war weit weg, und er wünschte sich, dass sie wiederkam – nur ganz allmählich dämmerte ihm, dass sich womöglich bereits ein Ende ihrer Beziehung abgezeichnet hatte, als sie ins Flugzeug gestiegen war. Doch selbst wenn es mit ihnen weiter ginge … Wie sollte sich die Beziehung entwickeln? Sie war lebhaft, hübsch, intelligent, sie provozierte ihn gerne und oft. Und selbst wenn sie ihm sehr gefiel, so war sie nicht Myriam. Er lächelte. Wo war das Problem? Er hatte niemandem Treue geschworen. Man würde sehen.

Laurette war schon da, als er das Restaurant betrat, sie saß an einem Tisch für zwei Personen, ein Glas Rotwein stand vor ihr, ein Korb Grissini. Sie hatte zu knabbern begonnen, denn sobald etwas Essbares vor ihr stand, konnte sie nicht umhin, davon zu naschen. Das war ihr großes Problem.

Zu dieser späten Stunde war das Restaurant brechend voll. Er nahm ihr gegenüber Platz, dann reichte er ihr über den schmalen Tisch hinweg die Hand.

Sie trug keine Brille, sie hatte sich geschminkt und Parfum aufgetragen, was selbst Martin, dessen Geruchssinn nicht besonders entwickelt war, bemerkte. Eine hübsch gestaltete Kamee schwebte, von einer Goldkette gehalten, zwischen weichen Brüsten, eine enge bestickte Weste betonte die großzügigen Rundungen.

»Entschuldigen Sie, dass ich Sie hierher bestellt habe«, sagte sie. »Aber ich fahre nachts furchtbar ungern. Für diese Mühe lade ich Sie zum Essen ein.«

Ein Ober füllte ihre Gläser und nahm die Bestellung entgegen. Sein vertrauter Ton verriet, dass Laurette Stammkundin war. Er warf einen schrägen Blick auf Martin, musterte ihn abschätzig. Sicher war er nicht der erste Herr, mit dem die Psychologin sich an diesem Ort traf.

»Ich komme sehr oft her«, sagte sie, als habe sie seine Gedanken gelesen. »Ich wohne im Haus gleich nebenan. Nach dem

Essen können wir bei mir einen Kräutertee zu uns nehmen, wenn Sie nichts dagegen haben.«

Ein vorsichtiges Lächeln begleitete ihren Vorschlag.

Aha, dachte Martin, das ist es also.

»Mit Vergnügen«, sagte er. »Allerdings hasse ich Kräutertee.«

Sie lächelte weniger zurückhaltend.

»In dem Fall finden wir sicher etwas anderes.«

Sie schwiegen, und Martin hatte das dumpfe Gefühl, dass die Würfel gefallen seien. Ein Angebot war gemacht und angenommen worden, nun, weder akzeptiert noch abgelehnt. Einmal in ihrer Wohnung angelangt, wäre es äußerst widersprüchlich, nicht mit ihr zu schlafen. Marion war weit weg, Myriam würde heiraten, doch das war kein Grund. Außerdem war es dumm und gegen alle Gepflogenheiten, eine Beziehung mit einer Psychologin aus dem eigenen beruflichen Umfeld anzufangen. Nie hatte er Arbeit und Bettgeschichten miteinander vermischt, und plötzlich verstieß er ohne jedes Zögern gegen dieses Prinzip.

»Na, so still?«, sagte sie. »Darf ich Sie fragen, woran Sie gerade denken?«

Er seufzte und bedauerte sein Seufzen sogleich.

»Ich habe mich gerade gefragt«, begann er. »Also gut, ich werde Ihnen einfach sagen, was ich denke. Ich glaube, zwischen Ihnen und mir wird sich etwas abspielen, und ich frage mich, ob das gut ist.«

»Gut in welcher Hinsicht?«, fragte sie mit Neugier und einer Spur Ironie. »Meinen Sie vernünftig?«

»Ich bin verliebt, zumindest glaube ich das, in eine Frau, die im Moment nicht hier ist. Und wird beide werden in Zukunft zusammenarbeiten und … Ich möchte nicht, dass das, was zwischen uns heute Abend passiert oder auch nicht passiert, Auswirkungen auf unser künftiges Verhältnis hat.«

»Sie sind aber schwierig«, sagte sie. »Wenn wir oben bei mir angekommen sind, werden Sie mich doch wohl kaum fesseln und verprügeln wollen.«

»Wie bitte?«

»Also haben wir keinen Grund, danach aufeinander böse zu sein. Wissen Sie, ich hatte mehrere Ehemänner, ferner eine ganze Reihe Liebhaber, die ich gerne und häufig treffe. Einer von ihnen ist ein Kollege, mit dem ich oft ungeklärte Fälle bespreche. Und sollten Sie nicht wollen, dass wir miteinander schlafen, dann bedauere ich das, weil ich Lust darauf habe, aber ich schwöre Ihnen, dass mein Ego nicht darunter leiden wird. Sind Sie jetzt beruhigt, oder soll ich etwas unterschreiben?«

Er lachte ein wenig gezwungen, zugleich auch etwas offener – und auch ein wenig enttäuscht. Die »ganze Reihe Liebhaber« stieß ihm auf, und mit einem Mal hatte er den Eindruck, Teil einer großen Menge zu sein, auch wenn es sich um eine Übertreibung handelte, und Teil einer Menge zu sein fand er wenig schmeichelhaft.

»Es ist komisch«, sagte sie. »Ich hatte immer ein wenig Angst vor Ihnen … Und doch habe ich den Eindruck, dass auch Sie Angst vor mir haben.«

»Ja, Ihre Position macht mir Angst. Für einen Bullen sind Psychotanten die schlimmste Bedrohung, das wissen Sie doch genau. Er geht nur zu ihnen, wenn ihm nichts anderes übrig bleibt – wenn er in einem Fall nicht mehr weiter weiß; oder wenn er sich an irgendetwas festhalten will, um einen Ausweg zu finden. Oder wenn er beginnt auszurasten und von seinen Chefs eine schriftliche Aufforderung bekommt, in der es heißt, dass er, wenn er nicht zum Psychologen geht, demnächst seine Papiere kriegt.«

»Ich verstehe«, sagte sie und griff nach einem Grissino. »Ich bin für Sie ein Buhmann, aber es hat nichts mit meiner Person zu tun.«

»Genau. Ein sehr appetitlicher Buhmann allerdings.«

Sie hoben ihr Glas, stießen an und sahen sich in die Augen.

»Jetzt, wo die Dinge zwischen uns geklärt sind, würde ich Ihnen gerne von meiner Idee erzählen, falls es Sie interessiert.«

Er nickte.

»Ich habe unaufhörlich an diese Armbrust gedacht, eine kleine Armbrust, wenn ich es richtig verstanden habe. Und ich habe versucht, mich in den Mörder hineinzudenken.«

»Ich auch, aber ich bin nicht sehr weit gekommen.«

»Ich bin überzeugt – bitte unterbrechen Sie mich, wenn Sie glauben, dass ich mich irre –, dass ihm die gewählte Vorgehensweise besonders wirksam und vernünftig erscheint. Sonst hätte er sich etwas anderes gesucht.«

»Bis hierhin kann ich Ihnen folgen«, er nahm einen Schluck Rotwein.

»Ich glaube allerdings, und ich verstehe von Waffen so gut wie gar nichts, dass das eine sehr riskante und unsichere Art ist, jemanden umzubringen, selbst eine wehrlose Frau. Außerdem hat er es sich mitten in der Großstadt während der Hauptverkehrszeit nicht eben einfach gemacht.«

»Immer noch einverstanden.«

»Zumal die Berichte darauf hinweisen, dass er Mord und Fluchtweg sorgfältig geplant hat.«

»Genau, er hat alles bis ins kleinste Detail vorbereitet.«

»Also muss die Armbrust eine Bedeutung für ihn haben,

eine Bedeutung, die wir nicht kennen. Wenn sie für ihn die ideale Waffe ist, kann dies zwei Dinge bedeuten … Entweder er hat schon einmal erfolgreich eine solche Waffe bedient und beherrscht sie vollkommen, zum Beispiel auf der Jagd – in diesem Fall verlässt er den Bereich des Rationalen nicht. Oder die Waffe hat einen symbolischen oder mythologischen Sinn. Wie bei den römischen Auguren, die Opfer nur mit einem ganz bestimmten Messer darbringen durften.«

»Das ist zu schnell für mich«, sagte Martin trocken. »Sind Sie zu dem Schluss gekommen, dass der Mann ein Erleuchteter ist? Nach dem, was ich gehört habe, haben auch Psychopathen Motive – und sei es nur die Verwirklichung der Wunschvorstellung, ihre Opfer zu beherrschen.«

»Ja, das ist ja gerade das Merkwürdige. Ich kann bei diesem Mord nicht die geringste erotische Komponente erkennen, nicht einmal indirekt. Aber das habe ich Ihnen ja schon gesagt. Was ich nur zu sagen versuche, ist, dass ich das Gefühl habe, dass in seinem Kopf Armbrust und Mord gleichbedeutend sind. Wenn Sie einen anderen Mord in der Vergangenheit finden, auch wenn er schon zehn, fünfzehn oder zwanzig Jahre zurückliegt, der mit einer ähnlichen Waffe verübt worden ist, dann würde ich mir das genauer ansehen.«

»Das Ähnlichste, was wir entdeckt haben, ist ein nicht aufgeklärter Mord an einem Jugendlichen vor fünfzehn Jahren. Sein Gehirn wurde von einem Pfeil durchbohrt, ich warte auf die Unterlagen.«

»Sehr gut«, sagte sie und legte ihre Serviette auf den Tisch. »Ich habe genug davon, über Mord zu reden. Und ich habe keine Lust auf ein Dessert. Sie?«

Ihre Wohnung erinnerte an ihr Büro, nur dass sie größer war. Sie war voll von Büchern und wissenschaftlichen Zeitschriften in allen Sprachen. Sie war geschmackvoll, aber in verschiedenen Stilen eingerichtet. Auf manchen der Möbel lag ein leichter Staubfilm, Hausarbeit gehörte offensichtlich nicht zu ihren Vorlieben. Martin verglich ihre Wohnung mit Myriams Wohnung, die weitläufig war, bequem, stets makellos sauber, und mit der Wohnung Marions, die eher klein wirkte, verstellt, doch überaus reinlich.
Laurette lotste ihn ins Schlafzimmer, setzte sich aufs Bett und zog ihn an sich.
Er setzte sich neben sie. Sie nahm sein Gesicht in beide Hände und küsste seinen Mund, dann wich sie zurück.
»Genau wie ich dachte«, sagte sie, »Sie haben einen festen, trockenen Mund. Das mag ich sehr. Ich möchte mich nicht vor Ihnen ausziehen, ich bin nicht mehr jung und schön genug dafür. Machen Sie es sich gemütlich, ich gehe schnell ins Badezimmer und komme dann zu Ihnen.«
Sie stand auf und öffnete eine schmale Tür, die sie kurz darauf hinter sich schloss.
Und ich?, dachte Martin, wenn sie glaubt, ich sähe nackt gut aus, dann wird sie sich wundern.
Einen Augenblick fragte er sich, ob es eine Möglichkeit gab zu entkommen, aber das war Augenwischerei. Er hätte ihr erst gar nicht in die Wohnung folgen dürfen. So zog er sich Schuhe, Jacke, Hemd und Hose aus, schließlich die Socken. Bei der Unterhose zögerte er, nein, er würde sie erst mal anlassen.
Er schlug die Bettdecke zurück, legte sich hinein und zog die Decke bis zum Hals hinauf.
Zum ersten Mal in meinem Leben, dass alles etwas fantasie-

los und wenig spontan abläuft, sagte er sich. Dann kam ihm ein anderer, überaus abwegiger Gedanke, bei dem ihm ein Schauer über den Rücken lief. Wenn ihr Alter nur ein Vorwand war und sie eine Behinderung oder ein riesiges Ekzem hatte, das drei Viertel ihres Körpers bedeckte? Außerdem hatte er nicht an Verhütung gedacht. Er hätte ein Kondom bei sich tragen müssen, in der Brieftasche, oder er hätte einen Umweg zur nächsten Nachtapotheke machen sollen. Die Badezimmertür ging auf, sie trug einen Morgenrock, der sie von Kopf bis Fuß verhüllte. Martins wirre Gedankengebäude nahmen allmählich Form an.

»Schon im Bett?«, fragte sie. »Das Badezimmer ist jetzt frei, wenn Sie wollen.«

Es klang fast nach einem Befehl, also stand Martin auf, froh darüber, die Unterhose angelassen zu haben. Er präsentierte seinen Hintern nicht gerne, schon gar nicht Frauen, mit denen er noch nicht geschlafen hatte.

Als er wieder herauskam, immer noch in Unterhose, lag die Psychologin schon im Bett. Sie hatte den Morgenrock ausgezogen, stolz präsentierte sie ihre Brust, die über den Saum der Decke ragte.

»Ich hätte nicht gedacht, dass Sie so kräftig sind«, stellte sie fest.

Er legte sich neben sie, er schwieg – es wollte ihm nichts einfallen.

Ihre Brüste waren voll und sehr ansehnlich, schön. Zu schön. Ihre rosa schimmernden Brustwarzen standen steil, beinahe künstlich steil gen Himmel.

Zum ersten Mal werde ich also mit einer silikonbusigen Frau schlafen, sagte er sich ergeben. Wer hätte gedacht, dass sie zu solchen Mitteln greift. Er war um nichts weniger erregt.

Er beugte sich über sie, dann küsste er ihren Mund. Sie umarmte ihn mit einer Leidenschaft, die ihn überraschte, und erwiderte seine Küsse. Er wagte kaum, sich an sie zu schmiegen, er hatte Angst, dass die Silikonkissen platzen könnten, dass sie vor Schmerz aufschreien würde.
»Du kannst sie ruhig anfassen«, flüsterte sie ihm ins Ohr, »es kann nichts passieren.«
Sie nahm seine Hand und führte sie an ihre Brust.
Er streichelte sie, ein leiser Seufzer war zu vernehmen, dann presste sich ihr Becken an seinen Körper. Er streichelte ihr Hüfte und Bauch, ihre Haut schien so fest wie weich, ihr an wilden Pfeffer erinnernder Geruch war wunderbar. Sie hat Recht, sagte er sich, ich bin froh, hier zu sein, warum auch nicht, ich tue niemandem weh – und es ist schön so.
In diesem Augenblick klingelte sein Handy.
Sie zog ihn heftig an sich und schlang beide Beine um seinen Körper. Er ließ sich nicht zwei Mal bitten, und als das Klingeln erstarb, war er bereits in ihr, ihr voller Busen wogte über seiner Brust, zwei Bälle aus Gummi, auf und ab schwingend im Rhythmus ihrer gleitenden Bewegungen.
Von einem Präservativ war nicht die Rede gewesen.
Ohne jede Hemmung genoss sie ihren Höhepunkt.
Als er die Zeit gekommen glaubte, seine Mailbox abzuhören, ohne unhöflich zu wirken, hörte er die Nachricht ab.
Es war Myriam. Sie wollte mit ihm sprechen und hatte ihm zwei Dinge zu sagen, von denen nur eines bis morgen warten konnte. Sie bat um Rückruf.
Er wollte weder in Gegenwart der Psychologin mit Myriam sprechen noch allzu lange warten. Etwas an Myriams Ton beunruhigte ihn.
Laurette sah ihn irritiert an.

»Alles in Ordnung?«
»Ich bin mir nicht sicher«, antwortete er freiherzig, »es könnte sein, dass …«
»Kein Problem, wenn Sie jetzt gehen wollen, kann ich das gut verstehen. Ich hoffe, Sie sind nicht zu sehr enttäuscht von diesem ersten Mal?«
Statt einer Antwort beugte er sich über sie und küsste sie auf den Mund.
Sie rückte von ihm ab, um ihn anzusehen, ein Lächeln huschte über ihre Lippen.
»Wenn mich nicht alles täuscht, dann haben Sie meine Brüste gestört«, sagte sie. »Mögen Sie sie nicht?«
»Das ist es nicht«, sagte er. »Sie sind wunderschön, aber ich hatte Angst, Ihnen wehzutun, wenn ich sie zu fest anfasse.«
Sie lachte.
»Es kann nichts passieren«, sagte sie, »tun Sie sich keinen Zwang an.«
Sie presste sich an ihn, nahm sein Glied in die Hand, hielt es einen Moment fest und legte sich wieder hin.
»Ich werden jetzt schlafen, denn ich stehe sehr zeitig auf. Ziehen Sie die Tür einfach hinter sich zu. Gute Nacht und vielen Dank.«
»Gern geschehen, schöne Frau.«
Er küsste sie auf Wange und Stirn, dann richtete er sich auf, zog sich an und ging.

Als er im Auto saß, rief er Myriam an. Sie war noch wach.
»Ich habe deine Nachricht erhalten. Was ist los?«
»Deine Tochter ist bei mir, es geht ihr nicht sonderlich gut.«
Martin spürte einen Stich.

Sie blickte zur Seite, und Martin begriff, dass sie nach Hinweisen suchte, die für oder gegen den Wahrheitsgehalt dieser Neuigkeit sprachen.

»Eigentlich nicht, ich wollte es nur etwas deutlicher machen, und hör endlich damit auf, mich zu unterbrechen, oder ich sage gar nichts mehr. Und was ist die Krönung des Ganzen? Ich bin schwanger! Morgen mache ich einen Termin im

»Sie hat mir nichts gesagt, aber stimmt, am Telefon war sie anders als sonst … Mist, sie hätte uns das ruhig eher sagen können. Weißt du, wer der Kerl ist?«

»Nein.«

»Vielleicht ist es wegen deiner Journalistin, und sie will dir nur eins auswischen.«

»Du glaubst doch nicht, dass Myriam heiratet, nur um mich eifersüchtig zu machen.«

»Nein«, räumte Isabelle ein, »aber wie …«

Sie verstummte.

»Im Übrigen«, sagte Martin, »Myriam weiß von Marion, der Journalistin, wie du sie nennst, noch gar nichts.«

»Marion Delambre? Machst du Witze? Myriam hat doch selbst ihren Namen fallen lassen.«

Jetzt war es Martin, der verstummte. Er war verblüfft. Myriam hatte ihn nie darauf angesprochen. Seit wann wusste sie davon? Und wie hatte sie es erfahren? Und wenn sie schon eifersüchtig war, warum hatte sie es ihm nicht gesagt?

»Bist du traurig?«, fragte Isabelle.

»Ich weiß nicht«, sagte er. »Ja, wahrscheinlich. Ein weiterer Schritt zur endgültigen Trennung.«

»Darf ich dir eine sehr persönliche Frage stellen?«

Er zuckte die Achseln.

Sie wurde rot, dann rückte sie mit der Sprache heraus.

»Schläfst du immer noch mit ihr?«

Martin sah sie an. Nie hätte er es gewagt, seinen Vater oder seine Mutter nach deren Scheidung so etwas zu fragen.

»Das geht dich nichts an.«

»Du bist wirklich verklemmt, Papa«, sagte sie, ohne nachzuhaken.

»Und wie stellst du dir die nähere Zukunft vor?«, fragte er seinerseits.
»Das ist doch klar. Ich lasse das Kind abtreiben, dann fahre ich zurück, als wäre nichts gewesen, und setze meine Arbeit fort. Oder ich treibe ab, sage denen, ihr könnt mich mal, und suche mir eine andere Arbeit. Oder ich treibe nicht ab, fahre zurück und setze die Tournee fort bis zum Mutterschaftsurlaub. Oder ich treibe nicht ab, sage denen, ihr könnt mich mal, und suche mir eine Arbeit.«
Sie schwiegen, Martin zahlte, dann fuhren sie weiter.

Um fünf vor halb zehn parkten sie den Wagen in Lorient, direkt vor dem Gerichtsgebäude, gleich beim Hafen. Martin wollte seine Akte aus dem Archiv holen, dieweil Isabelle die Stadt erkundete.
Er blickte ihr hinterher, sie ging mit leichtem Schritt, die Nase im Wind. Nach fünfzig Metern drehte sie sich um, sie wusste, dass er ihr nachschaute, sie winkte und lächelte ihm zu.
Zwei Stunden später sahen sie sich wieder. Martin hatte Kopien der Akte angefertigt, die er aus eigener Tasche hatte bezahlen müssen. Isabelle schenkte ihm ein graues Polohemd, das sie in einem Laden im Zentrum gefunden hatte. Für sich hatte sie ein Silberarmband aus Indien gekauft, sie präsentierte es voller Stolz.
»Müssen wir schon aufbrechen?«, fragte sie. »Wir könnten noch etwas spazieren gehen, ich würde gerne das Meer sehen.«
Martin lächelte sie an, auch er hätte den Ausflug gern noch etwas ausgedehnt. Irgendwo hinfahren, irgendwann anhalten. Seiner Tochter zuhören, wie sie aus ihrem Leben er-

zählte, von anderen Dingen. Schon lange war er nicht mehr so entspannt gewesen. Er seufzte.

»Ich habe vor Dezember keinen Urlaub.«

»Und was ist das für eine Akte?«

»Ich weiß es noch nicht. Vielleicht nichts, vielleicht etwas, das mir hilft, einem Wahnsinnigen auf die Spur zu kommen, der eine junge Frau mit einer Armbrust umgebracht hat. Wenn es dir nichts ausmacht zu fahren, ich würde gerne einen Blick hineinwerfen.«

Sie nickte und setzte sich ans Steuer. Sie fuhr gut, aber sehr rasant, und Martin konnte sich nur mühsam auf seine Unterlagen konzentrieren.

Kapitel 18

Sabine Renoult war Oberschwester der Abteilung für Kinderchirurgie in einem großen Krankenhaus im Süden von Paris. Seit einer guten Stunde war ihr Dienst offiziell zu Ende, aber sie hatte nicht früher gehen können.

Innnerhalb weniger Monate hatten schon mehrere Schwestern gekündigt, und nur zwei neue Schwestern waren hinzugekommen, weswegen sie den Dienst völlig neu hatte organisieren müssen. Außerdem ging der oberste Chef Ende des Jahres in Pension, und der Kampf der leitenden Ärzte hatte sich zum totalen Krieg ausgeweitet, was die Dinge weder für das Personal noch für die Patienten einfacher gestaltete. Zur Krönung des Ganzen raubten ihr die Versammlungen von Gewerkschaft und Gleichstellungskommission über die Einführung der 36-Stunden-Woche drei Viertel der ihr verbleibenden Zeit.

Glücklicherweise war ihr kleiner Sohn Alexander mit seiner Großmutter zwei Wochen ans Meer gefahren. Er fehlte ihr, doch sie wusste, dass er glücklich war, und nicht zuletzt konnte sie morgens eine Stunde länger schlafen, ein unschätzbarer Luxus.

Sabine zog sich rasch um, und ebenso rasch verließ sie das Krankenhaus. Womöglich klopfte in diesem Moment gerade das Schicksal an ihre Tür, was sie erfahren würde, sobald sie ihr Mobiltelefon eingeschaltet hatte, weit weg vom Krankenhaus und von sämtlichen Kollegen.

Trotz der vielen Zeit, die ihr Arbeit und tägliche Fahrerei raubten, wollte Sabine nicht ihr ganzes Leben allein bleiben. Mit ihren achtunddreißig Jahren fühlte sie sich zu Recht noch jung, schön und attraktiv, und wie jeder andere glaubte sie einen gewissen Anspruch zu haben auf ihr privates Glück.

In Metro und Bus allerdings würde sie nicht finden, was sie suchte, und im Krankenhaus ebenso wenig. Sie glaubte nicht an Beziehungen zwischen Schwestern und Ärzten, in ihren Kreisen allerdings eher die Regel, nicht die Ausnahme.

Eine neue Liebe sollte ihr, wenn es denn dazu käme, eine vollkommen neue Welt eröffnen, sollte sie also gerade nicht zurückwerfen in den überaus anstrengenden Alltag des Krankenhauslebens. Worüber spricht ein Arzt oder Klinikchef mit seiner Freundin, die Krankenschwester ist, wenn sie gerade nicht vögeln? Natürlich über die Arbeit.

Es war eine eher beiläufige Überlegung ihrer Mutter, die ihr kürzlich zu denken gegeben und ihr womöglich den rechten Weg gewiesen hatte, und vergangene Woche hatte sie den Schritt getan. Sie hatte eine Kontaktanzeige in eine Wochenzeitung gesetzt, samt ihrer Handy-Nummer, trotz der unbegründeten Angst, eine Kollegin könnte die Nummer erkennen.

Junge Frau, 35, brünett, empfindsam, 1,74, grüne Augen, würde ihre Freizeit gern mit einem Mann gleichen Alters verbringen, nett, humorvoll, aufgeschlossen.

Die Annonce enthielt kaum mehr als 20 Wörter, doch sie hatte nicht weniger als zwei Stunden gebraucht, bis der Text eine Form gefunden hatte, die ihren Vorstellungen entsprach. Jedes Wort war genauestens abgewogen worden, gut, beim Alter hatte sie ein wenig geschummelt – nicht viel, immerhin klang 38 zu sehr nach 40, anders als 35, was wesentlich jünger wirkte.

Lange hatte sie gezögert, ob sie ihre Körpergröße angeben sollte, doch es schien ihr ehrlicher (Männer mögen im Allgemeinen keine Frauen, die größer sind als sie selbst), außerdem würde es sie vor kleinen Männern bewahren, die sie sowieso nicht mochte.

Vom Alter abgesehen hatte sie für den Mann, den sie suchte, nur innere Qualitäten genannt, weil die Anzeigen, die sie gelesen hatte, sich für ihren Geschmack zu sehr auf körperliche Eigenschaften konzentrierten und ihr lächerlich erschienen, wenn nicht gar vulgär. Im Grunde wünschte sie sich, dass er größer war als sie, dass er dickes lockiges Haar hatte, breite Schultern, eine schlanke Taille, einen muskulösen Hintern – wenn er hingegen kahlköpfig war und kurzwüchsig obendrein, sie aber an magische Orte führte, sie zum Lachen brächte, dann würde sie sich nicht weniger hinreißen lassen.

Als sie die Kontaktanzeige abschickte, war sie so aufgeregt, als hätte sie unwiderruflich eine verbotene Grenze überschritten, um in einer unbekannten, Furcht erregenden Welt zu landen.

Als die Annonce erschien, las sie ungläubig, was sie geschrieben hatte, und sie kam sich vor wie eine Närrin – jedes einzelne Wort machte sie sich zum Vorwurf.

Im Krankenhaus hatte das Handy ausgeschaltet zu sein, und so konnte sie ihre Nachrichten nur während der Pausen abhören. Da sie eine gewisse Diskretion wahren wollte, stellte sie sich abseits, was hinter ihrem Rücken erstaunte bis sarkastische Bemerkungen provozierte, ihr war es egal.
In den folgenden Stunden bekam sie keinen Anruf.
Erst abends, als sie das Krankenhaus verlassen hatte, erreichte sie die erste Nachricht. Der Mann – er hatte eine etwas hohe Stimme, er stotterte – hatte um 16 Uhr angerufen und eine Handy-Nummer hinterlassen.
Sabine löschte die Nachricht in der Hoffnung, er würde nicht wieder anrufen. Nach dem Traum die Wirklichkeit. Womit hatte sie gerechnet? Mit einem Märchenprinzen? Wenn sie bloß die Anzeige zurückziehen könnte ...
Sie war gerade in die Metro gestiegen, als das Telefon klingelte. Die Nummer auf dem Display kannte sie nicht, eine Festnetznummer, weder ihre Mutter noch das Krankenhaus. Mit klopfendem Herzen wartete sie, bis es aufhörte zu klingeln; sie war gespannt auf die Nachricht.
Wieder jemand wegen der Anzeige, sie vernahm eine sanfte, wenngleich etwas heisere Stimme, die zu einem hoch gewachsenen Mann von höchstens vierzig passen würde, womöglich einem, der aus der Provinz kam. Er hatte einen leichten Akzent, vermutlich einfacher Herkunft, aber schließlich stand sie den englischen Royals verwandtschaftlich nicht gerade nahe.
»Ihre Annonce hat mir sehr gefallen«, sagte die Stimme. »Ich würde Sie sehr gern treffen, ich werde versuchen, Sie heute Abend um neun Uhr anzurufen.«
Sie hörte die Nachricht vier Mal hintereinander ab, nach jedem Mal fühlte sie sich in ihrem ersten Eindruck bestärkt.

In dieser Stimme lag etwa Starkes, Entschlossenes – und eine Spur Gefühl, Zärtlichkeit, nicht weniger als zwei Mal benutzte er das Wort »sehr«.

Zu Hause brachte sie keinen Bissen runter, sie hielt sich stets in der Nähe ihres Mobiltelefons auf, und mehr als einmal sah sie nach, ob die Batterie geladen, ob der Empfang ausreichend war.

Punkt neun Uhr klingelte das Telefon.

Kapitel 19

Die Akte, die Martin aus der Bretagne mitgenommen hatte, erhielt erstaunlich wenig neue Erkenntnisse. Ein Autopsiebericht der Leiche des ermordeten Jugendlichen, ein Polizeiprotokoll, ein Vernehmungsprotokoll des Zeugen, der die Leiche entdeckt hatte; Material über die Befragung von Klassenkameraden, von Lehrern der Schule, die das Opfer besucht hatte, ferner Notizen über die Befragung der Eltern, das war alles. Und niemand hatte irgendetwas Interessantes zu erzählen gehabt.

Wie bei jedem Mord, der nicht gleich aufgeklärt wird, war ein Verfahren eingeleitet worden, und der zuständige Richter hatte die Gendarmerie mit den Ermittlungen betraut.

Der Bericht war von einem gewissen Jean-Jacques Lemerlé im Rang eines Adjudant-Chefs unterzeichnet worden.

»Fahr bitte rechts ran«, sagte Martin zu seiner Tochter.

Isabelle gehorchte leicht irritiert.

Er wählte eine Nummer, sprach ein paar Minuten, dann wählte er eine zweite Nummer.

Als er auflegte, war Isabelle schon wieder losgefahren.

»Weiter geradeaus, oder soll ich umdrehen?«

»Dreh um.«

»Also sehe ich doch noch das Meer!«

Die Adresse, die der Gendarmerieleutnant Martin gegeben hatte, führte sie zu einem Haus, das in einer Art Siedlung am Ufer des Atlantiks lag.

Die modernen kleinen Bungalows wirkten eher hässlich, aber man sah wenig davon, da sie von dichten, hohen Hecken und prächtigen Gärten umgeben waren. Der Wind kam von Westen, es war kühler als in Paris, und trotz der Sonne, die hoch am Himmel stand, fröstelte Isabelle.

Martin zog seine Jacke aus und legte sie ihr über die Schultern.

»Kann ich mitkommen?«, fragte sie.

Er zögerte, dann nickte er.

»Ich werde sagen, dass du meine Assistentin bist, also sei nicht überrascht.«

Sie murmelte, dass sie so blöd nun auch wieder nicht sei, und trottete hinter ihm her.

Der Mann, der öffnete, war über sechzig, und er war so breit wie ein Schrank. Er hatte riesige Hände voller Schwielen und gelbe, eingerissene Fingernägel. Er war sonnenverbrannt und hatte geplatzte rote Adern im Gesicht, was auf seine Lebensweise schließen ließ: fischen und in die Kneipe gehen. Seine Glatze war unter einer ausgebleichten Baskenmütze verborgen, seine Augen wirkten hell, sein Blick kalt.

Er bat sie in ein winziges Wohnzimmer, das vor Sauberkeit nur so strotzte, jeder Gegenstand hatte seinen bestimmten Platz. Da waren ein riesiges Wildledersofa mit Unmengen Verzierungen und Sessel im selben Stil, ein ovaler Tisch aus glänzendem Lack mit einem kleineren Tablett, auf dem eine Karaffe mit einer braunen Flüssigkeit und sechs Gläser standen. Er bot ihnen weder etwas zu trinken noch einen Stuhl an.

»Was genau suchen Sie?«

Martin war nicht gekommen, um sich verhören zu lassen, dennoch antwortete er gelassen.

»Ich arbeite gerade an einem Mordfall, und als ich im Mordregister Nachforschungen angestellt habe, bin ich auf eine Sache gestoßen, mit der Sie 1987 befasst waren. Erinnern Sie sich daran?«

Der Mann zögerte kurz, dann nickte er.

»Ja, der kleine Tanguy. Keine Zeugen, keine Indizien, keine Verdächtigen … Das Verfahren wurde eingestellt.«

»Das habe ich den Akten entnommen. Haben Sie persönliche Erinnerungen an die Sache?«

Die ohnehin dunkle Gesichtshaut des Mannes verfärbte sich tiefrot.

»Wollen Sie wissen, ob ich Beweise unterschlagen habe?«

»Darum geht es nicht«, sagte Martin mit fester Stimme.

Er bemühte sich, einen kollegialen Ton anzuschlagen.

»Manchmal hat man, wie Sie wohl wissen, bei einer schwierigen Ermittlung gewisse Eindrücke, die man nicht formulieren kann, weil die Beweise fehlen. Aber ein bestimmter Eindruck bleibt zurück. Verstehen Sie, was ich meine?«

Der Mann zögerte seine Antwort heraus, es war kaum zu übersehen, dass sein Gehirn auf Hochtouren arbeitete.

Isabelle stand ein wenig abseits, sie schwieg, musterte den Mann und fragte sich, warum er so aggressiv war. Dabei war ihr Vater doch ausgemacht höflich gewesen. War das die übliche Konkurrenz zwischen Polizei und Gendarmerie?

»Mein Eindruck war, dass dieser Tod durch ein Versehen passiert ist«, sagte der frühere Gendarm. »Ein Spiel, das böse geendet hat, eine Dummheit unter Kindern …«

»Und hat keiner dieser Jungs je etwas gesagt? Keine Gerüchte, gar nichts?«

»Soweit ich weiß, nein – und ich habe die ganze Schule befragt. Damals fand im Wald ein Pfadfinderlager statt. Ich habe versucht, mit den Kindern zu sprechen, aber sie waren bereits abgereist, bevor ich sie befragen konnte.«

»Aber es wurde doch ermittelt. Nirgendwo in den Akten ist von dem Pfadfinderlager die Rede.«

»Da müssen Sie den Ermittlungsrichter fragen. Er hat mir gesagt, ich solle das mit den Pfadfindern lassen.«

Martin dachte sich seinen Teil.

»Wie hieß der Richter?«

»René Chastaing. Er war damals schon nicht mehr ganz jung und ist vor zwei oder drei Jahren gestorben. Gleich kommt die Flut, ich werde fischen gehen«, sagte der Mann. »Wenn Sie keine weiteren Fragen haben ...«

Er ging auf Martin zu, doch dieser rührte sich nicht von der Stelle. Der Mann blieb stehen, er zögerte kurz, ballte die Fäuste. Martin lächelte stoisch, und der frühere Gendarm wusste nicht mehr, wie er reagieren sollte.

»Hören Sie, Lemerlé«, sagte Martin. »Ich werde mich nach den Pfadfindern erkundigen. Ich weiß nicht warum, aber ich habe den Eindruck, dass Sie etwas vor mir verbergen. Vielleicht täusche ich mich, aber wenn ich herausfinde, dass Sie eine wichtige Information unterschlagen haben, die mir bei meinen Ermittlungen geholfen hätte, dann lasse ich das nicht durchgehen.«

»Ach, lassen Sie mich doch in Ruhe!«, schimpfte der Mann, dem Ärger und Angst die Kehle zuschnürten.

Martin drehte ihm den Rücken zu, ließ Isabelle den Vortritt und verließ das Haus.

Im Auto wandte sich Isabelle ihm zu, ihre Hände zitterten.

»Ich habe fest damit gerechnet, dass er dir eine reinhauen würde.«

»Das hätte er vielleicht getan, wenn ich allein gewesen wäre«, sagte Martin zustimmend.

Sie sahen, wie der Mann aus dem Haus kam und die Tür abschloss. Er warf ihnen einen hasserfüllten, missbilligenden Blick zu, bevor er verschwand.

Martin fuhr los.

»Geht das bei Befragungen oft so zu?«

»Nein, im Allgemeinen schlage ich sie, damit sie reden«, antwortete Martin grinsend, bevor ihm einfiel, dass ihm das vor nicht allzu langer Zeit tatsächlich passiert war.

»Ist ja schon gut«, sagte Isabelle, »sobald man mit dir ernsthaft reden will …«

»Entschuldigung. Nein, es läuft nicht immer so. Vor allem, wenn man einen Kollegen oder Ex-Kollegen befragt. Der Typ verbirgt nicht nur etwas, er hat auch Angst. Was denkst du?«

»Er sieht scheußlich aus. Ich weiß nicht, ob er Angst hat, aber ich für meinen Teil hatte Angst vor ihm.«

»Glaubst du, er hat mich belogen?«

»Ja, er hat die ganze Zeit nach links geschaut. Das, so heißt es immer, tun Leute, die lügen. Im Übrigen hätte er, wenn er nicht gelogen hätte, keinen Grund gehabt, sich so aggressiv zu benehmen, außer er hat sie nicht mehr alle.«

»Das stimmt leider nicht ganz.« Martin seufzte. »Die Leute belügen Polizisten gern, auch ohne Grund, einfach so, aus Prinzip.«

»Aber er ist nicht irgendwer, er ist immerhin ein pensionierter Beamter.«

»Stimmt, und ich werde versuchen, mehr über den Kerl herauszufinden. Fangen wir im Rathaus an.«

»Lässt du mich am Hafen raus?«
Er nickte und fuhr Richtung Meer.

Das Rathaus lag nicht im Dorf, sondern im Ortskern, etwa sechs Kilometer von der Siedlung entfernt. Martin suchte zunächst das Standesamt auf. Jean-Jacques Lemerlé war in der Kommune geboren, er hatte zwei Brüder und Schwestern, von denen niemand mehr vor Ort wohnte, obwohl sie alle noch – es sei denn, es fehlten irgendwelche Angaben – am Leben waren.
Seine Frau war seit sieben Jahren tot. Die Gemeindesekretärin erzählte Martin, sie habe Selbstmord begangen, indem sie sich im November mitten in einem Sturm von der Klippe gestürzt habe.
Martin fragte nach, ob es tatsächlich Selbstmord gewesen sei, worauf sie ihn ansah, als sei er verrückt geworden. Martin war klar, dass Lemerlé noch am selben Tag von seinen Nachforschungen erfahren würde, aber ein wenig Druck konnte nicht schaden.
Die Lemerlés hatten ein einziges Kind, einen Sohn, der 1988 mit siebzehn Jahren auf den Antillen umgekommen war.
Martin stieg ins Auto und fuhr an die Küste. Am Hafen traf er Isabelle wieder. Sie sah nachdenklich auf das Meer hinaus, und als er näher kam, schenkte sie ihm ein breites Lächeln. Sie zeigte ihm die Möwen, die in der Septembersonne am Himmel ein Ballett vollführten und laute Schreie ausstießen. Sie folgten der Spur eines kleinen Kutters, der vom Fischen zurückkam. Die Luft war deutlich milder geworden. Es roch nach Algen, Jod und Fisch.
Isabelle und Martin trennten sich für einen Augenblick, jeder für sich ein Mobiltelefon griffbereit.

Martin – er fühlte sich leicht benommen – rief Jeannette an und berichtete von seinen Entdeckungen. Jeannette versuchte gerade herauszufinden, ob auf einer der Baustellen vom Ehemann der Ermordeten ein Schwimmbad gebaut wurde. Bisher hatte sie nichts gefunden.

Sie war auch ins Krankenhaus gefahren, um mit dem Ehemann zu sprechen, aber auch das hatte nicht viel ergeben.

Martin erzählte ihr von den Pfadfindern, und sie versprach, sich nach ihnen zu erkundigen – wobei beide der Gedanke umtrieb, dass ihr Fall in einer Sackgasse gelandet war, wenn sie derart weit voneinander entfernte Spuren verfolgen mussten.

»Nein, ach, lass es«, sagte Martin, »ein Pfadfinderlager im Wald irgendwo vor fünfzehn Jahren, das findest du nie raus.«

»Ich versuch's trotzdem«, sagte Jeannette bestimmt.

Sie verabschiedeten sich.

Dann rief Martin Laurette an, die Psychologin, und erzählte ihr, er sei seiner Intuition gefolgt und einem Fall nachgegangen, der vor fünfzehn Jahren passiert sei, bisher habe aber auch das nur in eine Sackgasse geführt. Keiner von beiden machte die geringste Anspielung auf die Geschehnisse vom Vorabend.

Schließlich wählte Martin Myriams Nummer und sagte ihr, er sei mit Isabelle in der Bretagne.

Myriam schien überrascht, hielt sich aber mit einem Kommentar zurück. Er fragte sie, was das andere Problem sei, von dem sie gesprochen habe, aber sie hatte gerade keine Zeit, darüber zu reden, und schlug ihm vor, abends wieder anzurufen.

Martin und Isabelle fanden schließlich eine kleine Bucht, in der sie in Unterwäsche badeten, das Wasser hatte 18 Grad. Sie spritzten sich gegenseitig nass, machten sich übereinander lustig und trockneten sich, bevor sie sich anzogen, mit ihren T-Shirts gegenseitig ab.

Als sie sich auf dem Sand ausruhten, kam Isabelle auf ihre Mutter zu sprechen.

»Waren wir nicht auch mal mit Mama hier, als ich klein war?«

Martin nickte. »Ein bisschen weiter westlich die Küste entlang, der Ort hieß Kerfany. Kannst du dich daran noch erinnern? Du warst drei, wir hatten ein Haus mit Blick aufs Meer gemietet, und du hattest einen Spielkameraden. Einen kleinen blonden, sehr schüchternen Jungen.«

»Yannick«, sagte sie. »Ich weiß es ganz genau.«

Sie schwieg eine Weile.

»Ich denke im Moment oft an Mama«, sagte sie und wandte sich ihm zu. »Ich sage mir, dass sie ungefähr so alt war wie ich, als sie mit mir schwanger war.«

»Sie war ein Jahr älter, dreiundzwanzig.«

»Hast du sie geliebt?«, fragte sie, ohne ihn anzusehen.

Er hielt inne, nicht weil er zögerte, sondern um dem, was er sagen würde, mehr Gewicht zu verleihen.

»Ja, es gibt keinen einzigen Tag, an dem ich nicht an sie denke. Wenn sie noch leben würde, wären wir vielleicht nicht mehr zusammen, ich weiß es nicht, aber sie ist einer der beiden Menschen, die in meinem Leben am meisten zählen. Der andere bist du.«

»Ihr habt euch allerdings ziemlich oft gestritten.«

»Ja, das stimmt, und nach einer unserer Auseinandersetzungen ist sie zu schnell gefahren.«

Isabelle legte eine Hand auf die seine.

»Sie fuhr immer zu schnell, ich hatte im Auto mit ihr immer ein wenig Angst. Das hatte mit eurem Streit nichts zu tun.« Er streichelte ihre Hand.

»Und Myriam?«, fragte sie. »Gehört sie nicht zu den Menschen, die dir wichtig sind?«

Er lachte.

»Sagen wir, sie ist die drittwichtigste Person in meinem Leben.«

»Und das Leben ist ganz schön kompliziert«, sagte Isabelle. »Und deine Journalistin, ist sie auch wichtig für dich?«

»Ja, ich glaube schon. Ich weiß es noch nicht. Wir haben keine gemeinsamen Pläne. Sie ist jung, zu jung fürchte ich.«

Sie verzog das Gesicht. »Klar, Opa – ,›wir haben keine gemeinsamen Pläne‹ –, du hörst dich an wie dieser Idiot von Christophe …«

»Danke.«

»Entschuldigung, Papa, das ist mir so rausgerutscht. Bist du jetzt sauer?«

Er gab ihr einen Schubs, und sie fiel lachend auf den Sand.

Sie gingen in den Ort zurück und suchten ein Restaurant. Eine Bäckerin gab ihnen eine Empfehlung mit auf den Weg, doch sie konnten es nur mit Mühe finden.

Martin ließ nicht locker, er kaufte an einer Tankstelle sogar einen Ortsplan. Schließlich fanden sie das Restaurant in einem kleinen Fischereihafen am Ende eines lang gestreckten Hügels. Sie aßen Meeresfrüchte und fuhren am Nachmittag wieder zurück. Bei Einbruch der Dunkelheit erreichten sie Paris, feucht und warm senkte sich die Nacht über die Stadt, während sie mitten im Stau standen, dem Geruch der Auspuffgase ausgeliefert.

Als sie in die Wohnung kamen, ging Isabelle auf Martin zu und umarmte ihn. Es sei einer der schönsten Tage gewesen, den sie seit langem verbracht hätte; sagte sie. Kurz darauf war sie auf dem Sofa eingeschlafen.
Martin merkte, dass sie seit ihrer Abreise beide nicht das Bedürfnis gehabt hatten, über Isabelles Sorgen zu sprechen.
Martin war erschöpft, doch schlafen konnte er noch nicht. So las er noch einmal die Akte, die er aus der Bretagne mitgebracht hatte, und versuchte, obwohl sie wenig enthielt, einige Schlüsse zu ziehen.
Der frühere Gendarm hatte zu schnell geantwortet, ganz als habe er mit solchen Fragen gerechnet. Sein erster Eindruck war geblieben. Der Mann hatte ihm etwas verheimlicht, nur was?
Der gesamte Fall, einschließlich der Informationen, die Martin auf dem Rathaus eingeholt hatte, schien ihm eine Besonderheit aufzuweisen: Da war der Tod des Jugendlichen, dann der Tod des Sohnes von Lemerlé ein Jahr darauf. War das ein Zufall? Und wenn nein, welche Schlüsse waren hieraus zu ziehen? Der Sohn von Lemerlé war 7000 Kilometer entfernt umgekommen, und Martin sah sich nicht in der Lage, einen Zusammenhang zwischen den zwei toten Jugendlichen herzustellen.
Er beschloss dennoch, Jeannette am nächsten Tag den Auftrag zu geben, sich genau nach dem Tod von Lemerlés Sohn zu erkundigen, beim Marineministerium, beim Staatssekretär für die Territorien und Departements in Übersee, wo auch immer. Die Wahrscheinlichkeit war gering, aber so wie die Dinge standen, durfte er nichts außer Acht lassen.
Kurz vor Mitternacht klingelte sein Handy, Myriams Stunde.

Er sagte ihr, er sei wieder da. Sie schien nervös, gereizt.

»Ich habe eine Riesendummheit gemacht«, sagte sie. »Ich war ungeschickt, blöd. Ich habe Isabelle gesagt, wenn sie das Kind nicht will, würde ich es adoptieren. Ich glaube, jetzt will sie nicht mehr mit mir sprechen.«

»Das wird nicht lange anhalten.«

»Ich kann den Gedanken, dass sie eine Abtreibung macht, nicht ertragen«, entgegnete Myriam. »Was hast du ihr gesagt?«

»Nichts Besonderes«, gab er zu, »ich glaube, wir haben kaum darüber geredet.«

Ungläubiges Schweigen am anderen Ende der Leitung. »Ist es dir denn egal?«

Er antwortete nicht.

»Entschuldigung«, sagte sie. »Natürlich ist es dir nicht egal. Aber du weißt, wie viel deine Meinung für sie zählt. Wenn sie nur begreifen könnte …«

»Meine Meinung zählt, weil ich sie nie gezwungen habe, etwas gegen ihren Willen zu tun«, sagte er barsch. »Sie ist zweiundzwanzig Jahre alt und hat keinen Freund. Ich kann verstehen, dass sie das Baby nicht behalten möchte.«

Myriam schwieg, sie schwieg so lange, dass er dachte, die Verbindung sei unterbrochen.

»Gut«, sagte sie schließlich. »Vielleicht hast du Recht. Man kann sowieso nichts machen. Ich rufe Isa morgen an und entschuldige mich bei ihr.«

»Wolltest du nicht noch über etwas anderes sprechen?«, fragte Martin.

»Ja, ich habe eine Angestellte. Eine sehr nette Frau. Irgendwas stimmt nicht mit ihr. Unmöglich herauszufinden, was es ist, aber ich habe Angst um sie. Ich bin ganz sicher, dass sie sich das Leben nehmen will. Sie will kein Aufsehen erregen, will niemanden stören, sie hat gesagt, dass sie kündigen will, und sobald sie weg ist, wird sie sich umbringen.«

»Wie kannst du da so sicher sein?«

»Du müsstest sie sehen ... Sie wirkt immer total weggetreten, und dann, ganz plötzlich, hat sie sich wieder gefangen. Aber man spürt genau, dass sie nur eine Fassade errichtet hat. Dahinter ist nichts mehr, ach, es ist schwer in Worte zu fassen.«

»Ich glaube, ich verstehe, was du sagen willst«, sagte Martin. »Ich vertraue dir. Du hast ein Gespür für Menschen.«

»Komisch, das hast du noch nie zu mir gesagt. Denkst du das wirklich?«

»Ja.«

»Danke. Also – was können wir für sie tun?«

»Ich nehme an, du hast versucht, mit ihr zu reden?«

»Ja. Sie lächelt und macht sogar Witze, aber sie tut nur so. Sie ist Lichtjahre von uns entfernt. Man kann sie nicht erreichen.«

»Gehört sie vielleicht einer Sekte an?«

Die Frage schien Myriam zu überraschen.

»Daran hatte ich nicht gedacht ... Nein, ich glaube nicht. Ich werde mich erkundigen.«

»Hast du versucht, mit jemandem zu sprechen, der ihr nahe steht? Hat sie keinen Mann?«

»Doch, ich habe ihren Mann neulich gesehen. Er machte einen merkwürdigen Eindruck. Sehr unangenehm.«

Martin wartete.

»Es ist schwer zu erklären ... Ich bin am späten Abend zu Roselynes Haus gefahren, und als ich wegging, tauchte er plötzlich auf ...«

»Na, kein Wunder, er muss sich gefragt haben, was du da zu suchen hattest …«
»Ja, ich weiß, aber das ist es nicht. Ich habe es ihm erklärt. Er war sehr korrekt … Aber ich fühlte mich in seiner Gegenwart furchtbar unwohl. Ich hatte richtig Angst. Und du kennst mich ja, ich bin normalerweise alles andere als ein Angsthase!«
»Glaubst du, dass er schuld an dem ist, was mit seiner Frau geschieht?«
»Vielleicht, aber im Grunde weiß ich nichts. Ich weiß nur, dass, wenn ich nichts tue, Roselyne sich in einem Monat, wenn ihre Kündigungsfrist abgelaufen ist, das Leben nehmen wird.«
»Dann haben wir wenigstens ein bisschen Zeit nachzudenken«, sagte Martin.
»Ja, das haben wir wohl, außer sie beschließt, die Sache zu beschleunigen. Grüß Isa von mir.«
Sie hatte aufgelegt, und er fragte sich, ob sie ihm böse war, weil er ihre Warnungen auf die leichte Schulter nahm, aber selbst wenn dem so wäre – im Augenblick war er einfach zu müde, um sich darüber den Kopf zu zerbrechen.
Er sah nach, ob Isabelle bequem schlief, breitete eine Decke über ihre Beine und machte sich auf ins Schlafzimmer. Er stellte den Wecker auf sieben, sprang kurz noch unter die Dusche und fand in den Schlaf, einen tiefen Schlaf ohne Angst, ohne Träume.

Kapitel 20

Ein paar Stunden zuvor, während sich Martin noch mit Isabelle auf dem Rückweg befand, hatte Sabine Renoult ein Café in der Avenue du Général-Leclerc betreten und sich so platziert, dass man sie vom Eingang aus gut sehen konnte. Ihr Herz klopfte so stark, dass sie dachte, jeden Moment in Ohmacht zu fallen. Sie hatte sich herausgeputzt, sie sah wunderbar aus.

Sie war eine Viertelstunde zu früh gekommen. Die Bedienung, meinte sie wahrzunehmen, musterte sie mit einem ironischen Grinsen. Sie gab sich Mühe, Haltung zu bewahren, und tat, als läse sie *Pariscope*, den Veranstaltungskalender, der seit zwei Wochen in ihrer Tasche steckte.

Die meisten anwesenden Männer warfen ihr flüchtige Blicke zu, sie bewunderten ihre hübsche, immer noch schlanke Figur, die vorteilhaft in einem hellblauen leichten Sommerkleid mit quadratischem, nicht zu tiefem Ausschnitt zur Geltung kam.

Sie hatte keine Lust, sich wie eine Ware zu präsentieren, und so hoffte sie, dass der Mann, den sie gleich treffen würde, es weder nötig hatte, den Blick von ihren Brüsten abzuwenden noch seine Nase tief hineinzustecken.

Sie hatte alle Register gezogen, gut hundert Euro hatte sie für die unterschiedlichsten Produkte ausgegeben. Mehrere

Make-ups waren ausprobiert worden – bis sie sich für einen himbeerfarbenen Lippenstift entscheiden konnte, der ihre milchweiße Haut besonders vorteilhaft zur Geltung brachte. Ein Hauch von Maskara benetzte ihre Wimpern. Was den Schmuck anging, so hatte sie sich für goldene Ohrringe entschieden – zwei zarte Kreolen – sowie für ein silbernes Armband, das sie von ihrer Mutter bekommen hatte. Auf Anraten einer Freundin, einer Friseuse, hatte sie ihr Haar einer Brushing-Kur unterzogen, das leuchtende, weich schimmernde Braun hellte Stirn und Wangen vorteilhaft auf. Ihre langen Beine hatte sie sorgfältig epiliert, Finger- und Fußnägel mit durchsichtigem Lack versehen, die feinen Härchen um Mundwinkel und am Unterarm gelichtet.

Sie sah zauberhaft aus. Und obwohl sie dem Mann, den sie treffen sollte, die Farbe ihrer Haare und ihres Kleides genauestens beschrieben hatte, stand vor ihr ein Minzecocktail, und daneben lag ein goldenes Zigarettenetui – die verabredeten Erkennungszeichen. Der Minzecocktail war eine Anspielung auf einen Film, den sie mochte und der sie an ihre Jugendzeit erinnerte.

Wann immer ein Mann das Café betrat, sah sie ihn aus dem Augenwinkel an, und ihr Herz begann heftig zu schlagen. Dann warf sie einen vorgeblich gleichgültigen Blick in seine Richtung, bevor sie sich wieder dem Veranstaltungskalender widmete.

Sie hatte das Zifferblatt ihrer Uhr nach innen gedreht, um leichter und ohne eine Regung des Handgelenks die Uhrzeit ablesen zu können.

Die ersten fünf Minuten Verspätung waren leicht einem Stau, einer ungenau gehenden Uhr oder einem fordernden

Chef zuzuschlagen – ebenso die nächsten fünf Minuten. Als eine Viertelstunde verstrichen war, begann sie, ernsthaft in Betracht zu ziehen, dass sich jemand über sie lustig gemacht hatte, und nach fünfundzwanzig Minuten war sie fest davon überzeugt.

Plötzlich kam ihr ein furchtbarer Gedanke, der sie erröten ließ. Was, wenn er hereingekommen war, sie entdeckt hatte und sogleich wieder verschwunden war – weil er sie schrecklich fand, sie gar nicht erst kennen lernen wollte?

Nein, das war zu viel. Sie kippte den Cocktail herunter, das Eis war längst geschmolzen, schob einen Fünf-Euro-Schein unter das leere Glas und verließ das Café, begleitet von einem Gefühl der Demütigung und der Wut.

Indes, er hatte längst in dem Café Stellung bezogen, als sie hereingekommen war, an die Theke gekauert, ihr den Rücken zugewandt, ein Bier schlürfend. Er konnte sie im Spiegel bestens erkennen. Die Annonce hatte ihn nicht getäuscht. Sie sah Roselyne nicht wirklich ähnlich, doch es war derselbe Typ Frau, braunhaarig, schlank, helle Haut, und auch die Bullen würden das bemerken.

Sie war älter als Roselyne, zwei kleine Falten umspielten ihre Mundwinkel, die Augen umgaben winzige Krähenfüße, doch sie war dennoch sehr hübsch, so hübsch, dass er sich fragte, ob er nicht vorübergehend seinen Plan aufgeben und sich einen Moment der Entspannung gönnen sollte. Immerhin hatte er das Schwerste geschafft, denn sie wartete auf ihn. Er trug seine Baustellenjacke, und wenn schon, er konnte vorgeben, er habe nach der Arbeit keine Zeit mehr gehabt, sich umzuziehen, aus Angst, er komme zu spät. Er würde sich mit einem bedauernden Lächeln entschuldigen, mit jenem jungenhaften Lächeln, das bislang noch jede hatte dahinschmelzen lassen …

Doch sein Plan konnte nur dann funktionieren, wenn er nicht die Initiative ergriff, wenn er sich durch keinerlei Regung ablenken ließ, so verführerisch sie auch war, denn die Folgen waren unkalkulierbar.

Er stellte sich vor, wie der Pfeil durch den zierlichen Hals drang – die Frau strauchelte, sie hatte noch nicht begriffen, was genau ihr widerfuhr. Sie würde zu Boden sinken wie die andere, und sollte ihm Zeit bleiben, würde er hingehen und aus der Nähe beobachten, wie sich ein Lebewesen mit einem Mal in ein totes Objekt verwandelte.

Wann würde sie es aufgeben zu warten? Noch während er sich diese Frage stellte, stand sie mit einem Ruck auf und verließ mit ausholenden Schritten das Café.

Er folgte ihr nach draußen, folgte ihr bis zur Metrostation Mouton-Duvernet und stieg in denselben Wagen ein wie sie – nur nahm er eine andere Tür.

Beim Verlassen des Cafés hatte sie wütend ausgesehen, jetzt schien ihre Haltung eine gewisse Niedergeschlagenheit auszudrücken. Sie blieb stehen, sie klammerte sich an eine Haltestange, der Kopf war gesenkt, sie war in Gedanken.

An der Haltestelle Montparnasse stieg sie aus, nahm den Verbindungszug nach Marie d'Issy bis Convention, ging nach oben, überquerte den Platz und bog in eine Querstraße ein. Sie hielt vor einer weißen Haustür und gab die Geheimzahl ein, bevor sie eintrat.

Er erreichte die Tür, bevor sie wieder ins Schloss fiel.

Er hielt sie offen, blieb aber draußen stehen, für den Fall, dass sie noch eine Weile in der Eingangshalle verharrte; dann betrat er das Gebäude.

Es gab zwei Treppen, eine führte nach rechts, die andere nach links. Die Glastür auf der linken Seite – Treppe B – fiel langsam zu. Er sah sein Spiegelbild in der Scheibe und zwinkerte sich zu, während er die Tür aufschob. Schnell und lautlos eilte er die Treppe hinauf, kaum zwei Etagen über ihm glaubte er die Schritte der jungen Frau zu vernehmen.
Im vierten Stockwerk nahm sie den Haustürschlüssel aus ihrer Tasche und betrat ihre Wohnung.
Er folgte ihr, las den Namen an der Tür. Hier wohnte sie also.
Kurz darauf war er wieder verschwunden.
In ihrer Straße, ihrem Haus fast gegenüber, stand ein niedriger Ziegelsteinbau mit Flachdach, das durch ein in der Nähe errichtetes Baugerüst leicht zu erreichen sein musste.
Am nächsten Morgen würde er dort sein, fünf Uhr, und ihr folgen, wenn sie zur Arbeit fuhr – kein Problem, seine Schicht begann diese Woche ohnehin erst um elf.
Jetzt, wo er sein neues Opfer gefunden hatte, fühlte er sich beschwingt und erregt. Er musste dafür Sorge tragen, dass die Dinge zügig in Gang kamen, er würde auf ihrem morgendlichen Weg eine ebenso günstige Stelle suchen und finden wie beim ersten Mal – andernfalls müsste er eine günstige Gelegenheit herbeiführen, was weit gefährlicher und schwieriger werden konnte.

Was er nicht wissen konnte, war, dass das Baugerüst schon einmal von einem Spanner benutzt worden war, den eine Mieterin des gegenüberliegenden Gebäudes entdeckt und angezeigt hatte. Besagte Frau arbeitete in einem Restaurant, sie stand jeden Morgen um halb vier auf, um auf dem Großmarkt Rungis einzukaufen.
Was er noch weniger ahnen konnte, war, dass die Batterie

im Wecker dieser Frau ihren Geist aufgegeben hatte, dass sie somit erst um fünf vor fünf aufwachte. Als sie die Uhrzeit ablas, sprang sie aus dem Bett, blickte auf die Straße und zog sich schnell an, gerade im richtigen Moment, um die dunkle Gestalt auszumachen, die das Gerüst hinaufkletterte. Sie wählte sofort die Nummer der Polizei – und glaubte an ein Wunder, als sie eine echte Stimme und keinen Anrufbeantworter hörte. Dann brachte sie ihr Anliegen vor.
Vier Minuten später stand ein Polizeiwagen vor dem Gebäude.

Er hörte die Polizeisirene, dann lautes Quietschen der Bremsen eines Wagens, der quer geparkt war – doch er begriff nicht sogleich, dass ihn das Pech verfolgte, denn gerade in dem Moment, als er den Hals über die Vorderkante des Flachdachs streckte, richteten sich die Blicke dreier Polizisten auf ihn, die auf dem Bürgersteig warteten.
Er warf sich nach hinten, aber es war zu spät. Er rannte ans andere Ende des Hauses, kein Ausweg.
Er lief zu einem kleinen Vordach, das inmitten der Dachebene in den Himmel ragte und das eine Tür barg, eine Stahltür, die ohne Werkzeug nie und nimmer zu öffnen sein würde.
Panik stieg in ihm auf, er gab sich eine Ohrfeige. Ruhe bewahren, nachdenken – schließlich war er Bauexperte.
Das Flachdach, auf dem er stand, musste eine Regenrinne haben, womöglich mehrere, die wiederum mit dem Abwassersystem verbunden waren. Er rannte am Dach entlang, der Straßenlärm drang an sein Ohr.
Er fand ein Abflussrohr an der hinteren Seite des Gebäudes und beugte sich über den Rand, um auszuprobieren, wie

fest es war. Es war massiv, hatte einen stattlichen Durchmesser – war es zu groß für seine Hände? – und schien gut an der Wand befestigt. Er glitt über den Rand des Daches und hielt sich an dem breiten Rohr fest. Er rutschte zwei Meter nach unten, ohne bremsen zu können, und hätte fast den Halt verloren, als seine Hände gegen den ersten Ring stießen, mit dem das Rohr an der Außenwand befestigt war. Er hätte vor Schmerzen aufschreien mögen, konnte sich aber beherrschen.

So verharrte er einen Moment, fest um das Rohr gekrallt, im festen Wissen, was zehn Meter unter ihm lag. Er konnte so nicht hängen bleiben, und es gelang ihm, mit den Händen Halt unterhalb des Befestigungsringes zu finden. Indem er die Beine gegen die Wand stützte, konnte er sich langsam nach unten bewegen.

Als er Stimmen über sich hörte, zog er den Kopf ein und ließ sich abwärts gleiten, Daumen und Handflächen begannen zu brennen.

Seine Absätze schlugen hart auf dem Boden auf, er spürte den Schlag bis in den Nacken, er schwankte, beinahe wäre er nach hinten gekippt.

Es gelang ihm, sich im Hinterhof, der mit Mülleimern voll gestellt war, wieder zu fangen. Ohne Zeit zu verlieren, stürzte er sich auf eine einsame Tür, riss sie auf, rannte durch einen langen Flur, der von der Straße wegführte, gelangte ins Treppenhaus und erreichte die Haustür.

Er warf einen Blick nach draußen. Die Tür ging auf eine ruhige Seitenstraße, parallel zu der, über die er gekommen war. Er huschte hinaus und entfernte sich, bemüht, nicht zu laufen, die geschundenen Hände geborgen in den Jackentaschen.

Um ein Haar hätten sie ihn erwischt. Er war nicht wachsam genug gewesen. Dann aber beruhigte er sich, indem er sich ausmalte, was ihm hätte passieren können. Er hatte nichts gestohlen, nichts zerstört. Niemand konnte ahnen, warum er dort war.
Wer hatte ihn angezeigt? Ein Hausmeister, der nicht schlief, ein stiller Alarm? Egal, nun würde es schwieriger werden als gedacht, aber er schreckte vor solchen Problemen nicht zurück. Er atmete tief durch, und trotz seiner Niederlage, trotz der Schürfwunden war er in merkwürdig aufgekratzter Stimmung.
Seine Nacht war noch nicht zu Ende.
Er lauerte nacheinander an verschiedenen Orten, lauerte zwischen der Haustür seines Opfers und der Place de la Convention, blieb aber selten lange an einer Stelle stehen, um nicht aufzufallen. Als ein Café gegenüber dem Metro-Eingang öffnete, setzte er sich auf die überdachte Terrasse und wartete. Nicht lange.
Um Viertel nach sechs erschien die junge Frau, sie eilte schnellen Schrittes die Treppe hinab. Statt des blauen Kleides von gestern hatte sie Bluejeans, Turnschuhe und eine Leinenjacke an, auf dem Rücken baumelte ein kleiner Rucksack aus schwarzem Leder. Statt der Haarfülle von gestern trug sie einen Pferdeschwanz, sie hatte das Haar streng nach hinten gekämmt.
Er hatte sein Geld bereitgehalten, bezahlte seinen Kaffee und folgte der Frau in den Metroschacht.
Sie nahm dieselbe Linie wie am Tag zuvor, in entgegengesetzter Richtung, stieg wieder in Montparnasse um und verließ den Zug in Denfert-Rochereau. Er fürchtete, sie würde den Schnellzug nehmen, doch ließ sie die Fassade des Bahn-

hofs links liegen, überquerte den Platz, ging den Boulevard Arago hinunter und bog dann links in die Rue Saint-Jacques ein.
Ein paar hundert Meter weiter betrat sie das Krankenhaus. Er folgte ihr aus der Ferne und bemühte sich, wie ein besorgter Besucher auszusehen, der den Weg nicht kennt.
Und doch wagte er nicht, ihr weiter zu folgen als bis zur Tür der chirurgischen Kinderabteilung, durch die sie gegangen war. Er kehrte um und verschwand, ohne dass ihn jemand bemerkt hatte.
Es würde nicht einfach sein. Nirgendwo auf ihrem Weg war eine einsame Stelle, an der er ihr auflauern konnte.
Er versuchte, sich andere Möglichkeiten auszudenken, um sie in die Enge zu treiben. Er könnte sie anrufen, sich als Leser ihrer Kontaktanzeige ausgeben und sich mit ihr an einem abgelegenen Ort verabreden … Nein, das war zu aufwändig, und es gab zu viele Unsicherheiten. Er kannte sich. Damit ihm etwas gelang, musste der Plan so einfach wie durchführbar sein, andernfalls würden die Dinge sich unvorhersehbar entwickeln, womöglich bedrohlich werden, und er würde die Beherrschung verlieren.
Er dachte an eine andere Lösung: Er würde dieses Opfer aufgeben und stattdessen ein einfacheres suchen, schließlich hatte jemand die Polizei gerufen, und seine Hände schmerzten noch immer.
Es war alles andere als schwierig, er musste einfach weitere Kontaktanzeigen lesen und nach einer schlanken Brünetten Ausschau halten.
Er schüttelte den Kopf. Nein, er konnte sie nicht mehr laufen lassen, das Bild der jungen Frau hatte sich ihm eingeprägt. Nein, er konnte sie nicht mehr so einfach entkommen, er

durfte sie nicht gewinnen lassen. Sie gehörte ihm. Er war schlau, und er würde den richtigen Weg finden.

Als es so weit war, als ihm dämmerte, welchen Weg er einzuschlagen hatte, zeigte er sich überrascht von dem Umstand, dass ihm diese Lösung nicht viel früher eingefallen war. Es schien so nahe liegend. Zwar mussten noch ein paar Kleinigkeiten geregelt werden, aber auch wenn er nicht über viel Fantasie verfügte, technische Aufgaben konnte er im Allgemeinen mit Leichtigkeit lösen.

Kapitel 21

Isabelle schlief, als Martin die Wohnung verließ. Er legte ihr einen Zettel hin, auf dem er sie bat, ihn anzurufen – mehr ließ er nicht durchblicken, obwohl er in seinem Innersten den Wunsch hegte, dass sie bei ihm wohnen blieb, bis sie eine Entscheidung getroffen hätte.

Vier Jahre war es her, dass sie zu Hause ausgezogen war – damals war Myriam noch da –, aber er hatte ihr Zimmer nie zu einem anderen Zweck verwendet, und die Filmplakate, die sie mit sechzehn Jahren aufgehängt hatte, hingen noch immer an den Wänden. Beim Auszug hatte sie nur ihren Schreibtisch mitgenommen, ihr Bett war da geblieben. Für die Zeit ihrer Tournee hatte sie ihre Wohnung einer Freundin untervermietet, erst in ein paar Wochen konnte sie wieder einziehen, zu Martins großer Zufriedenheit und wahrscheinlich auch zu ihrer eigenen.

Martin nahm sich vor, das schmale Bett, in dem sie als Jugendliche geschlafen hatte, durch ein bequemeres Doppelbett zu ersetzen, wenn sie sich entscheiden würde, bei ihm zu wohnen – und sei es nur für ein paar Wochen.

Im Büro eingetroffen, suchte er zuerst Roussel auf, berichtete über den Verlauf der Ermittlungen, erwähnte seine Fahrt in die Bretagne und die Sackgasse, in der er und seine

Mitarbeiter steckten. Roussel war sehr pessimistisch, er neigte mehr und mehr zu der Auffassung, dass es sich um einen Unfall handele, Jugendliche amüsierten sich manchmal mit einem gefährlichen Spielzeug. Und der Fluchtweg, der mit größter Sorgfalt vorbereitet worden war? Roussel sah darin keinen Widerspruch, junge Leute kannten sich nun einmal aus mit leer stehenden Häusern.

Der Täter würde sich eines Tages selbst stellen. Oder er würde angezeigt, auf andere Weise sei er niemals zu finden.

Martin hörte sich die Theorie seines Chefs an, dann stand er auf und verließ das Büro, um sich um eine Sache zu kümmern, die ihm bei der Abteilungsleiterkonferenz aufgehalst worden war.

Ein Obdachloser war bei Bercy an den Ufern der Seine umgekommen, nur zwei Schritte von Nationalbibliothek und Finanzministerium entfernt, die Füße angesengt durch einen Spirituskocher. Verbrechen oder Unfall? Die Spurensicherung war bereits am Tatort, man konnte noch nichts Bestimmtes sagen.

Obwohl noch früh am Morgen, hatte sich am Ort des Verbrechens – oder des Unfalls – bereits eine Schar Neugieriger eingefunden, und Martin blieb nichts anderes übrig, als Polizeiverstärkung anzufordern. Er fragte sich, wie man, statt den schönen milden Sommermorgen zu genießen, eine Stunde lang mit gerecktem Hals dastehen konnte, um eine Leiche mit verkohlten Füßen zu begaffen.

Als er wieder im Büro eingetroffen war, besprach er mit Jeannette und Olivier die Lage. Der Mord an Armelle Desplèche habe für Roussel nicht mehr oberste Priorität, er aber, Martin, sähe das ganz anders.

Jeannette hatte über die Pfadfinder nichts in Erfahrung bringen können, aber sie wusste mehr über den Tod des jungen Polizistensohnes Jean-Marie vor fünfzehn Jahren. Er hatte sich mit Erlaubnis seiner Eltern auf einem Frachter verdingt, der Werkzeugmaschinen in die Antillen lieferte, und war während eines Tropensturms vor Pointe-à-Pitre umgekommen. Das Logbuch des Kapitäns gab die Ortszeit, die MEZ und die Koordinaten der Unglücksstelle an. Die Leiche war niemals geborgen worden.

Martin wusste nicht, worauf er gehofft hatte, aber nichts an diesem tragischen Unfall schien mit seinem Fall zu tun zu haben.

Schon wieder stand er vor verschlossenen Türen.

Vielleicht hatte Roussel ja Recht. Der Mord an der jungen Frau, so komplex er auch schien, war ein Verbrechen ohne Motiv, das man nie aufklären würde, außer der Zufall kam einem zu Hilfe.

Eine überaus verführerische Annahme, verführerisch aus dem einfachen Grund, dass kein Polizist die gegenteilige Vermutung bestätigt sehen mochte, selbst um den Preis, einen Mörder in Freiheit zu wissen.

Gegen Ende des Vormittags rief Martin Myriam an. Ein Termin war abgesagt worden, und sie beschlossen, zusammen mittagzuessen.

Sie hatten sich nicht mehr gesehen, seit Myriam ihm ihre bevorstehende Heirat angekündigt hatte, und Martin fiel, als er sie sah, sogleich auf, dass zwischen ihnen eine merkwürdige Beklommenheit herrschte. Er war verlegen und kam sich linkisch vor. Sie war wie eine Fremde, und dieser Gedanke störte ihn zutiefst. Ihre enge Vertrautheit gehörte nun wohl der Vergangenheit an, und es war ihm fast schlimmer zumute als bei ihrer Trennung. Vielleicht würden sie sich eines Tages gar nicht mehr sehen, dachte er traurig. Myriams Gesichtszüge wirkten angespannt, sie hatte Ringe unter den Augen, und er konnte nicht umhin, sich zu fragen, ob ihr künftiger Mann an diesen Zeichen der Schlaflosigkeit schuld war. Der Stachel der Eifersucht begann ihn zu quälen.

»Wie geht's Isa?«, fragte Myriam, als sie sich setzte.

»Als ich heute Morgen ging, schlief sie noch. Wir haben gestern einen schönen Tag zusammen verbracht. Ich habe mich lange nicht mehr so wohl gefühlt, so …«

»Frei?«, fragte seine Ex-Frau, ohne zu lächeln.

»Ja, genau, frei. Erholung. Dabei hatte mich die Arbeit in die Bretagne verschlagen, aber dann sind wir ein paar Stunden dageblieben.«

Sie schwiegen eine Weile.

»Hast du dir Gedanken über die Geschichte meiner Angestellten Roselyne gemacht?«

»Ein paar. Aber ich weiß auch nicht genau, was man tun soll, außer man bewacht sie rund um die Uhr. Wenn sie sich umbringen will, wird sie es tun, und niemand kann sie daran hindern – es sei denn …«

»Es sei denn …«

»… du findest heraus, was sie quält.«

»Und wenn ich einen Privatdetektiv engagiere?«

Martin sah sie erstaunt an.

»Meinst du das ernst? Ist dir die Sache so wichtig?«

»Ja, denn ich weiß, dass ich Recht habe. Sie wird sich das Leben nehmen. Und ich will mir, wenn es zu spät ist, nicht sagen müssen, dass ich nichts unternommen habe …«

»Eins könnte ich für dich tun.«

Sie lächelte ihn an. »Ich wusste, dass du das sagen würdest.«

»Na ja, so weit geht es nun auch wieder nicht, aber wenn du mir ihren Namen und den ihres Mannes gibst, kann ich mal nachsehen, ob wir etwas über ihn in der Akte haben. Oder über sie. Man weiß ja nie. Das hilft manchmal, besser zu verstehen, was eigentlich los ist.«

Sie bettete ihre Hand auf seine, und er musterte sie eindringlich, machte aber keinerlei Anstalten, ihre Hand zu streicheln. Kurz darauf zog sie ihre Hand zurück.

Als der Kellner vorbeikam, bestellten sie jeder ein Gericht von der Tageskarte und ein Glas Wein.

»Weißt du«, begann sie, und er wusste sofort, was sie nun sagen würde. Um ein Haar hätte er sie gebeten zu schweigen, doch ihm fehlte der Mut.

»Ich habe nicht gedacht, dass ich je wieder heiraten würde. Aber ich bin wirklich verliebt, und doch ändert das nichts an unserem Verhältnis. Es wird einfach nur anders sein, das ist alles. Wenn du einverstanden bist, hätte ich gerne, dass wir uns nach wie vor nahe sind, du und ich.«

»Auch im Bett?«, fragte er.

Sie wurde rot.

»Nein, das wäre nicht ehrlich. Wenn ich heirate, dann bin ich auch treu.«

»Wegen eines Fetzens Papier?« Er spürte Wut in sich aufsteigen. »Und neulich Abend? Warst du da nicht auch in ihn verliebt?«

Sie seufzte.

»Ich wusste, dass du das sagen würdest. Neulich Abend war … Das war eine Art Abschied. Ich hatte gehofft, du würdest das verstehen.«

»Ich hätte es vielleicht verstanden, wenn du mir vorher Bescheid gesagt hättest. Dann hätte ich nämlich meinerseits entscheiden können, ob ich Lust gehabt hätte, dir auf diese Weise Lebewohl zu sagen.«

»Es tut mir sehr Leid«, sagte sie. »Seit Wochen überlege ich, wie ich es dir sagen soll. Ich wusste einfach nicht wie …«

Er schüttelte den Kopf.

»Nein, ist schon gut, ich bitte dich um Entschuldigung. Ich mache dir hier eine Szene, dabei leben wir nicht mehr zusammen, und jeder geht seiner Wege. Ich wüsste auch nicht, was mir das Recht gibt, eifersüchtig zu sein. Ich habe keinen Anspruch auf dich, das wäre lächerlich. Außerdem hat Isa mir gesagt, dass du von Marion weißt.«

»Wer ist Marion?«, fragte Myriam überrascht.

Sie sahen sich an, Myriam versuchte, die Fassung zu bewahren, aber es war zu spät.

»Ach, klar, Marion«, sagte sie mit gezwungenem Lächeln. »Läuft es gut mit ihr? Bist du glücklich?«

»Du wusstest es nicht«, sagte Martin, »Isa, diese Göre, sie hat mich reingelegt.«

»Nein, nicht doch! Sie wird ihre Gründe haben.«

»Ich hätte mit dir darüber sprechen sollen.«

Sie zuckte die Achseln, zog ein Heft aus ihrer Tasche und schrieb Roselynes Namen auf, dann riss sie die Seite heraus und drückte sie Martin in die Hand.

»Das ist Roselynes Nachname, ihr Ehename, Merrien. Ich habe es bislang noch nicht geschafft, den Vornamen ihres Mannes herauszufinden, doch ich rufe dich an, sobald ich ihn habe.«

Sie zog ihre Brieftasche heraus.

»Lass, ich lade dich ein«, sagte Martin.

Sie steckte die Brieftasche wieder ein, ohne zu widersprechen.

Dann stand sie auf.
»Ich muss los, man wartet auf mich. Ich ruf dich an.«
Sie ging, ohne sich umzudrehen, Martin und andere Gäste schauten ihr hinterher. Sie hatte so gut wie nichts gegessen. Warum hatte Isa ihm bloß gesagt, dass Myriam von seiner Beziehung zu Marion wusste? Damit sie endlich ehrlich miteinander wären, sich die Wahrheit sagten?
Seine Ex-Frau hatte die Neuigkeit hingenommen, ohne sich etwas anmerken zu lassen – und auch das war und blieb eine Reaktion, denn er hatte gehofft, dass sie wenigstens ein bisschen eifersüchtig wäre. Das Gegenteil war der Fall. Sie war erleichtert bei dem Gedanken oder der Vorstellung, dass er – wie sie auch – jemanden gefunden hatte. Jetzt konnte sie heiraten, ohne sich den geringsten Vorwurf zu machen.

Myriam eilte ihrem Auto entgegen, sie rannte beinahe – und versuchte, die Tränen zurückzuhalten.
Sie ließ sich hinter das Steuer fallen und schlug die Tür zu, den Strafzettel hinter der Scheibe sah sie nicht.
Sie ärgerte sich, dass sie so heftig reagieren musste und sich nicht hatte beherrschen können.
Fünfzehn Mal hintereinander fluchte sie: »Das Schwein, das Schwein, das Schwein« – wie ein Mantra. Und doch war sie weniger böse auf ihn als auf sich selbst, denn sie hing immer noch auf so dämliche Weise an ihm. Sie war unfähig, einen Schlussstrich unter die Vergangenheit zu ziehen. Ausgerechnet eine Marion, wie lächerlich! Was für ein Name, er war ihrem so ähnlich. Ob sie sich auch körperlich ähnlich waren? Das hätte ihrer Eitelkeit geschmeichelt, aber im Grunde nichts geändert.
In ihrem Leben gab es einen anderen Mann, was für ihn kein

Problem zu sein schien. Das war empörend, aber so waren die Männer nun einmal, da hatte der ganze Feminismus nichts bewirkt. Polygamie war eine natürliche Sache, in der diese Idioten mit ihrer schwachen Psyche ihre Erfüllung fanden. Ein Mann von fünfundvierzig, mit der seelischen Reife eines Vierzehnjährigen, dachte sie, ganz egal wie intelligent er ist. Und Martin war nicht besser. Der erste Hintern, der ihm über den Weg lief, und schon ging's los. Wenn ich bedenke, dass ich seit Wochen den Moment vor mir herschiebe, es ihm zu sagen. Ich habe mich damit herumgequält, wie viele Abende mit Rémy habe ich mir vermasselt? Und Martin? Er hatte sich wahrscheinlich nicht einmal gefragt, ob es ihr etwas ausmachte, durch eine andere ersetzt zu werden.
Sie wischte sich wütend die Tränen aus dem Gesicht und putzte sich entschlossen die Nase. Wenigstens hatte sie sich die Peinlichkeit erspart, vor ihm zu weinen. Die Demütigung wäre unerträglich gewesen. Als sie losfuhr, erblickte sie das grüne Papier des Strafzettels. Sie verrenkte sich, um ihn hinter dem Scheibenwischer herauszuziehen, zerknitterte das Papier und warf es zu Boden.
»Verdammte Bullen, ich hasse euch!«
Sie fuhr mit quietschenden Reifen davon.

Kapitel 22

Olivier brummte der Kopf von den vielen Anrufen bei Waffenhändlern in Paris und Umgebung, die er nach einer Aufstellung sämtlicher Käufer von Armbrüsten gefragt hatte. Alle waren der Meinung, dass dies nichts brachte, aber es war unprofessionell, solche Nachforschungen zu unterlassen. Die Namen der Käufer häuften sich auf Zetteln und Notizblöcken, nach und nach vervollständigt durch Auszüge aus dem Strafregister.

Und doch, trotz dieser scheinbaren Aktivitäten traten die Ermittlungen auf der Stelle. Wenn in den nächsten Tagen oder Stunden keine neuen Erkenntnisse hinzukamen, würde der Fall bald ganz stecken bleiben und in Vergessenheit geraten, auch im Kopf der Ermittler, die durch dringendere Angelegenheiten in Anspruch genommen wären. Bis schließlich wieder etwas Neues geschah, in sechs Monaten, einem Jahr … Oder niemals.

Kommissar Martin rief den Ermittlungsrichter an und gab ihm einen ausführlichen Bericht der bisherigen Ergebnisse. Der Richter seufzte – zu seufzen war nicht Martin allein vorbehalten.

»Ich glaube, Sie tun alles Menschenmögliche«, sagte er. »Glauben Sie, er schlägt wieder zu?«

Martin dachte nach, bevor er antwortete:

»Ja. Ich glaube nicht an die These von der Tat ohne Motiv. Er wird weitermachen.«

»Das Entscheidende ist, zu wissen wann«, sagte der Richter.

»Und wie er vorgehen wird. Ob er sein Opfer mit dem Auto überfährt, ihm mit dem Hammer den Schädel einschlägt, es wird schwierig sein, die Fälle miteinander in Verbindung zu bringen.«

»Ich glaube nicht, dass er so vorgehen wird, Herr Ermittlungsrichter. Ich habe mit einer Psychologin darüber gesprochen«, sagte Martin – für einen Moment sah er Laurettes Brüste vor sich. »Man weiß nichts über seine Motive, aber gerade auf Grund seiner besonderen Vorgehensweise glaubt sie, dass er weitermacht. Sie hat eine Theorie, derzufolge er, wenn er denn erneut zuschlägt, es wieder mit einer Armbrust tun wird.«

»Warten wir ab«, sagte der Richter, bevor er auflegte.

Wenn der Armbrustmörder eine weitere Frau umbringen würde, dann gingen die Ermittlungen unter den wachsamen Augen von Journalisten und Politikern weiter. Er würde nicht mehr aufs Klo gehen können, ohne sich zu rechtfertigen. Die einfachsten bisher von den Ermittlern erledigten Dinge würden genauestens unter die Lupe genommen, und wenn er nicht zufrieden stellend über alles, was er tat und nicht tat, Rechenschaft ablegte, hätte er Pech gehabt. Das brachte ihn auf eine Idee.

Er hatte keine Wahl. Wenn er nicht vor Ende des Jahres zurückgestuft oder in ein Kaff in den Vogesen versetzt werden wollte, musste er sich etwas einfallen lassen.

Und die beste Waffe für einen Beamten, selbst wenn er Bulle war, waren nun einmal Bleistift und Papier.

Er setzte sich an seinen Schreibtisch, öffnete den Laptop,

den ihm seine Tochter zum 44. Geburtstag geschenkt hatte, und legte seine Schlussfolgerungen dar. Es waren dieselben, die er dem Richter präsentiert hatte.
Er schickte eine Kopie seines Berichts an den Richter, eine andere an Roussel.
Für Roussel fügte er noch eine Notiz hinzu, in der er darum bat, ihm vorübergehend mindestens zehn Beamte zur Verfügung zu stellen, um alle Personen, die auf Oliviers Liste standen, im Einzelnen überprüfen zu können.
Roussel lachte ihm ins Gesicht, aber dass er den Vermerk in die Akten gab und dass Martin eine Kopie mit Datum besaß, würde ihn zwingen, sich hinter seinen Mitarbeiter zu stellen, sobald die Journalisten anfangen würden, Krawall zu schlagen.
Allzu große Illusionen machte Martin sich nicht. Dieser Schutz würde nicht lange vorhalten, doch vielleicht lange genug, damit er etwas weiterkam – und wer weiß, vielleicht den Mörder in die Enge treiben konnte, bevor er ihn zu fassen bekam.
Sein Mobiltelefon klingelte.
»Ich bin's«, sagte Marion. »Ich bin noch im Flugzeug, wir sind gerade gelandet.«
»Ich kann dich leider nicht abholen«, sagte Martin, »ich bin noch mitten in der Arbeit.«
»Ist nicht schlimm«, sagte sie. »Du klingst so komisch, bist du nicht allein?«
»So ist es«, log er.
»Ich verstehe. Können wir uns sehen?«
»Natürlich«, sagte er, »aber nicht heute Abend, meine Tochter ist da. Morgen, wenn du willst.«
Sie schien erschüttert durch seine Indifferenz.

»Irgendwie könntest du dich etwas mehr freuen, dass ich wieder da bin. Sag mal – kannst du wirklich nicht mit mir sprechen, oder hast du keine Lust?«, fragte sie.
Ohne ihm Zeit für eine Antwort zu lassen, fuhr sie fort: »Du kannst doch wenigstens mit ja und nein antworten.«
»Ja.«
»Hast du Lust, mich zu sehen?«
»Ja.«
»Hast du Lust auf mich?«
»Ja.«
»Aber heute Abend hast du wirklich keine Zeit?«
»Ja.«
»Kann deine Tochter nicht bis morgen warten?«
Er zögerte, spürte Wut in sich aufsteigen.
»Oh, es tut mir Leid«, sagte sie, »das hätte ich nicht sagen dürfen. Bist du mir böse?«
»Nein, ich werde dir alles erklären.«
»Also morgen Abend, ist ja noch ziemlich lange hin. Ich warte zu Hause auf dich.« Dann legte sie auf.

Als er gerade sein Büro verlassen wollte, erfuhr er, dass ihn ein Monsieur Desplèche sprechen wolle.
Martin ließ ihn gleich nach oben kommen.
Der Mann des Opfers kam in Begleitung seiner Schwägerin.
Martin bat die beiden, ihm gegenüber Platz zu nehmen.
Er zeichnete in groben Zügen den Stand der Ermittlung nach und machte keinen Hehl daraus, dass sie bisher nur wenig Ergebnisse hätten. Es gebe für den Mord noch kein Motiv und wenige brauchbare Hinweise.
»Es sei denn«, sagte er und sah sie nacheinander an, »Sie wären hergekommen, weil Ihnen etwas eingefallen ist.«

Sie blickten einander an und verneinten im selben Moment. Martin überkamen Zweifel. Hatte Olivier vielleicht Recht, und dieser Mann und diese Frau hatten Ehefrau und Schwester geopfert, um ein gemeinsames Leben zu beginnen? Nein, das konnte er nicht glauben. Vielleicht hätten sie es irgendwann getan, aber sie hatten gewiss keine Absichten oder Pläne diesbezüglich.

Wenn sie eines Tages zusammen sein würden, dann vor allem, um sich über den gemeinsamen Verlust hinweg zu trösten.

»Man hört heute viel von genetischen Verfahren, von riesigen Fortschritten der Gerichtsmedizin«, sagte der Ehemann.

»Ich weiß«, sagte Martin. »Ich kann Ihnen auch versichern, dass die Leute von der Gerichtsmedizin Großartiges geleistet haben. Aber der Mann, der auf Ihre Frau geschossen hat, hinterließ keinerlei Spuren, nicht mal ein Haar ... Und selbst wenn wir etwas gefunden hätten, müssten wir seinen Genabdruck in einer Datei finden. Wenn er aber nie verurteilt wurde ...«

»Ich verstehe«, sagte der Mann.

»Wir haben der Presse nicht alles verraten«, fuhr Martin fort, »aber ich berichte Ihnen, wie weit wir sind, vorausgesetzt Sie behalten es für sich: Wir glauben, der Mann arbeitet auf einer Baustelle, wiegt mehr als achtzig Kilo, trägt Schuhe mit stahlbeschlagenen Absätzen und weiß, wie man an Material zum Bau von Schwimmbädern kommt ...«

»Ach, deshalb hat mich Ihr Kollege gefragt, ob ich auch Schwimmbäder baue«, unterbrach ihn der Mann. »Ich habe ihm gesagt, dass das nicht der Fall ist ... Aber wenn er auf einer Baustelle arbeitet ... Dann bedeutet das, er hat Armelle gesehen, als sie mich dort besucht hat ... Und dann bin ich an allem schuld.«

Seine Schwägerin legte ihre Hand auf die seine. Sie schwieg, und sie schien in Gedanken versunken, und mit einem Mal war es Martin wichtig zu erfahren, woran sie gerade dachte. Er fragte danach, worauf sie errötete, Traurigkeit legte sich über ihr Gesicht.

»Ich denke an etwas, das sie mir ungefähr eine Woche, bevor all das passiert ist, gesagt hat. Ich frage mich, ob es einen Zusammenhang gibt. Sie sprach von unserem Alter. Und von Verführung.« Sie blickte ihren Schwager von der Seite an. »Das war natürlich Unsinn. Und plötzlich sagte sie, sie habe den Eindruck, dass ihr ein Mann auf der Straße gefolgt sei. Sie fand das komisch.«

Martin war mit einem Mal hellwach.

»Hat sie noch etwas gesagt?«, fragte er, ohne sich anmerken zu lassen, dass er diesen Hinweis wichtig fand.

»Nein, nicht dass ich wüsste ...«

»Strengen Sie sich an«, sagte er in einem trockeneren Ton, als ihm lieb war. »Hat dieser Mann sie angesprochen?«

»Nein, das hätte sie mir erzählt, und ich würde mich bestimmt daran erinnern.«

»Hat sie ihn noch einmal bemerkt?«

»Ich weiß es nicht ... Glauben Sie, dass das wichtig ist?«

»Hat sie Ihnen den Mann beschrieben?«

»Nein, nur vage. Er sah wohl ziemlich gut aus, etwa dreißig ... Das fand sie lustig ... Sie hatte keine Angst vor ihm, verstehen Sie: Sie dachte, dass der Junge auf sie aufmerksam geworden war und dass er sich nicht traute, sie anzusprechen.«

Martin lehnte sich in seinem Sessel zurück und unter-

drückte ein Seufzen. Schon wieder. Es war immer dasselbe. Sobald sich ein Zipfel des Schleiers gelüftet hatte, fiel er sofort wieder herunter. Kein Hinweis führte zum Ziel.
Die beiden verabschiedeten sich und gingen. Martin versprach, ihnen Bescheid zu geben, wenn es etwas Neues gab.

Kaum heimgekehrt und nachdem er seine Wohnungstür geöffnet hatte, wusste er, dass Isabelle verschwunden war. Sie hatte seiner kurzen Notiz einen Gruß hinzugefügt: »Ich umarme dich, lieber Papa, danke für alles, ich rufe dich sehr bald an.«
Er stellte sich vor, wie sie im Krankenhaus war, wie sie allein wartete. Oder hatte sie es schon hinter sich? Er wäre gern bei ihr gewesen, aber sie hatte nicht gewollt, dass er mitkam, und selbst wenn er gewusst hätte, wo sie war, musste er ihre Entscheidung respektieren.
Er fragte sich, ob er Marion anrufen sollte, schließlich entschied er sich dagegen. Sie war bestimmt müde von der Reise, und im Grunde musste er erst mal über seine Situation nachdenken.
Was empfand er wirklich für Marion? Wann immer er an sie und ihre Umarmungen dachte, überkam ihn eine Erregung, aber in all diesen Tagen der Abwesenheit hatte sie ihm eigentlich nicht gefehlt. War er eifersüchtig? Nein, er war nicht eifersüchtig auf sie. Die Begegnungen, die sie auf ihren Reisen hatte, ihre möglichen Beziehungen mit Kollegen, all das ließ ihn gleichgültig, wohingegen er eifersüchtig war auf Myriam.
Doch auch das stimmte nicht wirklich, denn was Marion anging, verbot er sich, eifersüchtig zu sein, weil er glaubte, kein Anrecht auf sie zu haben. Dabei – auf Myriam hatte er

schließlich auch kein Anrecht. Oder vielleicht doch? Es war alles sehr schwierig. Marion war noch nicht wirklich ein Teil seines Lebens, und er war noch immer nicht sicher, ob er Lust hatte, sie an seinem Leben teilhaben zu lassen. Andererseits hatten Beziehungen einen Sinn, eine bestimmte Dynamik, ähnlich der Zentrifugalkraft. Im Moment schien es mit Marion eher umgekehrt zu sein. Sie kamen einander allmählich, aber nur sehr langsam näher, und durch ihre Reise war erst einmal alles zum Stillstand gekommen.
Irgendwo hatte er das Gefühl, dass er sich nicht richtig entscheiden konnte. Aber vielleicht war es ja genau richtig so.

Isabelle hatte die Sachen, die er eingekauft hatte, nicht angerührt, und so aß er vor dem Fernseher eine halbe Avocado samt Spiegeleiern und dachte voll Wehmut an seinen Cholesterinspiegel.
Er sah, ohne richtig hinzuschauen, einen Teil eines Krimis, dann zappte er eine Weile, bis er bei einer spanischen Fernsehansagerin mit braunem Haar und blauen Augen hängen blieb, er bemühte sich herauszufinden, worüber sie sprach, dann schaltete er das Gerät wieder aus.
Er duschte, legte sich hin und dachte darüber nach, wo sich der Mörder jetzt wohl aufhielt. Kreiste er ein neues Opfer ein? Oder war er zu Hause, geplagt von Gewissensbissen und dachte daran, sich der Polizei zu stellen? Wenn es doch nur einen winzigen Lichtschimmer in dieser Sache gäbe, etwas anderes als all diese Indizien, die zu nichts führten.
Irgendetwas in ihm, und das machte ihm zu schaffen, wünschte sich ein zweites Opfer. Dann wäre plötzlich alles anders. Zwei Opfer hintereinander weisen den Ermittlern einen bestimmten Weg – so wie zwei Punkte den Verlauf

einer Geraden bestimmen. Es würde Komplikationen und Druck aller Art geben, aber er käme endlich von der Stelle. Als er einschlief, dachte er an Myriam und an ihre Angestellte mit den Selbstmordabsichten ... Wie konnte er helfen? Während junge Frauen voller Lebensenergie abgeschlachtet wurden, dachten andere ans Sterben. Wie absurd – dabei hatte er völlig vergessen, den Namen zu überprüfen, den Myriam ihm genannt hatte. Er nahm sich vor, dieses Versäumnis am Morgen nachzuholen.

Mitten in der Nacht wurde er von einer Panikattacke aus dem Schlaf gerissen. Er hockte auf allen vieren im Bett, gepeinigt von Atemnot und Brustbeklemmung, er fühlte sich erdrückt von einer endlosen, finsteren, allmächtigen Welt, fühlte sich zerbrechlich und hilflos. Einsam kam er sich vor, verloren an einem dunklen Ort ohne Anfang und Ende, eingeschlossen wie in einem Grab, und auf ihm lasteten Hunderte Meter Felsen und Erde ...

Das Schlimmste an diesen Angstzuständen war, dass er, während er sie mit klopfendem Herzen und schweißtriefendem Körper erlitt, das sichere und erschreckende Gefühl hatte, endlich die Wahrheit zu erkennen: Dies war die wirkliche und echte Welt, ein unerträgliches Gewicht, das ihn mit allen Mitteln erdrücken und zerstören wollte und schließlich obsiegen würde. Alles andere, Licht und Liebe, sein Tun und Denken, die Schönheit, all das war nichts als eine schöne Illusion, die in wenigen Augenblicken von der furchtbaren Wirklichkeit dieses nächtlichen Abgrunds verschlungen wurde.

Geduldig versuchte er, die Panik abzuwehren und wieder Fuß zu fassen; er lauschte auf die vertrauten Nachtgeräusche und suchte in dem durcheinander gewirbelten Kaleidoskop seiner Gedanken nach einem Bild, an dem er sich festhalten konnte, komisch oder erotisch, lebhaft, klar und sprechend genug, um das schwarze Loch, das ihn verschlingen wollte, unsichtbar zu machen – ein schwieriger Kampf, aber er wusste, dass er noch einmal gewinnen würde. Die endgültige Vernichtung war für eine andere Nacht vorgesehen. Das Bild nahm allmählich Gestalt an, und es gelang ihm, sie vor sich zu sehen: Isabelle, die sich mit kaltem klaren Wasser bespritzte, doch dann tauchte ganz unvermittelt ein weiteres Bild auf, das er dankbar vorbeigleiten ließ, das Bild der fülligen, prallen Brüste Laurettes, die sich unter ihm bewegten.

Der Abgrund schloss sich. Er setzte sich aufs Bett, längst hatte die Nacht begonnen, ihre vertraute Gestalt anzunehmen. In der Ferne hörte er das Knattern eines Motorrads, eine Sirene ... Es war vorbei, die erste Panikattacke seit ungefähr zwei Jahren. Er hatte mehrere dieser Attacken durchlitten, als Isabelle aus dem Haus gegangen war – und einige wenige während und nach der Trennung von Myriam.

Er stand auf, um zu pinkeln und Wasser zu trinken, und plötzlich begann er zu kichern. Vielleicht konnte er der Psychologin eines Tages gestehen, dass sie zu seiner Rettung beigetragen hatte, nicht durch ihr analytisches Talent, sondern mittels ihres Silikonbusens.

Kapitel 23

Der Rächer, so hatte sich der Mörder selbst getauft, rollte in seinem BMW um Mitternacht langsam durch die Seitenstraße, in der Sabine wohnte, fuhr um den Häuserblock herum und parkte.

Er ging zu Fuß bis zum Hauseingang und hielt eine Taschenlampe in der Hand.

Früh am Abend war er das erste Mal hergekommen, um mit einem fetthaltigen Spray die Tastatur für den Eintrittscode zu besprühen, die neben der Eingangstür an der Wand befestigt war.

Jetzt leuchtete er mit der Taschenlampe die Tastatur aus und stellte fest, auf welchen Zeichen das Fett verschwunden war. Es waren die am meisten benutzten Tasten. B–2–4–7.

Die Sieben war kaum noch zu erkennen. Die meisten Türcodes, die er kannte, enthielten fünf Zeichen, woraus er folgerte, dass die Sieben womöglich zwei Mal vorkam. Er tippte schnell die Folge B–2–4–7–7, vielleicht passte es ja. Doch das rote Lämpchen leuchtete noch immer. Er war nicht weiter überrascht.

Als er wieder in seiner Garage angekommen war, notierte er die 24 Kombinationen mit vier Ziffern, er setzte den Buchstaben B jeweils am Anfang, in der Mitte und am Ende ein. Nach seiner Erfahrung waren die Buchstaben stets an diesen

Stellen platziert. Also gab es drei Mal 24 und damit 72 mögliche Kombinationen. Ein kleiner Gewinn gegenüber den 96 Kombinationen, auf die er gekommen wäre, wenn er alle Möglichkeiten aufgelistet hätte. Der Rächer war immer gut in Arithmetik gewesen.

Er würde vier Sekunden für jede Kombination benötigen, kein Problem, im schlimmsten Fall würde es fünf Minuten dauern. Es war zudem überaus unwahrscheinlich, von Passanten behelligt zu werden, wenn er zur beabsichtigten Stunde die Tür öffnen würde.

Warum probierte er es nicht schon diese Nacht?

Eigentlich hatte er nur vorgehabt, sich den Ort genau anzusehen, aber was hinderte ihn daran, gleich loszulegen? Sie war da, und es gab keinen Grund, weshalb sie am nächsten Morgen nicht zur selben Zeit ins Krankenhaus fuhr wie am Tag davor. Und je weniger man ihn in diesem Straßenviertel herumlaufen sähe, desto besser.

Er überprüfte die Armbrust, fettete die Sehne ein und wischte das überflüssige Fett sorgfältig ab.

Er schoss zehn Pfeile auf seine Zielscheibe, sie hatte die Form eines menschlichen Körpers und war fünf Meter entfernt an der Wand befestigt, von einem schwachen Lichtstrahl erhellt. Die Sicht war nicht sonderlich gut, aber entsprach ungefähr den Verhältnissen unten im Treppenhaus. Unablässig zielte er auf Kopf oder Hals. Als er fand, er habe genau genug getroffen, hörte er auf und sammelte die Bolzen wieder ein.

Dann legte er sich auf sein Feldbett, das er in einem Army Store gekauft hatte, und schlief ein. Er wachte um fünf Uhr morgens auf.

Er trank nur ein paar Schluck Wasser, fühlte sich munter

und in Form, bei besten Kräften. Er prüfte noch einmal die Sehne der Armbrust, dann verstaute er sie und zwei Bolzen in einer Tasche seiner weiten Militärjacke, streifte die Mütze über, zog die Handschuhe an und schob das Motorrad aus dem Schuppen.
Die Luft war frisch, und es gab so gut wie keinen Verkehr.

Knapp dreißig Minuten später parkte er am Ende der Straße und ging auf den Hauseingang zu. Die 34. Zahlenfolge auf seiner Liste war die richtige. B-7-4-2-7, er hatte nur zwei Minuten gebraucht, um sie zu finden.
Er betrat das Haus und ging bis zum Ende des Hausflurs.
Dann gelangte er auf einen kleinen, von zwei winzigen Bäumen umsäumten Hof, er sah zwei stattliche, auf Rollen ruhende Mülltonnen, außerdem Fahrräder und Kinderwagen – und zwei weitere Türen.
Er versuchte, eine von ihnen zu öffnen, vergeblich, sie war verschlossen, anders als die zweite. Sie gab sofort nach. Hinter einem kleinen Absatz führte eine steile Treppe in die erste Etage, sicher eine Dienstbotentreppe.
Ein möglicher Fluchtweg?
Er eilte hinauf bis in die sechste Etage und erreichte einen langen engen Flur, der zum Speicher und über einen schmalen Durchgang in ein Nachbargebäude führte. Er zögerte, hatte er genügend Zeit, sich umzusehen? Er passierte den Flur bis zum anderen Ende, dann ging er über eine zweite Dienstbotentreppe wieder nach unten. Dort gelangte er durch eine kleine Tür in einen weiteren Hausflur, und dort gab es einen Ausgang, der auf die Straße führte. Er trat auf die Straße, die Tür fiel hinter ihm ins Schloss. Dann ging er um den Häuserblock herum, er zählte seine Schritte.

Der Ausgang des Fluchtwegs lag hundert Meter von der Stelle entfernt, an der er sein Vorhaben ausführen würde. Es war geradezu perfekt. Er hatte gut daran getan, sich an die Krankenschwester zu halten – und die Armbrust einzupacken.
Er nahm sein Motorrad, stellte es ein paar Schritte vom entdeckten Ausgang entfernt auf dem Bürgersteig ab und kehrte wieder zum Ausgangspunkt zurück.
Er tippte die Geheimzahl ein und betrat das Haus, dann setzte er sich in dem kleinen Hof auf den Boden, an einer Stelle, von der aus er die Treppe B gut überblicken konnte. Er legte Motorradhelm und Handschuhe neben sich, zog die Armbrust heraus und lud sie mit einem der beiden Bolzen. Den anderen verwahrte er in der Tasche.
Jetzt brauchte er nur noch zu warten. Er blickte hoch. Er war sicher, dass ihn niemand sehen konnte. Nur ein paar schmale Fensteröffnungen gingen auf den engen Hof, wahrscheinlich Toilettenfenster. Niemand beugte sich um fünf Uhr morgens aus dem Toilettenfenster, um in den Hof zu blicken.

Sabine Renoult seufzte im Schlaf und drückte, ohne die Augen zu öffnen, auf den Wecker. Sie hasste es, früh aufzustehen, und blieb so lange wie möglich liegen. Bevor sie abends zu Bett ging, stellte sie ihre Tasse bereit und tat Kaffee in den Filter. Dann brauchte sie nur noch auf den Knopf zu drücken. Während das Wasser durchlief, duschte sie und zog frische Kleider an, die sie abends auf der Kommode bereitgelegt hatte.
Sobald der Kaffee ihre Kehle herunterrann, fühlte sie sich wach. Jetzt brauchte sie nur noch die Jacke anzuziehen und

die Tür hinter sich abzuschließen. Nur einmal in der Woche, samstags, räumte sie die Wohnung auf und machte die Wäsche. Wenn sie Wochenenddienst hatte und ihr Junge bei der Tagesmutter schlief, tat sie es am Montag – schließlich hielt sie sich so selten in ihrer Zweizimmerwohnung auf, dass die Räumlichkeiten kaum mehr Pflege erforderten, außer wenn ihre Mutter oder Schwestern zu Besuch kamen.

Im Allgemeinen verließ sie das Haus spätestens um sechs. Weil ihr Sohn nicht da war, hatte sie heute eine halbe Stunde mehr.

Sie hatte das demütigende Erlebnis mit der verpassten Verabredung zu vergessen versucht, doch in der Nacht hatte sie geträumt, sie habe den Mann gesehen und er habe eine exzellente Entschuldigung dafür gehabt, nicht erschienen zu sein. Was für eine? Sie wusste es nicht mehr, aber im Traum war sie bereit gewesen, ihm zu verzeihen. Wie hatte sie nur so dumm sein können! Als sie im Erdgeschoss ankam, hörte sie, wie eine Stimme nach ihr rief. Eine sanfte Männerstimme. Die Stimme vom Telefon. Der Kaffee hatte sie scheinbar doch nicht geweckt. Sie träumte immer noch, dann drehte sie sich um.

Sie sah die hoch gewachsene Gestalt vor der dunklen Wand des kleinen Hofes. Lockiges Haar, die Gesichtszüge waren nur schwer auszumachen, und doch …

Der Mann hob die Hand in ihre Richtung, die Hand hielt etwas, einen seltsamen Gegenstand. Was war das? Sie vernahm einen trockenen Knall, im selben Moment spürte sie einen heftigen Schlag an ihrem Hals, auf den ein unerträgliches Brennen folgte. Sie begriff nicht, wie ihr geschah, ließ ihre Handtasche fallen und hob die Hand zum Hals. Sie betastete einen seltsamen Fremdkörper – was hatte er dort

zu suchen? –, ein flüssiger warmer Strom rann ihre Bluse hinab.
Alles drehte sich, sie konnte nicht mehr klar sehen, sie versuchte, den Mund zu öffnen, um einen Schrei auszustoßen, aber es tat so weh, dass sie nicht den geringsten Laut zustande brachte.
Aus dem Augenwinkel sah sie seine Gestalt näher kommen. Sie hatte den Mann schon gesehen, da war sie sich sicher. Aber wo? Ihr Rucksack fiel zu Boden.
Sie versuchte zurückzuweichen, verfing sich mit den Füßen in den Rucksackriemen und geriet ins Schwanken. Sie hatte in den Beinen und im Körper keine Kraft mehr. Aber sie wollte nicht fallen. Fallen bedeutete Sterben. Langsam glitt sie zur Seite und sagte sich: Ich bin dabei zu sterben und verstehe nicht einmal wie.
Der Mann beugte sich über sie, sein warmer Atem war zu spüren. Was wollte er von ihr? Er rührte sie nicht an, verharrte aber wenige Sekunden und musterte sie aufmerksam. Sie konnte ihn nicht sehen, doch drang sein Atem an ihre Haut, ein fremder, unbekannter Geruch. Was war mit ihm? Was suchte er? Ihre Gedanken überschlugen sich. Warum kam ihr niemand zu Hilfe? Plötzlich fegte ein kalter Luftzug über ihr Gesicht, dann folgt ein Moment der Stille. Er war fort.
Sie glitt vollends zu Boden, der Gegenstand, der in ihrem Hals steckte, schlug auf den Beton. Sie verspürte erneut einen solch heftigen Schmerz, dass sie sich krümmen musste, die plötzliche Bewegung rief einen noch unerträglicheren Schmerz hervor. Sie war halb ohnmächtig und spürte, wie es ihr den Hals aufriss, wie Blut über Gaumen und von innen die Nase hinablief und sie zu ersticken drohte. Doch es

war dieser Gegenstand, der sie töten würde, also tastete sie danach, ergriff den blutüberströmten Metallstift und zog mit letzter Kraft daran.
Sie riss den Pfeil aus ihrem Hals, Blut schoss heraus, sie versuchte zu schreien, doch sie brachte nur ein seltsames Gurgeln zustande. Endlich schwand auch ihr Bewusstsein und gab sie einem erbarmungswürdigen Ende preis.

Auf seinem Fluchtweg wurde der Rächer von einem pakistanischen Medizinstudenten gesehen, der gerade vom Nachtdienst heimkehrte, und kaum eine Minute später – er entriegelte gerade sein Motorradschloss – von der Truppe eines Müllwagens, der die Straße hinauffuhr. Doch da hatte er schon seinen Helm auf dem Kopf, und die Müllmänner konnten sich später weder auf die Marke des Motorrads noch auf seine Farbe einigen, von der Nummer ganz zu schweigen.

Der Hausmeister rief den Rettungswagen. Als er seine Erdgeschosswohnung verlassen hatte, wäre er beinahe über den Körper der jungen Frau gestolpert. Die Sohlen seiner Turnschuhe waren rot von Blut.
Martin erfuhr erst gegen neun Uhr morgens von der Sache. Es hatte einige Unstimmigkeiten gegeben, weil das Opfer noch am Leben war. Als die Sanitäter sie auf die Trage hoben, hatten sie den kleinen Bolzen, der ins Innere ihrer Jacke gefallen war, übersehen. Der Arzt hatte zuerst die Kehle frei gelegt und eine Bluttransfusion vorgenommen. Er hatte gedacht, es handele sich um eine Verletzung, die von einer Kugel stammte.
Erst in der Notaufnahme war sie ausgezogen und gewaschen

worden. Eine Schwester, die nicht wusste, dass sie sich um eine Kollegin kümmerte, hatte den kleinen Pfeil gesehen, der zu Boden gefallen war, und sich gesagt, das könne die Polizei interessieren. Voller Abscheu hatte sie ihn aufgehoben und in eine Nierenschale gelegt.

Währenddessen studierten die Ärzte die gleich angefertigten Röntgenaufnahmen und waren entzückt. Es grenzte an ein Wunder, eine Wahrscheinlichkeit von eins zu einer Million. Der Armbrustpfeil hatte die Kehle durchdrungen und war im fünften Halswirbel stecken geblieben, nachdem er Muskeln und Sehnen durchtrennt hatte, ohne Nerven oder wichtige Blutgefäße zu treffen. Wie ein Suchkopf war der Pfeil zwischen Luftröhre und äußere Halsschlagader geglitten, nur wenige Millimeter an Nervensträngen und Lymphbahnen vorbei, ohne diese zu schädigen.

Man war sich einig, dass die Frau ein Riesenglück gehabt hatte. Die einzige weibliche Ärztin bemerkte trocken, dass das Opfer, wenn schon von Glück die Rede sei, allenfalls das Glück einer Frau gehabt habe, die vergewaltigt wird und kein Aids bekommt – nur könne man in beiden Fällen nicht wirklich von Glück sprechen.

Sabine Renoult hatte große Mengen Blut verloren, aber es war nicht ausgeschlossen, dass sie es schaffen würde.

Als Martin am Tatort eintraf, war eine junge Mitarbeiterin der Spurensicherung – Bélier selbst war nicht zugegen – gerade dabei, mit präzisen Bewegungen einen Schuhabdruck zu sichern, direkt unter einer Grünpflanze.

Am Boden des Hausflurs war viel Blut zu sehen, und am Rand einer Pfütze konnte man den halben Abdruck eines groben Schuhs mit abgetretener Profilsohle erkennen.

Martin fragte nach, ob man einen kleinen Bolzen gefunden habe, doch die Leute vom technischen Dienst sagten ebenso wie die Beamten in Uniform, dies sei nicht der Fall.
Weil der Mann ins Blut seines Opfers getreten war, hatte er Spuren hinterlassen. Olivier und Jeanette konnten den Fluchtweg leicht verfolgen, sie trommelten sämtliche Leute, an deren Türen der Mörder vorbei gekommen war, aus ihren Wohnungen.
Nur der pakistanische Student, der aus seinem Morgenschlaf gerissen wurde, erklärte, er habe jemanden gesehen; er gab eine grobe Beschreibung des Mannes. Die Müllmänner, die ihm begegnet waren, hatte man noch nicht ausfindig gemacht. Sie sollten später von der örtlichen Polizei befragt werden.
Martin bat den Studenten nachzudenken, ob er sich an andere Details erinnern könne, und sobald er etwas mitzuteilen hätte, solle er bei der Kriminalpolizei vorbeikommen.
Als Martin gerade aufbrechen wollte, erschien Bélier.
»Es ist der Beginn einer Serie, wie du gesagt hast.«
»Ja.«
»Hoffen wir, dass er einen Fehler gemacht hat«, sagte sie. »Ich verspreche dir, dass ich tue, was ich kann.«

Kapitel 24

Als Kommissar Martin im Krankenhaus eintraf, zeigte man ihm sogleich den blutigen Armbrustbolzen. Er rührte ihn nicht an, stellte jedoch fest, dass er genau aussah wie der erste, und ließ den Pfeil der Spurensicherung zukommen.

Als er im Vorraum der Notaufnahme stand, gehüllt in ein Gewand aus grünem Recycling-Papier, mit Überschuhen aus demselben Material und einem Mundschutz, kam auch Jeannette in gleicher Aufmachung herein, sie hatte Neuigkeiten von der Spurensicherung. Bélier hatte vergeblich versucht, ihn zu erreichen. Offenbar hatte er, als er das Krankenhaus betreten hatte, sein Handy ausgeschaltet.

Die Mitarbeiter von Bélier hatten am Zweig eines der Hofbäume eine olivgrüne Baumwollfaser gefunden. Sehr wahrscheinlich stammte sie von einer Militärjacke. Und sie hatten mit Hilfe von Fußspuren die Schuhgröße des Mörders festgestellt: 45. Sie wussten außerdem, dass es Stiefel der Firma Caterpillar waren, mit stark abgenutzter Sohle, der stahlverstärkte Absatz war sowohl auf dem Schuhabdruck als auch an den Blutspuren deutlich zu erkennen. Auch ein rotblondes lockiges Haar hatte man gefunden, wahrscheinlich aus dem Helm gerutscht, den der Mörder mutmaßlich getragen hatte. Da die Haarwurzel fehlte, konnte keine Genanalyse vorgenommen werden, aber es würde gute Diente

leisten, wenn man eines Tages einen Vergleich vornehmen müsste ...
Martin dachte bitter, dass dies erst an dem Tag möglich wäre, an dem sie den Mörder gefasst hatten ...
Die Krankenschwester unterbrach Jeannette in ihrem Bericht.
»Der Chef sagt, Sie können jetzt zu ihr, aber nur für ein paar Minuten.«

Martin betrat auf Zehenspitzen den abgeteilten Raum.
Die junge Frau lag offenbar nackt unter ihrer Decke, aus Nase, Mund und Hals ragte eine imponierende Menge Schläuche verschiedener Stärke. Das einzige Geräusch im Raum war das leise Pfeifen des Sauerstoffs. Rechts von dem um 20 Grad geneigten Pflegebett waren Bildschirme angebracht, auf denen es emsig blinkte.
Die Augen der Frau waren geschlossen, und Martin konnte sie in Ruhe betrachten. Wenn man von ihrer starken Blässe absah und vergaß, dass sie durch Schläuche und einen Verband, der die linke Seite von Hals und Kehle verbarg, entstellt war, wenn man ferner vergaß, dass ihr Gesicht sowie ein großer Teil von Schulter und Hals von einer gelblichen Flüssigkeit verunstaltet war, dann musste sie für hübsch gelten, ja, mehr noch: für schön – für eine schöne Frau, etwas über dreißig Jahre alt, groß, brünett, schlank, mit wohl konturiertem Mund und feinen Zügen. Es war klar, dass der Mörder sich einen bestimmten Frauentyp suchte. Noch bevor die Frau etwas gesagt hatte, waren die Ermittlungen einen Schritt vorangekommen.
Sie begann zu zittern, ihre geschwollenen Lippen zuckten. Sie wurde geschüttelt von einem tiefen, beunruhigend klin-

genden Räuspern der Kehle, ihre Muskeln spannten sich wie Seile. Sie schlug die Augen auf, hellgrüne, blutunterlaufene Augen. Die Monitore regten sich, in wenigen Sekunden stieg ihr Puls von 62 auf 130.

Kaum hatte Martin auf den Alarmknopf gedrückt, als schon die Schwester und der Dienst habende Arzt eintrafen.

Sie schoben Martin energisch zur Seite und kümmerten sich um die Patientin. Eine weitere Schwester kam hinzu.

Jeannette sah Martin fragend an. Er zuckte die Achseln.

»Hast du sie gesehen?«, fragte er.

Sie schüttelte den Kopf.

»Genau derselbe Typ Frau wie beim ersten Mal.«

Jeannette lächelte nachdenklich.

»Dann kann mir ja wohl nichts passieren.«

Jeannette war kaum einen Meter sechzig groß, ihr rundes Gesicht war von kurz geschnittenem blonden Haar gerahmt, ihre Haut schimmerte glatt und rosig. Trotz ihrer knapp fünfunddreißig Jahre sah sie wie fünfundzwanzig aus.

Wenig später wandten sich die beiden Schwestern anderen Handreichungen zu, der Arzt trat an Martin heran:

»Wir kriegen sie durch«, sagte er, »aber es ist besser, Sie kommen erst später wieder. Sie ist noch nicht in der Lage, mit Ihnen zu sprechen.«

Da bemerkte Martin eine Regung der Verletzten, sie hatte die Hand gehoben und bewegte ein wenig die Finger.

»Sehen Sie mal«, sagte er.

Der Arzt eilte zu ihr, er beugte sich über sie und kam mit langsamen Schritten zu Martin zurück.

»Ich glaube, sie möchte, dass Sie bleiben.«

»Kann sie sprechen?«, fragte Jeannette erstaunt.

»Nein, das kann sie nicht.«

»Womöglich mittels Heft und Stift?«
»Sie können es ja versuchen. Aber sobald es sie zu sehr anstrengt …«
Die zwei Polizisten nickten und nahmen zu beiden Seiten des Bettes Platz.
Die Augen der jungen Frau waren offen, sie blickte von einem zum anderen.
Jeannette ging um das Bett herum und setzte sich neben Martin, um sie nicht zusätzlich zu ermüden. Sie legte ihre Hand auf die der jungen Frau.
»Wir möchten Sie nicht anstrengen«, sagte sie, »aber wenn Sie etwas für uns aufschreiben wollen, versuchen wir, Sie zu verstehen.«
Sie legte das Heft unter die rechte Hand der Frau und schob einen Bleistift zwischen Zeige- und Mittelfinger.
Die Finger versuchten, den Stift zu halten, waren aber ohne jede Kraft. Im Gesicht der Verletzten zeigte sich einen Moment lang Enttäuschung und Wut.
Martin sah sie bewundernd an. Sie wollte kämpfen. Er lächelte ihr zu.
»Keine Sorge, wir werden schon einen Weg finden.«
»Wir machen es wie im Kino«, fuhr Jeannette fort. »Wir stellen Ihnen Fragen, auf die Sie mit Hilfe Ihrer Augen mit ja oder nein antworten können. Einmal die Lider schließen bedeutet ja, zwei Mal bedeutet nein. Einverstanden?«
Die junge Frau schloss einmal die Lider, und ihre Augen füllten sich mit Tränen. Martin bemerkte, dass auch Jeannettes Augen feucht schimmerten. Auch er selbst war tief gerührt.
»Haben Sie Ihren Angreifer gesehen?«, fragte Jeannette weiter.

Ein Wimpernschlag. Martin schöpfte Hoffnung. Würden sie nun endlich weiterkommen?
»Sehr gut«, sagte Jeannette, »versuchen wir, mehr darüber zu erfahren. Kennen Sie ihn?«
Zuerst nichts, dann zwei Schläge.
»Dann kennen Sie ihn also nicht«, sagte sie.
»Warte«, sagte Martin, »sie hat gezögert.«
»Haben Sie gezögert?«
Ein Wimpernschlag.
»Sie kennen ihn nicht, haben ihn aber schon gesehen, ist es so?«
Ein Wimpernschlag. Martin und Jeannette lächelten sich an.
»Haben Sie ihn in beruflichem Zusammenhang getroffen?«
Zwei Wimpernschläge.
»Durch Zufall?«
Zwei Wimpernschläge.
»Vielleicht beim Sport?«
Sehr schnell erfolgten zwei Wimpernschläge.
Diese Frau konnte sich wunderbar verständlich machen, fand Martin. Er lächelte ihr erneut zu.
»Versuchen wir es folgendermaßen«, sagte Jeannette. »Es war eine Einladung, aber nicht bei Freunden.«
Ein Wimpernschlag.
»Bei einem Fest? Einem Konzert? Ein Umtrunk im Krankenhaus?«
Zwei Wimpernschläge.
Martin hatte plötzlich eine Eingebung, ohne zu wissen, woher sie kam.
»Sie kannten ihn nicht, hatten aber schon einmal eine Verabredung mit ihm«, sagte er leise.

Die Augen der Frau wurden größer, zwei Tränen liefen ihr über die Wangen. Dann bewegte sie einmal langsam die Lider.
Martin zupfte ein Toilettentuch aus einer Schachtel und wischte die Tränen ab. Jeannette sah ihn erstaunt an, als ob er mehr von der Sache wüsste, als er sagte.
Später fragte er sich, wie es zu dieser plötzlichen Eingebung gekommen war, und die Antwort musste damit zu tun haben, dass er, im Gegensatz zu Jeannette, allein lebte wie die Patientin. Wenn er eine neue Lebensgefährtin gesucht hätte, dann hätte er sicher nicht unter seinen Kolleginnen gesucht, genau wie sie sich wohl kaum danach sehnte, einen Arzt oder Krankenpfleger zum Freund zu haben. Wenn man so viel arbeiten muss wie eine leitende Krankenschwester auf einer großen Station, wo findet man dann die Zeit, spazieren zu gehen und Leute kennen zu lernen?
»Es gibt verschiedene Möglichkeiten, Leute zu treffen«, sagte er. »Schließen Sie die Augen, wenn es heiß wird. Kennenlernparty, Kontaktanzeige ...«
Sie schloss die Augen und öffnete sie wieder.
»Also eine Anzeige ... Haben Sie mit ihm gesprochen?«
Ein Wimpernschlag, ja.
»Also haben Sie ihn auch kennen gelernt?«
Zwei Schläge.
»Eine letzte Frage«, sagte Jeannette. »Datum und Uhrzeit dieser Anrufe. Ich halte Ihnen einen Kalender hin, und Sie zeigen mir das Datum.«
Sie nahm Sabines Hand und führte sie. Mehrfach zögerte die Frau, und Martin und Jeannette begriffen, dass sie kurz vor einer Ohnmacht stand. Schließlich zeigte sie ihnen die Daten. Der Arzt erschien.

»Sie muss jetzt ihre Ruhe haben«, sagte er streng.
Martin stimmte zu, er beugte sich über die Verletzte.
»Sie haben uns sehr geholfen«, sagte er. »Sie haben viel Mut. Ich bewundere Sie. Wir kommen bald wieder, wenn es Ihnen besser geht. Erholen Sie sich, Sie sind außer Lebensgefahr.«
Er berührte ihre Hand, doch sie zog ihre Hand zunächst zurück, streckte sie dann wieder aus und schob ihre Finger in seine. Diese Berührung hatte etwas sehr Intimes, erneut war Martin tief gerührt. Sie versuchte, seine Finger zu drücken, und bewegte die Lippen.
Unwillkürlich bewegte auch Martin seine Lippen. Es vergingen einige Sekunden, bis er verstand, was sie sagen wollte.
»Fin-den Sie ihn. Fin-den Sie ihn.«

Als Martin hinausgegangen war, rief er seine Dienststelle an und verfügte, das Opfer unter Polizeischutz zu stellen. Er wollte keinerlei Risiko eingehen.
Er nahm den Arzt der Notaufnahme beiseite und bat ihn, über die Anwesenheit der neuen Patientin Schweigen zu bewahren. Sobald ein Journalist auf der Station anrief, sollte man ihm sagen, dass das Opfer seinen Verletzungen erlegen sei.
Der Arzt schien zu zögern, und Martin versicherte ihm, dass er die Verantwortung übernähme und sich um die Formalitäten kümmern würde.

Bevor er in sein Büro zurückkehrte, ging er bei Roussel vorbei und gab ihm einen knappen Bericht.
»Besteht kein Zweifel? Ist es wirklich derselbe Mann?«, fragte Roussel.

»Außer es wäre plötzlich Mode geworden, große schlanke Brünette mit einer kleinen Armbrust zu töten«, gab Martin zurück, bemüht, sich seine Verärgerung nicht anmerken zu lassen.
Er teilte Roussel seine Absicht mit, die Tatsache, dass das Opfer noch am Leben war, geheim zu halten.
»Das ist riskant, äußerst riskant«, bemerkte Roussel.
Martin wusste nicht, inwiefern das riskant sein sollte, aber er nickte gravitätisch.
»Nun gut, solange der Richter informiert ist und solange Sie die Verantwortung tragen …«

Kaum war er in seinem Büro eingetroffen, erhielt er einen Anruf von Bélier. Sie hatte an Schaft und Flügeln des Bolzens deutliche Fingerabdrücke gefunden, aber dann war sie der Größe wegen darauf gekommen, dass sie dem Opfer gehören mussten.
»Willst du damit sagen, sie hat den Pfeil selbst aus ihrer Kehle gezogen?«, fragte Martin ungläubig.
»Ja. Glaubst du, wir könnten heute jemanden hinschicken, der ihre Fingerabdrücke abnimmt, um sicherzugehen?«
»Ruf vorher beim Chef der Notaufnahme an. Sonst noch was?«
»Nur dass wir nun die Gewissheit haben, dass es sich um denselben Mann handelt. Und da ist noch etwas anderes …«
»Was?«, fragte Martin hoffnungsfroh.
Béliers Überlegungen waren meistens sehr ergiebig.
»Er ist durch die Vorder- oder die Hintertür eingedrungen, und dafür braucht man eine Geheimzahl. Einen anderen Ausgang gibt es nun einmal nicht. Hast du vielleicht eine Idee, wie er es geschafft hat, ihr im Innenhof aufzulauern?«

Martin dachte nach.

»Vielleicht hat er jemanden, der ins Haus ging, beobachtet. Oder er ist seinem Opfer gefolgt und hat gesehen, wie sie die fünf Tasten drückte …«

Er schwieg, er glaubte nicht daran. Oder kannte der Mörder das Gebäude? Nein. Das wäre ein zu großer Zufall gewesen.

»Ich weiß nicht«, gab er zu. »Er ist schlau und vorausschauend, jedenfalls vielen Dank.«

Béliers Frage grub sich in sein Unterbewusstsein ein, gelegentlich förderten solche Fragen mehr Ergebnisse zutage als manche Antwort.

Der Mann musste sich im Viertel herumgetrieben haben. Martin fragte sich, ob … Wieder griff er zum Telefon, er rief die Wache des 15. Arrondissements an. Er stellte sich kurz vor, dann bat er um die Nummer der Polizeistation nahe des Tatorts. Sobald er den Chef am Apparat hatte, fragte er ihn, ob in den Nächten vor dem Mordanschlag besondere Vorkommnisse im Dienstbuch vermerkt worden seien.

Der Dienststellenleiter bat ihn zu warten.

»Sie meinen nicht Streit unter Obdachlosen oder nächtliche Lärmbelästigung, oder, Kommissar?«

Martin hörte, wie er im Dienstbuch blätterte.

»Nein, aber gibt es nichts anderes?«

»Ja, ein Voyeur, der auf dem Dach des Gebäudes mit der Hausnummer 31 stand, dieselbe Straße, in der Nacht vor dem Mordanschlag.«

»Wo genau liegt das Gebäude?«, fragte Martin.

»Ungefähr gegenüber dem Haus, in dem das Verbrechen stattgefunden hat.«

»Haben Sie den Voyeur gesehen?«

»Nein, er hat sich in Luft aufgelöst. Wir sind nicht einmal sicher, ob es ihn wirklich gegeben hat«, sagte der Dienststellenleiter, er kicherte.

»Danke!« Martin legte auf.

Diese Idioten waren nicht einmal in der Lage gewesen, die beiden Dinge miteinander in Zusammenhang zu bringen. Er rief bei der Spurensicherung an und gab Bélier die Adresse des Gebäudes. Vielleicht hatte der Mann dort Spuren hinterlassen, wenn ja, dann hatte sie richtig zu tun.

Mit Jeannette und Olivier, der endlich die Liste der Waffengeschäfte abgeklappert hatte, zog er Bilanz.

Jeannette hatte inzwischen Sabines Kontaktanzeige gefunden.

»So ist er also auf sie gekommen«, sagte sie. »Er hat in den Anzeigen die Frauen herausgesucht, die seinem Typ entsprechen. Er hat sich mit ihr verabredet, ohne sich vor Ort zu erkennen zu geben, doch hat er sie genauestens studiert und ist ihr bis zu ihrer Wohnung gefolgt.«

»Der Voyeur«, sagte Martin.

»Was?«, fragten Jeannette und Olivier in einem Atemzug.

»Auf dem Dach des Gebäudes gegenüber wurde am Tag vor dem Mordversuch ein Voyeur überrascht. Ich hab die Spurensicherung hingeschickt.«

Es folgte ein kurzes Schweigen.

»Wisst ihr, was ihr jetzt tun könnt, Kinder?«

Jeannette und Olivier sahen sich einen Augenblick an, dann hatten sie begriffen. Olivier seufzte.

»O nein!«

»O ja. Ihr nehmt alle Zeitungen, in denen Kontaktanzeigen erscheinen, ihr seht alle Hinweise durch und ruft die Frauen an, die den Opfern mehr oder weniger ähnlich sind. Dann warnt ihr sie. Sagt ihnen, dass sie möglicherweise in Gefahr sind.«

»Und wenn eine Panik ausbricht?«, bemerkte Jeannette. »Roussel wird wütend sein.«

»Gut möglich, aber wenn unser Mann eine andere tötet, was sagt Roussel dann?«, antwortete Martin trocken.

»Und das Internet?«, sagte Jeannette. »Er hätte sie auch über das Internet finden können.«

Martin überlegte, wenn das zutraf, dann würde ihre Arbeit umsonst sein.

Es klopfte an der Tür, und fünf Polizisten betraten den Raum, einer hatte etliche Dienstjahre auf dem Buckel, die anderen waren kaum dreißig Jahre alt. Martin kannte lediglich zwei von ihnen.

»Wir stehen Ihnen ab sofort zur Verfügung«, sagte der älteste, ein Mann mit Schnurrbart, »man hat uns hierher beordert.«

»Sehr gut«, sagte Martin. »Sie werden sich nicht über Langeweile beschweren können.«

»Hier entlang, Jungs«, sagte Olivier mit breitem Grinsen und stand auf. »Wir gehen in den Besprechungsraum, ich erkläre euch alles.«

»Einen Moment«, sagte Martin und erhob sich.

Er trat zu den fünf Männern und musterte sie einer nach dem anderen, wie bei einer Truppenabnahme.

»Wir suchen einen Mann, der bereits eine Frau getötet hat und der heute versucht hat, eine weitere zu töten. Sie schwebt in Lebensgefahr. Ich weiß sicher, dass er weitermachen wird, wenn wir ihn nicht fassen. Die Aufgaben, die wir Ihnen jetzt zuweisen, mögen Ihnen langweilig und nutzlos erscheinen, aber sie sind außerordentlich wichtig. Jeder Ihrer Anrufe kann das Leben einer Frau retten oder uns helfen, einer Lösung nä-

her zu kommen. Wir werden ihn finden und überführen. Bis dahin sind ein paar Ergebnisse der Ermittlungen der Presse verschwiegen worden, aus leicht nachvollziehbaren Gründen. Es kommt somit nicht in Frage, dass Sie mit Journalisten reden, ich bin der Einzige, der dazu befugt ist. Das wäre alles. Wenn Sie noch Fragen haben, können Sie sie jetzt stellen.«
Die jungen Polizisten sahen einander an, dann blickten sie auf den Schnurrbärtigen.
»Wir haben keine Fragen«, sagte er. »Wir werden unser Bestes tun.«
Martin quittierte ihre Antwort mit einem Kopfnicken, dann traten sie, begleitet von Olivier, der übers ganze Gesicht strahlte, im Gänsemarsch ab.

»Was ist denn nur mit Roussel los?«, wunderte sich Jeannette. »Ist er etwa von selber drauf gekommen?«
Martin grinste.
»Du wirst ihm doch nicht zum Vorwurf machen, dass er uns etwas Gutes tut?«
Jeannette musterte ihn mit argwöhnischer Miene, dann wechselte sie das Thema.
»Kontaktanzeigen ... Das bedeutet, dass der Mörder zwischen dem ersten und dem zweiten Opfer seine Anwerbungsmethode geändert hat.«
»Ja, unsere Annahme trifft zu. Er hat sein erstes Opfer zufällig auf einer Baustelle getroffen, dann hat er sich gesagt, dass er wohl kaum auf den Zufall hoffen kann, und hat das einfachste und schnellste Mittel gewählt, andere Frauen dieses Typs zu finden. Kontaktanzeigen.«
»Warum macht dieser verdammte Hurensohn das bloß?«, brummte Jeannette leise vor sich hin. »Warum tut er das?«

Martin wusste keine Antwort und schwieg. Er wühlte auf seinem Schreibtisch und fand einen kleinen handgeschriebenen Zettel.

»Roselyne Merrien«, las Martin, »wer ist denn das?«

Der Name sagte ihm nur entfernt etwas, doch plötzlich erinnerte er sich. Die Suche für Myriam. Ein Praktikant hatte die Nachforschungen angestellt. Er blätterte die Akte durch. Jeannette sah, dass er beschäftigt war, stand auf und ging hinaus.

Martin nahm den Telefonhörer ab und wählte die Nummer von Myriams Maklerbüro.

Die Empfangsdame sagte ihm, sie habe einen auswärtigen Termin. Er legte auf und griff nach seinem Mobiltelefon, das Myriams Nummer gespeichert hatte.

Kapitel 25

Myriam begutachtete gerade ein unter Denkmalschutz stehendes Gebäude im Marais-Viertel, als ihr Mobiltelefon klingelte. Sie las ›Martin‹ auf dem Display und wollte im ersten Moment nicht abheben, weil Rémy zwei Meter von ihr entfernt sich voller Begeisterung über eine reich dekorierte Wandvertäfelung aus dem 16. Jahrhundert ausließ. Schließlich drückte sie die grüne Taste und, ohne ihn zu Wort kommen zu lassen, sagte sie schnell:

»Ich habe gerade einen Termin, ich ruf dich später zurück.« Dann legte sie auf.

»War das dein Liebhaber?«, fragte Rémy lächelnd.

»Nein, schlimmer, mein Ex.«

»Aha.«

Das Lächeln war verschwunden. Rémy mochte es nicht, wenn von Martin die Rede war. Vielleicht spürte er, dass der sein einziger echter Rivale war.

»Wenn es mir nicht gelingt, diese Wohnung zu bekommen, dann komme ich nachts wieder, um diese Paneele zu stehlen. Hast du die Farbe und Feinheit der Malereien gesehen?«

Myriam lächelte ihm zu und hakte sich bei ihm ein.

»Wir kriegen es schon hin, dass du sie nicht stehlen musst. Aber du wirst diese Paneele sowieso nicht zu Gesicht bekommen, die Wohnung soll doch vermietet werden.«

»Ich weiß, ich weiß«, erwiderte er schmollend, »und das Parkett, es ist einfach hinreißend!«
Myriam trat an eines der Fenster, die hohen, ins Mauerwerk eingelassenen Fensterrahmen gingen auf einen quadratischen Innenhof, der bald bepflastert wäre wie früher und mit Bäumen verziert, die in riesigen, wetterbeständigen Tropenholzkästen stehen würden. Noch war der größte Teil der Fläche mit Sand und Zementsäcken vollgestellt, und die zu renovierenden Fassaden waren mit dunklen Plastikplanen verhängt.
Die übrigen Eigentümer der Wohnungen des Hauses, die gerade renoviert wurden, waren ein Senator, ein früherer Minister, ein Großindustrieller, ein Anwalt sowie ein Professor der Medizin.
Ein Quadratmeter kostete über 15.000 Euro, aber der Investor, mit dem sie zusammenarbeitete, hatte ihr versichert, dass dies außergewöhnlich günstig sei. Selten hatte sie Rémy so glücklich gesehen. Selbst als sie den Kaufpreis der gesamten Wohnung genannt hatte, die steuerlich absetzbaren Renovierungskosten nicht eingeschlossen, konnte dies seine Begeisterung nicht schmälern.
Und obwohl sie bei diesem Geschäft auf ihre Courtage verzichtete, war die Summe noch immer beträchtlich.
Trotzdem schien Rémy, auf den bald ziemlich hohe Unterhaltszahlungen zukamen, die bei steigenden Lebenshaltungskosten ständig erhöht werden mussten, keineswegs beunruhigt. Was er als Direktor im Kulturministerium verdiente, lag weit unter dem Einkommen eines leitenden Angestellten in der freien Wirtschaft. Er besaß eine Sammlung von Ölgemälden und Skulpturen, die er im Lauf der Jahre zusammengetragen hatte, aber Myriam

konnte sich beim besten Willen nicht vorstellen, dass er sie verkaufte, um eine Wohnung zu bezahlen, in der er, wie es das Gesetz vorschrieb, vorerst nicht wohnen konnte. Vielleicht würden ihm seine Eltern, Großbürger aus Lyon, unter die Arme greifen – aber ob das genügte?

Aber warum sollte sie, eine Arbeitsbiene, die aus eher kleinen Verhältnissen stammte, sich darüber den Kopf zerbrechen? Rémy wusste sehr wohl, nach seinem Vorteil zu handeln.

Er beglückwünschte sie noch auf der Straße, er küsste sie mit ungewohnter Heftigkeit.

»Bis heute Abend, mein Schatz«, sagte er und drückte sie an sich. »Ich liebe dich.«

Dann eilte er ins Büro.

Myriam nahm ihr Telefon und rief Martin an. Er sagte ihr, dass weder ihre Buchhalterin Roselyne noch deren Mann aktenkundig seien, dass keine Ordnungswidrigkeit bekannt sei, dass jedoch Roselyne nach Auskunft des Standesamtes vor zwei Jahren ein kleines Kind verloren habe.

»Durch Krankheit?«

»Nein, es war ein Unfall.«

Myriam hatte keine Lust, das Gespräch mit Martin in die Länge zu ziehen. Er schien mit seinen Gedanken woanders, seine Stimme klang sorgenvoll, außerdem war sie ihm immer noch böse. Andererseits hätte sie gern gewusst, wie es Isa ging, aber verletzter Stolz hinderte sie daran, bei ihr anzurufen. Sie wollte Martin auf keinen Fall fragen, doch ihre Liebe zu Isabelle war stärker.

»Und deine Tochter, wie geht es ihr?«

»Ich weiß es nicht«, sagte er. »Gestern Abend, als ich nach Hause kam, war sie verschwunden.«
»Glaubst du, sie hat ... Dass sie das Baby weggemacht hat?«
»Ich habe keine Ahnung«, sagte er. »Wenn sie mit mir reden will, wird sie es tun.«
Myriam spürte, wie sie rot wurde. Martin sprach in vorwurfsvollem Ton, ihr Ärger steigerte sich zu echtem Zorn.
»Bis du etwa sauer, weil ich versucht habe, sie davon abzubringen?«
»Ich werfe dir überhaupt nichts vor. Ich weiß nur nicht, was ich tun oder sagen soll, und deshalb tue und sage ich nichts. Also ... Wenn du willst, rufe ich dich an, sobald ich etwas weiß.«
»Bis dann«, sagte Myriam.
Sie vergaß ihre Eitelkeit und versuchte Isa anzurufen, aber es war nur der Anrufbeantworter dran.
Als sie auflegte, hatte sie plötzlich die leere Wiege in der Abstellkammer im ersten Stock von Roselynes trostlosem Einfamilienhaus vor Augen.
Sie selbst hatte all die Dinge weggeworfen, die sie an ihr verstorbenes Kind erinnerten. Sie hatte weder ein Foto behalten noch irgendetwas anderes, was dem Kind gehört hatte, und dennoch hatten sich ihrem Gedächtnis Erinnerungen eingebrannt, die, sobald sie zu Bildern und Szenen wurden, einen unerträglichen Schmerz zurückließen, der schlimm war wie am ersten Tag.
Da war das Gefühl, in einem Gefängnis eingesperrt zu sein, aus dem sie nicht mehr herauskonnte. Sie würde immer an die ersten Tage der Trauer denken, an denen es nur kleine Momente des Vergessens gab, zu schnell war die Wirklichkeit wieder eingebrochen, die einzige Wirklichkeit, die

nicht aus der Welt zu schaffen war und die schlimmer war als jeder Albtraum. Dass Roselyne dasselbe erlebt hatte wie sie, brachte sie ihr näher. Sie konnte besser als jeder andere verstehen, welche Tragödie sie durchlebte.
Und doch blieb diese Frau für Myriam ein unlösbares Rätsel. Wie konnte sie nur diese Wiege behalten? Wie konnte sie in einem Haus wohnen bleiben, in dem ihr Kind gestorben war?
Einer Sache war sich Myriam sicher: Sie hatte sich in ihrem Gefühl nicht getäuscht. Roselyne wollte sterben.

Martin dachte eine Weile über Myriams schlechte Laune nach, bevor er den Hörer abnahm und die Psychologin anrief.
»Er hat wieder zugeschlagen«, sagte er ohne jedes Vorgeplänkel.
»Scheiße!«, sagte Laurette. »Wann denn?«
»Heute Morgen um sechs. Das Opfer hat überlebt.«
»Das lenkt Ihre Ermittlungen in neue Bahnen.«
»Deshalb rufe ich Sie an.«
Sie siezten sich wieder, was sie wohl normal fand.
»Ich nehme an, Sie haben neue Hinweise.«
»Wenn man so will. Diesmal hat er Kontaktanzeigen verwendet, um seinen Typ Frau zu finden. Groß, brünett, schlank und hübsch.«
»Dann kann mir ja nichts passieren«, sagte sie mit kurzem kehligen Lachen.
Martin ging nicht darauf ein. Er hoffte nur, dass nach Jeannette und Laurette nicht alle Frauen, denen er von den Vorlieben des Mörders erzählte, mit ähnlich schwarzem Humor reagieren würden.

»Da sind sie doch ein schönes Stück weitergekommen«, sagte sie ernst. »Wir wissen jetzt, was er sucht. Und wie ist er diesmal vorgegangen?«

»Genau wie beim ersten Mal. Er hat sie von vorn angegriffen, hat sich ihr genähert und zugesehen, wie sie starb – allerdings hat er sich diesmal geirrt, denn sie war nur bewusstlos. Den Pfeil hat er in ihrem Hals stecken lassen, hat aber, bevor er verschwand, etwas mitgenommen, das dem Opfer gehörte, eine Umhängetasche.«

»Sie könnten der Presse etwas vorlügen und sagen, dass sie im Krankenhaus gestorben ist, aber vor ihrem Ableben den Angreifer beschreiben konnte. Vielleicht bekommt er Angst und überlegt sich, ob er wirklich eine weitere Frau umbringen soll.«

»Keine schlechte Idee. Aber ich mache es anders«, sagte er und dachte an Marion. »Ich lüge Journalisten nicht gern an. Ich sage ihnen lieber die Wahrheit, bitte sie aber, das Spiel mitzuspielen. Ich gehe davon aus, dass sie mitmachen.«

»Das ist Ihre Sache«, sagte sie. »Wenn Sie wollen, dass wir über Ihren Fall sprechen, müssen wir uns treffen, aber ich bin den ganzen Tag beschäftigt. Heute Abend habe ich Zeit. Sollen wir uns beim Italiener treffen?«

»Liebend gerne, aber heute Abend bin ich verabredet«, erwiderte Martin.

»Ein Glück, dass Sie ungern lügen«, bemerkte Laurette. »Somit muss ich Ihnen glauben.«

»Ich bin wirklich verabredet«, betonte Martin.

»Und morgen?«

»Morgen, ja, morgen würde gehen«, sagte er.

»Also dann bis morgen, und rufen Sie mich an, sobald es Neuigkeiten gibt. Ich muss nachdenken. Die Persönlichkeit

Ihres Mörders bekommt langsam Konturen. Er ist ein Besessener, der Frauen hasst oder zumindest einen bestimmten Typ Frauen. Er hat keinerlei Skrupel, und er wird immer weitermachen – aber ob er deswegen gleich paranoide Züge an sich hat ...«

»Was ist der Unterschied?«

»Weiß ich noch nicht, ich sagte Ihnen doch, dass ich nachdenken muss.«

»Einen Moment noch.«

Eine letzte Frage war ihm in den Sinn gekommen.

»Glauben Sie, er wird versuchen, sie weiter zu verfolgen?«

»Ich muss darüber nachdenken, aber ich glaube, er könnte ihr Überleben als persönliche Kränkung auffassen.«

Er rief sofort im Kommissariat des 15. Arrondissements an, um zu erfahren, ob der Personenschutz für Sabine Renoult gesichert sei. Er musste zehn Minuten warten, bis man ihm die Bestätigung übermitteln konnte.

Als er auflegte, fragte er sich, ob Laurettes Anspielung auf das Essen beim Italiener eine Aufforderung war. Er beschloss, die Dinge zu klären. Er wollte sich nicht mit ihr verkrachen, aber er wollte ihr am nächsten Abend sagen, dass eine Affäre zwischen ihnen nicht länger in Frage käme. Er würde ihr sagen, dass sie ihn sehr anziehe, wegen ihrer Sensibilität, und dass er unter anderen Umständen ...

Er seufzte. Er selbst hatte sich die Geschichte eingebrockt. Er hätte nicht mit ihr schlafen sollen. Zwar war sie keine Polizistin, aber sie hatte doch mit seinem Beruf zu tun. Er hatte Mist gebaut und musste die Sache nun selbst auslöffeln.

Sollte er ihr einen üppigen Blumenstrauß schicken? Rosen vielleicht? Nein, das musste wie eine Liebeserklärung aussehen.

Er hätte gern jemanden um Rat gefragt, Myriam zum Beispiel, wenn sie wieder bessere Laune hätte, aber im Grunde war das keine gute Idee. Und Marion konnte er schon gar nicht fragen. Jeannette? Wenn er ihr nicht sagte, für wen der Strauß war? Oder Isa? Ja, er würde Isa fragen. Sie würde ihm sagen können, wie man auf die sanfte Tour Schluss macht. Auf sie war Verlass, wenn es nicht gerade darum ging, einen Liebhaber zu finden.

Er versuchte erneut, sie zu erreichen.

Es klingelte, aber sie nahm nicht ab. Er legte auf, ohne eine Nachricht zu hinterlassen.

Kurz darauf meldete sie sich bei ihm.

»Ich war gerade unter der Dusche«, sagte sie, »das Wasser tröpfelt nur noch, du musst es reparieren lassen.«

»Heißt das, dass du zu Hause bist?«

»Ja, können wir zusammen zu Abend essen?«

»Ist gut, aber ich muss vorher Marion absagen ...«

»Nein«, sagte sie, »mach das nicht. Du bist doch mir ihr verabredet. Mach dir keine Gedanken, ich bin nicht allein.«

»Hast du schon einen Nachfolger für Christophe gefunden?«

Sie kicherte.

»Es gibt nicht nur Kerle im Leben, Papa. Ich hab eine Freundin eingeladen. Kommst du heute Nacht nach Hause?«

»Ich weiß es nicht, vielleicht.«

Sie kicherte erneut.

»Wenn meine Freundin zu viel getrunken hat, kann sie dann in deinem Bett schlafen?«

»Wenn sie nicht überallhin kotzt.«

»Ha, ha. Dann sehen wir uns aber sicher morgen Abend, ja?«
»Eher nicht.«
»Wieder wegen Marion – oder ist es eine andere?«
Ihr launiger Tonfall überraschte ihn. War sie im Krankenhaus gewesen, um abzutreiben? Er wusste nicht, wie er am Telefon danach fragen sollte.
»Ich würde dich gern sehen«, sagte er. »Ich komme vor dem Essen zu Hause vorbei. Außerdem muss ich dich in einer Sache um einen Rat bitten.«
»Das klingt ja sehr geheimnisvoll. Im Übrigen, Papa ...«
»Ja?«
»Ich habe dir auch was mitzuteilen.«
»Und, sagst du es mir gleich?«
»Nein.«
»Gut, ich komme vor dem Essen vorbei. Versprochen. Und, Isa ...«
»Ja bitte?«
»Ruf Myriam an. Sie hängt an dir und macht sich Vorwürfe, zu grob zu dir gewesen zu sein. Sie ist besorgt deinetwegen. Und sag ihr nicht, ich hätte dir gesagt, dass du sie anrufen sollst.«
»Bis nachher, Papa.«
Sie legte auf.
Was für ein störrischer Esel, dachte Martin. Ich habe getan, was ich konnte.
Jeannette brachte ihm gleich darauf die Ergebnisse der Überprüfung von Sabine Renoults Mobiltelefon.
Der Mann hatte sein Opfer aus einer Telefonzelle in Cergy angerufen, im Nordwesten von Paris gelegen, dreißig Kilometer entfernt. Cergy, eine zwischen 1960 und 1975 neu entstandene Vorstadt, die zunächst mit Hochhäusern be-

baut worden war, dann mit zahllosen gleich aussehenden Einfamilienhäusern auf der grünen Wiese.

Als Myriam in die Agentur zurückkam, rief sie Roselyne in ihr Büro. Sie bat sie, ihr gegenüber Platz zu nehmen. Der jungen Frau schien es besser zu gehen, aber sie hatte etwas Abgehobenes an sich, etwas distanziert Gleichgültiges, das Myriam erschauern ließ.
Wie sollte sie anfangen? Wie sollte sie die Abwehr dieser Frau durchbrechen? Sie beschloss, ins kalte Wasser zu springen.
»Ich mache mir Ihretwegen große Sorgen.«
Roselyne schien erstaunt, ehrlich erstaunt.
»Habe ich schon wieder etwas falsch gemacht?«
»Nein, das ist es nicht. Es ist eher etwas Persönliches.«
Roselyne sah sie an, sie wartete, was jetzt wohl kam.
»Ich glaube, dass Sie etwas Schreckliches tun wollen. Und ich würde gern mit Ihnen darüber sprechen.«
Roselyne wich ihrem Blick aus, ihre Lippen zitterten. Die Maske der Heiterkeit bröckelte. Sie musste weitermachen.
»Ich verstehe überhaupt nicht, was Sie meinen«, erwiderte Roselyne mit gedämpfter Stimme.
»Ich weiß, dass Ihr Privatleben mich nichts angeht, aber wenn jemand vor die Hunde geht, dann hat man das Recht, nein, dann hat man die Pflicht, etwas zu tun.«
Sie stand auf, ging um den Schreibtisch herum und lehnte sich an die Tischkante, Roselyne direkt gegenüber, so nah, dass sie einander hätten berühren können. Die junge Frau musste den Kopf heben, um sie anzusehen.
»Ich werde Ihnen etwas erzählen, Roselyne. Vor ein paar Jahren ist mir etwas zugestoßen, das kein Mensch je er-

leben sollte. Noch heute kann ich nur schwer darüber reden.«

Roselyne schien überrascht vom Ton ihrer Vorgesetzten, Myriams Kehle war wie zugeschnürt. Sie hasste sich für das, was sie gerade tat, denn sie benutzte ihr eigenes Unglück, um Roselyne weich zu klopfen. Aber sie wusste keinen anderen Weg.

»Ich hatte eine Tochter ... Sie wurde krank ... Und ich habe sie verloren.«

Roselyne zitterte am ganzen Körper, ruckartig stand sie auf. »Sie haben keine Ahnung«, sagte sie. »Ich will keine Sympathie und kein Mitleid von Ihnen oder was das hier sein soll. Man ist allein auf der Welt, man ist allein, nichts zu machen. Es tut mir sehr Leid für Sie, aber mein Junge war nicht krank. Er war vollkommen gesund. Ich habe keine Entschuldigung, denn ich habe ihn umgebracht. Verstehen Sie, was ich sage? Ich habe ihn getötet!«

Myriam starrte sie an, unfähig, etwas zu sagen.

Rolseyne wandte ihr den Rücken zu, rannte aus dem Büro, wobei sie sich schmerzhaft am Türrahmen stieß, und verschwand.

»O verflucht«, flüsterte Myriam. »Was habe ich angerichtet. Was habe ich jetzt wieder angerichtet!«

Kapitel 26

Als Martin die Wohnung betrat, umfingen ihn im Flur die verheißungsvollsten Essensgerüche. Es roch nach einer sehr viel feineren und reichhaltigeren Speise als seine ewigen Spiegeleier. Sein Magen begann wohlig zu knurren.

Isabelles Freundin war da, ein hübsches Mädchen mit kastanienbraun gefärbtem Haar, sie trug viel Make-up und zwei winzige Zöpfe zu beiden Seiten des Gesichts. Sie küsste Martin wie einen alten Freund, und Martin hoffte, dass sie sich abschminken würde, bevor sie ihren Kopf auf sein Kissen legte.

»Ich komme gleich wieder, ich gehe nur Wein holen«, sagte sie und verschwand.

»Im Schrank gibt es genug Wein«, sagte Martin, worauf Isa nur die Augen gen Himmel rollte.

»Du bist ja wirklich schwer von Begriff«, sagte sie. »Sie will uns doch nur allein lassen.«

Martin suchte in ihrem Gesicht nach Spuren von körperlicher und seelischer Anstrengung. Er fand keine. Vielmehr strahlte sie.

»Hör auf mich so anzusehen«, sagte Isa. »Ich habe beschlossen, es zu behalten.«

Er nickte und wusste nicht, was er sagen sollte. Er wäre gern froh über diese Entscheidung gewesen, und in gewisser Weise war er es auch, doch er konnte nicht umhin zu überlegen, wie sie das anstellen wollte, ohne Beruf, ohne Freund …

»Hast du es dem Vater des Kindes erzählt?«

»Das geht den gar nichts an. Er weiß nicht mal, dass ich schwanger bin. Du kannst übrigens Myriam sagen, es hat nichts mit dem zu tun, was sie mir gesagt hat. Es ist allein meine Entscheidung.«

»Sehr gut, sage ich ihr. Aber an deiner Stelle würde ich sie selbst anrufen.«

»Du bist nicht an meiner Stelle, und sie hat mich echt gekränkt.«

Er versuchte zu lächeln.

»Ich muss mich daran gewöhnen, dass ich Großvater werde.«

»Wäre es dir lieber gewesen, dass ich es nicht behalte?«

»Natürlich nicht. Ich bin froh, dass du es behältst. Aber zugleich glaube ich, dass man keinen Hehl daraus machen soll, dass es nicht einfach wird.«

»Das Leben ist nun einmal nicht einfach«, sagte sie. »Und ich habe meine Meinung geändert, du hast Recht.«

»Wie bitte?«

»Sag Myriam bitte nichts, ich sage es ihr selbst. Versprochen? Ich werde sie anrufen, du hattest Recht.«

Er nickte.

»Weißt du, seit ich beschlossen habe, es zu behalten … Es geht mir richtig gut. Ich habe mich seit langem nicht so wohl gefühlt.«

Er nahm sie in die Arme, sie legte ihren Kopf an seine Schulter, und sie blieben eine Weile reglos stehen.

Als er kurz darauf die Treppe zu Marions Wohnung hinaufstieg, dachte er an Clemenceaus berühmten Satz: »Der schönste Moment an der Liebe ist, wenn man die Treppe hinaufsteigt.«

Auf ihn traf dieser Satz allerdings heute Abend nicht zu, denn trotz der Freude, Marion zu sehen, und trotz seiner Erleichterung, dass sich Isa entschieden hatte und glücklich schien, war ihm wahrlich nicht zum Feiern zumute. Seit ein paar Tagen musste er unaufhörlich an die Mordfälle denken, Tag und Nacht. Sie lasteten wie ein Albdruck auf ihm. Jedes Mal überlegte er sich, ob er nicht etwas Wichtiges übersehen hatte. Die zweite Frau hatte unbeschreibliches Glück gehabt, und sicher würde es bei der dritten nicht so glimpflich ablaufen. Er fragte sich, ob die Psychologin Recht hatte, viel verstand er nicht von Psychologie, aber was ein Paranoiker war, wusste er nur zu genau; ein meist überdurchschnittlich intelligenter Typ, argwöhnisch, rachsüchtig …

Gerade als er bei Marion klopfen wollte, klingelte sein Telefon. Es war Bélier.

»Wir haben zwei Daumenabdrücke«, sagte sie. »Wir haben sie oben gefunden, an einem Abflussrohr aus Zement, dank dem Dreck der Schornsteine und der Pariser Luftverschmutzung. Einer davon ist ziemlich deutlich.«

»Hast du sie schon verglichen?«

»Es kam nichts dabei raus. Aber die neue Software ist super. Wenn der Voyeur unser Freund ist, dann steht fest, dass er nie etwas mit der Justiz zu tun gehabt hat.«

»Mist«, sagte Martin, »trotzdem vielen Dank.«

Er legte gerade auf, als sich die Tür öffnete.

Marion stand auf der Schwelle und wirkte erstaunt.

»Machst du diesen Krach hier?«, fragte sie und zog ihn zu sich heran.
Sie küsste ihn auf den Mund und schmiegte sich an ihn.
»Jetzt haben wir uns wer weiß wie lange nicht gesehen, und du telefonierst lieber vor meiner Tür?«
Sie zog ihm die Jacke aus, dann machte sie sich daran, sein Hemd aufzuknöpfen.
»Was machst du da?«, fragte er und griff nach ihren Handgelenken.
»Keine Ahnung«, sagte sie, »meine Hände tun das von selbst, kannst du es dir vielleicht erklären?«
Er zog sie an sich, und sie küssten sich wieder. Sie hatte einen zarten, nervösen, fast androgynen Körper, schmale Hüften und winzige Brüste, aber sie war deshalb nicht weniger weiblich.
Er schob die Hand unter ihr T-Shirt und streichelte ihr den Rücken. Sie hatte keinen BH an. Sie krümmte sich wie eine Katze und zog ihn ins Schlafzimmer. Er leistete keinen Widerstand.
Er setzte sich auf den Rand des Bettes und legte seinen Kopf auf ihren Bauch. Er war viel glücklicher, sie wieder zu sehen, als er gedacht hatte. Seine Zweifel und Fragen lösten sich in Nichts auf. Sie streichelte ihm sanft Kopf und Nacken. Er begann, ihr die Jeans auszuziehen, die er über ihre langen zarten Schenkel zog. Er schob sein Gesicht dem unteren Ende ihres Bauchs entgegen, aber sie packte ihn am Hals und zog seinen Kopf nach oben, bis über ihr Gesicht.
»Alle Verzierungen später«, sagte sie, »wir haben die ganze Nacht Zeit. Komm, ich bin sehr erregt, es ist zu lange her.«
Sie entledigte sich ihrer Jeans, dann drückte sie ihn an sich.
Mit einem Stoß drang er in sie, sie zog die Knie an, um

ihn so tief wie möglich in sich zu spüren. Er sah, wie ihre Augen flackerten, sie stöhnte, ihr Kopf drehte sich nach links, nach rechts, Worte drangen unablässig aus ihrem Mund, während ihr Schoß von Erregungen gepackt wurde, die nicht mehr aufzuhören schienen. Als sie endlich ruhig dalag, hielten ihre Arme und Beine ihn noch immer fest umschlungen.

»Seit ich ins Flugzeug gestiegen bin, habe ich an nichts anderes mehr gedacht«, flüsterte sie. »Ich sterbe vor Hunger. Wir essen schnell was, und dann machen wir weiter.«

Als er zusah, wie sie ihren Hähnchenschenkel aß, nackt auf dem Bett liegend (denn wozu sollten sie sich anziehen, wo sie sich nach dem Essen sowieso wieder ausziehen würden?), sagte er sich, dass er sie nicht verdiente. Sie war viel zu offen und ehrlich für ihn. Er hatte zu viele Schattenseiten, da waren zu viele Lügen, zu viele belastende Erinnerungen, und außerdem war sie zu jung – sie hätte Isas ältere Schwester sein können. Jedenfalls beinahe. Sie war so schön. Wie konnte sie nur in ihn verliebt sein? Es war ein Rätsel.

Sie fingen wieder an, lustvoller, langsamer. Diesmal wollte sie sich Zeit lassen.

Schließlich, als sie später neben ihm lag, legte sie die Hand auf seine Schulter.

»Bist du sauer, wenn ich dir sage, dass du mit dem Kopf nicht ganz dabei warst?«, fragte sie.

»Das ist das Alter«, sagte er.

Sie richtete sich plötzlich auf.

»Hör mit dem Quatsch auf. Ich merke genau, dass du Sorgen hast, beschäftigt dich gerade ein Fall?«

»Ja«, sagte er, ohne weiter darauf einzugehen.

Da war auch noch Isa, aber er hatte keine Lust, mit Marion über seine Tochter zu sprechen. Das hob er sich für später auf.

»Willst du mir davon erzählen?«

»Wenn du willst. Ich brauche sowieso deinen Rat.«

»Meinen Rat? Ein Kriminalpolizist, der eine kleine Journalistin um Rat fragt?«

»O ja.«

Er streichelte ihre Brustwarzen, doch sie schob seine Hand weg und streifte ein T-Shirt über.

Er glitt mit der Hand zu ihren Schamhaaren, aber sie drehte sich weg, bevor sie unter der Decke verschwand.

»Los! Erzähl!«

»Gut«, sagte er und schob sich ein Kopfkissen in den Rücken. »Kurz gesagt, ich suche einen Kerl, der bereits zwei Frauen umgebracht hat und vermutlich bald eine dritte töten wird. Das Problem ist, dass wir nicht den geringsten Hinweis haben, der uns erlauben würde, ihn zu finden ...«

»Vergewaltigt er sie?«

»Nein, er durchbohrt ihnen den Hals mit Armbrustbolzen. Und jetzt verrate ich dir ein Geheimnis. Das zweite Opfer hat überlebt.«

Sie richtete sich auf, ihre Augen leuchteten.

»Das wäre ja eine super Geschichte.«

»Wir hätten es gern, dass der Mörder glaubt, dass sie tot ist, aber Zeit genug hatte, ihn genau zu beschreiben.«

»Und dazu braucht ihr die Presse.«

»Ja.«

»Soll ich mit meinem Chef darüber reden?«

»Ja.«

»Er wird mehr darüber wissen wollen.«

»Das ist normal. Wir sagen ihm alles, was wir sagen können, ohne das Opfer zu gefährden und ohne die Ermittlungen zu beeinträchtigen. Und wenn alles abgeschlossen ist, könnt ihr eine Titelgeschichte darüber machen, exklusiv.«
»Das interessiert Gérard überhaupt nicht«, sagte Marion. »Wer will noch etwas davon wissen, wenn es vorbei ist? Was ihm gefallen wird, ist, im Hinblick auf spätere Ereignisse einen guten Draht zur Polizei zu haben. Soll ich ihn gleich anrufen?«
»Um diese Zeit?«
»Er nimmt gerade bei Fouquet sein Abendessen zu sich, wie üblich. Danach geht er spazieren, und er kann eh nicht einschlafen, bevor er nicht noch mal einen Blick auf den Umbruch geworfen hat. Dann fährt er um sieben Uhr früh in seine Maisonette-Wohnung.«
»Du bist ja wirklich bestens informiert.«
»Wie, glaubst du, bin ich in die Redaktion gekommen? Doch nicht wegen meiner Intelligenz?«, lachte sie.
Sie beugte sich vor, um den Hörer abzunehmen, und ließ in größter Sorglosigkeit zwei kleine runde Pobacken und ein braunes Haarbüschel sehen. Sie blickte herausfordernd auf Martin, der sich mühsam beherrschte, sie nicht anzufassen. Das Gespräch war kurz.
»Er ist einverstanden«, sagte sie, als sie aufgelegt hatte. »Unter der Bedingung, dass ich den Text schreibe.«
»Wann könnte er erscheinen?«
»Natürlich erst übermorgen.«
»Geht es nicht schneller?«
»Wenn er morgen gedruckt werden soll, muss ich ihn heute Abend schreiben. Kannst du noch mal alles zusammenfassen?«

Er nickte. Sie nahm ihren Notizblock.
»Noch eine Sache, mein Liebling. So was darf nicht zur Gewohnheit werden. Die Presse ist nicht dazu da, der Polizei zu helfen, sondern dazu, die Bürger zu informieren.«
»Er findet seine Opfer, indem er Kontaktanzeigen liest«, sagte Martin. »Wenn man ihn nicht stoppt, wird er nicht mit dem Morden aufhören.«
»Deshalb helfe ich dir auch. Hast du eine Idee, warum er es macht?«
»Wenn wir das wüssten, wären wir einen riesigen Schritt näher an der Lösung dran.«
»Klar.«
Sie überlegte eine Weile, dann wandte sie sich wieder ihm zu.
»Gut«, sagte sie, »und jetzt erzähl mir die ganze Geschichte.«
Er sprach, und ihre Hand flog über die Seiten des Notizblocks.
Es dauerte eine gute halbe Stunde, bis sie alles notiert hatte. Sie las den Text noch einmal durch, stellte ein paar Fragen, machte Änderungen. Martin war verzückt, sie zeigte den konzentrierten Gesichtsausdruck eines intelligenten fleißigen Mädchens.
»Gut«, sagte sie. »Ich bringe es auf dem PC in Form und schicke es an die Redaktion.«
Sie sah auf den Wecker.
»Uns bleibt noch eine halbe Stunde. Wo waren wir noch mal stehen geblieben?«
Sie schob ihre Hand unter die Decke und machte sich dort eine Weile zu schaffen.
»Nicht schlecht für einen alten Mann«, sagte sie. »Jetzt musst du mir deinen Dank erweisen. Mach dich an die Arbeit.«

Kapitel 27

Bevor er die Baustelle betrat, kaufte er zwei Tageszeitungen. Auf einer ganzen Seite wurde von dem Überfall berichtet. Da war ein Foto des Opfers, das ins Objektiv lächelte. Ein vertrautes Gefühl der Allmacht und Unverletzbarkeit überkam ihn weit stärker und heftiger als beim letzten Mal. Sein Plan wurde in die Tat umgesetzt, alles funktionierte wie ein gut geöltes Uhrwerk. Wie ein Vorschlaghammer. Und all das dank seinem Mut, seiner Entschlossenheit, seiner Raffiniertheit. Tausende Bullen konnten ihm nichts anhaben, wenn er zuschlug, dann traf er wie ein Blitz. Unanfechtbar.

Jetzt kam die nächste Etappe seines Plans. Roselyne? Nein, es war noch zu früh. Er musste eine dritte Frau finden und ihr das gleiche Schicksal bereiten wie den anderen. Er würde sie finden wie einen Diamanten in einem Berg von Kieseln. Sie, nur sie allein. Ihn entzückte die Vorstellung, dass sie im Moment spazieren ging oder arbeitete, lachte, ohne zu ahnen, dass in ein paar Tagen, ein paar Stunden schon alles vorbei wäre …

Auf der Baustelle ging ihm alles leicht von der Hand, er fühlte sich frei und stark wie ein Gott. In hundertachtzehn Metern Höhe ging er über ein kaum zwanzig Zentimeter breites, fünf Meter langes Brett, ohne die geringste Angst, er schritt

gleichmütig voran, als befinde er sich hundertachtzehn Meter weiter unten.
Vor ihm hob ein Kran eine riesige Spiegelglaswand in die Höhe, seine Gestalt spiegelte sich vor blauem Himmel, ein magisches Bild. Er machte einige Zeichen, Grimassen, dann brach er in ein Lachen aus. Einer seiner Arbeiter fragte ihn, ob er etwas geraucht habe – er verzichtete darauf, ihn deswegen zu beschimpfen. Er fühlte sich so stark und unbesiegbar, dass er gegenüber all den Zwergen, die ihn umgaben, ein wenig Nachsicht an den Tag legte. Niemand konnte das verstehen.

Während der Mittagspause kaufte er sich weitere Zeitungen, womöglich hatte die Presse zusätzliche Einzelheiten der Tat herausgefunden. Er las begierig, als ihm plötzlich eine Zeile ins Auge fiel. Er las die Stelle erneut, glaubte, sich geirrt zu haben.

»Kurz vor ihrem Tod konnte die Frau eine Beschreibung ihres Mörders abgeben.«

Er spürte, wie er blass wurde, und stellte sich ein wenig abseits.
Diese Schlampe hatte ihn gesehen, da konnte es keinen Zweifel geben. Zwischen einem Meter achtzig und fünfundachtzig, lockiges, rotblondes Haar, dreiundachtzig Kilo, Motorradstiefel, grüne Militärjacke. Es fehlte noch, dass sie die Augenfarbe verriet. Wann würde es ein Phantombild geben? Am liebsten hätte er die Zeitung zerknüllt. Dann sah er sich flüchtig in der Fensterscheibe einer Bar. Seine Jacke war in der Garage – ebenso der Schwimmbeutel, die Tasche, die Armbrust …

Mit der leuchtenden Klarheit und der kristallinen Luft des Morgens war es vorbei. Um ihn herum war die Welt erstarrt zu einem Dekor aus Pappmaschee, hinter der bedrohliche Wolken aufzogen. Er konnte unmöglich auf die Baustelle zurückkehren, nein, er musste in die Garage, sofort. Er trat zu seinen Kollegen an den Tisch und erklärte, er fühle sich nicht wohl. Er ginge zum Arzt und käme wieder, sobald er sich besser fühle.

Sie versuchten, ihn zurückzuhalten. Der Chef hätte schon bemerkt, dass er immer häufiger zu spät käme, und es könnte passieren, dass sein Vertrag nicht verlängert würde oder Schlimmeres.

»Scheiß auf die dicke Schwuchtel«, sagte er. »Er braucht mich zu sehr, um mich rauszuwerfen.«

Zum Glück hatte keine Zeitung von seinem Motorrad berichtet, also konnte er es noch benutzen. Oder wollten sie ihn einfach nur überlisten?

Ihm wurde eiskalt. Diese Schweine! Alle gegen ihn, dabei verteidigte er sich doch nur.

Erst nachdem er die Garage betreten und die Tür hinter sich geschlossen hatte, fühlte er sich in Sicherheit. Nichts hatte sich verändert. Alles war am richtigen Platz.

Er nahm den Schwimmbeutel, die Tasche, seine Militärjacke und die Schuhe, warf alles in einen besonders haltbaren Müllsack und band ihn sorgfältig zu, nachdem er die Luft herausgedrückt und einen schweren Stein dazugelegt hatte.

Er musste alles, was ihn mit den beiden Morden in Verbindung brachte, verschwinden lassen. Früher oder später, nach dem Mord an Roselyne, würde er das sowieso tun müssen. Er legte den Müllsack auf die Bodenmatte vor den Beifah-

rersitz des BMW, verließ die Garage und steuerte die Oise, einen nahe gelegenen Fluss, an. Dort nahm er den Sack und warf ihn an einer geschützten Stelle, wo kein Spaziergänger ihn beobachten konnte, in die Fluten.
Dann fuhr er zur Garage zurück.
Er holte Armbrust und Bolzen aus dem Versteck. Er konnte sich nicht entschließen, sie wegzuwerfen. Sie waren wie ein Teil von ihm, also entschied er sich für eine provisorische Lösung.
Er legte die Armbrust in eine Plastikschachtel, verschloss sie mit einem Streifen selbst klebenden Paketbandes und brachte sie in Sicherheit, diesmal mit dem Motorrad. Ihm fehlten seine kräftigen, derben Motorradstiefel. Und er spürte, wie die Wut in ihm aufstieg und ihm für einen kurzen Moment die Sicht verdüsterte.
Er fuhr in westliche Richtung und nahm nach zehn Kilometern eine Straße, die aufs Land führte. Am Saum eines kleinen Waldes hielt er an, wählte einen Baum aus und merkte sich die Stelle genau. Er vergrub die Schachtel am Fuß des Baumes und machte sich davon. Wer dieses Versteck fand, musste ein Genie sein.
Obgleich er immer noch wütend war, machte sich allmählich eine gewisse Entspannung breit. Diese Schlampe, diese elende Schlampe. Wieso hatte er nicht bemerkt, dass sie noch lebte? Er war sich völlig sicher gewesen, dass sie aufgehört hatte zu atmen, erstickt an ihrem eigenen Blut. Das Schlimmste war, dass er ihr diesen Verrat nicht einmal heimzahlen konnte. Aber war das wirklich ausgeschlossen? Plötzlich hatte er eine Erleuchtung: Was, wenn sie gelogen hatten, wenn die Frau gar nicht tot war?
Kaum war ihm diese Eingebung gekommen, da spürte er,

dass er Recht hatte. Sie war bestimmt im Krankenhaus und auf dem Weg der Besserung. Die Journalisten hatten gelogen, um den Bullen zu helfen. Auf diese Weise wollten sie sichergehen, dass der Frau nichts passieren konnte. Sie waren nicht dumm. Aber er war viel cleverer als sie.

Als er wieder zu Hause eingetroffen war, sah er im Telefonbuch nach und studierte den Stadtplan. Er fand das Krankenhaus, das der Wohnung des Opfers am nächsten lag, und bestieg erneut sein Motorrad.

Er rief von einem Café aus an: »Hier Kommissar Leroy«, sagte er kalt und mit hektischem Tonfall zu der Frau in der Telefonzentrale. »Bitte geben Sie mir die Notaufnahme.«

Er hörte es mehrmals klicken, dann fragte ihn eine andere Frauenstimme, was er wünsche.

»Hier Kommissar Leroy von der Kriminalpolizei. Ich möchte wissen, ob Ihre Patientin Sabine Renoult bereits verlegt worden ist.«

Eine Weile war nichts zu hören, dann sagte ihm die Frau, dass sie ihn zum leitenden Arzt durchstelle. Wieder fühlte er sich als Sieger, ach, all diese Idioten ließen sich viel zu leicht täuschen.

»Hallo?«, fragte eine Männerstimme.

Er wiederholte seine Lüge.

»Arbeiten Sie mit Kommissar Martin zusammen?«, fragte der Mann vorsichtig.

»Ja, ich bin für Phantombilder zuständig«, sagte er. »Ist Mademoiselle Renoult in der Lage, uns dabei zu helfen?«

Der Mann zögerte noch immer. Dann sagte er:

»Können Sie mir bitte Ihre Nummer geben? Ich rufe Sie dann zurück.«

Er gab dem Arzt die erste Nummer, die ihm in den Sinn kam,

und legte auf. Dieses Schwein war doch misstrauisch geworden, aber immerhin wusste er nun, was er wissen wollte. Sie lebte noch und war da, nur wenige Schritte entfernt. Er verließ das Café und studierte die Fassade des Krankenhauses, dann sah er auf die Uhr, zehn Minuten würde er sich geben, mehr nicht.

Niemand konnte ahnen, dass er so nah war. Bis diese Dummköpfe reagierten, hätte er sie längst an der Nase herumgeführt. Und er hätte sich gerächt. Es blieb keine Zeit, seine Waffe zu holen. Er würde es mit den Händen erledigen, mehr brauchte er nicht. Während er die Straße überquerte, sah er einen Blumenladen in der Nähe des Eingangs, und er kam auf eine Idee, die seinen Plan noch perfekter machte.

Der Arzt versuchte, die Nummer, die er erhalten hatte, zu wählen. Ohne Erfolg. Er brauchte mehrere Minuten, um unter dem Stapel Krankenakten Martins Visitenkarte zu finden, dann wählte er die Mobilnummer. Martin ging nach dem ersten Klingeln dran.

»Hier Notaufnahme Saint-Jacques«, begann der Arzt. »Ich weiß nicht, ob es richtig ist, Sie zu stören, aber ich habe einen Anruf von einem Kommissar Leroy erhalten, der angeblich mit Ihnen zusammenarbeitet.«

»Ich kenne keinen Kommissar Leroy. Was wollte er?«

»Wissen, ob das Opfer des Mordanschlags verlegt worden ist.«

»Das ist er«, brüllte Martin, »lassen Sie niemanden auf Ihre Station. Ich komme.«

Er stand im Flur und rief Jeannette, die ihm entgegenkam, zu:

»Der Mörder ist im Krankenhaus!«
Sie setzte sich ans Steuer, nicht ohne Grund hatte sie nach dem Abitur mit zwanzig Jahren an Motorsportrennen teilgenommen.
Während Martin noch das Blaulicht auf dem Dach befestigte, raste sie mit über siebzig Stundenkilometern über den Pont de la Cité.
Martin versuchte, den Wachtposten im Krankenhaus zu erreichen – zu beiden Seiten flogen Passanten und Wagen in Windeseile vorbei, wie Schatten.
»Schneller, Jeannette, schneller«, rief er, als sie eine Sekunde stoppte, bevor sie die überfüllte Place Saint-Michel überquerte.
»Ich tue, was ich kann.«
Sie wich einer Traube japanischer Touristen aus, die Gruppe stob in alle Himmelsrichtungen auseinander, das Auto glitt mit quietschenden Bremsen zur Seite und hätte beinahe einen Bus gerammt, dann beschleunigte sie erneut und fuhr am Seine-Ufer entlang.

Siebeneinhalb Minuten. Als er das Krankenhaus betreten hatte, wurde ihm klar, wie riesig es war. Eine Stadt in der Stadt. Seine einzige Chance war, so schnell wie möglich die Notaufnahme zu finden, die leicht zugänglich sein und nicht allzu weit vom Eingang entfernt liegen musste.
Es herrschte eine ruhige und friedliche Atmosphäre. Die Besuchszeit hatte begonnen, ein Umstand, der ihm sehr gelegen kam. Gruppen von Leuten saßen in Hallen, in Fluren oder kleinen Aufenthaltsräumen mit Plastiksesseln und unterhielten sich leise. Vom Pflegepersonal war wenig zu sehen.

Damit sein Strauß dick genug wurde, um sein Gesicht zu verbergen, hatte er viel Grün hineinbinden lassen. Die Motorradhandschuhe hatte er anbehalten, niemandem schien etwas aufzufallen.

Die Hinweisschilder waren kaum zu übersehen. Sieben Minuten. Die Notaufnahme lag im Erdgeschoss, am Ende eines kurzen breiten Flurs. Rechts von der zweiflügeligen Tür war ein Klingelknopf mit einem schmalen Schild angebracht, das Besucher vor dem Eintritt zu klingeln bat, man werde vom Pflegepersonal abgeholt.

Sechseinhalb Minuten. Er hätte daran denken sollen, dass es noch einen anderen Zugang gab – für Krankenwagen. Aber es blieb keine Zeit mehr, diesen zweiten Zugang zu suchen, also öffnete er die Tür zur Notaufnahme, ohne zu klingeln, und hörte eine Stimme hinter sich.

»Hören Sie, Monsieur!«

Er drehte sich um, im Gang saß ein Bulle in Uniform, einen Kopf kleiner als er.

Der Polizist ahnte nichts. Er zeigte auf seinen Strauß.

»Es ist noch keine Besuchszeit, und damit lässt Sie ohnehin niemand rein.«

»Alles klar«, sagte er.

Sechs Minuten.

Sie waren allein im Flur. Er hielt dem Beamten den Strauß hin, der Polizist nahm ihn entgegen.

Zunächst versetzte er ihm einen Schlag in die Magengrube, dann, als er sich krümmte und nach vorn sank, hieb er ihn in den Nacken – gefolgt von einem Tritt gegen die Schläfe. Der Bulle brach ohnmächtig zusammen.

Er lehnte den Körper in Sitzstellung gegen die Wand, legte ihm den Strauß auf die Knie und trat ein.

Seit seinem Anruf waren etwa fünf Minuten vergangen. Er gönnte sich ein paar Sekunden, um die Station zu mustern: Rechts lag ein Raum, in dem sich die Besucher umziehen mussten. Vor ihm, am Ende des breiter werdenden Flurs, befanden sich die abgeteilten Raumnischen mit den Kranken. Eine Schwester trat ihm entgegen.

»Monsieur, was wollen Sie?«

Er ging lächelnd auf sie zu, mit einem Fausthieb streckte er sie zu Boden. Sie hatte nicht einmal die Zeit, einen Schrei auszustoßen.

Vier Minuten dreißig Sekunden.

Niemand hatte etwas bemerkt.

Er ging links an einer Art Theke vorbei, hinter der eine Schwester über Krankenakten brütete, und warf einen schnellen Blick in den Patiententrakt.

Sein Opfer lag in der dritten Behandlungsnische, sie war nicht allein. Ein Pfleger oder Arzt, klein, dick, braun gebrannt, stand neben ihr.

Dem entsetzten Blick des Arztes entnahm er, dass der Weißkittel wissen musste, wer er war.

»Treten Sie zur Seite, dann wird Ihnen nichts geschehen.«

Statt zu gehorchen, trat der Arzt zwischen ihn und die Patientin. Sie hatte die Augen weit aufgerissen, mit einem Ausdruck unsäglicher Angst starrte sie ihn an.

Drei Minuten.

Er hörte hinter sich Lärm, laute Stimmen. Verstärkung war im Anmarsch.

Er stürzte sich auf sie, aber der Arzt hatte seine Bewegung vorausgesehen und sich nach vorn geworfen. Sie stürzten zu Boden, ineinander verknäuelt. Im Fallen hatte er den Arm des Opfers erwischt, der ihm kurz darauf wieder entglitten war. Er rollte auf dem Boden umher, dann schlug er den Arzt, so fest er konnte, als er einen heftigen Schmerz verspürte, der sich in seinen Arm bohrte. Er rollte rückwärts und richtete sich auf.

Zwei Pfleger wollten sich auf ihn stürzen, der Arzt kam allmählich wieder auf die Beine, eine Schere glänzte in seiner Hand.

Zwei Minuten.

Er sprang in die Höhe, packte einen der Monitore, die neben dem Bett flackerten, und warf ihn mit aller Kraft den Helfern entgegen. Dann packte er den zweiten Bildschirm, stemmte ihn in die Höhe, wuchtete ihn über das Bett – er würde sie erschlagen, mit einem Bildschirm erschlagen ... Doch das Bett war leer, ein Bein guckte unter dem Bett hervor, sie hatte sich in Sicherheit gebracht – und ihm blieb keine Zeit mehr ... Er stieß einen Schrei der Wut und Verbitterung aus, der Monitor zertrümmerte die Milchglasscheibe am Ende des Raumes.

Die Scheibe zerbrach in Tausende spitze Glaspfeile, er sprang durch die Öffnung und gelangte auf einen von grauen Zementmauern gesäumten Flur, an Seiten und Decke verliefen Rohre und Kabel. Hinter ihm waren Schreie und Hilferufe zu hören.

Er rannte ans Ende des Flurs, stieß eine Metalltür auf, stand in einem Heizraum, lief hindurch und öffnete eine weitere Tür, um in einen weiteren Raum mit blank polierten Wänden zu gelangen, der von einem Schild als »Leichenhaus« ausgewiesen wurde.

Hinter ihm war es mit einem Mal still, niemand war ihm gefolgt. Oder waren sie in die falsche Richtung gelaufen?

Null Minuten.

Wenn es hier eine Leichenhalle gab, musste es hier auch einen Ausgang geben, groß genug, um Wagen passieren zu lassen. Er stürzte sich vorwärts, schob eine breite Tür auf, eine zweite, dann gelangte er auf einen kleinen überdachten Parkplatz.

In der Ferne hörte er Sirenen.

Wenn er Glück hatte, war das Krankenhaus noch nicht von der Polizei abgeriegelt.

Sein Unterarm blutete, sein Ärmel wurde feucht.

Mit schnellem Schritt ging er über den Parkplatz und blieb an der Schranke stehen. Seitlich stand ein Wachpavillon, niemand war darin zu sehen. Er ging hinein und fand einen Kleiderständer, an dem zwei dunkelblaue Wollmäntel hingen, die Uniform des Krankenhaussicherheitsdienstes. Er griff sich den erstbesten und warf ihn sich über die Schultern.

Als er aus dem Wachpavillon trat, fuhr ein Polizeiwagen vorüber, Neugierige starrten auf das Krankenhausgelände, man fragte sich, woher diese plötzliche Aufregung kam.

Er warf den Mantel in einen Türeingang und fand sein Motorrad. Der Helm, seitlich mit einem Ringschloss befestigt, war noch da. Er setzte ihn auf, als er spürte, dass ihn eine aufgeregte Passantin anstarrte. Sie sah, dass aus seinem Ärmel Blut auf den Boden tropfte.

»Hau ab!«, brüllte er, und sie machte sich davon.

Er fuhr los, rollte die Bürgersteigkante hinab und fädelte sich in den Verkehr ein.

Martin und Jeannette betrachteten das Schlachtfeld.

Der verletzte Polizist ruhte längst auf einer rollbaren Trage, der Computer-Tomograph erwartete ihn. Er hatte sich ein

Hirntrauma zugezogen, womöglich eine Hirnblutung, wahrscheinlich einige Rippenfrakturen.
Der Kiefer der Schwester war gebrochen, zwei Zähne ausgeschlagen, Wirbel ausgerenkt.
Sabine Renoult hatte den Vorfall einigermaßen gut überstanden, nur die schreckliche Angst wollte nicht von ihr weichen. Der Arzt hatte eine Prellung am Handgelenk und riesige blaue Flecke am ganzen Körper, doch wurde sein Missgeschick durch bewundernde Blicke sämtlicher Mitarbeiter wieder gut gemacht. Er war der Held des Tages.
In einer Mischung aus Stolz und Scham vertraute er Jeannette an, dass er den Angreifer mit einer Schere am Unterarm verletzt habe.
Jeannette fragte ihn daraufhin, ob die Verletzung schlimm sei und ob der Täter einen Arzt brauche. Er zuckte die Achseln. Möglich, aber sicher war er nicht.
Blutstropfen hatten die Ermittler bis zum Parkplatz geführt.
Eine Frau hatte spontan die Polizei aufgesucht, um zu Protokoll zu geben, wie ein Mann auf einem Motorrad sie heftig beschimpft habe; er habe geblutet, wahrscheinlich am Arm. Er hatte sie verschreckt, und zunächst war sie weggelaufen. Dann hatte sie beobachtet, wie er an der Straßenecke nach links abgebogen war, sie erinnerte sich an die letzte Ziffer seines Nummernschilds – immerhin, die letzten beiden Ziffern weisen das jeweilige Departement aus. Es war eine Fünf, nicht wenige Möglichkeiten kämen in Frage, und da Paris selbst die Nummer 75 hatte, war der Hinweis von geringem Nutzen – gut, es konnte auch eine 95 sein, dachte Jeannette, das Departement Val D'Oise, das einzige in der Pariser Umgebung, das mit einer Fünf aufhört.

Der Rest der Beschreibung passte mit ziemlicher Sicherheit auf den Armbrustmörder.
Martin gab Anweisung, alle Krankenhäuser und Privatkliniken in Paris und Umgebung zu alarmieren, doch er machte sich keine Hoffnung. Der Mörder konnte sich von jedem Arzt und jeder Krankenschwester behandeln lassen, oder er konnte bei der erstbesten Apotheke Desinfektionsmittel und Verbandmaterial kaufen.
Tatsächlich brauchte er nicht einmal eine Apotheke aufzusuchen, denn er hatte sich schon öfter beim Bauen verletzt. Alles Notwendige befand sich in der Garage.
Dieses kleine Arschloch von Arzt hatte ihn ganz schön zugerichtet. Die Schere hatte ihm den Unterarm fast bis auf den Knochen aufgeschlitzt, die Ränder der zwei Zentimeter langen Verletzung wölbten sich wulstartig nach außen. Er reinigte die Wunde mit einem antiseptischen Spray, dann packte er einen dicken Verband darüber. Die Blutung hatte nachgelassen, doch sein Unterarm war schwer, seine Finger wurden steif. Hemdsärmel und das Innenfutter seiner Lederjacke trieften von Blut. Er legte den Jackenärmel ins Wasser und warf das Hemd weg.
Wegen der dicken Motorradhandschuhe waren sämtliche Fingerglieder und -gelenke unverletzt, trotz der festen Schläge, die er dem Bullen und der Schwester verabreicht hatte.
Doch sein Opfer war noch immer am Leben, nichts zu machen, die konnte er vergessen. Dafür würde eine andere bezahlen. Und die Bullen würden endlich einmal sehen, was es hieß, den Rächer anzugreifen. Sehr bald. Er würde ihnen eigens eine Botschaft senden, damit sie begriffen, mit wem sie es zu tun hatten. Welches Mädchen? Er hatte keine Zeit, eine andere große schlanke Brünette zu finden. Anderer-

seits musste seine Botschaft klar und unmissverständlich ausfallen. Vielleicht eine kleine Polizistin – schwierig; und obendrein gefährlich. Die passten bestimmt sehr auf. Plötzlich lächelte er. Nein, er hatte etwas Besseres.
Sein Arm begann stark zu schmerzen, doch mit einem Mal wurden Schmerz und Wut von einem Angstschauer weggewischt. Diese Schere, mit der der Arzt zugestoßen hatte … Was, wenn sie zuvor benutzt worden war? Wenn sie mit Erregern vergiftet war? In Krankenhäusern sammelte sich jede Menge gefährlicher Schmutz. Dieses Schwein, um den würde er sich auch noch kümmern, wenn er Zeit hätte – immerhin hatte er sich das Gesicht gut eingeprägt, die großen braunen Augen, die öligen und spärlicher werdenden Locken. Dreckiger kleiner Ausländer, der würde noch was erleben … Aber es gab Dringenderes zu tun. Er musste sich vergewissern, dass die Verletzung nicht schlimmer wurde. Natürlich, wieso war er bloß nicht eher darauf gekommen? Wieder bestieg er sein Motorrad.

Als er auf der Baustelle ankam, suchte er die Bauleitung auf und rechtfertigte seine Abwesenheit mit einer Krankheit. Der Bauleiter wollte ihn sprechen, doch statt zu warten, nahm er sein Werkzeug und fand sich auf seinem Posten ein. Er wurde streng gemustert, man zeigte sich überrascht, und ein Hilfsarbeiter fragte ihn, ob es ihm besser gehe.
Er schwieg, nickte und suchte einen Ort der Baustelle auf, an dem jede Menge Metallträger herumlagen. In einem unbeobachteten Moment riss er den Verband ab, rollte den Ärmel hoch, stolperte und fiel dicht bei einem hervorspringenden Eisenteil auf die Knie. Er schmierte das Eisen mit Blut ein, dann schrie er auf.

Bauarbeiter eilten herbei, und er zeigte ihnen die klaffende Wunde.
»Schweinerei«, sagte er, »ich weiß nicht, wie das passieren konnte. Einen Moment nichts gesehen, schon lag ich am Boden.«
»Wärst besser nicht so schnell wieder gekommen«, sagte einer der Arbeiter. »Wir helfen dir.«
Während er auf den Arzt wartete, füllte er ein Formular für Arbeitsunfälle aus. Der Arzt stellte ihm ein paar Fragen über sein Unwohlsein, verordnete eine Blutuntersuchung und Antibiotika und schrieb ihn für eine Woche krank.

Martin fühlte sich verantwortlich und schuldig. Er hatte die Entschlusskraft und den Wahnsinn des Mörders grob unterschätzt.
Nur durch die Geistesgegenwart und den Mut des Arztes war das Opfer in der Notaufnahme mit dem Schrecken davongekommen.
Jeannette sah ihn an, sie wusste, was in seinem Kopf vorging.
»Diese Idioten vom Fünfzehnten«, sagte sie. »Sie haben einen Frührentner als Wachtposten aufgestellt. Der hätte sich nicht mal gegen einen Säugling wehren können.«
»Ich hätte es überprüfen müssen«, sagte Martin. »Ich wusste, dass der Kerl wirklich gefährlich ist, sie nicht.«
»Selbst die Psychologin ahnte nicht, dass er versuchen würde, sich zu rächen.«
»Sie weiß nicht genug von der Sache. Außerdem ist das mein Fall und nicht ihrer, jedenfalls bis auf weiteres …«
Jeannette sah ihn beunruhigt an.
»Wird man uns die Ermittlungen entziehen?«

»Keine Ahnung.«

Er schüttelte sich bei dem Versuch, sich vom Gewicht der Schuld zu befreien. Später war genug Zeit für Reue, jetzt musste er nachdenken. Die Ereignisse und Hinweise häuften sich, immerhin, mit Hilfe des Blutes würde Bélier bald die Genanalyse des Mannes vorliegen.

Bald würde das erste Phantombild für die Presse fertig sein, bald, bald – dann wüsste man alles über ihn, nur seine Identität würde weiterhin im Verborgenen bleiben.

Die ihnen zur Verfügung gestellten Helfer hatten gute Arbeit geleistet. Sie hatten sämtliche brünetten Frauen der Kontaktanzeigen gewarnt, sie hatten alle Läden, die besagte Stiefel verkauften, angerufen oder eigens abgeklappert, die Rechnungen mehrerer Jahre angefordert, die Belege der Kreditkarten geordnet.

Nichts war dabei herausgekommen.

»Könnte gut sein, dass es so kommt wie bei Thierry Paulin«, sagte Olivier, der zum Mittagsbriefing zu ihnen stieß, »ein Polizist erkennt ihn auf der Straße, und es ist vorbei.«

Martin war versucht, seine Wut an Olivier auszulassen, doch er verzichtete darauf.

»Die Zeitungen haben doch geschrieben, dass sie tot ist«, sagte Jeannette plötzlich. »Warum verdammt noch mal hat er sie im Krankenhaus gesucht?«

»Mein Fehler«, sagte Martin, »ich habe der Presse gesagt, sie sollen schreiben, dass sie vor ihrem Tod geredet hat. Darauf hat er Angst gekriegt, hat nachgedacht und ist zu dem Schluss gekommen, dass das vielleicht eine Lüge ist. Ich habe ihn unterschätzt, er ist sehr clever. Wahrscheinlich ist er paranoid, und solche Leute glauben immer, dass andere lügen. Ich habe diese Möglichkeit nicht bedacht.«

Sein Mobiltelefon klingelte. Es war die Psychologin.

»Ich habe gerade erfahren, was passiert ist«, sagte sie. »Ich hatte ihnen gesagt, es gäbe wenig Aussichten, dass er die Frau erneut angreift. Ich fühle mich verantwortlich.«

»Na, dann sind wir schon zu zweit«, entgegnete Kommissar Martin.

»Ich rufe nicht nur deshalb an«, sagte sie. »Dieser Typ entspricht in keiner Weise den üblichen Mustern.«

»Glauben Sie, er wird seine Methode ändern?»

»Er hat sie schon geändert. Seine Methode ändert sich je nach Umständen und Motiven. Er kann sehr geordnet und geduldig vorgehen, und plötzlich, wenn er unter Druck gerät, improvisiert er und greift an, statt sich zu verstecken und zu warten, bis das Gewitter vorüber ist.«

»Sagen Sie mir doch noch etwas, was ich nicht weiß«, sagte Martin trocken.

»Sie sind ja richtig sauer.«

Er seufzte.

»Ja, vor allem auf mich selbst.«

Sie lachte leise.

»Passen Sie auf sich auf, womöglich läuft er gerade an Ihrem Fenster vorüber.«

Martin konnte nicht umhin, einen Blick auf das Fenster seines Büros zu werfen. Sie hatte Recht. Der Angriff im Krankenhaus war improvisiert gewesen, und der Mann hatte auch nicht seine Lieblingswaffe benutzt. Andererseits …

»Glauben Sie, dass er sich für sein Scheitern an der Polizei rächen wird?«

»Ja, das ist gut möglich. Ich nehme an, sein Opfer ist unerreichbar.«

»Ja«, bestätigte Martin, »wir haben sie in ein anderes Kran-

kenhaus verlegt. Der Ort wird geheim gehalten und u
wacht.«
»Dann wird eine andere Frau für sie zahlen.«
Martin sah Jeannette an. Sie ähnelte nicht im Geringsten den Opfern des Mörders, aber angenommen, er hatte sich in der Nähe der Tatorte aufgehalten und gesehen, dass sie ihn verfolgte ... Weder Martin noch Olivier kamen in Frage, die Psychologin hatte Recht. Dieser Mann hasste Frauen, und er würde sich folglich an einer Frau rächen. Plötzlich hatte er eine Eingebung, Jeannette würde nicht sein nächstes Ziel, genauso wenig wie jede andere Polizistin.
»Ich muss Schluss machen, vielen Dank, Laurette«, sagte er.
Er legte auf und nahm Marions Zeitung zur Hand, das Blatt, in dem sie ihren Artikel veröffentlicht hatte. Ihr Name stand in großen Buchstaben unter dem Artikel.
Er rief sie sofort an.
Es war nur der Anrufbeantworter dran.
Aufgeregt sprang er auf. »Die Journalistin. Sie ist in Gefahr«, sagte er.
Olivier und Jeannette liefen hinter ihm her.
Unterwegs rief er bei der Zeitung an und bat, mit dem Chefredakteur verbunden zu werden. Er fragte ihn, wo Marion sei.
Sie hatte zwei Tage frei genommen, und er hatte nicht die geringste Ahnung, wo sie sein könnte. In diesem Moment fiel Martin auf, dass sie ihm nichts von zwei freien Tagen erzählt hatte. Merkwürdig.

Kapitel 28

Myriam hasste es, bei Verhandlungen keinen kühlen Kopf bewahren zu können.
Während sie mit dem Käufer eines Gebäudes im 13. Arrondissement diskutierte, gingen ihr zwei ganz andere Themen im Kopf herum: Roselyne und Rémy. Im Grunde auch noch Martin, aber das konnte warten, denn es gab sowieso keine Lösung für dieses Problem. Wie wollte Rémy die Wohnung bezahlen? Sie hatte auf diese Frage immer noch keine Antwort gefunden. Sie würde ihm helfen, so gut sie konnte, aber das genügte nicht. Vielleicht verfügte er über eine unbekannte Einnahmequelle, von der er ihr nichts gesagt hatte – gut möglich. Er mochte Geheimnisse. Er hatte ihr einmal stolz anvertraut, dass er sich nie vertan hatte mit den zahlreichen Vornamen seiner verschiedenen Geliebten und Ehefrauen. Sein Kopf war überaus fein gearbeitet, er verfügte über mehr Fächer als eine reich dekorierte Biedermeier-Kommode.
Der Käufer musterte sie mit nervösem Blick, was sie auf den Boden der Tatsachen zurückholte. Sie wartete, bis er seine Frage, die ihr vollkommen entgangen war, wiederholt hatte. Sébastien, Myriams Assistent, sah sie an und versuchte, ein ausdrucksloses Gesicht zu machen, doch es war kaum zu übersehen, dass er peinlich berührt wirkte.

»Ich kann nicht viel höher gehen als mit meinem letzten Angebot«, sagte der Käufer.

Sie wartete weiterhin, manchmal war Schweigen bei Verhandlungen die beste Waffe. Sie senkte die Augen und blickte auf ihre Akten.

»Dreiundzwanzig Millionen«, sagte der Mann.

»In Euro?«, fragte sie.

Er gab ein ersticktes Lachen von sich.

»In Franc.«

Er gab die Ziffern in einen Taschenrechner ein.

»Das macht drei Millionen fünfhunderttausend Euro und ein paar Zerquetschte.«

Das waren gut und gerne zwei Millionen mehr, als ihr Kunde erwartete. Das nannte man Glück. Ihre unfreiwillige Zerstreutheit hatte sich ausgezahlt. Der Käufer hatte ihr Schweigen für Gleichgültigkeit gehalten und war eingebrochen. Sébastien sah sie mit kaum verhohlenem Erstaunen an.

Nachdem der Käufer das Kaufangebot unterschrieben hatte und gegangen war, schenkte er seiner Chefin ein bewunderndes Lächeln.

»Bravo«, sagte er. »Bei Ihnen lerne ich jeden Tag etwas Neues.«

Sie blickte ihn aufmerksam an und fragte sich, ob sich wohl hinter dieser Erklärung eine versteckte Absicht verbarg. Er war sehr nett, aber junge Männer interessierten sie eigentlich nicht besonders.

In Gedanken kehrte sie sogleich zu den Themen zurück, die ihr Sorgen machten, und als er merkte, dass sie nicht in Feierstimmung war, verließ Sébastien mit dem Ordner das Büro.

Roselyne, Rémy. In dieser Reihenfolge.
Um Roselyne zu helfen, musste sie mehr über ihre Mitarbeiterin in Erfahrung bringen. Sie konnte nicht glauben, dass die junge Frau ihr die Wahrheit gesagt hatte, denn eine Mutter, die ihr Kind tötet, landet eigentlich im Gefängnis.
Sie rief Martin an. Er ging sofort dran, sagte ihr aber, bevor er sie begrüßte, dass er zu beschäftigt sei und sie später zurückriefe.
Na gut. Sie würde auch allein zurechtkommen. Sie suchte in den gelben Seiten und fand einen Privatdetektiv, dessen Büro nur zwei Straßen entfernt lag.
Sie rief ihn an, und er schlug vor, dass sie in einer halben Stunde vorbeikommen sollte.

Marion war nicht zu Hause. Martin rief kurz entschlossen ihre Eltern in Senlis an und behauptete, er sei ein Kollege von der Zeitung. Marions Mutter schien überrascht und meinte, sie habe keine Ahnung, wo ihre Tochter sei.
Das Einzige, was Martin beruhigte, war, dass der Täter sie ebenso wenig finden würde wie er. Außer, er hätte sie bereits in der Hand. Martin wurde plötzlich kalt.
Das Telefonregister im Computersystem der Zeitung erlaubte es, sämtliche Anrufe, die über Marions Leitung abgewickelt worden waren, nachzuverfolgen. Jeannette konnte sämtliche Anrufer ausfindig machen, während Olivier sich um die Frau in der Telefonzentrale kümmerte.
Ihr Handy? Martin erhielt von ihrem Provider die Liste der letzten eingegangenen Anrufe mit Namen der Anrufer. Er selbst war auf der Liste verzeichnet, seine und fünf andere Nummern.
Vom Auto aus rief er die fünf Nummern an, darunter drei

Mobiltelefone. Die Festnetznummern gehörten einem Krankenhaus und einem Reisebüro, die Handys zwei Frauen und einem Mann. Jedes Mal kam dasselbe dabei heraus. Die beiden Frauen waren Freundinnen und wussten nicht, wo Marion steckte. Der Mann zögerte und bat ihn um seinen Namen. Martin sagte, wer er sei.

»Einen Moment«, sagte der Mann.

Martin glaubte, er suche irgendwo nach Marions Adresse, und er schöpfte wieder Hoffnung.

»Was willst du?« Marions Stimme drang an sein Ohr. »Und woher weißt du überhaupt, dass ich hier bin? Und woher hast du die Nummer?«

»Wenn es dir nichts ausmacht, dann erkläre ich es dir später«, sagte Martin. »Wir machen uns hier große Sorgen.«

»Ich mache mir auch große Sorgen«, sagte Marion. »Ich hätte nie gedacht, dass du Bullenmethoden anwendest, um mich zu finden. Geh zum Teufel!«

»Marion!«

Zu spät, sie hatte bereits aufgelegt.

Er rief sofort zurück, unter den Blicken von Jeannette, die nicht begriff, was los war.

Der Mann ging an den Apparat.

»Hier ist noch mal Martin«, sagte Martin. »Geben Sie sie mir.«

»Sie will nicht mit Ihnen sprechen«, sagte der Mann.

»Gut, dann hören Sie mir jetzt bitte zu. Sagen Sie Marion, dass ich sie nicht ausspioniere. Sie ist in Gefahr wegen ihres Artikels.«

»Ihr Artikel?«

»Sagen Sie ihr das, und sie wird verstehen, worum es geht. Sie braucht Polizeischutz. Haben Sie mich verstanden?«

»Ja«, sagte der Mann. »Und ist das auch kein Witz?«
»Nein, das ist kein Witz. Wo sind Sie gerade?«
»Bei mir zu Hause, in der Nähe von Rambouillet. Wollen Sie die genaue Adresse?«
»Ja. Ich glaube, im Moment ist Marion bei Ihnen sicher. Sie soll nicht nach draußen gehen. Ich sage der Gendarmerie Bescheid und fordere Schutz an. Ich melde mich später wieder.«
»Ich glaube, sie will jetzt doch mit Ihnen sprechen«, sagte der Mann.
»Was ist los?«, fragte sie mit veränderter Stimme.
»Ich glaube, ich habe dich mit dem Artikel in Gefahr gebracht. Das tut mir sehr Leid. Aber mit ein bisschen Glück können wir ihn so erwischen. Bleib da, wo du jetzt bist.«
»Okay. Martin, entschuldige bitte, ich habe gedacht …«
»Ich habe jetzt keine Zeit!«, sagte er. »Ich rufe später wieder an. Und stell dein Handy bitte nicht ab.«

Am späten Nachmittag rief der Mörder bei der Zeitung an und wollte mit Marion sprechen.
Die Telefonistin, die vorgewarnt war, drückte auf den Aufnahmeknopf und bat den Gesprächspartner um etwas Geduld. Es war schon der zwölfte Anruf für Marion, die ersten elf waren überprüft worden und alle in Ordnung.
Wie bei den elf anderen wurde sofort verfolgt, woher der Anruf kam, die Information wurde über eine weitere Leitung direkt an Martin weitergegeben.
Der Anruf kam aus der Telefonzelle in Cergy, die zuvor bereits benutzt worden war.
»Das ist er«, sagte Jeannette sofort.
Die Telefonistin ließ es lange klingeln, als ob Marion in ih-

rem Büro erst spät ans Telefon ginge. Das war Teil der Anweisungen.

Währenddessen schickte die Polizei in Cergy auf Martins Befehl alle zur Verfügung stehenden Kräfte zur fraglichen Telefonzelle.

Dann wandte sich die Telefonistin wieder an den Anrufer und teilte ihm mit, dass Marion nicht in ihrem Zimmer sei, wenn er noch einen Moment warte, werde sie im Konferenzraum anrufen, um herauszufinden, ob sie sich dort aufhielt.

Der Mann brummte, und wieder ließ sie es lange klingeln. Anscheinend hatte sie überzeugend geklungen, denn der Mann legte nicht auf.

Diese Telefonistin schien sich nichts sehnlicher zu wünschen, als ihm behilflich zu sein. Das war ermutigend, dieser Wille von völlig Unbekannten, seine Pläne zu unterstützen, das war Ausdruck seiner Macht über Menschen und Dinge. Doch plötzlich, als es wieder und wieder klingelte, fragte er sich, ob er nicht womöglich gerade dabei war, in eine Falle zu tappen. Ja, es musste eine Falle sein, auch sie machte sich über ihn lustig.

Er riss den Hörer in die Höhe, bereit, ihn gegen die Wand zu schmettern, doch er hielt sich zurück. Es gab Wichtigeres zu tun.

Er verließ die Zelle und stieg auf das Motorrad, dessen Maschine immer noch lief.

Zehn Sekunden später war er in einer gut fünfhundert Meter entfernt gelegenen Querstraße verschwunden. Sie hätten einen Hubschrauber gebraucht, um ihn zu finden.

Dennoch konnte er dem Verlangen nicht widerstehen her-

auszufinden, ob er sich auch nicht geirrt hatte. Langsam fuhr er zurück und hielt an der Straßenecke.
Da waren sie, um die leere Telefonzelle gruppiert.
Eine halbe Stunde später rief er die Zeitung aus Nanterre an. Dasselbe Mädchen fragte ihn, mit wem er sprechen wollte, und er sagte ihr, dass er sie erkenne und sie bald einander gegenüber sitzen würden und sie ihm eine ganze Menge zu erzählen hätte, besonders, warum sie sich auf die Seite der Drecksbullen geschlagen hätte.
Die Telefonisten spürte, wie ihr jede Körperbeherrschung abhanden kam, und sie nässte den gepolsterten Bürostuhl ein. Bevor er auflegte, machte er ein Kussgeräusch ins Telefon.
Erst eine gute Stunde später war die junge Frau in der Lage zu erklären, was ihr passiert war. Sie sprach mit Olivier, der vom Chefsekretariat der Zeitung angerufen hatte. Sie wurde unmittelbar beurlaubt und in einem Polizeiwagen nach Hause gebracht.
Olivier riet ihr, Paris zu verlassen. Er brachte sie zum Zug und begleitete sie bis ins Abteil, um ihre Koffer ins Gepäcknetz zu heben. Sie fuhr zu ihrer Mutter in ein Dorf dreißig Kilometer nördlich von Marseille, wo sie in Sicherheit war. Die Zeitung kam für die Kosten auf.
Unvermittelt standen sie sich gegenüber und lächelten verlegen, zwei Unbekannte, die der Zufall zusammengeführt hatte. Sie stellte sich plötzlich auf die Zehenspitzen und küsste ihn auf die Wange.
»Danke für alles«, sagte sie.
»Das alles passiert nur wegen unseres Fehlers, und Sie bedanken sich auch noch dafür«, sagte Olivier, den die Freundlichkeit und der Kuss gerührt hatten.

»Nein, dieses Schwein ist schuld«, antwortete sie, »Sie haben nur getan, was Sie konnten.«
Der Pfiff ertönte. Sie sahen sich an, wiederum verlegen. Er nickte.
»Haben Sie keine Angst, alles wird gut«, sagte er.
Er sprang auf den Bahnsteig. Gern hätte er sie gefragt, ob er sie wieder sehen könne, aber er traute sich nicht.
Er warf einen Blick in Richtung Fenster, trotz der verspiegelten Abteilfenster konnte er ihr Gesicht und ihre Umrisse erahnen. Sie hob die Hand und lächelte ihm zu. Olivier hob seinerseits die Hand, er bettete sie einen Moment gegen die Scheibe, als der Zug sich mit einem Ruck langsam in Bewegung setzte.

Martin blätterte zerstreut in den Motorradzeitschriften, die er unterwegs auf Bitten von Jeannette gekauft hatte.
»Er spielt mit uns«, sagte Martin. »Er versucht uns von allen Seiten auf einmal anzugreifen, und das Schlimmste ist, dass es funktioniert.«
Ein Beamter klopfte an und trat ein.
»Ihre Zeugin ist da«, sagte er.
»Sie soll nach oben in den Konferenzraum kommen, ich bin gleich da«, sagte Jeannette. »Sie haben Recht«, sagte sie und sammelte die Zeitschriften ein. »Er wird versuchen, unsere Mitarbeiter auf Trab zu halten, aber wir können uns nicht erlauben, seine Drohungen zu ignorieren, selbst wenn sie noch so dumm sind.«

Die Frau verstand nichts von Motorrädern, aber sie erinnerte sich an die Farbe Rot. Die erste Ziffer der Nummer war ihr wieder eingefallen. Es war eine Neun.

Jeannette zeigte ihr die unterschiedlichsten Typen, Sportmaschinen, Tourenmotorräder, Geländemaschinen, Roadster-Modelle, Custom-Bikes.
Die Frau zögerte zwischen Roadster- und Custom-Ausführung, schließlich entschied sie sich für ein Roadster-Modell, ein Motorrad ohne Verkleidung, mit nicht zu niedrigem Sattel. Sie erinnerte sich, dass sie den Motorblock hatte blitzen sehen. Honda? Suzuki? Kawasaki? Yamaha? Japanisch? Italienisch? Englisch? Deutsch? Sie war nicht in der Lage, genauere Auskünfte zu geben.
Jeannette rief in der Redaktion einer Fachzeitschrift an und schilderte ihr Problem. Die Frau am Apparat zögerte und schlug vor, ihr einen der Redakteure zu geben, Jeannette schaltete den Lautsprecher des Telefons ein, und die beiden Frauen beugten sich vor, um nichts von dem, was nun folgen würde, zu verpassen.
Der Fachmann erklärte zunächst, dass Rot zu den Farben gehörte, die bei Motorrädern am häufigsten vorkämen, vor allem bei den japanischen. Die Marken Honda, Yamaha und Suzuki benutzten sie sehr oft. Wie etwa beim Modell ›Diversion‹, einem Roadster von Suzuki, seit Jahren lieferbar, ein Verkaufsschlager. Aber, fügte er nach einiger Überlegung hinzu, auch die Hornet 600 oder die 900 von Honda wären gelegentlich rot, ebenso zahlreiche Yamaha-Roadster und natürlich diverse Ducatis – prächtige italienische Maschinen, sehr häufig in roter Ausführung wie Ferrari-Sportwagen.
Die beiden Frauen sahen sich erschöpft an.
Der Journalist erklärte ihnen freundlich, dass jede Marke an eine besondere Farbe gebunden sei. Hellgrün bei Kawasaki, Dunkelgrün bei Triumph, aber es gäbe die Modelle auch in

anderen Primärfarben, dazu diverse Varianten, Mode spiele heutzutage eine immer größere Rolle, so seien gerade Farben wie Königsblau-metallic und Grau-metallic bei Suzuki, Honda, Yamaha und anderen Marken besonders en vogue; Rot sei aber immer noch sehr gefragt.

Jeannette hatte das Gefühl, auf Abwege zu geraten, sie hatte allmählich genug.

»Wenn ich richtig verstehe, stellen alle Marken rote Motorräder her«, sagte sie.

»Ja, das kann man so sagen«, räumte er ein. »Wie klang denn das Motorgeräusch?«

Jeannette hatte vergessen, die Zeugin danach zu fragen, womöglich war der Experte doch zu etwas nütze.

»Das Geräusch war für ein Motorrad nicht sonderlich laut«, führte die Zeugin aus, auch sie schien der Fragerei allmählich überdrüssig, »ein eher diskreter Lärm.«

»Also waren Auspuff – oder vielmehr Auspuffe – nicht manipuliert oder verändert«, schloss der Fachmann daraus.

Jeannette seufzte, dankte ihm und legte auf.

»Ich verstehe von Motorrädern wirklich nichts«, sagte die Zeugin entschuldigend. »Eins aber steht fest: Es hatte hinten einen dicken Reifen, dick wie ein Autoreifen, aber eher rundlich.«

Jeannette rief den Journalisten sogleich zurück.

»Aha, das hört sich nach einer Bandit an«, sagte er. »Eine Suzuki, 600 oder 1200, ein gutes Motorrad. Vielleicht eine 600 wegen des Lärms. Oder eine Fazer. Oder eine Hornet, gut möglich. Konnte man den Rahmen sehen? Und der Motor, wurde er von massigen Rohren umrahmt?«

»An welche Marke denken Sie?«, fragte Jeannette.

»An eine Ducati«, sagte der Mann.

Jeannette blätterte in einer der dicksten Zeitschriften, bis das entsprechende Modell vor ihr lag.
Sie wandte sich an die Zeugin, doch die Frau schüttelte den Kopf.
»Nein«, sagte sie zu dem Spezialisten, »keine Rohre.«
»Na, dann ist es auch keine Ducati. War der Fahrer groß gewachsen?«
»Ja«, sagte die Frau.
Jeannette dachte, man müsste das relativieren. Opfer neigten immer dazu, Männer, die sie angriffen, größer zu machen. Andererseits stimmten die Aussagen überein. Er war wahrscheinlich über einen Meter achtzig. Sie sagte nichts.
»Wirkte das Motorrad im Verhältnis zu dem Mann klein?«, hakte der Journalist nach.
»Ja, doch«, sagte die Frau, nachdem sie Jeannette angesehen hatte. »Es sah aus, als säße er auf einem Spielzeug mit diesem dicken runden Reifen.«
»Dann ist es eine 600«, stellte der Mann mit Bestimmtheit fest. »Eine 600 Bandit oder Frazer. Oder eine Hornet, da bin ich fast sicher.«
Jeannette dankte der Zeugin und machte sich daran herauszufinden, wie viele rote Bandit und Hornet und Frazer mit einer 9 als erster Ziffer im Departement Val d'Oise gemeldet waren.
Es gab keine Software, die in der Lage war, Fahrzeuge nach Marke oder Typ und Farbe zu ordnen. Es waren viele Bandit 600 und auch eine Menge Frazer und ein paar Hornet dabei – offensichtlich begehrte Motorräder. Doch je öfter sie sich die Liste auf dem Bildschirm ansah, desto deutlicher wurde ihr, dass die Fahrer dunkle Farben wie Blau oder Schwarz bevorzugten, besonders bei Suzuki- und Bandit-

Modellen. Hingegen fand sie fünf rote Frazer, von denen aber nur eines eine Nummer hatte, die mit Neun begann. Von den Hornets hatte keine die richtige Farbe.
Die rote Frazer mit der Anfangsziffer Neun gehörte einem jungen Mann aus St-Ouen l'Aumone. Sie sah auf der Landkarte nach, der Ort grenzte an Cergy.
Sie benachrichtigte Martin, dann stieg sie in den Dienstwagen.
»Das wäre ja zu schön«, sagte Olivier, der auf der Rückbank Platz nahm und ausnahmsweise die Meinung der anderen wiedergab. »Aber ich kann's mir nicht vorstellen.«
Von unterwegs nahmen sie Verbindung zur Gendarmerie und zum Strafregister auf, der Mann war vorbestraft: Überfall, Raub, Widerstand gegen die Staatsgewalt. Ein guter Kunde. Er arbeitete in einer Autowerkstatt in Pierrelaye, einer zehn Kilometer von seiner Wohnung entfernt gelegenen Vorstadt.

Es handelte sich um eine Motorradwerkstatt, und der Inhaber vertrat mehrere Marken. Das riesige Schaufenster ging auf eine endlose Straße mit zahlreichen Ampeln, die vor dem Bau der Autobahn A 15 noch überfüllter gewesen sein musste als jetzt.
Martin nahm den Vordereingang, Jeannette und Olivier postierten sich in einer Nebenstraße, gleich neben der Werkstatt, die Waffe parat, die Hand am Abzug.
Martin passierte die aufpolierten Modelle, er durchschritt die Ausstellungshalle und trat an den Tresen.
Er sprach den ältesten der Männer an und fragte nach einem Romain Boissard.
»Wer verlangt nach ihm?«

Martin zog seine Dienstmarke heraus und legte sie auf den Tresen.

Der Mann wies mit dem Kinn zur Werkstatt.

»Was hat dieser Idiot denn jetzt schon wieder angestellt? Ich habe ein Recht, es zu erfahren, ich bin der Besitzer.«

»Womöglich gar nichts. Im Moment möchte ich nur mit ihm sprechen«, sagte Martin und ging auf die Werkstatt zu.

Als er die Halle betrat, waren vier junge Männer in verschmierten Blaumännern über vier mehr oder weniger demontierte Maschinen gebeugt. Keiner von ihnen blickte auf.

Martin stellte sich in die Mitte und sagte: »Ich möchte mit Romain Boissard sprechen.«

Mit einem Mal fuhren alle Köpfe hoch.

Einer der Mitarbeiter richtete sich auf, Martin kam nicht umhin zu spüren, dass der Junge bereit war, sich auf ihn zu stürzen und mit dem dicken Schlüssel, den er in der Faust hielt, auf ihn einzuschlagen. Ein paar Sekunden musterten sie einander mit Blicken.

Dann ließ der Junge den Schlüssel fallen und trat zurück. Als Martin auf ihn zuging, flüchtete der Junge in den rückwärtigen Teil der Werkstatt.

Einer seiner Kollegen versuchte sich einzumischen, doch ehe er sich besinnen konnte, wurde er von Martin am Blaumann gepackt und geschüttelt.

»Kümmere dich um deinen eigenen Scheiß«, sagte er, »wenn du nicht in den Knast willst.«

Der Jüngling zog sich zurück, er fluchte auf Arabisch. Martin ging weiter.

Der Flüchtige stand an der Wand, Hände auf dem Rücken, mit Handschellen bewehrt.

Jeannette und ihr Chef verzogen im gleichen Moment das Gesicht. Ihre Beute war kaum größer als einen Meter fünfundsechzig und hatte einen kahlen Kopf.

Martin trat auf ihn zu.

»Ich stelle dir nur eine Frage«, sagte er. »Wenn du die richtige Antwort gibst, nehmen wir dir die Handschellen ab und verschwinden wieder. Wo warst du heute um drei Uhr?«

»Hier, verdammt«, brüllte der Mann. »Hier, ich arbeite hier!«

Inzwischen war der Chef hinzugetreten. »Das stimmt«, sagte er, »er war den ganzen Tag hier. Er hat heute Morgen eine Probefahrt gemacht, eine Viertelstunde, mit einem Motorrad, das er repariert hatte.«

Martin nahm ihm die Handschellen ab und gab sie Olivier zurück.

»In diesem Fall haben wir hier nichts mehr zu suchen«, sagte er. »Entschuldigen Sie die Störung.«

»Verdammte Idioten«, sagte der junge Mann. »Ich werde mich über Sie beschweren.«

Martin nickte.

»Das ist Ihr gutes Recht, ich bin Kommissar Martin von der Kriminalpolizei, Quai des Orfèvres, Paris. Auf Wiedersehen.«

Kapitel 29

Myriam saß in dem kleinen, wenig einladenden Büro des Chefs der Agentur Dumèze. Wände und Möbel waren überwiegend in grau gehalten, und auch der dickliche Mann, der ihr gegenüber Platz genommen hatte, trug einen hellgrauen Anzug, ein weißes Hemd, eine blau-graue Krawatte, und sein graues Haar war kurz geschnitten, dazu gesellten sich eine Brille mit grauem Stahlgestell und grüngraue Augen. Der einzige Fleck, der ein wenig Farbe in das Bild brachte, war sein stattlicher Goldring. So sah also ein Detektiv aus.

Sie hatte ihm ihr Problem dargelegt, und er musterte sie voller Neugier.

»Haben Sie irgendeine verwandtschaftliche Beziehung zu der jungen Frau?« Er warf einen Blick auf seine Notizen.

»Nein, sie ist meine Buchhalterin, das ist alles.«

»Ich werde Ihnen sagen, was ich für Sie tun kann. Ich kann ihre Person ausforschen. Ihre Gewohnheiten, ihre Bekanntschaften und die ihres Mannes. Ich kann herausfinden, ob einer von ihnen eine Affäre hat, so in der Art. Ich kann auch ohne allzu große Mühe aus dem Krankenhaus, in dem das Kind dieser Person gestorben ist, eine Kopie des Vorgangs bekommen. Das ist nicht ganz legal und wird deshalb ein wenig teurer, denn dazu müssen wir – sagen wir mal – ein wenig Geld unter die Leute bringen. Was ich hingegen nicht leisten kann, ist, diese Person ständig zu beobachten. Wenn jemand beschlossen hat, sich umzubringen, kann man ihn nicht daran hindern, außer man legt ihm eine Zwangsjacke an und sperrt ihn in einen gepolsterten Raum.«

Myriam nickte verständig. Ihr Telefon klingelte, und Isabelles Nummer tauchte auf dem Display auf.

Mit einem entschuldigenden Lächeln nahm sie den Anruf entgegen.

»Ich bin gerade im Gespräch, ich kann im Moment leider wirklich nicht mit dir sprechen, mein Schatz. Ich rufe dich spätestens in einer halben Stunde zurück.«

Sie steckte ihr Handy wieder ein.

Der Mann sah sie an, seine schmalen Lippen schenkten ihr ein Lächeln.

»Bevor ich mich um Ehebruch und Ermittlungen für Versicherungsfirmen kümmerte, war ich Polizist«, sagte er. »Fünfundzwanzig Jahre lang. Glauben Sie mir, ich habe viele Dinge gesehen. Als Sie mir Ihre Geschichte präsentiert haben, sagte ich mir gleich, dass Sie erstens in diese Frau verliebt sind oder dass sie schon ihre Liebhaberin ist und dass Sie zweitens wissen wollen, ob sie Sie betrügt und mit wem ...«

»Sie ist nicht meine Freundin und außerdem ...«

Er hob beschwichtigend die Hand. »Zweitens habe ich mich gefragt, ob diese Selbstmordgeschichte nicht eine sehr raffinierte Art ist, sich im Voraus reinzuwaschen für den Fall, dass Sie beschließen, sich ihrer zu entledigen.«

»Sie glauben, ich wäre in der Lage, den Mord an einem Menschen zu planen?«, fragte Myriam ehrlich überrascht.

»Mörder haben leider kein bestimmtes Aussehen, aber Sie

sind eine aktive, ja mehr noch, eine entschlossene Person. Wenn Sie etwas vorhaben, dann ziehen Sie es bis zum bitteren Ende durch. Oder täusche ich mich?«

»Nein, Sie haben Recht.«

»Aber nachdem ich Ihnen zugehört habe, komme ich zu dem Schluss, dass Sie dieser Frau nichts Böses wollen. Sie sind bereit, zwanzig- oder dreißigtausend Franc, Entschuldigung, zwischen drei- und fünftausend Euro auszugeben, um dieser Person zu helfen, die Ihnen nichts bedeutet, und das Schlimmste ist, dass ich Ihnen glaube, auch wenn ich den Eindruck habe, dass Sie mir nicht die ganze Wahrheit sagen.«

»Fünftausend Euro auszugeben erscheint mir nicht zu viel gemessen an dem, was ich empfinden würde, wenn sie sich umbrächte und ich nichts unternommen hätte, sie davon abzuhalten. Aber Sie haben Recht, wenn ich nicht das Geld dazu hätte, würde ich vermutlich nicht so denken.«

»Ich glaube doch«, sagte der Mann und lächelte erneut. »Ich glaube, Sie sind ein ganz besonderer Mensch.«

Myriam errötete.

Er reichte ihr ein Formular.

»Lesen Sie diesen Vertrag, und wenn Sie damit einverstanden sind, füllen Sie ihn aus, unterschreiben Sie unten und geben Sie mir einen Scheck über 500 Euro. Ich rufe Sie wahrscheinlich morgen Mittag an. Einverstanden?«

»Rufen Sie mich an, sobald Sie etwas herausgefunden haben«, sagte sie, während sie das Vertragsformular ausfüllte.

Auf der Suche nach ihrer Adresse gab er Namen und Vornamen der Journalistin ein, als Wohnort gab er Paris ein. Er erhielt zwanzig Antworten, keine davon mit dem richtigen

Vornamen, und er stellte im Gegenzug fest, dass es eine Rue Delambre gab. Vielleicht war der Name des Mädchens ein Pseudonym? Er fuhr fort und gab auch den Beruf ein.
Wieder kein Ergebnis. Bei der Zeitung konnte er nicht mehr anrufen. Er hatte zu viel Staub aufgewirbelt, man würde misstrauisch sein. Eine Weile dachte er vor dem erloschenen Bildschirm nach. Es musste sich eine andere Methode finden lassen.
Ein junger Mann in seiner Nähe hüstelte. Ein blasser Kerl mit Brille. An liebsten hätte er ihn zur Seite geschubst, der Junge war zu nah an ihn herangekommen. Er lächelte ihm zu. Eine Schwuchtel?
»Minitel taugt nichts«, sagte er. »Sie sollten es mit dem Internet versuchen. Da findet man alles.«
Internet. Er kannte das Wort, wusste aber nur sehr vage, was es bedeutete. Er hatte nun einmal einen Horror vor Computern und vor allem, was damit zu tun hatte. Computer waren etwas für Stubenhocker und Bürokraten, doch der Knabe hatte sein Interesse geweckt. Er erinnerte sich an Gespräche auf den Baustellen, manche hatten behauptet, im Internet könne man mehr sehen als in jedem Pornoheft. Und außerdem koste es wenig.
»Ich hab keine Ahnung davon«, sagte er. »Ich hab nicht mal einen Computer.«
»Ein Stück weiter oben in der Straße ist ein Internet-Café«, sagte der Junge. »Sie haben die ganze Ausrüstung und zeigen dir, wie man damit umgeht. Nach einer Viertelstunde kannst du surfen wie ein Profi.«
Er dankte mit einem Kopfnicken und verließ die Post.

Das Café war bis auf die hinterste Ecke bevölkert von Tischen mit Bildschirmen, an denen Menschen saßen und Kaffee tranken, andere plauderten miteinander, wiederum andere tippten auf die Tastaturen ein, allein oder in kleineren Gruppen. Er setzte sich an einen freien Tisch, gleich darauf kam eine Bedienung.

Er zeigte auf den Bildschirm.

»Ich würde gern lernen, damit umzugehen«, sagte er.

»Okay«, antwortet der Junge. »Ich stöpsele die Verbindung ein und schicke Ihnen jemanden. Was trinken Sie?«

Ein paar Minuten später kam ein Mädchen, nahm sich einen Stuhl und setzte sich neben ihn. Sie war sehr schlank, hatte lange blonde Haare, trug eine Brille und hatte eine spitze Nase. Gar nicht so schlecht, das Mäuschen.

»Suchen Sie etwas Bestimmtes, oder wollen Sie nur lernen, wie man surft?«, fragte sie.

»Beides.«

»Gut, also fangen wir mit den grundlegenden Sachen an. Das hier ist eine Tastatur, das ist wie bei einem Minitel-Apparat. Man muss sich zuerst mit einem Provider verbinden, der einen dem Zugang ins Netz eröffnet. Können Sie mir folgen?«

Er nickte, er mochte diesen herablassenden Ton nicht besonders, aber was sie sagte, war klar.

»Jetzt sind wir verbunden, wählen Sie bitte Ihre Suchmaschine.«

Er sah sie an und zog, weil er nicht begriff, was sie meinte, die Augenbrauen hoch.

»Oh, Entschuldigung, tut mir Leid. Eine Suchmaschine ist wie ein Spürhund. Er spürt die Information, die Sie suchen, in Hunderttausenden von Ordnern auf. Es gibt mehr oder weniger wirksame Maschinen, ich rate Ihnen, mit Google anzufangen. Die ist super. Einverstanden?«

Er nickte.

»Also gut, los.«

Sie klickte auf das Symbol, und der Bildschirm zeigte ein neues Bild.

»Was Sie suchen, kann ein geografischer Ort sein, ein Buchtitel, der Name von jemandem, es kann alles sein. Was wollen Sie jetzt eingeben?«

Fast hätte er den Namen der Journalistin genannt, aber im letzten Moment hielt er sich zurück. Was für ein Idiot.

Sie spürte seine Zurückhaltung, sah ihn an und glaubte, ihm falle nichts ein.

»Wir geben einfach irgendwas ein, nur zum Lernen«, sagte sie. »Nehmen wir zum Beispiel Jacques Chirac.«

Sie gab den Namen ein und klickte auf »Suche«. Nach einem kurzen Augenblick öffnete sich eine Seite.

»Hier ist es«, sagte sie. »Das sind die ersten fünfzehn Hinweise auf den Namen. Oben auf dem Bildschirm können Sie sehen, dass es im Ganzen 149 001 Treffer gibt. Das bedeutet, die Suchmaschine hat hundertneunundvierzigtausend und einen Eintrag gefunden, Bücher, Zeitungsartikel, Fotos etc. ... Aber das ist natürlich ein besonderer Fall, normalerweise sind es viel weniger. Wenn ich zum Beispiel meinen Namen eingebe, sehen Sie mal.«

Sie gab »Diane Roggero« ein und klickte auf »Suche«.

Eine Seite erschien, es gab nur einen Hinweis.

»Jetzt müssen Sie auf den Hinweis klicken«, sagte sie.

Sie nahm seine Hand, legte sie auf die Maus und schob sie bis zur blauen Linie.

Der Bildschirm wurde weiß, und dann erschien ein Foto,

erst unscharf, dann klar. Es war ihr Gesicht von vorne ohne Brille. Sie zeigte ein breites Lächeln, ohne Brille sah sie viel besser aus.

Er sah sie an.

»Sehr schönes Bild.«

»Ich zeige es nicht jedem«, sagte sie mit schüchternem Lächeln.

Er sah sie an. Sie klickte, und das Bild verschwand. Dann stand sie auf.

»Wenn Sie mich noch brauchen, rufen Sie mich.«

»Wann haben Sie Arbeitsschluss?«, fragte er.

»Um acht.«

»Können wir uns hinterher treffen?«

Sie zögerte nicht, lächelte und antwortete: »Ja, warum nicht?«

Er nickte.

»Ich warte um acht am Ausgang auf Sie.«

Sie nickte und verschwand, er folgte ihr mit Blicken. Sie hatte einen schönen schlanken Körper, ganz wie er es mochte. War er dabei, eine Dummheit zu begehen? Aber warum eigentlich nicht? Seit Monaten hatte er keine Frau angerührt, und allmählich machte ihm das zu schaffen, obwohl er nie besonders sexbesessen gewesen war. Roselyne hatte ihm jede Lust an Frauen genommen, aber die kleine Blonde erinnerte in nichts an Roselyne. Ihr besserwisserischer Ton hatte ihn am Anfang gestört, ihn dann jedoch auf unbestimmte Weise erregt.

Wenn sie allein mit ihm im Zimmer war, würde sie schon sehen, wer der Chef war. Er würde ihr nicht allzu sehr wehtun, nur ein bisschen, außerdem mochten die Frauen das doch. Er spürte, wie sich in seiner Jeans eine Erektion anbahnte, und als er seinen Blick wieder nach oben richtete, entdeckte er die junge Frau, wie sie von weitem über eine Reihe Computer zu ihm herübersah. Er hob den Daumen und machte sich an die Arbeit.

Myriam rief Isabelle zurück, nachdem sie die Detektei verlassen hatte.

Isabelle erzählte ihr, sie habe beschlossen, das Baby zu behalten. Myriam war, als helle sich der Himmel auf. Sie redeten zehn Minuten lang, und schließlich lud Myriam sie zum Abendessen ein.

»Mit Papa?«, fragte Isabelle schelmisch.

»Wenn du willst.«

»Nein, war nur ein Scherz. Ich glaube, zu zweit ist es schöner. Zwischen euch läuft es ja sowieso nicht so gut, stimmt's?«

»So ist es.«

»Heute Abend, kannst du da?«

Myriam fiel ein, dass sie Rémy absagen musste – aber warum nicht.

»Gut, heute Abend«, sagte sie. »Komm doch bei mir vorbei, ich mache uns was zu essen. Das ist gemütlicher als im Restaurant. Worauf hast du Lust?«

»Dich zu sehen«, sagte Isa, und Myriam spürte, wie ihr Tränen in die Augen stiegen.

Kapitel 30

Ungeschickt tippte er den Namen der Zeitung ein, bei der Marion arbeitete.

Die Zeitung hatte eine Homepage. Er sah zu der kleinen Blonden hinüber, musste er auf die Homepage klicken? Er konnte es aber auch einfach allein probieren, er brauchte sie nicht dafür. Er klickte, eine Seite öffnete sich, und noch während er den Text aufmerksam las, hatte er begriffen, wie man weitere Seiten aufschlagen konnte.

Er suchte unter den verschiedenen Rubriken und fand schließlich einige Artikel, die die Journalistin geschrieben hatte. Er las mehrere davon. Sie schrieb oft über Themen, die mit anderen Ländern zu tun hatten. Wer interessierte sich bloß für Frauen in Afghanistan oder für Eskimos, die wegen der Umweltverschmutzung ihre Siedlungsgebiete verlassen mussten?

Er hielt inne. Enttäuschung machte sich breit. So kam er nicht weiter. Er klickte auf »Verwaltung« und erhielt die Liste aller Mitarbeiter der Verlagsleitung der Zeitung.

Es gab auch eine mit »Eingang« versehene Rubrik, und noch während er sich den Kopf zerbrach, was dies wohl zu bedeuten hatte, klickte er das betreffende Feld an. Ein weißes Kästchen erschien mit dem Hinweis: »Geben Sie Ihr Passwort ein.«

Er tippte irgendwelche Zahlen, drückte auf »Enter«, worauf der Hinweis erschien: ›Falsche Eingabe. Versuchen Sie es erneut.‹

Plötzlich kam ihm eine Idee, und er gab den Namen der Journalistin ein. Er wartete. Wieder falsche Eingabe – er stand kurz davor, seine Suche abzubrechen, doch ging er stattdessen ins Hauptmenü zurück. Nach kurzer Suche hatte er die Artikel der Journalistin wieder gefunden. Er hielt Ausschau nach einem Detail, das ihm mehr über sie verraten könnte. Aber da war nichts.

Nichts außer der Adresse einer ausländischen Zeitung namens »Newsweek«. Er klickte auf den Schriftzug und fand einen englischen Artikel samt Foto, das das Innere einer Wohnung zeigte. Er konnte kein Englisch lesen, was nicht von Belang war, denn in besagter Wohnung saß eine junge Frau auf einem Sofa, die Beine gekreuzt, eine Zeitung in der Hand – nebst einer Bildunterschrift, die, wenngleich auf Englisch verfasst, kaum misszuverstehen war: »French journalist Marion Delambre in her cosy Quartier-Saint-Paul apartment.«

In Saint-Paul also. Er sah auf dem Stadtplan nach, 4. Arrondissement. Im Marais-Viertel. Straße und Hausnummer fehlten, aber er würde sie schon finden.

Er versuchte, sich an alle Einzelheiten auf dem Foto zu erinnern, und spürte das Herz in seiner Brust heftig schlagen. Internet, das war eine Offenbarung, der Zugang zur Welt. Nein, noch mehr als das, das war der Zugang zu jedermanns Intimität. Wenn er das Problem mit der Journalistin geregelt hatte, wusste er, wie er eine dritte Frau finden konnte. Niemand würde ihm je auf die Spur kommen.

Hinter dem Sofa, auf dem Marion Delambre saß, war auf

dem Bild ein kleines quadratisches Fenster zu erkennen, dahinter zeichnete sich eine Art Glaskuppel ab. Die Wohnung lag in der vierten oder fünften Etage hinter dieser Rotunde, die man von weitem erkennen musste, wenn man auf eines der höchstgelegenen Dächer des Viertels kletterte. Im schlimmsten aller Fälle würde er das Viertel durchkämmen, bis er sie hatte, denn eines stand fest: Sie würde bezahlen.
Als er auf die Straße trat, hob er die Hand und winkte der kleinen Blonden zu. Wie hieß sie noch mal? Ach ja, Diane. Sie lächelte von weitem und winkte zurück.

Er lief durch die Rue de Rivoli und studierte genauestens sämtliche Häuser und Straßenecken. Systematisch würde er beginnen, das Viertel zu durchforsten.
Es gab nicht verdächtig viele Polizisten, aber die konnten in ihrem Gebäude sein – oder im Gebäude gegenüber, im Grunde genommen überall. Sollten diese Dummköpfe doch warten, er hatte es nicht eilig. Wenn er die Rotunde entdeckt hätte, würde er aufs Katasteramt gehen. Da fand man alles, man musste nur den Plan richtig lesen. Dazu brauchte man kein Architektendiplom. Er würde die Umgebung des Häuserblocks besser kennen, als wenn er sein Leben lang dort gewohnt hätte.
Um Punkt acht Uhr stand er vor dem Internet-Café. Einen Augenblick später kam sie heraus und ging auf ihn zu. Sie trug einen Motorradhelm.
»Ich hatte gesehen, dass Sie einen Helm haben, da habe ich mir einen bei einer Freundin geliehen«, sagte sie.
»Super Idee, haben Sie noch mehr so ausgezeichnete Ideen?«
Sie lächelte geschmeichelt.
»Wohin fahren wir?«, fragte sie.

»Steigen Sie auf.«
Sie setzte den Helm auf und nahm auf dem Rücksitz Platz. Er fuhr los und spürte, wie sie sich ohne falsche Scham an ihn klammerte.
In Pariser Restaurants fühlte er sich nicht wohl, deshalb fuhr er mit ihr in einen Vorort. Sie hielten vor einer modern eingerichteten Pizzeria mit weitläufiger Terrasse, am Ufer der Oise gelegen, nicht weit von seiner Wohnung entfernt. Als sie vom Motorrad stieg, sagte sie, sie habe das Tempo super gefunden. Er glaubte ihr sofort, immerhin war sie ohne jede Verlegenheit mit ihm und der Maschine verschmolzen wie eine echte Motorradbraut.
»Als ich fünfzehn war, hat mich mein Bruder oft mit dem Motorrad mitgenommen«, sagte sie. »Aber ich bin lange nicht mehr gefahren, fast zehn Jahre.«
Sie wirkte traurig, dann hob sie die Schultern, als wolle sie ein Gewicht abschütteln.
Als sie am Tisch saßen, fragte sie ihn, ob er mit dem Internet zufrieden gewesen sei, und er log ihr irgendeine Geschichte über Abendkurse vor.
Danach erzählte sie ihm von ihren letzten Joberfahrungen. Er studierte sie voller Aufmerksamkeit, suchte dabei nach einem falschen Ton, nach dem Moment, in dem sie ihre wahre Natur zeigte, aber sie war ohne jede Arroganz. Sie schien einfach froh, mit ihm zusammen zu sein, ohne den winzigsten Schatten eines Hintergedankens.
Nach einer Weile hielt sie mitten in einem Satz inne und fragte:
»Und du, erzähl von dir, bist du verheiratet?«
Dass sie ihn duzte, gefiel ihm, es geschah alles im richtigen Augenblick.

»Wie kommst du denn darauf? Ich hab doch nicht mal einen Ring.«

»Das heißt doch gar nichts. Aber ein Typ wie du, ich kann mir einfach nicht vorstellen, dass der sich nicht längst eine Frau geangelt hat.«

»Wenn ich verheiratet wäre, würde das etwas ändern?«

Sie strahlte, griff nach dem Weinglas und nippte an ihrem Rosé.

»Für mich würde sich dadurch nichts ändern. Wenn es dir passt, passt es mir auch. Wenn sie es nicht schafft, dich zu halten, ist sie selbst schuld.«

»Ich hab lange kein Mädchen wie dich getroffen, wahrscheinlich sogar nie in meinem Leben.«

»Danke«, sagte sie, »das ist wirklich sehr nett.«

Sie nahm seine Hand, hielt sie fest in der ihren und sah ihm in die Augen. Dann küsste sie flüchtig seine Finger.

»Ich nehme an, du kannst mich nicht mit zu dir nach Hause nehmen. Bei mir ist es auch etwas schwierig, ich wohne mit einer Freundin zusammen, und wir haben nur ein großes Zimmer. Aber wir könnten doch in den Wald gehen. Da finden wir sicher eine schöne Stelle. Es ist warm, und ich habe Lust, die ganz Nacht in deinen Armen zu liegen.«

»Hast du noch Hunger?«, fragte er.

»Nein.«

Er zahlte, sie wollte die Rechnung mit ihm teilen, aber er lehnte ab. Er nahm sie bei der Hand, und sie gingen los. Die Nacht war mild und der Himmel voller Sterne. Sie ließen das Motorrad stehen und gingen den Weg am Fluss entlang.

Sie begegneten anderen Paaren, einigen Familien mit Kindern, dann waren sie allein.

Schon lange hatte er sich nicht mehr so wohl gefühlt. In Harmonie mit der Welt – und das einzig und allein wegen dieser nicht eben hoch aufgeschossenen Frau, die sich gegen seine Hüfte drängte. Selbst sein Hass gegen Roselyne und all jene, die ihn zerstören wollten, ließ nach, verlor sich nahezu vollkommen in der Milde und Ruhe dieser Nacht.
»Hier ist es schön«, sagte sie schließlich und zog ihn in ein Gebüsch, das dunkler war als das Himmelszelt.

Als er nach Hause kam, war Martin erschöpft. Isabelle war nicht da und hatte einen Zettel hinterlassen, dass sie bei Myriam zum Abendessen sei.
Punkt neun klingelte sein Handy. Es war die Psychologin, Laurette. Er hatte sie völlig vergessen. Er nahm ab.
»Es tut mir sehr Leid, Laurette«, sagte er, ohne ihr die Zeit zu lassen, ihren Namen zu nennen. »Ich bin gerade erst mit der Arbeit fertig und todmüde. Einen Augenblick haben wir gedacht, wir erwischen ihn. Aber es war eine falsche Spur.«
»Hier ist nicht Laurette, hier ist Marion«, sagte Marion. »Kann ich trotzdem kommen, oder ist es für mich auch zu spät? Bist du auch für mich todmüde?«
»Ich hoffe, du bist nicht wieder zu Hause«, sagte er plötzlich besorgt.
»Doch, aber ich passe auf.«
»Verflucht, hast du nicht begriffen, dass du in Gefahr bist? Warum bin ich nicht benachrichtigt worden?«
»Hör auf zu schreien«, sagte sie. »Ich bin nicht in Gefahr, Niemand ist mir gefolgt. Ich bin doch nicht blöd!«
»Schließ die Tür ab, ich komme.«
Ein Adrenalinstoß vertrieb alle Müdigkeit.
Er stellte Sirene und Blaulicht an und schaltete sie erst 200

Meter vor ihrem Haus wieder ab. Zwischendurch hatte er die Dienststelle angerufen und Anweisungen gegeben.

Er stellte sich quer zum Bürgersteig auf den Fußgängerüberweg und rannte auf das Gebäude zu, er sah sich genau um und hielt Ausschau nach dem kräftigen Rotblonden mit dem roten Motorrad.

Er klopfte an die Tür, und Sekunden später öffnete sie.

»Und wenn das nicht ich gewesen wäre?«, bellte er beim Hereinkommen.

»Ich habe dich durch den Spion gesehen«, sagte sie. »Und außerdem braucht er noch die Geheimzahl für die Haustür.«

»Sein letztes Opfer hatte auch eine Türsicherung mit einer Geheimzahl, und er hat unten an der Treppe auf sie gewartet und ihr einen Armbrustbolzen in die Kehle geschossen. Man hat festgestellt, dass er die Nacht vor dem Mord auf einem Dach des Gebäudes gegenüber ausgeharrt hat.«

Marion kehrte ihm den Rücken zu, sie betrat das kleine Wohnzimmer. Sie setzte sich auf ihr Sofa, zog die Beine hoch und sah fast genauso aus wie auf dem Foto der »Newsweek«.

»Gut, ich sehe es ein, es war dumm von mir«, entgegnete sie. »Aber ich habe es auf dem Land nicht mehr ausgehalten. Sylvain fing an, mir auf die Nerven zu gehen, er starb fast vor Angst. Und außerdem …«

»Das beweist wenigstens, dass er begriffen hat, in welcher Gefahr du schwebst. Und außerdem was?«

»Nichts, du hörst mir heute Abend ja sowieso nicht zu.«

Er trat an eines der kleinen Fenster und lauschte in die Dunkelheit, während er sich fragte, ob der Mörder sich dort irgendwo aufhielt, im Verborgenen, um sich auf die Tat vorzubereiten.

»Es gibt keinen Dienstboteneingang hier, wenn ich mich recht erinnere, oder?«
»Nein.«
»Das einzig Vernünftige, was man tun kann, wäre, dass du wegfährst, bis er gefasst ist. Hast du nicht vielleicht eine Reportage über Tibet oder über irgendeine andere Gegend zu schreiben?«
»Nein.«
»Dann also ab ins Hotel.«
»Kommt nicht in Frage«, sagte sie. »Ich hasse Hotels, ich verbringe ohnehin die Hälfte des Jahres in Hotels. Und ich sehe überhaupt nicht ein, dass sich wegen diesem Arschloch mein Leben ändern soll. Macht eure Arbeit und verhaftet ihn.«
Martin setzte sich hinter den Schreibtisch, auf dem sich Bücher und Papiere stapelten. Die Müdigkeit überkam ihn in Wellen, er fühlte sich schwach und fiebrig. Ihm fehlte das Fitness-Center. Über dem Auge spürte er einen beginnenden Migräneschmerz, bald würde er in der Augenhöhle zu spüren sein, bevor er einen steifen Nacken bekam.
»Hör mal, Marion«, sagte er und legte automatisch seinen Zeigefinger ans Auge, »ich kann dich nicht zwingen, Vorsichtsmaßnahmen zu ergreifen.«
Er stand auf.
»Die Jungs werden sich heute gegenseitig vor deinem Haus ablösen. Ich hoffe, dass sie fähiger sind als der arme Idiot, der im Krankenhaus zusammengeschlagen wurde. Wenn du dich also unbedingt umbringen willst, das ist dein gutes Recht.«
Ungläubig sah sie zu, wie er sich der Wohnungstür näherte.
»Was machst du denn da?«, rief sie, als sie sah, wie er die Tür öffnete.

Sie sprang auf und stürzte sich auf ihn.
»Du lässt mich doch jetzt nicht etwa allein?«
»Doch, ich bin todmüde und zu alt, um die ganze Nacht vor deiner Tür Wache zu schieben. Meine Jungs kümmern sich darum, du bist in besten Händen.«
Er sah, dass sie ihn ohrfeigen wollte, doch machte er keine Anstalten, sie daran zu hindern, als sie plötzlich erschrocken innehielt und in Tränen ausbrach.
»Was habe ich dir nur getan?«, schluchzte sie. »Hat es dich gestört, dass ich zu Sylvain gefahren bin? Wenn du eifersüchtig bist, ist das einfach lächerlich. Sylvain ist mein bester Freund, aber es ist nichts zwischen uns. Wenn ich nicht mehr weiß, was ich machen soll, fahre ich zu ihm, und wir reden. Das ist alles.«
»Können wir bitte ein anderes Mal darüber sprechen?«, sagte Martin.
»Soll das heißen, es ist aus?«, fragte sie mit jämmerlicher Stimme.
Selbst tränenüberströmt und mit geröteter Nase war sie hübsch.
»Ich weiß es nicht«, sagte er aufrichtig.
»Aber was habe ich denn bloß getan?«
»Nichts«, sagte er. »Darum geht es nicht. Ich möchte mich nicht mit dir streiten. Und ich bin richtig fertig, ich muss schlafen, wenn ich morgen zu etwas gut sein soll.«
Auf dem Heimweg rief er die Psychologin an und entschuldigte sich.

Trotz seiner Müdigkeit konnte er nicht einschlafen. Er dachte über alle Einzelheiten des Falles nach, Punkt für Punkt, und kam nicht umhin, sich zu fragen, ob er auch wirklich alles richtig gemacht hatte, ob er nicht mehr hätte tun können. Immerhin, wenn er sich vergewissert hätte, dass das zweite Opfer gut bewacht war, hätten sie womöglich den Mörder festnehmen können.

Eine andere wichtige Frage – es war noch zu früh, sie zu stellen, aber er musste es einfach tun – war, warum der Mörder Frauen so sehr hasste. Oder zumindest einen bestimmten Typ Frau. Die tiefenpsychologische Erklärung lag auf der Hand. Seine Mutter. Sie musste den Opfern ähnlich sein. Eine allgegenwärtige, autoritäre Mutter. War er ein verkappter Homosexueller? Das war zu einfach.

Wieder rief er Laurette an. Als sie seine Stimmer erkannte, musste sie lachen.

»Nein, ich schlafe nicht«, sagte sie. »Ich schlafe selten vor Mitternacht, ein Uhr. Sehen Sie, es wäre doch besser gewesen zu kommen.«

Er teilte ihr seine Gedanken mit.

»Ich weiß«, sagte sie. »Die autoritäre und kastrierende Mutter, das fällt einem immer als Erstes ein. Aber das ist natürlich ein gefährliches Klischee, weil man damit die Dinge festlegt und dadurch leicht die richtige Spur übersieht. Es kann auch eine Stiefmutter sein, die ihn gequält hat, oder eine Frau, mit der er überhaupt nicht verwandt ist. Aber Sie haben sicher Recht mit Ihrer Vermutung, dass irgendeine Frau im Spiel ist.«

»Eine Frau, die er symbolisch verfolgt, indem er andere tötet?«

»Ja, das wird es wohl sein«, sagte sie mit einem merkwürdigen Zögern, das ihm nicht entging.

»So ganz überzeugt scheinen Sie nicht.«

»Ich weiß nicht so recht ... Wenn es seine Mutter oder ein

Muttterersatz ist, den er vernichten will, dann müssten die Morde eine stark emotionale oder sexuelle Handschrift haben. Aber bisher fehlt diese Bedeutungsebene ja völlig.«

»Er stiehlt ihnen etwas.«

»Einen Schwimmbeutel. Eine Tasche. Da gibt es bessere Sexualsymbole. Er rührt sie ja nicht einmal an. Was mich erstaunt hat, ist, dass er sich mit der zweiten verabredet hat. Er hätte sie überall mit hinnehmen und dort mit ihr machen können, was er wollte. Aber nein. Er ist ihr sorgfältig aus dem Weg gegangen, bis zum Schluss. In diesen Morden liegt viel zu viel Berechnung und Kälte. Von der Waffe mal abgesehen könnte man beinahe von Verträgen sprechen, die er schließt, Abmachungen.«

Abmachungen. Darauf wäre er nie gekommen, aber womöglich …

»Der Angriff im Krankenhaus war alles andere als vernunftgesteuert.«

»Das stimmt. Aber ich würde sagen, dass er sich mehr gegen die Polizei als gegen das Opfer gerichtet hat. Er will um jeden Preis zeigen, dass er der Stärkere ist.«

Martin dachte daran, dass auch Marion bedroht war. Der Mörder war in eine Spirale der Rachsucht geraten. Würde er sein erstes unbekanntes Motiv zu Gunsten eines zweiten aufgeben, das leichter zu entschlüsseln war? Er fragte die Psychologin danach.

»Nein«, sagte sie gleich, »im Gegenteil. Ich bin sicher, dass er versucht, die Serie fortzusetzen. Er muss Ihnen beweisen, dass Sie nichts gegen ihn ausrichten können.«

»Das ist alles andere als beruhigend, aber es klingt wenigstens plausibel. Vielen Dank«, sagte Martin.

Sie tauschten noch ein paar Sätze aus und legten dann auf.

Martin ging wieder ins Bett. Er hörte den Schlüssel im Schloss. Isabelle. Sie ging auf Zehenspitzen durch den Flur, ging in die Küche, öffnete den Kühlschrank. Hatte sie nach dem Essen mit Myriam noch Hunger? Wie bei seiner ersten Frau. Als sie schwanger gewesen war, hatte sie auch ständig Hunger gehabt.

Nach der Küche ging Isabelle ins Badezimmer, duschte und legte sich schlafen.

Isabelle und ihr Kind. Bald würde er Großvater sein. Sie konnte gern mit ihrem Baby hier leben, Platz gab es genug. Man brauchte nur das Büro, das er fast nie benutzte, in ein Schlafzimmer umzuwandeln. Er lachte im Dunkeln. Sie hatte sicher andere Pläne. Sie hatte eine mutige Entscheidung getroffen, durch die sie mit einem Sprung erwachsen geworden war, mit der entsprechenden Verantwortung, den Wünschen und Kompromissen. Marion war ihr kein bisschen ähnlich. Sie war rational, ehrgeizig, geschickt, nicht der Typ Frau, der unbeabsichtigt schwanger wird.

Plötzlich überkam ihn ein Zittern. Warum hatte sie zwei Tage frei nehmen und sie bei ihrem Freund und Vertrauten verbringen müssen? Wenn dieser Junge nicht ihr Liebhaber war, und er war bereit, das zu glauben, was hatte sie ihm dann anvertrauen müssen?

O verdammt! Verdammt! Sie war zweiunddreißig, genau das Alter, in dem alles Mögliche passieren kann.

Was hatte sie ihm noch an den Kopf geworfen? Du hörst heute Abend ja überhaupt nicht zu. Sie hatte ihm, wie sie sagte, etwas Wichtiges zu sagen, aber da er ihr nicht zuhörte, weil er besessen von seinem Mörder war, hatte sie geschwiegen. Dann hatten sie sich gestritten, und sie hatte ihm eine geklebt, danach war sie in Tränen ausgebrochen. Nie zuvor hatte er sie weinen sehen. Sie hatte ihn angesehen wie ein Kind, das nicht versteht, warum es bestraft wird. »Was habe ich denn nur getan?« Normalerweise reagierte sie anders, sie hatte sich verändert.

Er hielt es nicht mehr aus, er musste Gewissheit haben.

Er zog sich wieder an, ging hinaus und schloss sorgfältig die Tür zwei Mal hinter sich ab.

Zehn Minuten später stand er vor Marions Haus.

Er gab den Kollegen ein Zeichen. Von nun an war seine Beziehung kein Geheimnis mehr, aber das war seine geringste Sorge.

Er nahm zwei Stufen auf einmal, klingelte und stellte sich in den Lichtkegel der Treppenbeleuchtung.

Er hörte ein Scharren hinter der Tür, das Geräusch des Schlosses, dann ging die Tür auf.

Sie hatte rot unterlaufene Augen.

»Was willst du?«, fragte sie.

»Bist du schwanger?«

»Wer hat dir das erzählt?«

Er schob sie sanft nach hinten, ging hinein und schloss die Tür.

»Niemand hat mir etwas gesagt. Du vergisst, dass ich Polizist bin. Es ist mein Beruf, über alles informiert zu sein.«

»Und wenn es stimmte, wenn ich wirklich schwanger wäre?«

»Sag einfach ja oder nein, Marion.«

»Ich habe es nicht extra gemacht, weißt du. Ich wollte es dir nicht aufdrängen. Ich hasse Frauen, die sich hinter dem Rücken ihres Mannes ein Kind machen lassen, als gäbe es den Vater gar nicht ...«

»Ich möchte, dass eines zwischen uns klar ist. Es kommt

nicht in Frage, dass ich Vater spiele, während du wer weiß wen am anderen Ende der Welt interviewst.«

»Heißt das, dass du mich mit dem Baby willst?«

»Mit unserem Baby.«

Sie lächelte durch ihre Tränen hindurch.

»Ich bitte meine Mutter, mir zu helfen.«

»Ich will nicht mit deiner Mutter leben, sondern mit dir.«

Sie wurde blass, dann röteten sich ihre Wangen, und sie warf sich ihm in die Arme.

»Ist das wahr?«, flüsterte sie in seinen Hals gekauert. »Willst du wirklich, dass wir alle drei zusammen leben?«

»Ja.«

Wie konnte ich nur so einen Unsinn reden, sagte er sich, während er sie an sich drückte. Meine erste Frau ist gestorben, die zweite ist gegangen, weil sie es nicht mehr mit mir aushielt, ich muss ja völlig bescheuert sein. Ein Masochist. Und außerdem in acht oder neun Monaten Vater und Großvater zugleich. Will ich wirklich mit ihr leben und ein Kind haben? Ja.

Eine wohlige Wärme durchfuhr ihn. Wann hatte er diese Entscheidung getroffen? Er wusste es nicht mehr, aber eine Stimme aus seinem tiefsten Innern, eine Stimme, deren er sich kaum bewusst war, sagte ihm, dass er, wenn Myriam nicht von ihrer Heirat gesprochen hätte, vermutlich anders reagiert hätte.

Kapitel 31

Der Detektiv rief Myriam um neun Uhr an, sie war gerade auf dem Weg ins Büro.

»Ich habe bisher noch keinen Bericht geschrieben, aber ich habe einen Termin für Sie vereinbart«, verkündete er selbstzufrieden.

»Mit wem?«

»Mit einem Krankenhausarzt. Damals war er noch Assistent. Heute ist er Direktor der Abteilung für Kindertraumatologie. Interessiert Sie das?«

»Ja«, sagte sie. »Wann und wo?«

Der Mann in dem engen gestärkten weißen Kittel wirkte cholerisch. Sein Hals und seine Wangen waren gerötet, er hatte schwarzes kräftiges Haar und zwei Falten auf der Stirn, die bis zur Nasenwurzel reichten.

Er muss den Kindern einen Schrecken einjagen, dachte Myriam, als sie ihm gegenüber Platz nahm. Er ist kein Traumatologe, sondern er traumatisiert höchstselbst.

»Sie haben Glück«, sagte er und musterte mit offensichtlichem Interesse und unbefangen ihre Beine und ihre Brust. »Dumèze ist ein alter Kumpel. Er hat mir erzählt, was Sie suchen. Damit eines klar ist, die Akten zeige ich Ihnen nicht, so was mache ich nur, wenn es offiziell beantragt wird. Ich habe nicht die geringste Lust, meinen Posten zu verlieren. Aber ich kann Ihnen eine Geschichte erzählen. Sind Sie damit einverstanden?«

Myriam nickte zustimmend, nahm das linke Knie vom rechten, spreizte die Beine einen winzigen Augenblick und schlug sie in der entgegengesetzten Richtung übereinander, um ihn zu ermuntern.

»Ich kann mich genau an die junge Frau und ihren Mann erinnern«, fuhr er fort. »Namen nenne ich nicht. Sie kam mit ihrem Baby auf dem Arm in die Notaufnahme, und er kam hinterher dazu. Er stellte erst das Auto auf dem Parkplatz ab. Während wir den Kleinen versorgten, setzte er sich neben seine Frau und sah sie die ganze Zeit an. Er redete leise auf sie ein, und ich weiß nicht, was er ihr sagte, aber es waren sicher keine Worte des Trostes. Sie saßen dreieinhalb Stunden da, so lange hat es gedauert, und ich schwöre Ihnen, dass er sie nicht aus den Augen ließ. Als alles vorbei war, bin ich zu ihnen gegangen. Ich habe ihnen gesagt, dass ich ihnen ein paar Fragen über den Unfall stellen müsse. Dass das Gesetz es verlangt. Aber sie war unfähig zu antworten. Sie konnte sich eben so auf den Beinen halten. Er hat geredet, hat uns in sehr geschwätziger Form eine Story aufgetischt und sah sie dabei unentwegt an. Sie stimmte zu, nickte immer wieder, die Augen halb geschlossen und so blass wie ihr kleiner toter Sohn. Ich habe die Polizei gerufen, und die haben sie erneut befragt. Er hat dieselbe Geschichte wiederholt, und sie hat zugestimmt und das Protokoll gegengezeichnet. Da war nichts zu machen, aus Mangel an Beweisen. Ich erinnere mich, dass sich der Mann, als er ging, zu mir umdrehte und mir zuzwinkerte. Ein übler Typ ...«

Er erlebte das Drama von neuem und ballte die Fäuste, als könne er den Peiniger zu Hackfleisch machen.

»Da habe ich begriffen, wie man sich mehr als alles auf der Welt den Tod eines Menschen wünschen kann. Ich hätte den Kerl gern umgebracht. Das ist alles, was ich Ihnen sagen kann. Ich habe sie nie wieder gesehen.«

»Sie hat mir gesagt, dass sie das Kind getötet hat.«

»Sind Sie sicher, dass Sie richtig gehört haben?«

»Ja.«

Er runzelte die Stirn.

»Ja ...«, sagte er schließlich. »Ich glaube, ich verstehe, warum Sie Ihnen das gesagt hat. Es ist so absurd wie logisch zugleich.«

Im selben Augenblick begriff auch Myriam.

»Sie wirft sich vor, dass sie nicht alles getan hat, um ihren Mann daran zu hindern, das Kind zu töten. Deshalb hält sie sich für schuldig.«

»Und trotzdem lebt sie immer noch mit ihm.«

»Das überrascht mich nicht. Nach allem, was mir Dumèze erzählt hat, glauben Sie, dass sie sterben will. Sie wartet darauf, dass er auch sie umbringt.«

»Nein. Vielleicht wollte sie das zuerst. Vielleicht hat sie lange darauf gewartet, aber heute wartet sie nicht mehr. Sie wird sich selbst das Leben nehmen.«

Jeannette versuchte sich auf die Aussage ihrer Zeugin, kurz nur die »Frau mit dem Motorrad« genannt, zu konzentrieren und fahndete nach einem Detail, das sie vielleicht übersehen hatte.

Es war nicht einfach. Jeannette hatte Probleme zu Hause. Ihr Mann hatte ihr am Vorabend eine Szene gemacht und ihr vorgeworfen, dass sie immer weniger Zeit für ihn und ihr Kind hätte. Sie hatte zwar ihren Standpunkt vehement verteidigt, doch sie konnte nicht vollends leugnen, dass er in Teilen Recht hatte. Sie sah ihr Mädchen immer seltener, und sie und ihr Mann hatten seit mindestens zwei Wochen nichts mehr miteinander gehabt. Wenn dieser Fall abgeschlossen war, musste sie eine wichtige Entscheidung treffen, die ihr Leben grundlegend ändern konnte. Unbezahlten Urlaub oder die Versetzung an eine Stelle, bei der sie mehr Zeit für ihr Privatleben hatte.

Ihr würde die Arbeit bei der Kriminalpolizei fehlen, selbst wenn es mit Martin nicht immer einfach war. Aber sie wusste, dass sie sich, wenn es darauf ankam, für die Familie und gegen die Arbeit entscheiden würde. Sonst konnte sie gleich die Scheidung einreichen. Und wenn sie sich scheiden ließ, war es keineswegs sicher, dass ihr der Richter das Sorgerecht übertrug. Sie schüttelte sich. Sie hatte keine Lust, sich scheiden zu lassen. Sie liebte ihren Mann, auch wenn er ihr manchmal sehr auf die Nerven ging.

Die Zeugin hatte sich bei der Ziffer Neun geirrt, aber wahrscheinlich nicht bei der roten Farbe des Motorrads und auch nicht bei der letzten Zahl, der Fünf, die zusammen 95 bildeten, die Nummer des Val d'Oise, des Departements, von dem aus der Mörder Sabine Renoult, sein zweites Opfer, sowie die Zeitungsredaktion angerufen hatte.

Im Grunde hatte die Zeugin fast nichts gesehen. Als sie sich trotz ihrer Angst noch einmal umgedreht und beobachtet hatte, wie er an der Straßenecke nach links abbog, war er schon über alle Berge.

Jeannette überflog die Zeugenaussage mit müden Augen. Irgendetwas war ihr aufgefallen, aber was? Plötzlich fand sie es. Es war nicht in der Aussage selbst. Es hatte mit der Erinnerung an den Ort zu tun. Sie hatte die Straße vor Augen, in der die Zeugin den Mörder auf sein Motorrad steigen und wegfahren sieht. Irgendetwas an der Aussage passte nicht zusammen. Sie schloss die Augen und stellte sich die Straße bei dem Krankenhaus vor. Wie konnte die Zeugin gesehen haben, dass der Mörder nach links abbog, wenn ihrer Erinnerung nach die erste Straße, die nach links abging, zweihundert Meter entfernt war?

Jeannette nahm einen Stadtplan und überprüfte, ob sie ihrem Gedächtnis vertrauen konnte. Sie hatte Recht. Die erste nach links einbiegende Straße war viel zu weit entfernt, als dass die Zeugin hätte sehen können, dass der Mörder sein Motorrad nahm. Dagegen gab es weiter vorne, nur fünfundzwanzig Meter entfernt von der Stelle, wo das Motorrad geparkt war, eine Straße, die nach rechts abging.

Die Zeugin hatte rechts und links verwechselt. Vielleicht hatte sie eine Rechts-links-Schwäche und war Legasthenikerin. Damit war alles in Frage gestellt bis auf die rote Farbe, außer die Frau war zudem auch noch farbenblind.

So konnte sie leicht Fünf und Neun verwechselt haben, oder die Neun war in Wirklichkeit eine Sechs.

Jeannette ging zu den Hilfsermittlern, die sich gerade jeweils hinter einem Telefon niederließen, und teilte ihnen ihre Schlussfolgerungen mit.

Sie sollten für den Augenblick davon ausgehen, dass das Motorrad tatsächlich im Val d'Oise gemeldet war. Sie sollten hingegen die Neun vergessen und alle roten Motorräder des Departements durchgehen und herausfinden, wer die Eigentümer waren.

Sie befestigte mit Reißzwecken einen Plan der Gegend um Cergy-Pontoise an der Wand und zeichnete mehrere Kreise ein, den Mittelpunkt bildete jene Telefonzelle, die der Mörder zwei Mal benutzt hatte.

Der erste Kreis hatte einen Radius von fünfhundert Metern, der zweite einen Radius von einem Kilometer – und so weiter und so fort.

»Zuerst suchen wir die Motorradbesitzer im ersten Kreis, dann im zweiten und immer so weiter«, sagte sie. »An die Arbeit!«

Olivier kam gerade in diesem Moment hinzu und warf ihr einen bösen Blick zu, als er merkte, dass sie nicht auf ihn gewartet hatte, um die Arbeit zu verteilen. Nach dem, was bei ihr zu Hause passiert war, hatte Jeannette keine Lust, sich auch noch mit ihrem Kollegen zu streiten.

Sie berichtete ihm, was sie unternommen hatte, und fragte ihn in einem aufrichtig besorgten Ton, ob das wohl richtig gewesen sei. Das beruhigte Olivier und ließ ihn sein angekratztes Ego vergessen.

Danach ging sie zu Martin und besprach die Angelegenheit mit ihm. Er sagte, ihre Methode sei richtig gewesen, doch er schien ihr auffallend zerstreut.

»Meinen Sie, all diese Arbeit war umsonst?«, fragte sie leicht verunsichert.

»Nein, keineswegs, du hast völlig Recht. Mir wäre auch nichts Besseres eingefallen.«

Nun war auch sie beruhigt, aber sie fragte sich trotz allem, wie sie darauf kam, Martin sei nicht mehr so auf den Fall konzentriert wie sonst. Hatte er Ärger mit Roussel? Oder war es etwas Privates? Sie glaubte zu wissen oder zu erraten, dass Martins Leben nicht gerade in ruhigen Bahnen verlief. Sie hatte längst kapiert, dass Marion seine Geliebte war, und insgeheim sträubte sich in ihrem Inneren etwas gegen diese Tatsache. Weniger wegen des Altersunterschieds als wegen Marions Beruf. Eine Journalistin war eine geborene Schnüfflerin, eine Person, die oft gegen die Interessen der Polizei arbeitete.

Jeannettes Mann war Sportlehrer an einem Gymnasium. Er hatte keinerlei Interesse an der Arbeit seiner Frau und wollte von Morden und Vergewaltigungen nichts wissen. Diese Gleichgültigkeit kam ihr sehr gelegen, selbst wenn sie zum Teil der Grund für seine zunehmende Abneigung gegen all die Überstunden war, die wie durch ein Wunder von der Verwaltung in spätere Frühpensionierungszeiten umgewandelt wurden.

Martin hatte bei Marion durchgesetzt, dass sie vorübergehend zu ihm zog, was den Personenschutz vereinfachte. Sie sollte nicht zu festen Zeiten ins Büro gehen, und wenn es Konferenzen oder wichtige Treffen gab, diskret von Polizisten begleitet werden, bis der Mörder verhaftet war.

Er war nach Hause gekommen und hatte Isabelle Bescheid gesagt. Sie solle sich bitte nicht wie das fünfte Rad am Wagen fühlen. Es sei ebenso ihre wie seine Wohnung, hatte er ihr mit Nachdruck erklärt.

Er beschloss, dass nun der richtige Moment gekommen sei, um ihr zu sagen, dass auch er ein Kind bekam. Aber er wusste nicht so richtig, wie er es anstellen sollte.

»Übrigens, Isa, meine Freundin Marion erwartet ein Kind von mir.«

Nein, so ging das nicht. Das wirkte auswendig gelernt und in falscher Weise lässig.

Isa, ich muss dir etwas sagen, Marion, die Journalistin, ist schwanger.
Von dir?
Ja.
Nein, so ging es auch nicht. Warum war das bloß so schwierig? Würde es Isa etwas ausmachen, wenn ihr Vater wieder ein Kind hätte? War alles vielleicht deshalb schwierig, weil er ein Kind mit einer Frau haben würde, die nur zehn Jahre älter war als sie? Und warum fühlte er sich so schuldig? An wem beging er eigentlich gerade Verrat? An seiner ersten Frau? An Isa? An Myriam?
Verflucht, sagte sich Martin, es ist schließlich kein Verbrechen, ich muss mich nicht rechtfertigen. Außerdem verlange ich von niemandem irgendetwas.
»Ich muss dir was sagen, Isa. Meine Freundin, die Journalistin, wohnt eine Weile bei uns. Sie wird von dem Mörder bedroht.«
»Ach du Scheiße«, sagte Isa, »das ist ja wie in einem amerikanischen Film.«
»Genau«, sagte Martin. »Und da ist noch was. Sie ist schwanger.«
»Aha«, sagte Isa, »in welchem Monat denn?»
Plötzlich riss sie die Augen auf.
»Willst du damit sagen, das ist euer Kind?«, sagte sie.
»Ja.«
»Oh, Papa ...«
Sie schwieg und sah ihn mit einem seltsamen Gesichtsausdruck an, als hätte sie in ihrem Vater einen Mann entdeckt, den sie nicht kannte. Einen Mann, dessen Gedanken und Verhalten ihr fremd waren. Einer der Männer, der so war wie alle anderen. Nicht mehr nur ihr Vater.

Sie standen sich schweigend gegenüber, Martin war völlig verlegen.
Wenn Isa noch ein kleines Mädchen gewesen wäre, hätte er ihr sagen können, dass, auch wenn er Vater wurde, dies nichts an seinen Gefühlen für sie veränderte und er sie immer genau so lieben würde.
Er hätte es ihr beinahe gesagt, hielt sich aber zurück, aus falscher Scham, aus Angst, dass sie ihn auslachen könnte.
»Findest du mich blöd?«, fragte er schließlich. »Ein Baby in meinem Alter. Wenn es zwanzig ist, bin ich schon über sechzig ...«
»Hör auf«, sagte Isa, »darum geht es überhaupt nicht, es ist nur weil ...«
»Was?«
»Ich wusste nicht, dass es zwischen Marion und dir schon so ...«
»So etabliert? So gefestigt?«
»Ja.«
»Ich wusste es selbst nicht«, sagte Martin.
Isa fing an zu lachen.
»Das wird komisch für mich sein. Bis heute bestand meine Familie aus dir, mir und Myriam. Ich war der Mittelpunkt, das ist jetzt wohl vorbei ...«
»Es ist nicht vorbei, es ist nur anders.«
»Du hast es mir ja schon gesagt«, meinte sie lachend. »Vielleicht werde ich mich erst jetzt richtig als Erwachsene fühlen.«
Sie lachten, nicht ohne den Ausdruck einer gewissen Traurigkeit, und sie ließ sich von ihm in die Arme nehmen.
»Mein alter Papa, der den jungen Mann spielt.«
»Findest du mich zu alt?«

»Nein, so alt bist du doch gar nicht«, sagte Isa – eine Antwort, die Martin nicht ganz zufrieden stellte. »Und ich werde sicher eine eigenwillige Schwester sein«, fügte sie hinzu. Mit einem Mal befreite sie sich aus seiner Umarmung.
»Und was wird Myriam sagen?«
Martin seufzte.

Jeannette stellte sich zu Recht die Frage, was mit ihrem Chef los war. Martin war mit seinen Gedanken woanders. Aber sie zog keine weiteren Schlüsse daraus. Sie hätte ihn aufrütteln und ihm im Einzelnen erzählen sollen, wie sie auf die Legasthenie der Zeugin gekommen war. Wenn Martin von seiner künftigen Vaterschaft, von den Problemen, die ein Zusammenleben seiner Tochter und seiner Freundin mit sich bringen konnte, weniger in Anspruch genommen gewesen wäre, hätte er vielleicht Jeannettes Überlegungen zu Ende geführt. Zusätzlich wurde er abgelenkt von dem komplizierten Verhältnis zu seiner Ex-Frau, die eine wichtige Rolle in seinem Leben spielte.
Nach gründlichen Überlegungen wäre es unter Umständen möglich gewesen, verschiedene Hinweise, die scheinbar nichts miteinander zu tun hatten, miteinander in Beziehung zu setzen. Nicht zuletzt hätten es diese Hinweise ermöglicht, die Liste der Verdächtigen stark zu verkürzen, stattdessen stellten ihre Helfer ein stattliches Verdachtsregister zusammen. Man hatte es mit zahlreichen Fragezeichen zu tun, doch Martin, der von Zeit zu Zeit geradezu frappierende Eingebungen hatte, war nun einmal kein Übermensch. Indes später, sehr viel später sollte Jeannette an diesen Moment denken, in dem die Ermittlungen die richtige Wendung hätten nehmen können. Vermutlich

wären ihnen dadurch weitere Schrecken erspart geblieben.
»Glauben Sie, er wird sich an der Journalistin austoben?«, fragte Jeannette.
»Meiner Meinung nach nicht sofort, erst wenn er merkt, dass es schwieriger ist als gedacht. Er kehrt bestimmt zu seinen Gewohnheiten zurück. Brünett, groß, schlank. Vielleicht sucht er bereits nach der Nächsten.«
»Wir können nichts anderes tun als abwarten«, sagte sie.
»Roussell ist einverstanden. Er hat es mir heute Morgen gesagt. Die Presse und das Radio werden die Vorlieben des Mörders veröffentlichen. Es bleibt zu hoffen, dass das die großen Brünetten davon abhält, nach dem Mann fürs Leben zu suchen – oder dass sie wenigstens etwas wählerischer vorgehen.«
Am Tag zuvor hatte die Psychologin eine Hypothese aufgestellt, die er sogleich als zu unwahrscheinlich zurückgewiesen hatte. Aber so wie die Dinge nun einmal lagen, durfte er nichts links liegen lassen. Er schnippte mit den Fingern.
»Hinrichtungen, das ist es.«
Jeannette zögerte.
»Entschuldigung, ich erklär es dir. Die Psychologin hat mir gestern etwas mitgeteilt, so in die Richtung, diese kalten Morde erinnerten an ein Abkommen. Natürlich kann es das nicht sein. Aber es hat mich auf eine andere Idee gebracht. Was, wenn die Morde dazu dienen sollen, einen anderen Mord zu verschleiern?«
»Wir haben Persönlichkeit und Vergangenheit der Opfer genauestens untersucht«, erklärte Jeannette. »Es war nichts zu finden.«
»Dann müssen wir eben noch einmal von vorne anfangen,

und der eigentliche Mord, der, für den er all dies tut, kann uns schließlich noch bevorstehen.«

»Sollte das der zehnte sein, dann sind wir ja schon gut vorangekommen!«

»Genau. Wenn er sein eigentliches Opfer umgebracht hat, dann muss er noch ein paar andere ermorden, um sein wahres Motiv zu verbergen, und irgendwann hört er auf, und wir werden nie mehr etwas von ihm hören.«

»Wenn das so ist, dann weiß ich nicht, was sich durch diese Erkenntnis verändert hat«, sagte Jeannette. »Was auch immer seine wahren Motive sein mögen, er ist ein Serienmörder.«

»Ich weiß, aber es muss sich trotzdem irgendetwas ändern.«

Er erhob sich plötzlich und ging auf und ab.

»O verflucht!«

»Was?«

»Das ist es! Denk noch mal daran, wie er die erste und zweite Frau getötet hat. Von vorn, aus ein paar Metern Entfernung. Anschließend ist er auf sie zugegangen, um zuzusehen, wie sie sterben. Diese beiden Frauen kannte er nicht. Er hatte keinen Grund, sie zu hassen, so weit einverstanden?«

»Ja, jedenfalls nach dem, was wir wissen.«

»Und doch hat er sich so verhalten, als hasse er sie. Er hat die Methode, mit der er die Frau töten wird, für die er dies alles macht, vorweggenommen. Es ist eine Wiederholung. Er nähert sich ihr und sieht zu, wie sie stirbt. Er hasst sie über die Maßen und will, dass sie weiß, wer ihr Mörder ist. Er will zusehen, wie ihr das Leben entweicht. Verstehst du, was ich sagen will?«

»Was hat er gegen sie?«

»Wie soll ich das wissen, ein ausgebooteter Verlobter, ein

eifersüchtiger Ehemann, ein Typ, der wegen dieser Frau seinen Job verloren hat. Verflucht, wenn wir doch wenigstens die leiseste Ahnung hätten.«

»Und wer sagt dir, dass es nicht ein völlig abwegiger Grund ist?«

Er sah sie an, dann nahm er, ohne ein Wort zu sagen, den Telefonhörer in die Hand und rief die Psychologin an. Sie nahm beim ersten Klingeln ab. Er legte ihr seinen Einfall dar.

Längeres Schweigen am anderen Ende der Leitung, so lang, dass er dachte, die Verbindung sei unterbrochen.

»Hallo?«, sagte er.

»Ich bin noch dran«, sagte Laurette. »Ich versuche nur herauszufinden, was an Ihrem Einfall nicht stimmt, aber im Moment finde ich nichts. Ich nehme an, Sie haben Recht.«

»Wir haben Recht, denn ich bin erst durch das, was Sie gesagt haben, darauf gekommen. Die Abmachung.«

»Versuchen Sie nicht, mein gekränktes Selbstwertgefühl aufzurichten«, sagte sie lachend, »ist Ihnen übrigens klar, was Ihre Idee bedeuten kann?«

»Ich verstehe nicht?«

»Wenn Sie Recht haben, ist der Kerl noch kränker, als ich dachte. Er glaubt, alles organisiert zu haben, entsprechend seiner Absicht, sich an einer Frau zu rächen. Aber alle Frauen sind in Gefahr und nicht nur die großen Brünetten. Der kleinste Anlass kann ihn in Rage versetzen, und nachträglich rationalisiert er seine Handlungen.«

»Warum?«

»Warum was?«

»Warum muss er sie rationalisieren?«

»Weil ihn das mit der Wirklichkeit verbindet. Was ihm ermöglicht, seine Pläne und Wünsche miteinander in Einklang zu bringen, ist die Wirklichkeit. Ist Ihre Journalistin in Sicherheit? Es soll eine sehr hübsche Frau sein.«

Er wusste nicht, was er antworten sollte, und sie lachte erneut.

»Kopf hoch, Martin, jetzt schmollen Sie mal nicht. Ich glaube, Ihre Idee ist viel versprechend. Ich denke drüber nach. Rufen Sie an, wenn Sie Neuigkeiten haben. Oder wenn sie wieder eine Eingebung überkommt.«

Sie legte auf.

Jeannette sah ihn mit einem seltsamen Gesichtsausdruck an. Er fragte sich, ob sie dahinter gekommen war, dass er etwas mit der Psychologin hatte.

»Wir warten nicht so lange, bis er sich die Nächste schnappt«, sagte er. »Wir müssen uns noch mal mit den ersten beiden Opfern beschäftigen. Los, an die Arbeit.«

In diesem Moment klingelte das Telefon.

Er nahm ab, sagte ein paar Worte und legte auf.

»Der Ermittlungsrichter will mich sprechen«, sagte er.

Kapitel 32

Das Internet war wirklich eine tolle Erfindung. In wenigen Minuten hatte er herausgefunden, wo die Journalistin wohnte, und jetzt präsentierte sich hier eine Unzahl von Frauen. Nicht nur mit oberflächlichen Beschreibungen, nein, hier verfügte er über Frauen mit Farbfoto und sämtlichen Details, mit Telefonnummer und oft sogar mit einer Stimmprobe. Das dritte Opfer konnte er sich so sorgfältig auswählen, wie er sich nicht hatte träumen lassen.

Er spürte, wie ihn jemand sanft am Nacken berührte, dann fühlte er ein Küsschen auf seinem linken Ohr. Er sah sich um. Die kleine Blonde sah ihn mit Besitzerstolz an und wies dann auf den Bildschirm.

»Reicht es dir nicht mit mir allein? Willst du, dass wir es zu dritt machen?«

Sie schien nicht beleidigt, eher belustigt. Gestern hatte sie noch zu ihm gesagt: »Alles was du willst, will ich auch.« Solche Erklärungen musste man zunächst einmal auf ihre Wahrheit hin prüfen, aber dieser Satz sagte mehr, als ihm je eine Frau gesagt hatte.

»Warum nicht?«

Sie legte ihm die Hand auf die Schulter und beugte sich zum Bildschirm herab, ihr langes blondes Haar glitt sanft über sein Gesicht.

Sie hatten nicht die ganze Nacht draußen verbracht. Um vier Uhr morgens war ihnen kalt geworden, und er hatte sie mit nach Hause genommen.

Roselyne lag im Bett. Sie schlief oder tat nur so. Er hatte lange mit seiner neuen Freundin geduscht, dann hatte er es unter der Dusche mit ihr gemacht, und um sechs Uhr waren sie wieder weggefahren. Er hatte sie nach Hause gebracht, damit sie sich umziehen konnte, und sie waren eine Weile dort geblieben. Nachdem Dianes Mitbewohnerin zur Arbeit gefahren war, schliefen sie ein weiteres Mal miteinander, dann hatte er sie zum Internet-Café gebracht und war auch ihr erster Kunde gewesen.

Sie ließ den Cursor über den Bildschirm gleiten. Plötzlich stach ihm das Bild des kleinen schwarzen Pfeils ins Auge, der über den Schirm lief und über die Gesichter mehrerer Frauen. Der Cursor war sein Armbrustbolzen! Ein wohliger Schauer überfiel ihn. Es war, als hätte er geahnt, dass er eines Tages das Internet nutzen würde, um seine Zielscheiben zu finden. Dieser kleine Pfeil, der direkt auf den Kopf seiner künftigen Opfer zeigte, war eine Botschaft: Alles war schon vorher festgelegt, unabänderlich. Dies war die elektronische Bestätigung seiner Unbesiegbarkeit.

»Gefallen dir diese Mädchen?«, fragte Diane.

»Weniger als du«, sagte er, ohne zu lügen.

»Weißt du, das sind keine richtigen Kontaktanzeigen, das sind Nutten.«

Er sah sie an und fragte sich einen Moment, ob sie sich über ihn lustig machte. Nein, Diane bestimmt nicht, sie log nicht, sie kannte das Internet viel besser als er, aber sie war kein bisschen arrogant, er hatte sich gestern vertan. Sie stellte ihm alles, was sie wusste, zur Verfügung.

»Ich kenne ein Mädchen, mit der könnten wir es zu dritt machen, wenn du willst«, sagte sie. »Sie ist nett, nicht wie diese da.«

»Nein, das ist nicht nötig, ich will dich.«

Sie lächelte ihn an und fuhr ihm durchs Haar.

»Ich muss mich jetzt auch ein bisschen um die anderen Kunden kümmern.«

»Klar, mach das, ich komme schon zurecht.«

Sie streichelte ihn mit den Fingerspitzen am Hals und ging.

Eine Nutte. Das war doch eine super Idee!

Er brauchte ihr nicht zu folgen, um zu erfahren, wo sie wohnte. Sie lud ihn zu sich nach Hause ein. Er traf seine Wahl. Und würde sich für zwei entscheiden. Er würde nur eine von ihnen töten, die mit dem einfachsten Fluchtweg.

Er klickte und bekam die Telefonnummer.

Er stand auf, ging zu Diane und sagte ihr, er müsse eine Besorgung machen und käme in der Mittagspause wieder.

Beim Rausgehen fragte er sich, wie sie reagieren würde, wenn er sein Geheimnis mit ihr teilte. Aber er gab den Gedanken sofort wieder auf. Daran war nicht zu denken. Es war viel zu gefährlich.

Am anderen Ende der Leitung fragte ihn eine Frau, was er wolle.

»Arlène? Ich habe Ihre Annonce gelesen«, sagte er.

»Ah so. Und was wollen Sie?«

»Hm, Sie treffen.«

»Okay, long trip oder short trip?«

»Long trip?«

Was sollte das heißen? Verarschte sie ihn?

»Long trip bedeutet eine Nacht mit dreihundert Küssen.

Short trip ist auch gut, aber weniger Küsse, nur hundertfünfzig und nur für den Abend.«
»Aha«, sagte er.
Er dachte kurz nach.
»Long, wie Sie das nennen, scheint mir besser zu sein.«
»Also gut«, sagte sie. »Sie können mit Kreditkarte bezahlen. Zwanzig Stunden, ist das okay?«
»Ja.«
»Schreiben Sie sich die Adresse auf.«

Als Martin aus dem Gerichtsgebäude kam, kehrte er in sein Büro zurück und ließ sich seufzend in seinen Sessel fallen. Jeannette und Olivier hatten ihn offenbar gesehen, denn ein paar Sekunden später standen sie vor ihm.
»Was wollte der Richter?«, fragte Jeannette beunruhigt.
»Er hat gemerkt, dass sich die Presse zusehends für unseren Kerl interessiert. Also interessiert es auch ihn mehr als vorher. Ich habe ihm genau berichtet, wie der Stand der Dinge ist, und er hat nichts auszusetzen gehabt. Bis jetzt nicht. Aber er will, dass wir ihm Leute zum Befragen anschleppen.«
Jeannette lachte leise.
»Da ist er nicht der Einzige.«
»Gibt es was Neues über die ersten beiden Opfer?«
Olivier und Jeannette sahen sich an.
»Nicht viel«, sagte Olivier. »Jedenfalls haben wir weder einen eifersüchtigen Verlobten noch sonst einen Konkurrenten gefunden … Keine Drohungen, weder in Briefen noch am Telefon. Nichts über ihre Vergangenheit. Gar nichts.«
Das Telefon klingelte, und Martin nahm ab. Er verdrehte die Augen.

»Ja, Herr Ermittlungsrichter, aber natürlich. Wir arbeiten an dem Bericht. Auf Wiedersehen, Herr Richter.«
Er legte auf und seufzte.
»Er hat eine Idee.«
Jeannette und Olivier warteten.
»Der Mörder hat sein Motorrad vielleicht nur rot gestrichen.«
Wieder klingelte das Telefon.
»Jetzt nimmst du ab«, sagte Martin und schob seiner Assistentin das Telefon hin. »Du sagst ihm, dass ich losgegangen bin, um in Farbgeschäften nachzufragen.«
Jeannette griff vorsichtig nach dem Hörer, horchte.
»Einen Moment«, sagte sie und sah Martin an. »Myriam Sonnen, es ist etwas Persönliches.«
Martin nahm den Hörer, worauf Jeannette und Olivier diskret den Raum verließen.
»Ich möchte dich sehen«, sagte sie, »ich muss dich um einen dienstlichen Rat bitten, hast du heute einen Moment Zeit?«

Sie sprach in kaltem, fast feierlichen Ton, »ein dienstlicher Rat«. Bloß nichts Persönliches. Sie war ihm offenbar immer noch böse, dabei war sie diejenige, die heiratete!
Er ging Richtung Rue Saint-Jacques. Als er das Café betrat, war sie bereits da.
Er fragte sich, ob der kleine Stich, den er verspürte, sobald er sie sah, immer bleiben würde. Ob dieses Gefühl irgendwann schwächer werden oder ganz verschwinden würde, wenn sie sich nach ihrer Hochzeit und nachdem Marion und das Baby, ihr gemeinsames Baby, bei ihm wohnen würden, seltener sähen? Ob es ihm vielleicht gleichgültig sein würde,

dass sie fort war, er sie vielleicht sogar vergessen könnte? Dieser Gedanke stimmte ihn nostalgisch.

Er küsste sie auf die Wangen und nahm ihr gegenüber Platz. Sie war so schön und elegant wie immer, aber sie wirkte müde. Vergeblich hatte sie versucht, die bläulichen Ringe unter ihren Augen mit Make-up zu überdecken.

»Folgendes, ich habe mehrere Dinge über meine Buchhalterin Roselyne erfahren«, begann sie. »Ihr Baby ist gestorben als Folge dauerhafter Misshandlungen. Sie hat sich beschuldigt, es getötet zu haben, aber ich habe im Krankenhaus den Arzt getroffen, der damals mit der Sache zu tun hatte. Für ihn hat ohne jeden Zweifel der Mann das Kind umgebracht.«

»Wie bist du auf den Arzt gekommen?«

»Ich habe einen Privatdetektiv engagiert.«

Martin lachte.

»Das hast du tatsächlich getan. Nicht schlecht. Bist du immer noch sicher, dass sie es tun wird?«

»Ja, mehr denn je. Ich will sie retten. Ich bin schließlich keine Polizistin«, sagte sie.

Martins Lächeln verschwand.

»Entschuldigung«, sagte sie.

Sie bettete ihre Hand auf seinen Arm, zog sie aber sogleich wieder zurück.

»Ich rufe dich an, um dich um Hilfe zu bitten, und schon führe ich mich unmöglich auf ...«

»Was kannst du schon tun?«, sagte er. »Was kann man überhaupt tun? Wenn sie beschlossen hat, sich das Leben zu nehmen, kann nichts und niemand sie daran hindern. Wenn dein Detektiv nicht ganz unfähig ist, hat er dir das bestimmt gesagt.«

»Vielleicht würde sie wieder mehr Freunde am Leben haben, wenn man die Sache mit dem Tod ihres Kindes wieder aufrollen würde.«

»Man kann Ermittlungen nicht einfach so wieder aufnehmen. Es muss neue Hinweise geben. Und ich wüsste wirklich nicht, was das sein könnte. Sie haben kein weiteres Kind … Was ich aber nicht richtig verstehe, ist, warum sie dir gesagt hat, sie hätte es getötet, wenn sie es gar nicht war. Warum sollte sie ihren Mann, dieses Arschloch, schützen?«

»Weil sie sich schuldig fühlt, dass sie ihn nicht daran gehindert hat, es zu töten. Ich finde das logisch.«

»Und trotzdem lebt sie weiter mit diesem Kerl. Das ist doch komisch, oder?«

»Roselyne ist eine merkwürdige Frau. Ich habe viel darüber nachgedacht. Ich glaube, für sie ist das eine Art Selbstbestrafung. Eine Art, ihren Fehler wieder gutzumachen. Mit diesem Mann zu leben muss unerträglich für sie sein, aber sie glaubt, sie hätte nichts Besseres verdient. Verstehst du, was ich sagen will?«

»Ja. Die Frau hat sie aber doch nicht mehr alle auf der Reihe, oder?«

»Als ich meine Tochter verloren habe, bin ich auch fast verrückt geworden – und sie starb an einer Krankheit, es war kein Verbrechen. Ich kann mir einfach nicht vorstellen …«

Sie schwieg.

»Ich verstehe«, sagte er.

Jetzt schwiegen sie beide. Etwas zwischen ihnen hatte sich verändert, in die richtige Richtung. Sie schienen einander wieder näher zu kommen.

»Geht es wieder besser mit Isa?«

»Ja, sie ist ein Schatz. Wir haben uns lange unterhalten. Ich habe ihr gesagt, sie soll sich keine Sorgen machen. Ich bin immer da, wenn sie mich braucht.«

»Hat sie auch über ihren Idioten gesprochen?«

Miriam lächelte.

»Du meinst ihren Freund? Er ruft sie jeden Tag an, er ist bereit, sich in Stücke zu reißen, damit sie ihm verzeiht.«

»Und lässt sie sich rumkriegen?«

»Sie weiß es noch nicht. Ich bin mir da nicht sicher. Sie hat Charakter, deine Tochter. Ich frage mich, von wem sie das hat.«

Sie lächelten einander zu, dann wandte sie den Blick ab, und der Moment der Nähe verschwand.

Sie fühlte sich in seiner Gegenwart nicht wohl, er ebenso wenig. Es gab zu viel Unausgesprochenes zwischen ihnen. Ob sie sich eines Tages einander anvertrauen könnten, frei über ihr Privatleben sprechen würden, ohne Eifersucht, ohne Groll?

Er hatte plötzlich Lust, ihr zu sagen, was sie ihm neulich beim Weggehen gesagt hatte. Ich werde nie jemanden lieben, wie ich dich geliebt habe. Aber er hatte kein Recht mehr, ihr das zu sagen, denn Marion war schwanger. Und er musste jetzt ihr gegenüber loyal sein.

Sie sahen sich an, und es gelang ihnen nicht aufzubrechen. Sie mussten sich trennen, aber weder sie noch er wollte die Initiative ergreifen.

»Ich habe in den Zeitungen Berichte über deinen Fall gelesen. Da war ein Artikel von einer Marion Delambre, ist das deine Freundin?«

»Ja«, sagte er und fragte sich – und nicht zum ersten Mal –, ob Myriam telepathische Kräfte besaß.

»Sie schreibt gut, die Frau kann was.«

»Ja, finde ich auch. Hast du schon den Termin für deine Hochzeit festgesetzt?«

»Nein, noch nicht.«

»Was ist er von Beruf?«

»Interessiert dich das wirklich?«

Er zuckte mit den Achseln.

»Entschuldigung, ich wollte nicht indiskret sein.«

»Er arbeitet im Kulturministerium.«

»Ist er Beamter wie ich?«

»Ja.«

»Ist er noch jung?«

Sie lächelte.

»Blöder Kerl, mich das zu fragen. Ja, er ist zweiunddreißig.«

Martin brach in Lachen aus.

»Was hast du?«, fragte sie verblüfft.

»So alt ist Marion auch.«

»Das finde ich gar nicht komisch«, sagte Myriam, »mir ist das Alter egal. Außerdem wirkt er älter.«

Er hob die Hände zum Zeichen der Versöhnung.

»Gut, ich muss ins Büro zurück.«

»Ich auch.«

Sie legte einen Geldschein auf den Tisch und stand auf.

»Ruf mich bitte an, wenn dir wegen Roselyne etwas einfällt. Wann immer du willst.«

»Ich denke drüber nach«, sagte er, »aber rechne bitte nicht zu fest mit einem Ergebnis.«

Sie trennten sich am Seine-Ufer, und ihn überkam, als sie sich allmählich entfernte, erneut ein Gefühl der Trauer und Verlassenheit.

Kapitel 33

Die Hilfsermittler hatten gute Arbeit geleistet.
Sie hatten die Eigentümer von siebenundzwanzig roten Motorrädern in einem Umkreis von zwei Kilometern um die Telefonzelle ausfindig gemacht.
Diese Motorräder waren alle im Departement Val d'Oise unter der Endnummer 95 registriert, keine von ihnen begann mit einer Neun.
Manche der Eigentümer waren vorbestraft, Olivier ging die Akten durch.
Die Polizisten sollten mit den Vorbestraften beginnen, doch weder Martin noch einer der Kollegen machte sich allzu große Hoffnungen. Sie müssten zunächst die siebenundzwanzig Namen durchgehen, wenn dabei nichts herauskam, würden sie mit den Motorradhaltern des weiteren Umkreises fortfahren. Vier Gruppen würden von Tür zu Tür gehen, auch Martin hatte sich eingeteilt. Martin, Jeannette, Olivier und der Kollege mit dem Schnurrbart wurden jeweils von einem Helfer begleitet, um die Liste abzuarbeiten.
Sie teilten die Namen mit Hilfe eines genauen Plans der Vororte auf und ordneten die Adressen nach der Entfernung vom Ausgangspunkt.
Mit ein bisschen Glück könnten sie abends mit dem ersten Durchgang fertig sein.

Roussel hatte seinerseits die örtlichen Lokalzeitungen sowie die Regionalseite einiger größerer Zeitungen gebeten, nach Zeugen zu suchen. Ein Phantombild wurde veröffentlicht, außerdem hatten die Fernsehnachrichten der Ile de France zugesagt, einen Aufruf an die Bevölkerung zu senden.

Es war gut möglich, dass der Mörder nicht in diesem Vorort wohnte, sondern nur dort arbeitete. In diesem Fall würden ihre Recherchen nichts nützen. Doch Martin war überzeugt, dass der Täter in der Nähe wohnen musste, wegen der Uhrzeit, zu der er Sabine Renoult angerufen hatte. Gut, es war möglich, dass er auch nachts arbeitete, möglich, jedoch eher unwahrscheinlich.

Die Runde erwies sich bald als enttäuschendes Unterfangen, die meisten Motorradbesitzer waren nicht zu Hause anzutreffen, sie und ihre Partner gingen ihrer Arbeit nach; manche waren Singles.

Am späten Nachmittag hatten die Beamten gerade mal zehn Namen von ihrer Liste streichen können.

Seltsamerweise tat ihnen diese Suche gut, selbst wenn sie zu nichts führte, allen voran Martin. Er hatte endlich das Gefühl, etwas Konkretes zu tun, auch wenn die Chancen für einen Erfolg sehr gering waren. Der Hilfsermittler, mit dem er zusammenarbeitete, war ein schmächtiger Junge mit runder Brille, der unablässig rauchte und beim Gehen pfiff.

Wenn Martin an die Türen klopfte, blieb der Junge hinter ihm zurück und sah sich mit zusammengekniffenen Augen um, aufmerksam und misstrauisch, als lauere er auf eine schreckliche Gefahr. Martin konnte nicht umhin, ihn auf den Arm zu nehmen.

»Sobald ich die Hand hebe, wirfst du dich, ohne zu überlegen, auf den Boden«, sagte er.

Der Junge sah ihn starr an, sein Adamsapfel hob und senkte sich vor Aufregung.

»Glauben Sie, jemand schießt auf uns?«

»So was kommt vor«, sagte Martin und hakte die letzte Adresse ab, bei der sie niemanden angetroffen hatten; sie würden auch diese abends ein zweites Mal aufsuchen.

Für 19 Uhr war ein Treffen angesetzt, man begann auf offener Straße zu diskutieren, bis schließlich ein tunesisches Restaurant aufgesucht wurde.

Der Inhaber des Restaurants erkannte sogleich, dass es sich um Polizisten handelte. Bei dem Gedanken an seine beiden Cousins, die ohne Papiere in der Küche arbeiteten, wurde er von Panik ergriffen, doch als er verstand, dass sie nur essen wollten, wurde er freundlich und souverän und bot ihnen seinen besten Tisch an.

Eine gute halbe Stunde später war das Essen aufgetragen, und Martin nutzte die Zeit, um Isabelle und Marion anzurufen. Er erklärte, dass er spät nach Hause käme. Marion fragte ihn mit einem ironischen Lachen, ob er den Abend mit Laurette verbringen wolle, und Martin war einen Moment verwirrt, bis er sich erinnerte, dass ihm am Telefon ein Patzer unterlaufen war.

Als er die Rechnung bezahlte, überlegte er kurz, dass er das Geld wahrscheinlich nie wieder bekommen würde, aber seine Geste hatte dazu geführt, die Laune aller Beteiligten zu heben.

Der Chef des Hauses bot ihnen Pfefferminztee an, und kurz darauf, gegen Viertel vor neun, begannen sie mit der zweiten Runde, die bis elf Uhr dauerte. Keiner der Besitzer eines roten Motorrads war der gesuchte Mann.

Als Martin nach Hause kam, waren Marion und Isabelle gerade dabei, einen Dokumentarfilm anzuschauen. Vor ihnen standen eine große Salatschüssel, Chips, eine weitgehend geleerte Flasche Weißwein, etwas Obst – ferner ein Aschenbecher mit drei Zigarettenstummeln, und es roch nach Hasch.

Sie sahen ihn an wie einen Eindringling. Nachdem er sie beide auf die Stirn geküsst hatte, setzte er sich in einen niedrigen Sessel und beobachtete die beiden Damen.

»War's ein harter Tag?«, fragte Marion.

»Geht so, aber wir kommen nicht voran.«

»Ein Schluck Wein zur Entspannung?«, fragte Isabelle und goss ein.

»Seid Ihr sicher, dass Weißwein und Zigaretten gut sind, in eurem Zustand?«

Sie sahen einander an, dann wandten sie ihm den Kopf zu.

»Ist ja gut, Papa, wir sind schließlich nicht krank!«

»Kapierst du denn nicht«, sagte Marion, »es ist der Abschied von unserem Leben als Mädchen. Das wahre Ende des Jungfrauendaseins ist das Kinderkriegen. Ab morgen weder Alkohol noch Zigaretten.«

»Und kein Hasch mehr«, fügte Isabelle hinzu und sah ihren Vater herausfordernd an. »Jedenfalls nicht in den nächsten acht Monaten.«

Martin hob sein Glas.

»Auf euer Wohl!«

Sie nickten ihm zu, beide in würdiger Prinzessinnen-Haltung.

Schön waren sie beide, auf ganz unterschiedliche Art. Isabelle war schlank, Gesicht und Körper wirkten kräftiger und fülliger als Marions. Isa war auch ein wenig größer, was sie zu einer künftigen Hera machte, während Marion eine künftige ... Was eigentlich? Wer würde sie sein? Artemis, die Jägerin mit der schlanken, sehnigen Figur eines Mädchens am Ende der Pubertät, obwohl sie zehn Jahre älter war als Isa? Martin dachte an ihre winzigen Brüste. Sie würden voller werden und sich verändern. Wie sehr? Würden sie in einem Jahr so sein wie vorher? Wahrscheinlich nicht.

»Willst du uns noch lange so anstarren?«, fragte Isa.

Jetzt begriff er, warum er einen so seltsamen Druck auf seinem Zwerchfell verspürte. In ein paar Monaten würde er wieder beginnen, sich unablässig Sorgen zu machen. Seit Isas Volljährigkeit war ihm das erspart geblieben, doch bald gäbe es wieder schlaflose Nächte, in denen er sich fragen würde, welches Unglück seinem Kind widerfahren könnte. Wieder fast zwanzig Jahre Angst. Und es würde schlimmer als beim ersten Mal, denn bald würde er sich um zwei Kinder den Kopf zerbrechen müssen. Dieser Schweinehund von Christophe, dachte er. Er war nicht mal in der Lage, seine Verantwortung wahrzunehmen. Andererseits hatte er keinerlei Lust, Isabelles Liebhaber kennen zu lernen.

»Ich treffe Christophe morgen«, sagte Isabelle, sie hatte seine Gedanken erraten.

»Habt ihr euch versöhnt?«

Sie lachte boshaft.

»Wie kommst du denn darauf? Ich hab nur gesagt, ich sei bereit, ihn zu treffen.«

»Weiß er das mit dem Baby?«

»Nein.«

»Wirst du es ihm sagen?«

Sie zögerte.

»Wir haben gerade darüber geredet. Das hängt davon ab, wie er sich benimmt.«

Er nickte.

»Ihr habt sicher Recht.«

Er gähnte, denn er war hundemüde und hätte sich gern hingelegt und seinen Gedanken freien Lauf gelassen, Marion dicht neben sich.

Marion lächelte ihm zärtlich und geheimnisvoll zu, als habe sie seine Gedanken erraten.

»Willst du uns nicht erzählen, wie deine Ermittlungen stehen?«

So weit also die Gedankenübertragung.

»Bitte«, sagte Isa. »Marion hat mir ein bisschen was erzählt, das ist ja eine verrückte Geschichte. Glaubst du, dass sie wirklich in Gefahr ist?«

»Ja, genau wie du es wärst, wenn der Mörder wüsste, dass du die Tochter des Mannes bist, der ihn sucht. Er ist ganz offensichtlich rachsüchtig und besessen.«

Plötzlich wurde ihm bewusst, dass Isa, selbst wenn sie jünger war, ziemlich genau dem Frauentyp entsprach, den der Mörder suchte. Sie war eher groß, hatte halblanges kastanienbraunes Haar, und bei bestimmtem Licht leuchteten ihre Augen, vor allem wenn sie ein wenig gebräunt war wie jetzt gerade. Nein, im Grunde war sie nicht ganz der richtige Typ, wenigstens nicht mehr als Marion. Der Mörder liebte oder besser verfolgte Frauen mit blasser, fast durchsichtiger Haut. Isa hatte einen leicht bräunlichen Teint.

Seine Müdigkeit verflog, keine schlechte Idee. So konnte er noch einmal alles rekapitulieren vor zwei Personen, die einen frischen Blick mitbrachten.

»Gern, ich erläutere euch den Stand der Dinge«, begann er.

»Und ich sage euch, zu welchen Schlussfolgerungen wir fürs Erste gekommen sind. Vielleicht fällt euch ja etwas ein, was wir bislang übersehen haben, doch nur unter einer Bedingung: Die folgenden Ausführungen dürfen auf keinen Fall diesen Raum verlassen. Kann ich euch vertrauen?«
Beide nickten ernst.

Der Mörder hatte sich mit Arlène, seinem dritten Opfer, in einem Reisebüro verabredet. Vor der Tür zögerte er einen Augenblick, dann trat er ein. Es war ein kleines Reisebüro, so anonym wie unauffällig und zwischen der Filiale einer Bank und einem Schuhgeschäft gelegen.
Er trat an den weißen Tresen. Dahinter saß eine rundliche junge Frau, die mit teuflischer Geschwindigkeit auf eine Tastatur einhämmerte. Neben ihr türmten sich Stapel von Akten, Faxen und eine zerknüllte McDonald's-Tüte.
Vor gut zwei Stunden hatte er sich unter einem Vorwand von Diane verabschiedet – ich muss mich wegen meines Arms gegen Tetanus impfen lassen – und hatte ihr versprochen, sie später anzurufen. Er hatte vor seiner Verabredung viel zu tun gehabt.
Er war zu dem Waldstück in der Nähe seiner Wohnung gefahren und hatte die Armbrust und einen Bolzen aus dem Versteck geholt. Womöglich würde er ihn noch nicht heute Abend benötigen, aber er wollte die Gelegenheit nutzen, falls sie sich ihm bot. Er hatte die Visa-Karte des zweiten Opfers behalten, nachdem er sie der Handtasche entnommen hatte, immerhin kannte er jemanden, der falsche Karten verkaufte. Er fand den Gedanken überaus befriedigend, die Karte des letzten Opfers zu verwenden, um das nächste zu ködern.

Er fuhr nach Hause, duschte sich und zog seinen Hochzeitsanzug aus heller Baumwolle an. Er war ihm ein bisschen eng und unbequem, aber er würde Eindruck machen.
Roselyne war nicht da. Über den Anzug zog er einen Regenmantel, der über ebenso große und weite Außentaschen verfügte wie seine Militärjacke. Bevor er die Armbrust in eine der Taschen gleiten ließ, fettete er sorgfältig die Sehne ein.
Im Reisebüro wartete er geduldig, bis das Mädchen zu schreiben aufhörte. Er wollte nicht mehr als notwendig auffallen.
Endlich blickte sie auf.
»Monsieur?«
»Arlène«, sagte er.
Sie sah ihn gut zehn Sekunden aufmerksam an, nickte und holte einen gefalteten Prospekt unter der Theke hervor. Sie legte den Prospekt vor ihn hin, setzte sich wieder an den PC und schrieb weiter.
Er nahm den Prospekt, verließ das Reisebüro, machte ein paar Schritte, blieb stehen und sah hinein. Innen war eine Visitenkarte festgeklebt mit einer nahe gelegenen Adresse sowie der Geheimzahl der Haustür.
Er sah sich um, bog um die nächste Ecke. Die Adresse gehörte zu einem modernen gesichtslosen Gebäude. Als er die Geheimzahl eingab, sagte er sich, dass er das richtige Gespür gehabt hatte. Es war eine Premiere, aber es würde einfach sein, da war er sicher. Er würde sie in ihrer Wohnung töten, vielleicht sogar auf dem Bett.
Er klopfte in der dritten Etage, und Arlène öffnete ihm. Sie war eine schöne Frau, ihr Typ war dem, den er suchte, sehr ähnlich, doch er stellte fest, dass sie leicht schielte. Das Internetfoto war so aufgenommen, dass das Schielen nicht zu

erkennen war. Auch bei ihrem Alter hatte sie gelogen. Sie war älter, als er sich gewünscht hatte, sie stand gut in den Vierzigern, nicht in den Dreißigern. Sie trug einen kurzen Rock und eine durchsichtige, weit ausgeschnittene Bluse, ihre Fußnägel waren in demselben Lila angemalt wie die Fingernägel. Auch ihre Lippen waren lila gefärbt.

»Seien Sie nicht schüchtern, kommen Sie herein.«

Sie hatte kleine Falten um Augen und Mund. Ihre Haut war nicht durchsichtig, sondern bleich. Offenbar verließ sie die Wohnung nur selten, jedenfalls tagsüber. Im Grunde ähnelte sie Roselyne kein bisschen, und er fragte sich, ob sie nicht zu sehr von seinem Typ abwich. Ein paar Sekunden lang wog er Für und Wider gegeneinander ab. Sie war brünett, groß, schlank, und an dem Bolzen würden die Bullen schon den Zusammenhang erkennen. Alles war so weit in Ordnung.

Er trat ein.

Die Wohnung wirkte sauber und freundlich, war aber unpersönlich eingerichtet wie ein Wartesaal. Er vermutete, dass sie dort nicht lebte. Am Ende des großen Betts mit roten Kissen war ein großer, leicht nach vorn geneigter Spiegel angebracht. In der warmen, feuchten Luft hing ein Hauch von Putzmittelgeruch. Das Einzige, was nicht zu dieser anonymen und praktischen Einrichtung passte, war ein eingerahmtes Schwarz-Weiß-Foto über dem Bett: zwei kopulierende Elefanten, das Männchen auf dem Weibchen, mit erhobenem Rüssel, das riesige, wie ein Säbel gebogene Glied steckte im Hinterteil seiner Gefährtin. Arlène folgte seinem Blick und sagte: »Ganz schön sexy, was?«

»Ja.«

»Bevor wir uns den wichtigen Dingen zuwenden, gibt es noch eine winzige Formalität zu erledigen.«

»Natürlich«, sagte er.

Er zückte die Karte und hielt sie ihr hin.

»Machen Sie es sich bequem. Es ist warm. Sie können Ihre Kleider dort auf den Sessel legen.«

Sie nahm die Karte, ohne den Namen zu lesen, und ging zu einem kleinen Tisch am Ende des Zimmers. Darauf stand ein Kartenlesegerät.

Er wandte sich ab, nahm die Armbrust aus der Tasche, legte den Bolzen in die Kerbe, spannte die Sehne. Alles in weniger als vier Sekunden.

Sie zeigte ihm ihr falsches Lächeln, die kleine Maschine in der Hand.

»Würden Sie bitte die Geheimzahl eingeben?«

Es waren ihre letzten Worte. Während sie ihm das Lesegerät entgegenhielt, zielte er mit der Waffe auf ihr Gesicht und schoss. Sie hatte kaum Zeit zu begreifen, was mit ihr geschah.

Der Pfeil drang in ihre Stirn, mitten zwischen die Augenbrauen. Ihr Kopf fiel nach hinten, ihr Nacken knackte, dann sackte sie nach vorne, das Lesegerät fiel auf den Teppich, und sie ging in die Knie, ihr Körper rutschte seitlich gegen das Bett. So blieb sie liegen, in einer seltsamen Pose der Verlassenheit, die Beine unter sich vergraben, den Oberkörper schräg gegen den Rand des Bettgestells gelehnt, mit freiliegender Kehle, den Kopf zum Himmel gerichtet, die Augen weit aufgerissen.

Als er sich ihr näherte, schien sie bereits tot zu sein. Er eilte ins Badezimmer, nahm einen kleinen Spiegel aus einer Schminktasche und ging wieder zu ihr. Ein paar Sekunden

hielt er ihr den Spiegel gegen Lippen und Nase. Der Spiegel beschlug nicht. Sie atmete nicht mehr, ihre Wunde hatte kaum geblutet. Nur ein Blutstropfen floss langsam über die Stirn und die rechte Augenbraue herab, der frische, zitternde Blutstropfen war das Einzige, was an diesem Körper noch lebendig war.
Er steckte den Spiegel ein, das war einfacher, als Fingerabdrücke wegzuwischen. Das Kartenlesegerät gab einen Piep von sich, als er die Karte herauszog und wieder einsteckte. Arlènes Schließmuskel hatte sich geöffnet, während sie zu Boden gefallen war, in der Luft breitete sich ein unangenehmer Geruch aus. Er richtete sich auf, blickte um sich, er suchte etwas zum Mitnehmen. Der Spiegel genügte nicht, niemand würde bemerken, dass er fehlte.
Eine kleine blaue Ledertasche stand auf dem Tischchen. Perfekt. Er steckte sie ein, warf einen letzten Blick auf das Zimmer und ging zum Eingang. Er öffnete die Tür und warf einen Blick ins Treppenhaus. Niemand, kein Laut. Beim Hinausgehen sah er ein graues Kästchen im Türrahmen, der Thermostat der Klimaanlage. Er war auf zweiundzwanzig Grad gestellt. Er drehte den Regler bis zum Anschlag nach rechts – was für ein Spaß für die Bullen.
Er schob sich nach draußen, wischte die Klinke ab, bevor er die Tür hinter sich schloss, und ging nach unten, ohne jemandem zu begegnen.
Es war so einfach gewesen, dass es beinahe irreal wirkte. Er fühlte sich leicht wie ein Vogel und stark wie ein Gott. Er war der Rächer. Ein Gefühl der Macht durchströmte seine Adern, erfüllte seine Lungen und Glieder, stieg ihm ins Gehirn. Tränen standen ihm in den Augen. Jedes Mal nahm das Gefühl an Intensität zu, es glich einem Rausch und hatte zu-

gleich etwas vom Gegenteil eines Rausches an sich, so klar fühlte er sich im Kopf. Er war der König der Welt.

Als er wieder auf sein Motorrad stieg, sah er zwanzig Meter entfernt die rundliche junge Frau, die gerade das Reisebüro abschloss. Dabei war es noch reichlich früh.

Sie hastete mit schnellen Schritten vorwärts, ohne ihn zu sehen, und blieb an einer Bushaltestelle stehen. Er ließ sie nicht aus den Augen. Trotz der Entfernung registrierte er mit geradezu magischer Genauigkeit das winzigste Detail ihrer Person.

Sie ähnelte in nichts Roselyne; zwar war sie brünett, aber ihre Haare waren kurz geschnitten, dabei wirkte sie viel kleiner, geradezu dicklich. Sie trug keine Unterhose, allenfalls einen String-Tanga, denn keinerlei Spuren eines Slipgummis zeichneten sich auf ihrem Hintern ab, der in einer engen, schwarz glänzenden Hüfthose steckte. Sie hatte sich, bevor sie das Reisebüro verließ, frisch geschminkt, ihre lackierten Nägel waren ein wenig schuppig, sie kaute auf dem rechten Daumennagel herum. Zwei Schönheitsflecken stachen an ihrem Hals hervor, ein weiterer zierte das Kinn, und mit einiger Sicherheit war ihr Körper mit zahlreichen weiteren Schönheitsflecken übersät. Sie trug schmale goldene Armreifen an beiden Handgelenken, eine nachgemachte Markenuhr sowie drei winzige Goldringe im rechten Ohr. Was, so die Frage, sollte er mit ihr anfangen?

Sie hatte ihn im Reisebüro gesehen, aber er war sicher, dass sie nicht in der Lage sein würde, ihn wiederzuerkennen oder zu beschreiben.

Er folgte dem Bus und beobachtete, wie sie fünf Haltestellen weiter an der Gare Saint-Lazare ausstieg.

Einer plötzlichen Eingebung folgend, schloss er das Motorrad ab und rannte ihr hinterher. Fast hätte er sie in der Bahnhofshalle aus den Augen verloren, gerade noch rechtzeitig sah er ihre Gestalt, die auf einen Bahnsteig zuging.

Sie bestieg den Zug nach Colombes. Er stieg in denselben Wagen. Er hatte keinen Fahrschein, aber es kam kein Kontrolleur.

Er folgte ihr bis zu einem Gebäude aus dunklem Backstein, zweihundert Meter vom Bahnhof entfernt, und trat hinter ihr in den schmalen Hausflur. Der Fahrstuhlknopf leuchtete, und er hörte das Summen der Mechanik. Er trat wieder auf die Straße und schaute nach oben.

Zwei Minuten später wurde in der vierten Etage ein kleines Fenster von einer Deckenlampe erhellt.

Er kehrte in den Hausflur zurück und studierte die Namen auf den Briefkästen. ›Ph. Koster, 4. Etage links.‹ Welcher Name verbarg sich wohl hinter Ph.? Hieß sie vielleicht Philippine?

Er zog den Spiegel aus der Tasche, schob ihn durch den Briefkastenschlitz, verließ das Haus und lief zum Bahnhof zurück.

Er hatte Lust, Diane wiederzusehen. Wie gern hätte er ihr von seinem letzten Erlebnis erzählt, aber er wusste, dass dies unmöglich war, und er ärgerte sich.

Bevor er sie treffen konnte, musste er erst nach Hause, sich umziehen und die Waffe in ihrem Versteck deponieren.

Als er in der Einfamilienhaussiedlung ankam, in der sein Haus stand, bemerkte er zwei Männer, die aus einem Auto stiegen und an einer Tür klingelten. Es wurde geöffnet, und sie gingen hinein. Irgendetwas am Verhalten dieser Männer, ihre Art, sich mit routinierter Wachsamkeit umzusehen,

alarmierte ihn. Er ging an der Hecke das Hauses, das sie betreten hatten, entlang und sah im Garten ein rotes Motorrad Marke Bandit stehen. Er beschleunigte den Motor und fuhr klopfenden Herzens und so schnell er konnte davon.
Nachdem er die Armbrust am Rand des Waldstücks eingegraben hatte, kauerte er für eine Weile neben dem zugebuddelten Loch. Es war ein milder Abend, eine Schar Vögel fing die Myriaden von Fliegen, die im Schatten der Bäume umherschwirrten.
Er schwitzte, und die Idee, seinen Regenmantel auszuziehen, kam ihm nicht in den Sinn. Er konnte keinen klaren Gedanken fassen, fühlte sich schwach, zerbrechlich, allein, erdrückt von einer feindlichen Welt, die ihm übel wollte. Ein einziger Gedanke beschäftigte seinen verwirrten Geist unablässig wie ein heftiger nachhaltiger Schmerz: Die Bullen hatten schon wieder versucht, ihn zu hintergehen.
Sie sagten in der Zeitung nicht alles, was sie wussten. Sie hatten gelogen. Sie hatten sein Motorrad ausfindig gemacht. Sie kannten weder die Marke noch die Nummer, andernfalls hätten sie ihn längst geschnappt. Aber sie wussten, dass es rot war, und das war mehr als genug. Vermutlich gab es Hunderte, gar Tausende roter Motorräder – ein Gedanke, der ihm einen Moment der Ruhe schenkte. Wie aber hatten sie ihm so nahe kommen können? Er gab sich Mühe, seine Gedanken zu ordnen. Er musste nachdenken. Die Anrufe von der Telefonzelle, es gab keine andere Erklärung. Sie suchten im Umkreis der Zelle. Das hieß, dass er das Motorrad nicht mehr benutzen konnte, er würde also weniger beweglich sein, aber er hatte keine Wahl. Er musste es verstecken.
Als er aufstand, fühlten sich seine Glieder steif an. Er kam sich schwerfällig und ungeschickt vor und schüttelte sich.

Das war nicht der Moment, in dem er sich gehen lassen konnte. Er war allein, aber gerade das war seine Stärke. Allein gegen alle. Wie er es immer gewesen war. Er hatte niemanden, der ihm half, die richtige Entscheidung zu treffen. Aber er würde sie alle kriegen. Das Spiel war noch nicht zu Ende, und er würde gewinnen.

Er fuhr mit dem Motorrad in seine verborgene Garage, weit von seinem Haus entfernt. Er stellte es hinter den BMW: Jetzt würde er wieder den Wagen nehmen, den keiner kannte. Niemand würde einen Zusammenhang herstellen zwischen Motorrad und Auto. Er rollte aus der Garage, schloss sie sorgfältig ab und fuhr nach Hause. Er parkte den Wagen auf der Straße direkt vor dem Haus. Er konnte es unmöglich auf Dauer dort lassen, aber die Garage war mit rostigen Geräten und alten Möbeln voll gestellt. Roselyne hatte es, anders als jede normale und liebende Ehefrau, nicht für nötig gehalten, dort aufzuräumen. Also blieb ihm nichts anderes übrig, als selbst die Garage sofort leer zu räumen.

Er zog sich um und machte sich an die Arbeit.

Kapitel 34

Martin hatte sich bemüht, kein Detail auszulassen. Vom langen Reden war ihm die Kehle trocken geworden, aber zugleich hatte er das Gefühl, dass er endlich eine Sicht auf das gesamte Geschehen hatte und nicht nur eine Aneinanderreihung mehr oder weniger zufälliger Ereignisse, Auswirkungen und Ursachen.

»Wenn es stimmt, dass Hass sein Motiv ist, dann muss man herausfinden, warum er diese Frau so sehr hasst«, erklärte Marion.

»Sehr richtig«, sagte Martin. »Das einzige Problem ist, dass man erst ihn oder die Frau finden muss, um den Grund zu erfahren.«

Isabelle schwieg, sie schien in Gedanken versunken.

»Ich weiß nicht«, sagte sie plötzlich.

»Was weißt du nicht?«, fragte Marion.

»Er muss nicht unbedingt einen Grund haben, um zu hassen«, sagte sie. »Oder besser gesagt, es kann aus einem Grund sein, der uns ganz abwegig erscheint. Dieser Typ ist doch schließlich verrückt. Vielleicht hasst er sie bloß, weil es sie gibt.«

Erneutes Schweigen.

»Ich glaube, es steckt schon ein richtiger Grund dahinter«, sagte Marion. »Vielleicht kein einfacher Grund, aber immerhin ein Grund. Es ist wahrscheinlich nichts, was so offensichtlich ist wie ›sie betrügt mich‹ oder ›sie lässt mich mein Leben nicht leben‹, aber es scheint etwas zu sein, das an ihm nagt. Vielleicht war er sehr in sie verliebt, und sie hat ihn abgewiesen, und er hat sich davon nie erholt. Oder womöglich weiß sie etwas sehr Schlimmes über ihn … Und es hängt davon ab, ob diese Frau seine Mutter ist, eine Bekannte oder seine Ehefrau.«

»Ich nehme an, es ist seine Frau«, bemerkte Isabelle. »Wenn er die anderen Frauen tötet, um eine falsche Fährte zu legen, dann müssen sie der Frau ähnlich sein, die er eigentlich vernichten will – und damit ist eine alte Frau ausgeschlossen. Und es muss darüber hinaus eine Frau sein, die ihm nahe steht.«

»Ich glaube, du hast Recht«, sagte Marion. »Er hat schon zwei Frauen attackiert, ich wette, die nächste ist seine Frau, und dann habt ihr ihn.«

Etwas später, als sie im Bett lagen, schmiegte sich Marion an ihn.

»Ich mag deine Tochter sehr«, sagte sie leise. »Ich hatte nie viele Freundinnen, aber ich glaube, sie könnte eine gute Freundin werden.«

Martin drückte sie an sich. Sie nahm sein Knie zwischen ihre Schenkel und kletterte auf ihn.

»Isabelle hat Mut, dass sie entschieden hat, es zu behalten. Ich hätte, glaube ich, in ihrem Alter eine Abtreibung gemacht.«

»Hast du ihr das gesagt?«

»Wofür hältst du mich … Schwirrt dir immer noch dein Mörder im Kopf umher?«

»Ja.«
»Hat das, was wir heute Abend besprochen haben, dir ein bisschen geholfen?«
»Vielleicht«, sagte er. »Ich weiß noch nicht. Es fehlt mir ein wichtiges Element. Und das Schlimmste ist, dass ich nicht einmal weiß, in welcher Richtung ich danach suchen soll.«
»Du solltest dich ein wenig entspannen, alles ein bisschen beiseite legen. Du hängst zu sehr in der Sache drin.«
»Das kann ich nicht. Er hat es bestimmt auf eine weitere Frau abgesehen, und ich kann nicht einfach aufhören, daran zu denken.«
»Du treibst auch gar keinen Sport mehr.«
»Nein, ich hab keine Zeit.«
»Du solltest dir die Zeit nehmen, um den Kopf frei zu bekommen.«
»Findest du mich zu schlaff?«, fragte er besorgt.
Sie lachte leise.
»Ich werde jetzt versuchen, dich auf andere Gedanken zu bringen. Einverstanden?«
Sie schmiegte sich an ihn, von unten nach oben, und er spürte, dass dies trotz seiner Müdigkeit nicht ohne Wirkung blieb. Sie stieß einen kleinen lustvollen Seufzer aus und setzte sich auf ihn.
»Versuch, nicht zu schreien. Ich möchte nicht, dass Isabelle uns hört.«
Als Antwort gab sie ihm einen leichten Fausthieb in die Rippen, er brummte mürrisch.

Myriam hatte sich auf ihr Bett gefläzt, sie schien sich zu verlieren in ihrer geräumigen Wohnung, und neben ihr lag Rémy. Sie hatten sich gerade geliebt, er hatte sich aufmerk-

sam und zärtlich gezeigt, aber für dieses Mal war sie nicht richtig bei der Sache gewesen.
Ständig musste sie an Roselyne denken, aber da sie Rémys Reaktion, als sie ihm zum ersten Mal von ihr erzählt hatte, noch immer nicht vergessen konnte, traute sie sich kaum, von ihr zu sprechen.
Da war etwas anderes, das sie beunruhigte. Sie konnte nicht an die junge Frau denken, ohne dass ihr Martin in den Sinn kam, so sehr, dass sie sich zu fragen begann, ob ihre Sorge für die Buchhalterin womöglich ein Vorwand war, hinter dem der eigentliche Grund ihrer Besessenheit … Aber was sollte das sein? Eine Vernarrtheit, die sie für Martin empfand und die sie auf Umwegen auslebte? War sie im tiefsten Innern eifersüchtig? Liebte sie ihn noch immer so sehr? Oder weit mehr, als sie zuzugeben bereit war?
Und da war ein dritter Gedanke, der sie nicht losließ, ein Gedanke, der viel weniger wichtig schien als Roselynes Schicksal. Und doch musste sie sich ihm stellen, musste mit Rémy darüber sprechen. Sie wandte sich ihm zu.
»Es gibt etwas, was ich nicht verstehe«, sagte sie.
»Was ist es denn, mein Schatz?«, fragte er sanft und fuhr ihr mit dem Handrücken über Bauch und Brüste.
Sie hielt seine Hand mit beiden Händen fest. Sie wollte sich nicht ablenken lassen.
»Woher nimmst du das Geld für die Wohnung im Marais?«
»Machst du dir deswegen Sorgen? Das brauchst du nicht, ist doch nicht so viel«, sagte er.
»Immerhin vierhundertfünfzigtausend Euro. Drei Millionen Franc. Das ist für die meisten Leute eine enorme Summe.«
Er lachte.

»Für mich auch, aber wenn du es wissen willst, ich habe einen Freund, der mir einen großen Gefallen schuldet. Er wird sich freuen, wenn er mir das Geld bar und ohne Zinsen leihen darf. Für ihn ist das ein Tropfen auf den heißen Stein.«
Sie wartete das Ende seiner Ausführung ab, aber er hatte nichts mehr zu sagen.
»Und kannst du keinen Ärger mit der Steuer bekommen? Wenn sie eine Steuerprüfung machen, dann können sie dich fragen, woher das Bargeld kommt. Außerdem bist du Beamter.«
»Na und? Meine Mutter ist Rumänin, wie du weißt. Dieser Freund deponiert das Geld bei einer Bank in Rumänien auf den Namen meiner Mutter, und ich brauche nur zu sagen, dass sie es mir geliehen hat. Ich versichere dir, es wird keinerlei Probleme geben.«
Sie schwieg. Eine Sorge weniger.
»Ich hoffe, du machst dir keine Gedanken, ob es rechtens ist, dieses Geld zu verleihen«, sagte er und lachte ein wenig.
»Nein, das ist es nicht.«
»Ich habe aber das Gefühl, dass dich das beschäftigt.«
»Das geht mich nichts an.«
»Doch, das geht dich wohl etwas an. Zur Beruhigung sage ich dir Folgendes: Kennst du den Unterschied zwischen Kulturgütern und nationalem Kulturerbe?«
Sie gab ihm ein Zeichen, das besagte, dass sie den Unterschied nicht im Ansatz kannte. Sie war erstaunt über diesen Gedankensprung.
»Angenommen, du besitzt ein Meisterwerk. Zum Beispiel einen Matisse. Er ist seit ein oder zwei Generationen im Besitz deiner Familie. Er ist geschätzt, taxiert und verzeichnet.

Du brauchst viel Geld, oder das Bild wird vererbt, und die Familie beschließt, es zu verkaufen und das Geld zu teilen. Dann kommt ein Vertreter von Sotheby's oder Christie's. Wenn deine Familie das Bild in London verkauft, bekommt sie fünf bis zehn Mal so viel wie die Summe, die ihr ein hiesiges Museum oder ein privater Käufer in Frankreich zahlen würde. Um es aber exportieren zu können, muss nach dem Gesetz vom 31. Dezember 1992, das am 10. Juli 2000 noch einmal verschärft worden ist, ein Werk, das auf mehr als hundertfünfzigtausend Euro geschätzt wird, wenn es sich um ein Gemälde handelt, ein Zertifikat haben, um frei gehandelt zu werden.«

Myriam lauschte voll Bewunderung seinen Ausführungen. Er war ganz bei der Sache, er sah wirklich sehr gut aus.

»Wenn nun dein Bild als Kulturgut eingestuft wurde, das für das nationale Kulturerbe nicht von Bedeutung ist, dann ist alles ganz einfach. Das Bild wird nach London geschickt und an einen Amerikaner oder Japaner verkauft. Wenn aber die Behörden der Meinung sind, es sei Teil des Kulturerbes der Nation, dann darf das Kunstwerk das Land nicht verlassen. Dann muss ein neues Zertifikat erstellt werden, und der Staat kann das um mehrere Jahre verzögern. Der ausländische Käufer verliert das Interesse. Wenn der Eigentümer schnell verkaufen will, sitzt er in der Tinte. So einfach ist das.«

»Und wer entscheidet am Ende, ob ein Kunstwerk ein Kulturgut oder Teil des nationalen Erbes ist?«, fragte Myriam, obgleich sie die Antwort allmählich erahnen konnte.

»Eine Kommission, die aus wenigen Personen besteht. Dazu gehöre ich. Wir entscheiden nach bestimmten Kriterien. Wenn dieses Werk einen Wendepunkt innerhalb der

Kunstgeschichte darstellt, dann ist es beispielsweise ein nationales Kulturgut. Zum Beispiel ›Das Frühstück im Grünen‹, wenn es zum Verkauf stünde.«
»Ich verstehe.«
Er wandte sich ihr zu und lächelte kurz.
»Meiner Meinung nach ist dieses System absurd. Es gibt nur ein Kulturerbe, und das ist das der Menschheit.«
»Hast du das laut gesagt, als man dich in die Kommission berufen hat?«, fragte Myriam in weit trockenerem Ton, als sie zunächst beabsichtigt hatte.
Er errötete leicht.
»Jedenfalls ist das die Aussage meiner Staatsexamensarbeit. Und wenn sie das nicht verstanden haben, dann haben sie eben Pech gehabt.«
Er streckte sich aus, ein wohliger Seufzer war zu vernehmen.
»Kurz und gut, mein Schatz, aus diesem einfach Grund ist also jemand, dem ich einen kleinen Gefallen getan habe – er ist weder Amerikaner noch Japaner, sondern Franzose, auch wenn er in den USA lebt –, bereit, mir aus Freundschaft eine bescheidene Summe zu leihen. Du hattest wohl keine Ahnung, dass du einen Abenteurer heiratest?«
Myriam schwieg. Das war kein geliehenes Geld, das war Schmiergeld. Nicht dieser Handel schockierte sie, in ihrem Beruf hatte sie ganz andere Dinge erlebt. Aber redlich wie sie war, mochte sie kein doppeltes Spiel. Rémy erhielt Ende jeden Monats ein üppiges Gehalt, und damit war er, ob er wollte oder nicht, zu einem Verteidiger des Kulturerbes der Nation gemacht worden. Und er schummelte. Da er gemeinhin sehr intelligent war und nie das kleinste Risiko einging, war seine Betrügerei mit Sicherheit hieb- und stichfest. Und das störte sie.

»Was würde passieren, wenn ich dich anzeigte?«, sagte sie.
Er lachte.
»Nichts, und das ist das Komischste an der Sache. Im schlimmsten Fall würde eine Gruppe von Experten befragt. Die eine Hälfte würde mich unterstützen, die andere würde bei ihrem Urteil bleiben … Auf diesem Gebiet ist alles völlig subjektiv, solche Sachen kommen andauernd vor, weißt du.«
»Könnten dir die Konservatoren der hiesigen Museen etwas anhaben?«
Er lachte hämisch.
»Wegen denen braucht man sich schon gar keine Gedanken zu machen. Denen sind andere Dinge wichtiger. Zum Beispiel haben sie fragwürdige Gemälde für echt erklärt, damit ihr Plunder mehr wert ist. Damit sind sie den ganzen lieben langen Tag beschäftigt, kannst du mir folgen?«
»Willst du damit sagen, dass alles, was man im Museum sieht, falsch ist?«
»Aber nein, nicht alles. Doch seit einiger Zeit gibt es eine Tendenz, Werke von Schülern in Meisterwerke zu verwandeln. Alle machen dabei wohlwollend mit, und das Schlimmste daran ist, dass alle, absolut alle, die daran beteiligt sind, profitieren. Außer dem Publikum, aber wen interessiert das schon?«
Er drehte sich ihr entgegen und küsste sie auf Hals und Mund, er streichelte sie zärtlich dabei. Myriam überkam ein leiser Schauer. Ja, er hatte Recht, er hatte nicht gemogelt, sondern nur auf schlaue Weise eine Gelegenheit genutzt. Es war naiv, in diesem Zusammenhang von Ehrlichkeit zu reden. Sie hätte wahrscheinlich dasselbe getan wie er.
Sie erwiderte seinen Kuss und schmiegte sich eng an ihn.

Als Roselyne nach Hause zurückkehrte, hatte er erledigt, was er sich vorgenommen hatte.
Sie blieb wie erstarrt stehen, als sie den kleinen Vorgarten betrat. Dieses knapp sieben Meter breite Stück Erde war nie besonders gepflegt worden, aber jetzt sah es aus wie eine Müllkippe. Auf der gelb gewordenen Grasfläche lagen verrostete alte Rasenmäher – ihr Vater hatte ihnen einen davon geschenkt –, eine ausrangierte Waschmaschine, leere Farbtöpfe, zerbrochene Ziegel, Eisenbänder, rostige Stahlrohre einer Baustelle, mit denen ihr Mann ein Blumenrankgerüst hatte konstruieren wollen, den Plan dann aber aufgab, Teile einer Autohaube und eines Motors, eine Rolle verschimmelter Teppichboden und viele andere, schwer zu identifizierende Gegenstände aus Metall oder Plastik, alles wild durcheinander. Der gesamte Inhalt ihrer Garage war dort ausgebreitet. Warum hatte er sie leer geräumt?
Diese Ansammlung von verschiedensten rostigen Teilen glich ihrem Leben: nutzlos, hässlich, traurig, abstoßend. Und störend. Bald wäre sie es los. Nur noch ein paar Wochen und dann käme endlich das Nichts.
Dann erlag sie ihrer Neugier und betrat die Garage. Leer. Sauber. Er hatte sogar gefegt. Wollte er ein Auto hineinstellen? Seinen BMW? Aber warum nur?
Sie trat wieder in den Garten und sah sich noch einmal das Riesendurcheinander an. Tränen stiegen ihr in die Augen. Er durfte sie nicht mit dieser Hässlichkeit erdrücken. Nichts konnte er wegwerfen, stets hatte er ihr verboten, alte Gebrauchsgegenstände in den Müll zu geben, auch wenn sie zerbrochen waren und zu nichts mehr taugten. Radios, Toaster, Hausgeräte, alles musste sie aufheben, weil sie an-

geblich kein Geld hatten und er alles eines Tages, wenn er Zeit hätte, reparieren würde.

Sie versuchte im Rathaus anzurufen, um nach Möglichkeiten der Entsorgung zu fragen, aber es war zu spät. Wie sollte sie nur dieses furchtbare Zeug loswerden? Sie sah in den Kalender. Frühestens in einem Monat gab es wieder eine Sperrmüllsammlung. Bis dahin wäre sie längst tot, also musste sie eben bis zum letzten Atemzug mit diesem Zeug vor Augen leben.

Zum ersten Mal seit Tagen ging sie im Haus herum, öffnete die Schränke. Er musste gestern seinen Hochzeitsanzug getragen haben, immerhin der einzige Anzug, den er besaß. Seitdem hatte er ihn nie mehr angehabt. Was hatte er vor?

Im Schlafzimmer hatte sich nichts verändert, womöglich hatte er es gar nicht betreten, wenigstens das.

Aber eine Frau musste im Haus gewesen sein – wie sie an winzigen Parfümspuren erahnen konnte. Aber wann? Letzte Nacht? Im Halbschlaf wollte es ihr vorkommen, als hätte sie eine Stimme gehört ... Als sie am Morgen aufwachte, war nichts von dem Parfüm zu riechen gewesen. Bestätigt wurde ihr Verdacht einer Besucherin durch ein langes blondes Haar, das sie in der Dusche fand. Sie zitterte vor Ekel. Sie verspürte nicht die geringste Eifersucht oder Enttäuschung, aber eine Besorgnis überkam sie für diese Kreatur, die nicht wusste, was ihr drohte. Wie konnte man sie warnen?

Sie aß zwei Jogurt zum Abendbrot und ging ins Badezimmer. Im Spiegel sah sie, dass sie merklich abgenommen hatte. Sogar ihre Beine, auf die sie so stolz gewesen war, hatten ihre ansehnliche Form verloren, ihre Oberschenkel wirkten schlaff, ihre Schlüsselbeine sprangen zu beiden Seiten des

Halses hervor. Ihre Brüste waren flach und formlos, ihre Rippen glichen gewellten Dachpfannen.
Sie lächelte bei dem Gedanken, dass sie als hässliche Frau sterben würde – am Ende war es besser so.
Mager und zerbrechlich war sie geworden, dünn wie Zeitungspapier, und beim Anblick ihres Spiegelbilds musste sie unwillkürlich an ihre Chefin denken, das genaue Gegenteil von ihr. Stark und kompakt, strotzend vor positiver Energie, die beinahe mit Händen zu greifen war.
Vor ihrem Ableben würde sie ihr einen Brief schreiben, um auszuführen, was für ein Schicksal sie gehabt und dass sie es nicht mehr ertragen hatte. Das war sie ihr schuldig.

Fünf Minuten vor Schließung des Internet-Cafés traf er ein. Diane lächelte freudig erregt, als sie ihn auf der anderen Straßenseite stehen sah. Er nahm sie mit zu seinem Auto. Sie pfiff vor Bewunderung, als er ihr die Beifahrertür öffnete. Als sie sich hingesetzt hatte, berührten ihre Finger sachte das Armaturenbrett.
Kein Körnchen Staub, darauf legte er Wert. Nun streichelte sie seine Schenkel.
»Der passt gut zu dir«, sagte sie. »Er ist dir ähnlich.«
Er konnte sich entspannen, wieder hatte sie ihm etwas sehr Zutreffendes gesagt, etwas, worüber er bislang nie nachgedacht hatte.
»Hast du das Motorrad nicht mehr?«
»Ich muss etwas am Motor auswechseln.«
Er hatte keine Lust, sie anzulügen, aber er musste zusehen, dass sie nicht weiter fragte. Der Moment der Wahrheit würde später kommen, vorausgesetzt sie erwies sich dann immer noch als würdig.

»Wo willst du hin fahren?«
Sie schmiegte sich in den Schalensitz.
»Ist das herrlich hier drin. Ich bin müde, von neun Uhr morgens bis acht Uhr abends ohne Pause, das strengt an. Am liebsten würde ich mich gar nicht mehr bewegen.«
Er lachte und drehte den Schlüssel im Zündschloss.
Das Armaturenbrett leuchtete auf, der Motor summte leise. Sie lehnte sich mit einem wohligen Seufzer zurück und schloss die Augen. Er ließ den Bürgersteig hinter sich.
Es war das erste Mal, dass er jemanden im Auto mitnahm. Er hatte es gekauft, als Roselyne schwanger war.
Er warf ihr einen Blick zu, das alles war sehr merkwürdig. Wie ein Eindringling – oder doch nicht? Diane hatte ihren Platz gefunden, hier neben ihm. Sie hatte es verdient, dort zu sein. Er klopfte leise auf ihr Knie und schob ihr die Hand zwischen die Schenkel. Sie öffnete sie langsam und kicherte.
»Wenn wir schnell bei mir vorbeifahren, kann ich eben eine Dusche nehmen und mich umziehen. Dauert nur zehn Minuten. So lange kannst du auf dem Sofa im Wohnzimmer ein kaltes Bier trinken, einverstanden?«
Er nickte nur.

Eine Stunde später waren sie wieder unterwegs. Sie hatte Jeans und T-Shirt gegen einen Minirock aus Leder und eine enge Jacke getauscht, die ihre Brüste zur Geltung brachte. Ihre langen, blonden, noch feuchten Haare hatte sie sorgfältig gekämmt. Er hatte ihr gesagt, sie solle sich nicht schminken, das könne er nicht leiden, sie sei schön genug so. Ohne zu zögern, hatte sie seinen Rat befolgt. Auf ihren Wangen entdeckte er rosafarbene Spuren, Spuren einstmals schlecht behandelter Akne, was ihn nicht im Geringsten störte.

Er hielt auf einem Parkplatz im Norden der Stadt, nahe an einem Waldrand.
Es standen andere Autos auf dem Asphalt, Leute aber waren nicht zu sehen. Sie stiegen aus dem Auto und gingen ein paar Schritte. Sie nahm seine Hand und blickte zu ihm auf.
»Sollen wir in den Wald gehen?«, fragte sie. »Es geht mir wieder besser.«
»Ich weiß nicht, auch ich fühle mich sehr müde.«
Was der Wahrheit entsprach, er war mehr als müde. Er war erschöpft. Rücken und Arme taten ihm weh von der Entrümpelung, aber das war nicht der Rede wert. In Wirklichkeit war er seelisch erschöpft, denn sie waren viel näher an ihm dran, als er geglaubt hatte. Das hatte ihn ausgelaugt, und er hatte keine Lust auf Sex. Er wollte irgendwo schlafen, in Sicherheit, während sie bei ihm blieb und über ihn wachte. Er hätte gern mit ihr gesprochen, konnte es aber nicht. Oder vielleicht doch? War es doch möglich? War sie intelligent genug, um zu begreifen?
Sie sah ihn aufmerksam an.
»Gefall ich dir nicht mehr?«, fragte sie beunruhigt.
Er musterte ihr Gesicht, er hatte sich tief in Gedanken vergraben. Konnte er ihr vertrauen?
»Ich bin wirklich müde«, sagte er.
»Ich kenne tausend Möglichkeiten, deine Müdigkeit verschwinden zu lassen.«
Ihre Zunge fuhr ihre Lippen entlang, sie wiegte sich leicht in den Hüften. Er spürte Zorn in sich aufsteigen. Da war er bereit, ihr sein Vertrauen zu schenken, sie zu seiner Vertrauten zu machen, und alles, woran sie dachte, war Sex ... Alles zu seiner Zeit. Im Augenblick hatte er keinerlei Lust, sich

anzustrengen und sie zu vögeln. Wie konnte sie nur so blind sein? Er war vorbeigekommen und hatte sie nach der Arbeit abgeholt, hatte sie in seinem Auto mitgenommen, in dem noch nie jemand hatte mitfahren dürfen. Und alles, was sie im Sinn hatte, war, sich im Wald zu amüsieren, während er sich nach anderem sehnte.

»Verstehst du nicht, ich bin müde«, wiederholte er. »Ich habe im Augenblick keine Lust zu bumsen.«

»Was habe ich dir getan?«, fragte sie.

Was ICH dir getan habe. ICH! Sie waren alle gleich, egal ob brünett, blond, klein oder groß. Immer bezogen sie alles nur auf sich. ICH, der Mittelpunkt der Welt. Sie hielten sich für den Mittelpunkt der Welt.

»Wenn du genug von mir hast, warum hast du mich dann hierher gebracht?«

ICH. Es ging weiter. Er spürte, wie sich seine Fäuste ballten. Nein. Er sollte es lieber nicht tun. Nicht weit von hier gab es Gaffer, Zeugen. Er musste vorsichtig sein.

»Auch ich bin müde«, sagte sie. »Ich hatte Krach mit dem Geschäftsführer, diesem Arschloch. Nur weil ich nicht alles mit mir machen lassen wollte. Kannst du dir das vorstellen?«

Er sah sie an. Sie mochte Recht haben, aber ihm war das wurscht. Er hatte Probleme, und zwar große. Nicht sie.

»Ich habe drei Nervtussen umgelegt und werde von der Polizei gesucht«, hätte er beinahe gesagt.

»Also gut«, sagte er, »gehen wir in den Wald. Wir finden sicher eine ruhige Stelle.«

»Und wenn wir ins Hotel gehen würden?«

Ins Hotel! Geld ausgeben, das er vielleicht dringend brauchen würde. Erst Ende des Monats würde er seinen Lohn bekommen, und da er krankgeschrieben war und keine Überstunden machen konnte, würde es weniger sein.

»Das, was wir vorhaben, können wir auch im Gras machen, und dann bringe ich dich nach Hause.«

Sie sperrte die Augen auf, ihre Wangen glühten.

»Du hältst mich wohl für eine Nutte!«

Tränen benetzten ihre Augen, sie trocknete sie mit einer wütenden Handbewegung.

»Kein Wunder, dass deine Frau nichts mehr von dir wissen will, du Arsch.«

Sie drehte sich auf dem Absatz um, öffnete die linke Wagentür und setzte sich hinters Steuer.

Das hatte sie gut gemacht. Er würde sie an den langen blonden Haaren packen, sie aus dem Auto zerren und über den Boden ans andere Ende des Parkplatzes schleifen und dann mit Fußtritten erledigen. Nicht mal Roselyne hatte sich so dumm und aggressiv verhalten.

Wie hatte er sich in Diane nur so täuschen können? Es fehlte nicht viel, und er hätte der Lust, sie zu vernichten, nachgegeben.

Nein, er musste der Versuchung widerstehen. Er schloss die Augen, er zitterte am ganzen Körper und hätte fast das Gleichgewicht verloren. Schließlich gelang es ihm, sich zu beherrschen, und seine Muskeln waren wieder vollkommen entspannt.

Als er seine Selbstbeherrschung wieder gewonnen hatte, öffnete er die Augen und atmete tief durch, bevor er gemessenen Schritts an das Auto herantrat.

Er gab sich Mühe zu lächeln, doch es blieb ihm nicht verborgen, dass er sie mit dieser Regung kaum würde umstimmen können. Im Gegenteil, sie musterte ihn, als begegneten sie

sich das erste Mal. An die Stelle von Herausforderung waren Zweifel getreten. Oder Schlimmeres.
»Lass mich ans Steuer«, sagte er sanft. »Ich weiß, wo wir hinfahren.«
Ohne Widerspruch stieg sie aus, als sie den Fuß auf die Erde setzte, erhaschte er einen Blick auf ihre Innenschenkel. Sie trug keine Unterhose, aber er verspürte im Augenblick nicht die geringste sexuelle Regung.
»Du bringst mich nach Hause«, sagte sie, »und dann fährst du schön wieder weg. Ich will dich nie wieder sehen. Ich dachte, du wärst ein echter Kerl. Dabei bist du nur ein kleiner Wicht, verstehst du, was ich meine? Ein winzig kleiner Wicht.«
Er setzte sich ans Steuer, während sie um den Wagen herumging und auf dem Beifahrersitz Platz nahm. Sie schloss den Sicherheitsgurt, kreuzte die Arme, machte einen Schmollmund und starrte geradeaus.

Der Schlag kam für sie völlig überraschend. Er hatte so heftig zugeschlagen, dass man es krachen hörte. Er wusste nicht, ob das Geräusch von dem Schläfenknochen oder von seinen Fingern herrührte. Der Kopf des Mädchens flog erst gegen die Scheibe, dann sackte er ihr auf die Brust, der Mund stand offen.
Ein dünner Streifen Speichel rann ihre Jacke herunter.
»Du hast mich gesucht, du hast mich gefunden«, sagte er leise und kontrollierte, ob an der Scheibe auch keine Spuren zu sehen waren.
Er trat aufs Gas, ohne die Reifen quietschen zu lassen. Nach ein paar Kilometern erreichte er eine Tankstelle mit einem großen Rastplatz. Die Tankstelle war geschlossen, ein hal-

bes Dutzend Sattelschlepper stand verstreut auf dem Parkplatz herum.

Er parkte ganz hinten, von der Straße aus war sein BMW nicht zu sehen, und machte die Scheinwerfer aus. Er legte ihr den Zeigefinger an den Hals. Gerade als er annahm, sie sei tot, gab sie einen leichten Seufzer von sich. Sie war offensichtlich nur bewusstlos, sie lebte noch.

Er dachte nach, er trommelte zerstreut auf das Lenkrad ein. Sie hatte ihn furchtbar enttäuscht, schnell waren sie an ihre Grenzen gelangt. Wie hatte er nur einen Augenblick lang glauben können, sie sei anders als die anderen? Weil sie Roselyne nicht ähnlich sah? Er musste lachen über seine eigene Dummheit.

Was sollte er mit ihr anfangen? Rasch kam ihm die Antwort auf diese Frage in den Sinn, war doch klar. Er lächelte. Im Grunde bedauerte er nicht, ihr begegnet zu sein. Sie würde ihm einen großen Dienst erweisen.

Er öffnete das Handschuhfach und griff nach einer Spule Kabel, mit dem er Teile seines Autoradios gebastelt hatte. Er rollte ein ordentliches Stück Kabel ab und fesselte ihr die Hände. Sie war immer noch bewusstlos, aber erste Anzeichen machten deutlich, dass sie ins Leben zurückkehrte.

Dann bewegte sie sich ein wenig, sie öffnete die Augen.

Leise murmelte sie etwas Unverständliches.

Sie richtete sich auf und hob die Hände, ohne zu begreifen, dass sie gefesselt waren.

Ihre Schläfe war blau angelaufen und geschwollen, sie wandte sich ihm zu.

»Was ist passiert? Ich habe Schmerzen. Hatten wir einen Unfall?«

»Genau.«

»Ich habe Schmerzen«, wiederholte sie. »Und ich muss mich übergeben.«
»So eine Scheiße!«
Er stieg aus dem Auto, zog sie vom Sitz herunter und hielt sie aufrecht, inmitten eines Rasenstücks.
Sie sah ihre gefesselten Handgelenke und hob beide Hände in die Höhe.
»Warum?«, fragte sie mit schwacher Stimme.
»Damit du dir nicht wehtust.«
Er rollte den schwarzen Draht ab. Sie ging ein paar Schritte und ließ sich auf die Knie fallen, von Brechreiz geschüttelt. Sie hatte nichts im Magen, um sich zu übergeben.
Er ging zum Auto zurück und holte die Rolle mit Papier, das er zum Abstauben verwendete, riss drei Blätter ab und reichte sie ihr.
Sie wischte sich den Mund ab und stand mit ungeschickten Bewegungen auf.
»Es tut so weh«, sagte sie, »bring mich ins Krankenhaus.«
»Natürlich«, sagte er. »Musst du dich nicht mehr übergeben?«
»Nein.«
Er packte sie am Ellbogen und schob sie in den Wagen.
»Ich habe Schmerzen«, sagte sie wieder und bog den Kopf nach hinten. »Ich fühle mich so komisch.«
Sie rollte den Kopf in seine Richtung. Ihre Augen schielten, das rechte war blutunterlaufen, ihre Pupillen waren verengt.
»Ich kann dich nicht gut sehen«, sagte sie. »Alles ist so dunkel. Warum fährst du nicht? Ist das Auto kaputt?«
Er stellte den Motor an und fuhr los.
»Er fährt wieder.«

Langsam verließ er den Parkplatz, mit sechzig Stundenkilometern fuhr er die Landstraße entlang.
»Was denkst du jetzt von mir?«, wollte er wissen.
Sie antwortete nicht, doch er musste Klarheit haben. Endlich hatte er eine in der Hand, der er alles erzählen konnte, ohne dass es Folgen haben würde. Wenigstens dazu sollte sie gut sein.
Er berührte sie an der Schulter und schüttelte sie ein wenig.
»Was denkst du von mir?«, wiederholte er.
»Ich bin müde«, antwortete sie, »und ich habe Schmerzen.«
»Verflucht! Kannst du nicht mal 'ne andere Platte auflegen! Wir fahren ja schon ins Krankenhaus. Konzentrier dich mal. Hast du von dem Kerl gehört, der Frauen mit der Armbrust umbringt?«
Sie nickte langsam und stöhnte.
»Der Spinner, über den haben heute im Café jede Menge Frauen geredet.«
»Da bin ich aber überrascht«, sagte er mit kurzem Lachen.
»Wann sind wir endlich im Krankenhaus?«
»Bald«, sagte er. »Weißt du, ich kenne den Kerl. Ich kenne ihn sehr gut. Er ist nicht verrückt. Er hat nur die Nase voll, sich von diesen Schlampen wie ein Stück Scheiße behandeln zu lassen.«
Sie tat, als interessiere sie sich für seine Worte, indem sie ihm den Kopf zuwandte.
»Welche Schlampen?«, fragte sie.
Er schüttelte den Kopf.
»Schlampen gibt's doch überall. Der Kerl hat die Polizei verarscht. Er verarscht alle. Er macht das so toll, dass ihn keiner erwischt. Soll ich dir sagen, wer der Kerl ist? Ich bin's. Und

ich werde dir erzählen, wie ich es mache. Interessiert dich das?«

Während er sprach, wandte er ihr den Kopf zu und sah, dass ihr Gesicht kreidebleich war. Ihre Augen waren geschlossen. Sie atmete nicht mehr. Er hob ein Lid hoch, ein lebloses Auge starrte ihn an.

»So eine Scheiße«, sagte er leise. »Die hätte wirklich ein bisschen warten können.«

Er hielt am Straßenrand und stellte die Scheinwerfer ab.

Er lief schnell ums Auto herum, packte sie unter den Achseln, zog sie heraus und legte sie quer in den Straßengraben.

Er vergewisserte sich, ob sie auch wirklich tot war, indem er ein Ohr auf ihren Mund und auf ihre Stirn legte. Sie atmete nicht mehr. In ihrem Körper waren seltsame Geräusche zu hören, aber ihr Herz schlug nicht mehr. Er hatte ihr das Hirn zu Brei geschlagen. Einmal hatte er erlebt, wie ein Mann einen Balken auf den Kopf bekam. Er war auf ähnliche Weise gestorben, nachdem er zunächst das Bewusstsein zurückerlangt hatte. Es hatte im Ganzen nicht länger als zehn Minuten gedauert, sie hatte besser durchgehalten als der Typ. Erstaunlich für eine so zierliche Person.

Kapitel 35

Kommissar Martin hatte den Wecker auf sechs Uhr gestellt. Er stand leise auf, machte sich einen Kaffee und betrachtete, bevor er ging, Marion noch einmal im Schlaf. Sie schlief friedlich wie ein Kind.

Er streichelte zärtlich ihren unter der Decke hervorschauenden Nacken, und sie antwortete mit einem leisen Knurren. Dann machte er sich auf den Weg.

Gegen halb neun waren er und seine Truppe zusammengekommen, um im weiteren Umfeld der Telefonzelle zu suchen. Diesmal waren es zweiundsiebzig Adressen, es würde vermutlich den ganzen Tag dauern.

Der Zeugenaufruf hatte bisher nichts ergeben, bis auf ein Dutzend Anrufe, die sich letztlich als Scherz erwiesen hatten.

Vor dem Café auf dem Platz, der der Präfektur von Cergy vorgelagert war, fühlte er sich weniger als Jäger denn als Handelsvertreter. Er hatte den Eindruck, dass er nachts im Schlaf noch einmal alle Einzelheiten des Falles durchgegangen war und plötzlich einen Ausweg gefunden hatte. Er maß seinen Träumen keine große Bedeutung zu, aber das Gefühl, dass eine Wahrheit oder zumindest ein verborgenes Zeichen aufgeleuchtet hatte, irritierte ihn.

Bis zum Mittag waren sie auch nicht weiter gekommen als

am Tag zuvor. Die Liste war kürzer geworden, mehr hatten sie nicht erreicht.

Der Anruf kam um vierzehn Uhr, gleich nach der Mittagspause. Man hatte im 8. Arrondissement eine dritte Frau gefunden.

Martin fuhrt sofort mit Jeannette los und ließ Olivier die Sucharbeit der Hilfskräfte koordinieren. Weiter von Tür zu Tür.

Auf der Fahrt, die fünfundzwanzig Minuten dauerte, sprachen beide kein Wort.

Bélier empfing sie höchstpersönlich. Ihr Mitarbeiter saß im Auto und erholte sich, nachdem er sich in der Wohnung des Opfers und auf der Treppe heftig hatte übergeben müssen. Bélier zeigte Jeannette den Schalter der Klimaanlage nahe der Wohnungstür.

»Der Knopf war auf die höchste Stufe gestellt. Als wir hier reinkamen, hatte das Zimmer zweiunddreißig Grad. Unter diesen Umständen ist es äußerst schwer, mit Mitteln der technischen Analyse den Zeitpunkt des Todes zu bestimmen.«

»Hat er etwas mitgenommen?«

»Das ist im Moment schwer zu sagen, aber wir haben die Papiere der Frau nicht gefunden. Offenbar hat sie kurz vor ihrem Tod eine Kreditkarte in das Lesegerät gesteckt, die der Mann wohl wieder an sich genommen hat. Wir haben versucht herauszufinden, ob man an die Informationen auf dem Chip herankommen kann.«

Martin zog die Augenbrauen hoch.

»Ich weiß«, sagte Bélier. »Wahrscheinlich hat er nicht mit der eigenen Karte bezahlt. Aber wir müssen es nachprüfen.«

»Eine Prostituierte«, sagte Jeannette durch ihr Taschentuch.
Sie war sehr blass und starrte die Leiche an. Auf den Armen und angewinkelten Beinen waren deutlich einige schwärzliche Marmorierungen auszumachen.
Sie zeigte auf einen ausgeschalteten Computer, der auf einem schmalen Schreibtisch hinter der Leiche stand.
»Das gehört heute zur normalen Ausstattung von Callgirls. Es ist so weit. Der Typ ist von Kontaktanzeigen aufs Internet umgestiegen.«
»Kann man herausfinden, zu wem er Verbindung aufgenommen hat?«, fragte Martin.
»Keine Ahnung«, sagte Bélier. »Viel wird dabei nicht herauskommen, vielleicht seine Mailbox ...«
»Er benutzt öffentliche Telefonzellen«, fuhr Jeannette dazwischen. »Er hat sie auch nicht von zu Hause aus angerufen, sondern von der Arbeitsstelle oder der Post. Oder von einem Internet-Café. So kriegen wir ihn nicht. Was bedeutet dieser Strich auf ihrer Stirn?«
»Das hat er wahrscheinlich mit dem Zeigefinger gemacht«, sagte Bélier. »Wir haben nur einen kleinen Teil eines Fingerabdrucks, damit ist nichts anzufangen.«
»Es ist, soweit wir wissen, das erste Mal, dass er ein Opfer angefasst hat«, meinte Martin. »Warum hat er das getan?«
»Vielleicht wollte er etwas schreiben«, sagte Jeannette.
»Oder er wollte Blut probieren«, sagte Bélier.
Jeannette gab einen erstickten Laut von sich.
Ein Kollege von der Gendarmerie trat zu ihnen.
»Die Zeugin, die die Leiche entdeckt hat, ist unten im Wagen, falls Sie sie sprechen wollen.«
Martin und Jeannette folgten ihm.

Auch im Inneren des Polizeiwagens roch es nach Erbrochenem.

Eine rundliche junge Frau saß auf der Bank, den Kopf an die Scheibe gelehnt. Sie war so blass und reglos, dass man sie ebenfalls für tot hätte halten können.

Der Leichenwagen wendete gerade, um die Ladefläche an den Hauseingang zu manövrieren, und die umstehenden Neugierigen begannen sich zu zerstreuen. Martin und Jeannette wechselten einen Blick. Jeannette legte die Hand auf den Arm der jungen Frau, sie zitterte.

»Mademoiselle, wir sind von der Polizei«, sagte Jeannette. »Kommen Sie, wir unterhalten uns woanders.«

Die Frau stand auf, sie zitterte so heftig, dass sie umzufallen drohte.

Martin half ihr, aus dem Wagen zu steigen.

Sie nahmen sie in die Mitte und bogen an der Straßenecke ab, um das nächstbeste Café aufzusuchen.

Die junge Frau wollte nichts bestellen, aber Martin bestand darauf. Ein kleines Glas Calvados würde ihr gut tun.

»Sie ist meine Schwester«, sagte die Frau. »Ich wusste, dass es schlimm enden würde.«

Martin und Jeannette vermieden es, sich anzusehen. Sie waren zunächst einmal da, um der Zeugin zuzuhören. Das eigentliche Vernehmungsprotokoll und ihre Vermerke würden später kommen. »Standen Sie einander nahe?«, fragte Jeannette.

»Ja, ich arbeite im Reisebüro, da hinten. Jeden Abend nach der Arbeit haben wir uns zu Hause wieder gesehen. Ich konnte die ganze Nacht nicht schlafen. Zweihundert Mal habe ich in ihrer Wohnung angerufen, aber keiner ging dran. Ich hätte sofort hingehen sollen ...«

»Das hätte keinen Unterschied gemacht«, sagte Martin.
»Wussten Sie, was sie machte?«, fragte Jeannette.
»Ja.«
Martin und Jeannette sahen sich kurz an.
»Sie fand ihre Kunden über das Internet, stimmt's?«
»Ja. Ich habe ihr gesagt, dass das zu gefährlich ist, aber es ist nie was passiert. Also machte sie weiter. Ich hätte strenger mit ihr sein müssen.«
Zwei Tränen liefen ihr die Wangen herab.
»Sie hat mir geholfen, als ich nach Paris kam, wissen Sie? Sie half mir immer. Und sie zahlte unsere Miete.«
Wieder tauschten Martin und Jeannette einen Blick. Die junge Frau riskierte eine Anzeige wegen Kuppelei. Jeannette beschloss, aus dem offiziellen Vernehmungsprotokoll die Hinweise auf die Hilfe der Schwester zu streichen.
»Ich weiß nicht, was ich ohne sie machen soll. Aber ich weiß, wer sie getötet hat«, sagte sie dann.
Martin und Jeannette waren hellwach.
»Kennen Sie ihn?«
»Er war im Reisebüro, so haben wir das immer gemacht. Sie gab die Adresse des Reisebüros an. Ich sah mir die Typen an, und wenn sie mir korrekt vorkamen, gab ich ihnen Christelles Adresse. Sie gingen dann gleich zu ihr. Sie ist durch meine Schuld gestorben. Ich habe ihn gesehen, aber ich bin nicht misstrauisch geworden. Groß, gut aussehend ... Dieses Schwein! Er wird auch mich umbringen, aber das ist mir egal.«
»Warum glauben Sie, dass er Sie töten will?«
Die Frau schob eine Hand in die Tasche und zog eine kleine Edelstahldose heraus. Sie hielt sie Jeannette hin, die die Dose öffnete. Es war ein Schminkspiegel darin, an dem noch Puder zu sehen war.

»Was ist das?«, fragte Martin.
»Ich habe ihn in meinem Briefkasten gefunden, heute Morgen unter den Briefen«, sagte die junge Frau.
»Gehörte dieser Spiegel Ihrer Schwester?«, fragte Jeannette.
»Ja. Und das bedeutet, dass er weiß, wo ich wohne. Das ist eine Botschaft. Ich bin die Nächste.«
»Keine Sorge, wir beschützen Sie«, sagte Jeannette. »Wollen Sie uns helfen, ihn zu kriegen?«
»Ich will ihm das Herz rausreißen«, sagte sie.

Sie überließen sie Béliers Leuten.
Mit einem neuen Phantombild konnten sie das bisherige Bild verfeinern, womöglich würde es danach dem tatsächlichen Aussehen eher entsprechen.
Martin war nicht in der Lage, sich genauso aufzuregen wie bei den ersten beiden Opfern, ohne sagen zu können warum. Hatte er sich daran gewöhnt? Oder lag es daran, dass es sich bei der Ermordeten um eine Hure handelte? Er war sauer auf die Tote. Die beiden ersten hatten nicht ahnen können, was ihnen passiert. Aber diese hätte nur Zeitung zu lesen brauchen und vorsichtiger sein müssen.
Jeannette brachte treffend zum Ausdruck, was er gerade empfand: »Es ist wie mit Autounfällen, wir können Dutzende von Warnhinweisen und Phantombildern veröffentlichen. Solange es einem nicht selbst passiert, glaubt man, dass es immer nur die anderen erwischt.«

Martin hatte eine lange Unterredung mit Roussel, um die gemeinsame Strategie der Presse gegenüber abzustimmen. Er weigerte sich, vor Journalisten aufzutreten, doch Roussel bestand nachdrücklich darauf. Die Leute müssten wis-

sen, was geschah, und wenn sich der für die Ermittlungen Verantwortliche nicht öffentlich zeige, sei das schlimmer als zuzugeben, dass man gescheitert war.
Martin gab schließlich nach, vor allem, als er begriff, dass er, wenn er sich weigerte, durch einen anderen ersetzt würde. In Krisenzeiten hatte seine Arbeit nicht nur eine kriminaltechnische Seite. Je mehr sich die Öffentlichkeit für einen Fall interessierte, desto politischer wurde dieser.
Gemeinsam mit Roussel ging er durch, was gesagt werden durfte und was nicht.
Als er ihm seine These offenbarte, dass diese Morde nur dazu dienten, um einen anderen, nämlich den richtigen zu kaschieren, sah Roussel ihn an, als sei er nicht ganz richtig im Kopf.
»Solche Sachen kommen in Filmen vor«, sagte er. »Dieser Typ ist ein Serienmörder. Punktum. Wie Sie sich sicher erinnern können, haben wir das bereits nach dem ersten Mord vermutet, Martin. Wir lagen schon damals richtig ...«
Martin ließ das »Wir« unkommentiert im Raum stehen.
Die Pressekonferenz war längst anberaumt. Sie fand in einem kleinen Raum des Amtsgebäudes hinter verschlossenen Türen statt, und Jeannette hatte sich mit Olivier in Richtung der Hilfskräfte abgesetzt. Die Temperatur im Saal war erdrückend. Die Verwaltung legte keinen Wert darauf, dass die Journalisten ewig vor Ort blieben.
Auch Marion war da, und Martin gab sich Mühe, sie nicht anzusehen.
Vor einer aufmerksamen Zuhörerschaft und im Gewitter der Blitzlichter, die ihm in die Augen stachen, beschrieb Roussel kurz die Gemeinsamkeiten der beiden Morde und des Mordversuchs, sprach davon, dass mit Hilfe der weni-

gen Hinweise, welche die Polizei habe, die ganze Gegend abgesucht werde. Er erwähnte auch das rote Motorrad und versprach für den Abend ein neues Phantombild. Mehr Indizien erwähnte er nicht, eine übliche Vorgehensweise, um Anrufe von Spaßmachern leichter aussieben zu können.

Die meisten Fragen bezogen sich auf die Psychologie des Mörders.

Roussel wandte sich Martin zu und stellte ihn als Chef der Ermittlungen vor. Martin räusperte sich und war äußerst vorsichtig. Er wies darauf hin, wie wichtig es sei, eine Kriminalpsychologin in der Gruppe zu haben, ohne Laurettes Namen zu erwähnen, aus Sicherheitsgründen, wie er erläuterte.

Marion hob die Hand. Verflucht, dachte Martin und wandte sich einem anderen Journalisten zu, der am anderen Ende des Raumes ebenfalls die Hand gehoben hatte.

»Entschuldigung«, sagte Marion mit ihrer hellen, durchdringenden Stimme. »Dass der Mörder immer den gleichen Frauentyp angreift, könnte das nicht bedeuten, dass er eine bestimmte Frau im Sinn hat und dass er die anderen tötet, damit man glaubt, es handele sich um einen Serienmörder?«

Mehrere Kollegen sahen Marion irritiert an, manche verstanden den Sinn der Frage nicht richtig.

»Danke, Marion«, sagte Martin und spürte sogleich Roussels argwöhnischen Blick im Nacken.

»Beim augenblicklichen Stand der Ermittlungen«, antwortete er trocken, »ist es zu früh, Vermutungen anzustellen, auch wenn das noch so verführerisch ist.«

»Glauben Sie, er wird versuchen, mit Ihnen Kontakt aufzunehmen?«, fragte ein anderer Journalist.

Er hat längst damit angefangen, schoss es Martin durch den Kopf. Der Schminkspiegel, der Strich auf der Stirn. Das ist seine Sprache. Er hat den Dialog eröffnet.

»Soweit ich weiß, nicht«, antwortete er stumpf.

Marion lächelte ihm zu, und er begriff, dass ihr sein kurzes Zögern nicht entgangen war. Doch sie verzichtete auf eine weitere Frage.

Kurz darauf war die Pressekonferenz zu Ende, Martin verschwand durch die Hintertür und überließ Roussel die Gruppe derer, die versuchten, auf Umwegen an weitere Informationen zu kommen.

Er schwitzte heftig – nicht nur wegen der Hitze. Es konnte ihm niemand nachsagen, dass er das Anrecht der Journalisten auf Informationen nicht anerkannte, vorausgesetzt er war nicht derjenige, der ihnen Rede und Antwort stehen musste.

Er eilte zu seinen Leuten vor Ort zurück, wenngleich die Hoffnung, den Mann zu verhaften, von Stunde zu Stunde schwand.

Was hatte der Mörder sagen wollen, als er den Spiegel zurückließ? Er rief Laurette an und landete auf dem Anrufbeantworter, zwanzig Minuten später rief sie ihn zurück, doch er war schon wieder unterwegs nach Cergy und steckte in der Avenue de Neuilly im Stau.

»Ich weiß nicht, ob man wirklich von Kommunikation sprechen kann«, meinte sie, nachdem er von dem Spiegel und dem Strich auf der Stirn des Opfers erzählt hatte. »Im Moment spielt er mit Ihnen. Er will Ihnen beweisen, dass er zuschlagen kann, wann und wo er will. Und dass er Ihre Leute dazu bringen kann, sich zu verzetteln.«

»Und es funktioniert«, brummte Martin.

»Natürlich kann man die symbolische Dimension des Spiegels und auch des Striches aus Blut auf der Stirn nicht ignorieren. Hat er noch etwas anderes mitgenommen?«

»Ja, eine Ledertasche mit den Papieren des Opfers und einige kleinere Schmuckstücke.«

»Aha. Jedes Mal ein bisschen mehr. Er fühlt sich immer wohler bei dem, was er tut, und er fühlt sich sicher. Er passt nicht mehr auf.«

»Er hat die Heizung in der Wohnung auf die höchste Stufe gestellt«, sagte Martin.

Laurette brauchte keine weiteren Erklärungen.

»Es ist genau, wie ich sage, er macht sich über euch lustig.«

»Was haben Sie mit ›symbolische Dimension des Spiegels‹ gemeint?«

»Ach, nichts besonders Originelles. Der Spiegel, Bild der Seele, diese Dinge. Narzissmus des Mörders. Frauen im Spiegel, die alle einem Original ähnlich sind.«

»Aha«, sagte Martin, »das bringt mich ein gutes Stück voran.«

»Ich habe den Eindruck, dass er zwei Arten von Dingen tut. Auf der einen Seite rationale, oder zumindest durchdachte Handlungen wie den Diebstahl der Tasche, die seinem Mord die persönliche Note verleihen. Auf der anderen Seite folgt er Impulsen, wie bei dem Spiegel und dem Strich auf der Stirn. Das sind für mich ungewollte, nicht bedachte Handlungen. Ausrutscher. Und das ist sein eigentliches Merkmal. Vielleicht war der Diebstahl der Tasche am Anfang ein Ausrutscher, aus dem er nachträglich eine Art System gemacht hat.«

»Und wird er das mit dem Spiegel und dem Strich aus Blut auch so machen?«

»Ja, damit oder mit ähnlichen Dingen. Er hat eine extrem geordnete Persönlichkeit, die sich stets darum bemüht, heftige Impulse in einen vorgegebenen Rahmen zu integrieren, um der Illusion willen, diese Impulse durch Wiederholung beherrschen zu können. Wenn man nur eine Ahnung hätte, wie seine Kindheit verlaufen ist...«
»Haben wir nicht«, sagte Martin. »Kann seine Art, unkontrollierte Handlungen in Muster zu integrieren, zu einem bestimmten Verhalten im täglichen Leben führen?«
»Eine interessante Frage. Ja, er legt sicher ein besonderes Verhalten an den Tag. Aber welches? Ich denke darüber nach und rufe Sie wieder an.«

Als sie am Ende der Liste angelangt waren, standen sie mit leeren Händen da. Und sie waren erst um zwanzig vor zehn am Abend fertig geworden.
Jeannette war mit dem eigenen Auto gekommen, einem neuen 206 blau-metallic, auf den sie überaus stolz war und über den Olivier eine ganze Reihe sarkastischer Witze gemacht hatte.
Sie trennten sich vor der Präfektur von Cergy, die Menschen standen Schlange vor einem Kino mit fünf Vorführsälen. War der gesuchte Mann unter ihnen? Saß er an der Kasse? War er zwanzig Kilometer entfernt?
Weder die Hinweise auf das rote Motorrad noch auf die Telefonzelle hatten sie weitergebracht, dachten Martin und Jeannette gleichzeitig. Und obwohl ein dritter Mord geschehen war, gab es keine neue Spur, der sie nachgehen konnten.
Einer von der Spurensicherung hatte es geschafft, die Geheimzahl der Kreditkarte zu entziffern, die beim letzten Opfer in der Maschine gesteckt hatte. Es handelte sich um

die gestohlene Visa-Karte von Sabine Renoult. Wieder ein Augenzwinkern des Mörders. Andererseits konnte man nun sicher sein, dass es sich nicht um einen Trittbrettfahrer handelte.
Morgen würden die Ermittler sich näher mit der Persönlichkeit der Prostituierten befassen. Mit Hilfe ihrer Schwester würden sie bis in die letzten Winkel ihrer Vergangenheit vordringen und versuchen herauszufinden, ob die dritte Frau nicht zufällig das wirkliche Opfer war, das der Mörder von Anfang an im Visier gehabt hatte. Weder Jeannette noch Martin glaubten daran, aber was sollte man machen?

Kapitel 36

Jeannette war genauso müde wie die anderen Polizisten, aber im Gegensatz zu ihnen verspürte sie nicht die geringste Lust, nach Hause zu fahren.

Ihr Kind war bei ihrer Mutter in deren Häuschen in Marnes-la-Coquette, und statt dass sie und ihr Mann die vorübergehende Freiheit genossen, hatten sie sich am letzten Abend heftig gestritten, als sie mitten in der Nacht nach Hause gekommen war. Er hatte sie sogar verdächtigt, ihn zu belügen und zu betrügen. Was sie wiederum derart verärgert hatte, dass sie beinahe bedauerte, ihm keine Affäre mit einem anderen an den Kopf werfen zu können.

Am Morgen hatte er das Haus verlassen, ohne mit ihr zu reden, und es gab wenig Grund zu der Annahme, dass er heute Abend besserer Laune wäre. Sie kannte ihn.

Normalerweise wäre sie zu ihrer Schwester Mathilde gefahren, um bei ihr zu übernachten, aber heute Abend nicht. Sie hatte keine Lust, auf ihre Fragen zu antworten und sich Moralpredigten anzuhören. Außerdem war sie gründlich niedergeschlagen von den zwei Tagen ergebnislosen Klinkenputzens, während der Gesuchte in aller Ruhe eine dritte Frau umbrachte, nur dreißig Kilometer von dem Ort entfernt, an dem sie mühsam nach einem roten Motorrad gesucht hatten, das es am Ende gar nicht gab … Es war einfach absurd.

Vielleicht hatte ihr Mann ja Recht, und sie musste ihren Posten aufgeben. Aber noch war es nicht so weit, zuerst musste sie dieses Schwein finden, den Mann, der die Frauen umbrachte. Und wenn es ihre letzte Amtshandlung als Angehörige der Kriminalpolizei wäre.

Sie fuhr los, aber statt dem blauen Schild zu folgen, das zur A 15 nach Paris führte, fuhr sie in die entgegengesetzte Richtung, zu der Telefonzelle. Sie kehrte zu ihrem Ausgangspunkt zurück.

Es gab andere Unstimmigkeiten, aber etwas an dieser Telefonzelle irritierte sie. Wenn sie nämlich genauer darüber nachdachte, dann hatte sie das Gefühl, dass sie nicht gründlich genug vorgegangen waren. Irgendetwas sagte ihr, dass sie sich zu schnell von der Telefonzelle entfernt hatten, dieser Ort konnte noch mehr hergeben.

Sie stellte das Auto parallel zum Bürgersteig ab und sah zwei schwarze Jugendliche in hellen Jacken und mit weißen Bändern um die Stirn auf die Zelle zugehen.

Sie waren beide mehr als einen Kopf größer als sie.

Einer blieb vor der Zelle stehen und holte aus der Tasche ein winziges goldenes Mobiltelefon, während der andere drinnen eine Nummer wählte. Der Junge spielte mit dem Handy, er bewegte es in alle Richtungen. Schließlich gab es Töne von sich, eine elektronische Version der Titelmusik von »Mission impossible«.

Der Junge in der Zelle legte auf und kam heraus.

Anscheinend hatten sie probieren wollen, ob das Mobiltelefon funktionierte. Sie ging auf die beiden zu, und die beiden musterten sie mit fragenden Blicken.

»Guten Abend«, sagte sie lächelnd. »Ich hätte gern eine kleine Auskunft. Vielleicht können Sie mir behilflich sein.«

Sie sahen sich an, dann blickten sie wieder zu Jeannette, wortlos, aufmerksam.
»Es geht um Folgendes«, sagte sie und behielt tapfer ihr Lächeln bei. »Ich suche einen Mann mit einem rotem Motorrad, der hier in der Nähe wohnt. Ein großer Mann mit rotblonden Haaren. Sagt Ihnen das was?«
»Ist das ein Freund von Ihnen?«, fragte einer der Jungen.
Sie zögerte und entschied sich dafür, die Wahrheit zu sagen, zumindest teilweise.
»Nein«, sagte sie. »Man kann wirklich nicht sagen, dass er ein Freund von mir ist.«
Der Junge nickte.
»Ja es gibt so einen Typ hier. Er wohnt ein Stück weiter, in der Rue Mozart 36.«
»Das ist ungefähr fünfhundert Meter von hier«, sagte der andere.
»Wissen Sie, wie er heißt?«, fragte Jeannette.
»Ja. Er wird der Bekloppte genannt oder der Hurensohn. Vor zwei Monaten hat er meinen Bruder verprügelt, weil er sein verdammtes Motorrad angefasst hatte. Er hatte es nur kurz berührt.«
»Danke«, sagte Jeannette. »Vielen Dank, und noch einen schönen Abend.«
Sie stieg wieder ins Auto, mit pochendem Herzen ging sie erneut die Liste durch. In der Nummer 36 der Rue Mozart von Cergy war kein rotes Motorrad gemeldet.
Vielleicht hatten sich die Jungen in der Adresse geirrt, sie musste nachsehen. Sie warf einen Blick auf den Stadtplan und fuhr los.
Sie war versucht, Martin anzurufen, aber sie ließ es bleiben. Wozu ihm falsche Hoffnungen machen?

Sie hielt gegenüber der Hausnummer 32 auf einem freien Parkplatz. Sie hatte auf dem Tacho nachgesehen, sie war weniger als dreihundert Meter von der Telefonzelle entfernt.
Bevor sie aus dem Auto stieg, öffnete sie das Halfter an der Hüfte und überprüfte, ob das Magazin geladen war.
Sie legte ihre Hände auf das Lenkrad und betrachtete sie. Nein, sie zitterten nicht.
Wenn er es doch bloß wäre, sie konnte es nicht glauben. Es war zu einfach, viel zu simpel. Das musste eine falsche Spur sein. Aber nachsehen wollte sie trotzdem.
Sie stieg aus und ging auf das Einfamilienhaus zu.

Als Martin nach Hause kam, war Marion längst eingetroffen.
Sie musterte ihn mit einem zugleich herausfordernden und misstrauischen Gesichtsausdruck.
Martin fragte sich, ob sie dies tat, weil sie damit rechnete, dass er nach der Pressekonferenz seine schlechte Laune an ihr auslassen würde.
Er sagte nichts, sondern wusch sich die Hände, zog die Jacke aus und setzte sich aufs Sofa.
»So wie du aussiehst, habt ihr ihn noch nicht«, sagte Marion und setzte sich neben ihn.
Sie hatte gleich begriffen, dass ein Streit das Letzte war, worauf er jetzt Lust hatte.
Martins Mobiltelefon klingelte. Er stand schnell auf, um es aus seiner Jacke zu holen, dann stierte er es an, als sei es eine Tarantel.
»Ich hoffe …«, hob er an, bevor er Béliers Nummer erkannte.

Seine Angst, es könnte sich um einen neuen Mord handeln, hatte sich gelegt. Bélier war fündig geworden.

»Ja bitte?«, sagte er hoffnungsvoll.

»Es gibt eine Neue«, sagte sie nur.

»Scheiße. Warum erfahre ich das von dir?«

»Wäre er cleverer gewesen, wären wir nie darauf gekommen. Sie ist klein und blond.«

»Aber woher wisst ihr dann ...«

»Auf ihrem Lederrock war der Abdruck seines linken Daumens. Ich habe gerade das Fax bekommen. Fabien hat genau verglichen, einfach so. Es stimmen vierzehn Punkte mit dem Fingerabdruck von der Regenrinne überein. Es gibt keinen Zweifel.«

»Wo wurde das Opfer gefunden?«

»Irgendwo im Departement Oise. Sie ist im Krankenhaus von Beauvais. Sie ist nicht ganz tot. Er hat sie gestern Abend überfallen, am selben Tag wie die davor. Sein Rhythmus wird schneller.«

»Gut, ich fahre hin«, sagte Martin.

»Warte. Sie liegt im Koma und hat einen faustgroßen Bluterguss in der rechten Hirnhälfte. Sie haben den Schädel geöffnet, aber sie wissen nicht, ob sie jemals wieder aufwacht.«

»Ich fahre trotzdem hin«, sagte Martin. »Danke.«

»Auch kein Bolzen, dafür ein heftiger Schlag, vermutlich mit der Faust. Unser Mann hat seinen Stil geändert.«

Martin zog sich die Jacke an.

»Kann ich mitkommen?«, rief Marion ihm zu.

Er zögerte kurz, dann nickte er.

Sie nahm ihre große Handtasche und folgte ihm.

Nach eineinviertel Stunden waren sie am Ziel. Martin nutzte die Zeit, um die Gendarmerie von Beauvais anzurufen.

Ein Offizier versprach ihm, am Krankenhaus mit einer Kopie des Polizeiberichts auf ihn zu warten.

Er rief auch Jeannette auf ihrem Handy an, aber es war nur die Mailbox dran. Er war ein wenig überrascht, aber nicht besorgt. Einen Moment überlegte er, ob er sie auf dem Festnetz anrufen sollte, aber er verzichtete darauf. Er konnte sie schlafen lassen.

Marion rief in der Zeitung an und bat um die Adresse und Nummer des Korrespondenten des Departements Oise. Sie weckte ihn, ohne Rücksicht auf seine Nachtruhe zu nehmen, und fragte, ob er Neuigkeiten über den versuchten Mord an der jungen Blonden von letzter Nacht habe. Er wusste auch nicht mehr, als ihm die Polizei verraten hatte. Niemand hatte etwas über die Identität der Unbekannten sagen können. Ein Zeuge, ein Fernfahrer, meinte, etwas gesehen zu haben: ein dunkler Sportwagen auf der Route Nationale 1, ein paar Kilometer von der Fundstelle entfernt. Das Auto war nach Süden gefahren, Richtung Cergy-Pontoise. Es handelte sich um eine Zeugenaussage aus zweiter Hand, obendrein anonym. Der Journalist hatte sie aus dem CB-Funknetz, mit dem manche Fernfahrer noch immer ausgestattet waren.

Marion gab die Aussage des Zeugen Wort für Wort an Martin weiter.

»Vielleicht ein BMW-Coupé, extra getunt, tiefer gelegt, Breitreifen, Heckspoiler.«

»Erst ein rotes Motorrad und jetzt ein dunkler Sportwagen«, brummte er. »Wie spät war es?«

»So gegen halb elf, elf am Abend.«

Er dachte nach. Ihm leuchtete all das ein. Man konnte einem Fernfahrer zutrauen, dass er ein solches Auto erkannte. Der Mörder wusste, dass man ihn verfolgte. Er hatte sein Motorrad gegen ein Auto getauscht. Logisch. Sein Opfer war nicht allein auf die Nationale 1 gekommen, und mit dem Motorrad hätte er sie dort auch nicht hinbringen können. Warum ein Sportwagen? Weil er keinen anderen zur Verfügung hatte. Wo hatte er dieses Auto nur her? Geliehen? Gekauft? Oder hatte er es schon besessen?
»Viele Leute achten auf diese Art Wagen. Du solltest den Autotyp vielleicht zusammen mit den anderen Angaben veröffentlichen«, sagte Marion.
Sie hatte Recht. Selbst wenn die Suche nach Zeugen mit dem Motorrad und dem Phantombild nichts ergeben hatte, konnte es sein, dass durch das getunte BMW-Coupé mehr dabei herauskam. Trotzdem zögerte er.
»Nein«, sagte er schließlich, »das bringt uns nur mehr Anrufe von Verrückten ein, und es warnt unseren Mann. Morgen frage ich nach Änderungen in den Zulassungen von Wagen im Departement 95. Theoretisch muss ein Motorumbau gemeldet werden. Wenn nichts dabei herauskommt, haben wir lediglich ein paar Stunden verloren.«
Er sah kurz zu ihr hinüber: »Marion, es versteht sich doch wohl von selbst, dass alles, was du erfährst ...«
»Ich weiß«, unterbrach sie ihn trocken. »Ich schreibe nichts ohne deine Zustimmung.«
»Danke.«

Belhomme, der stellvertretende Chef der Gendarmerie, erwartete sie in einem blauen Clio, einem Dienstwagen, vor dem Eingang des Krankenhauses.

Sie betraten die Eingangshalle und setzten sich, nachdem sie Kaffee aus dem Automaten geholt hatten, in den verwaisten Speisesaal einer Kantine.
Martin hatte fest vor, das Opfer in der Notaufnahme zu besuchen, aber das war nicht das Wichtigste.
Der Gendarm hatte eine Generalstabskarte der Umgebung mitgebracht und zeigte ihnen die genaue Stelle, an der die Frau gefunden worden war.
»Wie weit ist das von Cergy-Pontoise entfernt?«, fragte Martin.
»Fünfunddreißig Kilometer, eine Viertelstunde, zwanzig Minuten bis Cergy; nachts geht es schneller, vor allem, wenn sich der Fahrer nicht an die Geschwindigkeitsbeschränkungen hält.«
»Hatten Sie an diesem Abschnitt keine Geschwindigkeitskontrolle?«
Der Gendarm lächelte.
»Leider nicht, wir haben nicht genug Leute. Ich habe andere Abteilungen gefragt, aber letzte Nacht war niemand auf der Strecke.«
»Ich rufe zusätzlich bei der Verkehrspolizei an«, sagte Martin und zog sein Telefon aus der Tasche.
»Nicht nötig, schon geschehen. Wir arbeiten oft zusammen. Ihnen ist nichts aufgefallen.«
Martin las rasch den Polizeibericht durch.
»Ich sehe, sie hatte keine Unterwäsche an«, sagte er. »Mal angenommen, also auf den ersten Blick, könnte es sein, dass er sie vergewaltigt hat?«
»Dafür gibt es keine Hinweise«, sagte der Gendarm. »Wir haben Proben genommen. Man sah nur die Folgen seines Schlages, einen riesigen Bluterguss an der Schläfe. Und wo-

möglich gibt es Spuren von Handfesseln, aber da sind wir noch nicht sicher. Da kann Ihnen die Spurensicherung mehr sagen.«

»Und ihre Identität?«

»Sie hatte keine Papiere bei sich, keine Handtasche, nichts. Sie hatte nur den Rock an, die Schuhe, eine Strickjacke, eine Uhr und trug ein paar Kleinigkeiten bei sich. Ist schon alles bei der Spurensicherung.«

»Gut«, sagte Martin. »War das Ihre Idee, ein Fax an die Spurensicherung zu schicken?«

»Ja, wenn eine Frau überfallen wird und wie tot daliegt ... Ich wusste, dass sie den anderen Opfern nicht ähnlich sah, aber ich habe mir gesagt, Vorsicht ist besser als Nachsicht.«

»Gute Arbeit«, sagte Martin. »Wir haben kostbare Zeit gewonnen. Ich glaube, sonst habe ich keine weiteren Fragen. Ich gehe jetzt zu ihr.«

Sie standen im selben Moment auf und gaben sich die Hand.

Der Gendarm hüstelte und sah zu Marion hinüber, die er bisher ignoriert hatte.

»Wenn ich recht verstehe, war sie sein viertes Opfer«, sagte er.

»Wahrscheinlich«, bemerkte Martin. »Wir müssen für ihren Schutz sorgen. Er ist schon einmal wegen des zweiten Opfers wiedergekommen und hat dabei kein Risiko gescheut. Können Sie etwas tun, bevor ich Leute aus Paris hole?«

»Ja«, sagte Belhomme. »Im schlimmsten Fall schiebe ich die ersten Wachen, immerhin war ich auch als Erster am Tatort. Sie war so blass, und ihre Haut fühlte sich so kalt an, dass ich sicher war, sie sei tot. Aber sie atmete.«

Er lächelte kurz, um seine Betroffenheit zu verbergen.

»Es würde mich ärgern, mir eine Nacht umsonst um die Ohren geschlagen zu haben.«

Die Nachtschwester ließ Marion und Martin auf die Station, unter der Bedingung, dass sie Schutzkittel, Überschuhe, Kopfhaube und Gesichtsmaske benutzten. Für Martin war das längst Teil seiner Routine. Marion musste ihre Tasche in der Garderobe lassen.

Der Arzt sei nicht da, sagte die Schwester, komme aber bald.

Als sie in den Reanimierungsraum traten, hatte Martin ein Déjà-vu-Erlebnis, das nicht auf übersinnlicher Wahrnehmung beruhte.

Marion und Martin beugten sich von zwei Seiten über das Bett.

Der rasierte Schädel der jungen Frau steckte in einem Verband, ihre Augen waren geschlossen, durch ihre Kehle drang Luft mit einem kaum hörbaren Pfeifton.

Man musste genau hinsehen, um die Bewegungen ihrer zierlichen Brust wahrzunehmen.

Marion legte ihre Hand auf die des Mädchens und erschauerte.

»Ihre Hand ist eiskalt«, murmelte sie.

»Hast du deinen Fotoapparat dabei?«, fragte Martin.

Sie nickte, ging hinaus und holte ihre Digitalkamera.

»Versuch, sie aus mehreren Blickwinkeln aufzunehmen, mit und ohne Verband.«

»Der Verband ist kein Problem, wir haben ein Bildbearbeitungsprogramm, wir nehmen den Verband weg und machen ihr eine Frisur. Bei den Augen wird es schwieriger, wir kennen ihre Augenfarbe nicht.«

Martin hielt kurz inne, dann schob er das rechte Augenlid der Verletzten hoch.

»Blau.«

Marion machte mehrere Bilder mit und ohne Blitzlicht, sah sie sich auf dem Display an und schoss weitere, bis sie zufrieden war.

»Wir haben hier nichts mehr zu tun«, sagte Martin.

»Viel Glück«, sagte Marion, während sie sich über das Opfer beugte.

Sie gaben der Schwester ein Zeichen, dass sie jetzt gingen. Sie bat sie zu warten. Der Arzt war von seiner Pause zurück. Sie trafen ihn, ein junger Inder in einem gestärkten weißen Kittel. Er lächelte Marion an.

»Es ist ein Wunder, dass sie noch lebt«, sagte er mit leichtem Akzent. »Der Schlag war so fest, dass sie ein doppeltes Hämatom im Gehirn hat. Verstehen Sie, das Gehirn ist auf beiden Seiten gegen die Schädeldecke geprallt. Wir haben die künstliche Beatmung vorhin abgestellt, das ist eher ein gutes Zeichen. Aber es ist noch zu früh, um mehr zu sagen. Wollen Sie die Röntgenaufnahmen sehen?«

Martin schüttelte den Kopf.

»Nicht nötig, vielen Dank.«

»Auf dem EEG ist eine Hirnaktivität zu erkennen, wenn auch verlangsamt. Aber es ist möglich, dass sie, auch wenn sie aus dem Koma erwacht, auf dem rechten Auge nie wieder sehen kann. Der Sehnerv ist beschädigt.«

Martin hatte genug gehört. Er dankte dem Doktor und strebte auf den Ausgang zu.

»Du hättest ihn fragen sollen, ob es eine Chance gibt, dass sie bald aus dem Koma erwacht«, sagte Marion, während sie die Schutzkleider ablegten.

»Ist nicht nötig, das wissen sie selbst nicht. Sie kann morgen, in sechs Monaten oder gar nicht mehr aufwachen.«

Marion nickte. Martin schien wütend zu sein, und sie fragte sich einen Augenblick warum. Sie kannte ihn gut genug, um die Antwort zu erraten. Er war wütend auf sich selbst. Er warf sich zu Recht oder Unrecht vor, was mit diesem Mädchen geschehen war, er grämte sich, dass er nichts dagegen hatte unternehmen können. Wie hätte er es verhindern sollen? Der Mörder schlug willkürlich zu, jedes weibliche Wesen konnte sein Opfer werden.

Martin ließ seine Visitenkarte da und wechselte noch ein paar Worte mit Belhomme, der von einem jüngeren Gendarm begleitet wurde.

Als sie das Krankenhaus verließen, war es fast vier Uhr morgens. Draußen war es noch sehr mild, ein Umstand, der vermutlich der Unbekannten das Leben gerettet hatte. Die milden Temperaturen und das tiefe Koma, das ihren Angreifer glauben ließ, sie sei tot.

Martin war verärgert, aber er war auch müde, zu müde, um zu merken, wie sehr Marion das Schicksal der jungen Unbekannten schockiert hatte.

Als er sah, wie sie den Kopf abwandte, begriff er, dass etwas nicht in Ordnung war. Er streichelte ihre Schulter.

»Marion?«

Sie schaute ihn an, die Augen voller Tränen.

Er fühlte sich schuldig und hilflos.

»Es tut mir Leid«, sagte er, »aber irgendwann merkt man es nicht mehr. Die Wut gibt mir die Kraft durchzuhalten, und sie hilft mir, das Leid der Opfer zu vergessen.«

Sie wischte sich die Tränen ab und lächelte ihn an.

»Ich hätte nicht gedacht, dass es einem so nahe geht«, sagte sie. »Aus der Ferne sieht es aus wie ein Spiel. Der Böse auf der einen, die Polizei auf der anderen Seite. Man vergisst vollkommen die Opfer. Sie sind uninteressant, sie sind eben nichts als Opfer. Und wenn man dann sieht, was es tatsächlich bedeutet, angegriffen zu werden ... Meinst du, dass du dieses Schwein kriegst?«

»Ja, den kriege ich.«

Aber wann?, fragte er sich selbst. Er rieb sich die Augen, er konnte nicht mehr klar sehen. Er überlegte, ob er ein Hotel ansteuern sollte, aber er musste morgen wieder Dienst schieben, und der Weg nach Paris würde wegen der Staus lange dauern, zu lange, wenn sie erst morgen führen.

Plötzlich schmiegte sich Marion heftig zitternd an ihn. Er nahm sie in die Arme. Er sah ihr in die Augen, aus so großer Nähe, dass ihre Züge verschwommen.

»Was ist?«, fragte sie erstaunt. »Warum siehst du mich so an?«

Er drückte sie fester an sich.

»Mir ist gerade etwas aufgefallen.«

»Und was?«

»Ich glaube wirklich, dass ich dich liebe.«

Sie legte ihren Kopf an seine Brust, und so verharrten sie eine Weile. Marion schlug ihm vor zu fahren. Ihm von ihrem Kummer erzählt zu haben hatte ihr gut getan. Er nahm ihr Angebot widerspruchslos an. Als sie losgefahren waren, stellte er die Lehne des Beifahrersitzes nach hinten und versuchte zu schlafen, es gelang nicht.

»Versuch an was anderes zu denken«, sagte Marion. »Denk an etwas Schönes. Das hilft.«

Er streckte die Hand aus und streichelte ihr über den Schenkel, er näherte sich ihrer Leiste.

»Natürlich«, sagte sie in gespielt widerspenstigem Ton. »Stört es dich, wenn ich leise Musik anmache?«
Er schüttelte den Kopf, und sie schaltete das Jazz-Radio ein. Sanfte Musik drang ins Auto und vermischte sich mit dem Summen des Motors. Sie fuhr genauso schnell wie Jeanette, doch weniger flüssig.
»Ich werde das Mädchen wieder besuchen«, sagte sie.
»Willst du etwas über sie schreiben?«
»Nein, ich weiß nicht recht. Ich besuche sie auf jeden Fall. Sie hat niemanden in ihrer Nähe, keine Familie, nichts. Jemand muss mit ihr reden. Da sind zwar die Schwestern, aber das ist nicht dasselbe. Sie darf nicht allein bleiben.«
Er stimmte ihr zu.
Jeannette wird mir böse sein, dass ich sie nicht geweckt habe, um sie zu informieren. Das waren Martins letzte Gedanken, bevor er in einen tiefen und ruhigen Schlaf fiel.

Kapitel 37

Der Garten vor dem Haus glich einer Müllkippe.
Jeannette drückte auf die Klingel am Gartentor und wartete. Nach dreißig Sekunden läutete sie wieder. Immer noch keine Antwort.
Sie schob das Tor auf und betrat den Garten.
Einen Moment stierte sie die zerbrochenen Gegenstände auf dem vergilbten Rasen an, dann klingelte sie an der Haustür. Dann klopfte sie. Immer noch keine Antwort.
Noch hatte sie die Wahl, entweder wegzufahren oder Martin anzurufen ... In diesem Moment öffnete sich die Tür.
Jeanette trat einen Schritt zurück und fuhr mit der Hand unwillkürlich zum Griff ihrer Waffe.
Eine große magere Frau mit braunem Haar stand im Eingang.
Jeannette lächelte ihr zu. »Guten Abend! Es tut mir Leid, Sie so spät zu stören, aber ich führe eine polizeiliche Untersuchung durch.«
Um ihre Worte zu untermauern, zog sie ihre Dienstmarke aus der Brusttasche.
Die Frau beachtete die Marke nicht, sie schien weder feindselig noch freundlich. Sie wirkte eher gleichgültig.
»Darf ich Ihnen ein paar Fragen stellen?«, hakte Jeannette nach.

Die Frau sah sich um, als erwarte, erhoffe oder fürchte sie einen weiteren ungelegenen Besuch. Dann trat sie einen Schritt zur Seite.
»Kommen Sie rein«, sagte sie.
Jeannette betrat das Haus, bevor die Frau es sich anders überlegen konnte. Sie war erleichtert. Das hätte auch schief gehen können.
Aus der Nähe sah die Frau jünger aus. Kaum dreißig, nur wirkte sie älter, weil sie so mager war.

Er hatte die Nacht und fast den ganzen nächsten Tag in seiner Garage geschlafen. Selten war er im Leben so erschöpft gewesen.
Mittags kaufte er sich etwas zu essen und eine Zeitung.
Er war nicht überrascht, als er Dianes Foto entdeckte. Es war ein Zeugenaufruf. Niemand wusste, wer die auf der Route Nationale 1 überfallene Frau war. Überfallen? Er las weiter. Koma … Krankenhaus von Beauvais … Ihm schwirrte der Kopf. Sie war nicht tot. Sie würde reden. Nein! Das war unmöglich. Sie wusste fast nichts über ihn. Doch, das Haus! Sie war ja mit ihm da gewesen!
Nein, irgendetwas stimmte da nicht. Er hatte es doch gesehen, ihr bleiches Gesicht, die Augen mit den verengten Pupillen, die eingefallenen Nasenlöcher. Sie war weich gewesen wie ein Schwamm. Sie hatte nicht mehr geatmet, gar nicht mehr. Und auch ihr Herz hatte nicht mehr geschlagen. Das war nur ein Trick der Bullen, es konnte gar nicht anders sein.
Er ging nach draußen, erleichtert und stolz auf seine Klugheit. Sie wollten ihn in eine Falle locken und warteten darauf, dass er ins Krankenhaus kam, um sie umzulegen. Für wen hielten diese Idioten ihn eigentlich?

Er war viel zu schlau für sie. Er würde es immer schaffen. Und dieser Versuch, ihm eine Falle zu stellen, war der Beweis, dass sie nicht wussten, wie sie an ihn rankamen. Er fühlte sich besser, sehr viel besser.

Abends hatte er das Bedürfnis, sich zu waschen und umzuziehen.

Als er sich seinem Wohnviertel näherte, fuhr er langsamer und sah sich die Straßen und Autos an, suchte nach dem geringsten Hinweis auf die Polizei. Nein, sie waren wieder weg. Nur wenige Passanten streiften umher, trotz der milden Luft waren Straßen und Bürgersteige leer.

Er fuhr noch langsamer, und als er in seine Straße einbog, blieb er stehen, alle Sinne geschärft. Wenn sie doch da waren ... Nein, alles ganz friedlich und harmlos. Und doch ... Irgendetwas war anders. Er sah die Häuser an, alles ähnelte einander, die Hecken, die Laternen. Nein, das war es nicht.

Es waren die Autos. Da war eins, das er nicht kannte. Ein 206er Peugeot hellblau-metallic. Er hatte den Wagen dort nie gesehen. Er fuhr langsam die Straße hinauf und blieb neben dem Auto stehen. Es war leer und hatte eine Pariser Nummer. Er fuhr langsam an, rollte bis ans Ende der Straße und bog nach rechts, bereit, bei dem geringsten Anzeichen jederzeit zu beschleunigen. Nichts. Das einzig fremde Element war dieses Auto, das zwei Häuser von seinem entfernt geparkt war.

Er fuhr noch einmal um den Block und stellte den Wagen an der Straßenecke ab, fünfzig Meter von dem blauen Auto entfernt. Vielleicht täuschte er sich auch, und ein Nachbar hatte Besuch von Verwandten ... Nein, nicht mitten in der Woche. Das waren Bullen. Und sie waren da und erwarteten ihn. Wo? Bei ihm zu Hause. Diese Schweine, dieses Ungeziefer! Er zwang sich zu Ruhe und Besonnenheit, er musste überlegen. Wenn ihn die Bullen suchten, waren sie zu Dutzenden hier. Das bewies, dass sie sich nicht sicher waren. Sie tappten im Dunkeln. Wenn sie das Motorrad suchten, konnte ihm nichts passieren. Das Motorrad war weg, und im Haus gab es nichts, das ihn mit den Morden in Verbindung brachte.

Er hatte nirgendwo Fingerabdrücke hinterlassen. Er hatte fünfzehn Zeugen, darunter einen Arzt, die aussagen würden, dass er sich auf der Baustelle verletzt hatte. Wie viele Bullen warteten zu Hause auf ihn? Zwei? Drei? Nur darauf kam es an.

Er stieg aus dem Wagen und schloss ihn ab.

Beim Anblick der brünetten Frau überkam Jeannette ein merkwürdiges Gefühl. Sie war nicht feindselig, aber sie schien so entrückt.

Jeannette hatte sie zuerst gefragt, ob sie in der näheren Umgebung jemanden mit einem roten Motorrad kenne.

»Ja«, sagte die junge Frau, »meinen Mann.«

Jeannettes Erregung wuchs, ihre Müdigkeit war wie weggeblasen. Die Jugendlichen hatten nicht gelogen.

»Kann ich mit ihm sprechen?«

»Er ist nicht da.«

»Wissen Sie, wann er wiederkommt?«

Die junge Frau sah sie an, als sei das eine völlig sinnlose Frage.

»Nein«, sagte sie schließlich. »Ich weiß es nicht.«

»Macht es Ihnen etwas aus, wenn ich hier warte?«, fragte Jeannette.

»Nein.«
Jeannette wartete, ob die Frau den Grund wissen wollte, aber diese Frau stellte ihr keinerlei Fragen. Jeannette hatte das Phantombild in der Tasche, aber sie wollte es ihr beim aktuellen Stand des Gesprächs noch nicht zeigen.
»Stört es Sie, wenn ich Sie frage, wie Ihr Mann aussieht?«
»Er ist groß, hat leicht lockiges Haar.«
»Kastanienbraun?«
»Rotblond.«
In diesem Moment hätte Jeannette hinausgehen und Martin anrufen müssen. Sie wusste nichts über diese große, viel zu magere braunhaarige Frau, sie wusste nicht, ob sie keine Ahnung hatte oder die Komplizin ihres Mannes war. Sie antwortete, ohne zu zögern, aber sie zeigte immer noch keinerlei Neugier.
Anstatt hinauszugehen, sah Jeannette sich um, ein Gefühl der Unwirklichkeit hatte sie ergriffen. Das war es. Sie hatte den Mörder gefunden, in einem Vorstadteigenheim, das aussah wie alle anderen. Und doch konnte sie es kaum glauben. Irgendwo musste ein Haken sein, so einfach waren die Dinge nie.
»Ich möchte Sie bitten mitzukommen«, sagte sie zu der Frau.
Zum ersten Mal schien diese ein wenig nervös.
»Was habe ich getan?«, fragte sie.
»Nichts«, antwortete Jeannette. »Vertrauen Sie mir. Es ist sehr wichtig, Sie müssen mitkommen. Sofort.«
Da spürte sie einen Luftzug im Nacken und sah im selben Moment einen seltsamen Blick in den Augen der Frau. Sie wollte sich umdrehen, doch es war zu spät.
Die Wucht des Schlages schmetterte sie gegen die Wand.

Sie war noch bei Bewusstsein, konnte aber ihre Bewegungen nicht mehr beherrschen. Sie landete am Boden, ging auf die Knie, und ein heftiger Schmerz durchfuhr ihre Brust, als er ihr einen Tritt in die Rippen versetzte. Sie konnte nicht mehr atmen, doch sie lebte noch. Sie versuchte den Kopf zu heben, vergebens. Über sich glaubte sie einen Schatten zu spüren. Sie hörte, wie jemand schrie, es konnte auch ihr eigenes Schreien sein.

Ihr letzter klarer Gedanke war: Wie konnte ich nur so blöd sein!

Kapitel 38

Martin hatte sich nicht sofort Sorgen gemacht. Jeannette kam morgens öfters später, wenn ihr Kind krank war. Und es war zu vermuten, dass es jetzt, wo sie so viel zu tun hatten, zwischen ihr und ihrem Mann nicht gut lief – womöglich musste sie ein paar Zugeständnisse machen.
Als sie um zehn Uhr immer noch nicht eingetroffen war, rief er sie auf ihrem Mobiltelefon an. Keine Antwort, und er begriff, dass etwas nicht stimmte.
Er versuchte es auf dem Festnetz, ebenfalls keine Antwort. Er rief das Mobiltelefon ihres Mannes an, erreichte aber nur die Mailbox. Er hinterließ eine Nachricht mit seiner Nummer und bat um sofortigen Rückruf.
Er kontaktierte die Zentrale ihres Providers, gab Jeannettes Namen und Nummer an und bat darum, ihm zu sagen, von wo aus ihr letzter Anruf getätigt worden war. Sie verlangten ein Fax mit offizieller Anfrage und Rechtshilfeersuchen.
Martin erledigte hektisch die Formalitäten, dann rief er Olivier an, und sie verglichen ihre Einschätzung der Situation. Martin hatte als Letzter mit Jeannette gesprochen, und Olivier versuchte sich genau zu erinnern. Jeannette hatte, so meinte er, nach dem letzten Tag Klinkenputzen nichts Besonderes zu ihm gesagt.
Er riskierte einen kleinen Scherz über Jeannettes angebliche

sexuelle Vorlieben, aber Martins Blick ermunterte ihn nicht gerade, mit solchen Scherzen fortzufahren.

Dann rief Jeannettes Mann auf Martins Handy an, sein Ton war kalt, beinahe grob. Martin reagierte nicht darauf.

»Ich möchte nur wissen, ob Jeannette gestern nach Hause gekommen ist.«

Der Mann zögerte und zügelte seine Aggressivität.

»Ich bin gegen elf eingeschlafen. Sie war nicht da. Und heute Morgen, als ich aufstand, war sie schon wieder weg. Jedenfalls habe ich das gedacht«, fügte er nach einem Moment des Nachdenkens hinzu. »Die Kleine ist im Moment bei der Großmutter, und Jeannette und ich … Um es gleich zu sagen, wir schlafen nicht im selben Zimmer.«

»Also kann es sein, dass sie gar nicht nach Hause gekommen ist und dass Sie es nicht gemerkt haben.«

Schweigen.

»Ja, das ist gut möglich. Die Kaffeemaschine war kalt. Haben Sie wirklich keine Ahnung, wo sie sein kann?«, fügte er plötzlich mit veränderter Stimme hinzu.

Martin vermied es, ihm eine beißende Antwort zu geben. Er hatte kein Interesse daran, sich den Ehemann zum Feind zu machen.

»Wir wissen es nicht«, sagte er ruhig. »Wie haben gestern kurz vor zehn mit der Arbeit aufgehört. Wir waren in einer Vorstadt unterwegs, in Cergy-Pontoise. Sie war mit ihrem Auto gekommen und hätte eigentlich um elf zu Hause sein müssen.«

»Haben Sie bei ihrer Schwester angerufen?«

»Nein, das tue ich noch.«

»Ich auch«, sagte der Mann.

Er gab ihm die Nummer der Schwester und bat Martin, ihn

auf dem Laufenden zu halten. Er müsse jetzt in den Unterricht, würde sich aber in der Pause wieder melden, nach einer Stunde. Er hatte sich nicht getraut, die Frage zu stellen, die ihm auf der Zunge brannte, nämlich ob es einen Zusammenhang gab zwischen den Ermittlungen und Jeannettes Verschwinden, und Martin war ihm dankbar dafür.

Martin rief bei der Schwester an, er erreichte nicht mehr, als dass sich noch mehr Leute Sorgen machten.

Die Informationen des Telefonproviders waren immer noch nicht eingegangen, und Martin hakte nach, um ihnen Beine zu machen. Je mehr Zeit verstrich, desto unruhiger wurde er.

Er bat Olivier, bei der Straßenverkehrsabteilung der CRS, der Companie Republicaine de Sécurité, anzurufen – sie waren zwar ausschließlich für Fragen der inneren Sicherheit zuständig, aber man konnte nicht wissen –, ferner sollten die Gendarmerie des Val d'Oise sowie Rettungsstationen und Krankenhäuser benachrichtigt werden.

Das Telefon klingelte, die Psychologin war dran.

Sie hörte an seinem Tonfall, dass etwas nicht stimmte.

»Hat er eine vierte Frau getötet?«, fragte sie.

»Beinahe«, sagte er. »Und Jeannette, meine Inspektorin, ist verschwunden.«

»Aha. Da kann ich mir vorstellen, dass Sie in den nächsten Stunden sehr beschäftigt sind«, sagte sie. »Ich rufe später wieder an, um Ihnen mitzuteilen, was mir eingefallen ist.«

»Danke«, sagte er. »Ich werde Sie zurückrufen, sobald ich einen Augenblick Zeit habe.«

Er legte auf.

Jeannette. Allein der Gedanke, ihr sei etwas zugestoßen,

war unerträglich, und die Minuten verrannen. Es fiel ihm von Sekunde zu Sekunde schwerer, sich zu sagen, dass alles eine ganz einfache Erklärung hätte.
Wenn sie jetzt zur Tür reinkommt, sagte sich Martin, dann umarme ich sie und werfe sie aus der Abteilung. Nein, ich verpasse ihr eine Abreibung, wie es sie noch nie gegeben hat.
Endlich kam Olivier mit dem Fax des Providers herein. Der letzte Anruf mit Jeannettes Handy war über den EDF-Mast von Cergy gelaufen. Bevor das Gerät um 22.06 Uhr ausgeschaltet worden war, hatte es keine weiteren Anrufe gegeben.
Martin stand auf und wies alle Mitarbeiter an, ihm nach Cergy zu folgen.
Ein Telefon klingelte, er nahm sofort ab. Es war Myriam.
»Ich kann jetzt nicht mit dir sprechen, ich habe eine dringende Sache.«
»Ich auch«, antwortete sie trocken. »Roselyne, meine Buchhalterin. Sie ist verschwunden, und ich fürchte das Schlimmste.«
Für einen Moment kam ihm dieser Zufall merkwürdig vor, aber er schob den Gedanken gleich wieder beiseite.
»Seit wann ist sie verschwunden?«, fragte er, während er schon die Treppe hinunterlief, gefolgt von Olivier und seinen Hilfskräften.
»Sie ist nicht bei der Arbeit erschienen, und sie geht auch nicht ans Telefon.«
»Da kann die Polizei im Moment nichts tun«, sagte Martin. »Du weißt doch, die Frau ist erwachsen. Mein Rat ist: Ruf deinen Privatdetektiv an.«

Myriam war besorgt und wütend, aber sie ahnte, dass Martin nicht grundlos so schnell aufgelegt hatte, denn auch bei ihm musste etwas Schlimmes passiert sein.
Sie rief den Privatdetektiv an, und dieser nahm ihre Sorgen ernst. Er versprach, zu Roselyne zu fahren und sich bei den Krankenhäusern und der örtlichen Polizeidienststelle zu erkundigen. Dann fragte er sie, ob sie seinen Bericht bekommen habe. Er sei da auf etwas Merkwürdiges gestoßen. Sie fragte, ob er ihn nach Hause oder ins Büro geschickt habe, und er sagte: »Nach Hause.«
Sie dankte ihm und legte auf. Dann schickte sie einen Kurier ihre Post holen und wartete ungeduldig, gänzlich unfähig, ihre Arbeit zu erledigen.
Als Rémy sie anrief, um mit ihr über seine Wohnung zu reden, konnte sie ihm ihre Besorgnis nicht ganz verbergen.
Er spürte, dass etwas nicht in Ordnung war, und schien irritiert, als sie ihm erklärte, warum.
»Ich hatte dir doch geraten, dich da nicht einzumischen«, sagte er.
»Tut mir Leid, wie konnte ich das nur vergessen. Im Grunde ist sie ja nur eine kleine Buchhalterin.«
Er antwortete bedauernd: »Du weißt genau, dass ich das nicht sagen wollte. Aber als Mann der Linken will ich dir nicht verschweigen, dass es nicht unbedingt das Beste ist, sich ins Leben seiner Mitarbeiter einzumischen. Das kann nun einmal leicht als Bevormundung ausgelegt werden.«
»Steht das auch in deiner Staatsexamensarbeit? Vor oder nach der Passage über das Kulturerbe der Menschheit?«
Sie bedauerte ihren Sarkasmus, aber es war nun einmal zu spät.

»Ich muss sagen, dass ich dich im Moment nicht wieder erkenne.«

»Entschuldige bitte. Ich weiß nicht mehr, was ich sage, ich mache mir einfach so große Sorgen. Ich weiß, dass es idiotisch ist, aber ich fühle mich für diese Frau verantwortlich.«

Er schwieg für einen Moment.

»Ja, natürlich. Sehen wir uns gleich?«

»Ja.«

Ihr Treffen war beruflicher Art, es sollte in Gegenwart eines Experten für Baudenkmäler und der Wohnungseigentümer stattfinden.

»Küsschen«, sagte er kühl, bevor er auflegte.

Sie waren zum ersten Mal aneinander geraten. Es war kein Streit, es war schlimmer. Etwas hatte sich zwischen sie geschoben wie eine Mauer. Sie hatte sich demütig entschuldigt, und er hatte seine verletzte Würde hervorgekehrt. Schamröte stieg ihr ins Gesicht, sie hätte sich nie entschuldigen dürfen.

Dummes Arschloch, dachte Myriam, um kurz darauf diesen Gedanken wieder zu bedauern. Er war nun einmal kein dummes Arschloch, sondern er war der Mann, den sie liebte und heiraten würde, sobald er von seiner Frau geschieden wäre. Dieser Streit hatte keinerlei Bedeutung, nur musste sie ihm irgendwann erklären, wie sie tickte. Das würde er begreifen. Nein, das würde er nicht.

Dummes Arschloch passte eigentlich doch ganz gut zu ihm. Wenn er nur nicht so gut aussähe. Er war unglaublich prätentiös, von einem Egoismus sondergleichen. Er hatte zwei Frauen drei Kinder gemacht, die er im Stich gelassen hatte. Und schließlich profitierte er von der Macht, die er besaß, um sich unehrenhaft zu bereichern. Der Typ ist ein Mistkerl, sagte sich Myriam, bevor sie sich wieder um 180 Grad drehte.

Es stimmte nicht, er mochte nun einmal seine Macken haben, aber er war intelligent und einfühlsam. Im Bett erregte er sie wahnsinnig, obwohl er nicht gerade der beste Liebhaber war. Er war kein Macho. Er missachtete nicht nur Frauen, er missachtete alle Menschen. Und doch konnte er begeistert stundenlang über das Detail eines Bildes aus dem 15. Jahrhundert schwärmen. Aber er war ja noch jung und lernfähig, im Moment surfte er auf der Welle der Macht. Er war ein Kind seiner Zeit, er war zynisch und komisch, ein Opportunist, aber er hatte ja auch nie behauptet, ein Moralist zu sein. Und er hatte eine besondere Qualität: Er war wahnsinnig verliebt in sie. Vor allem seit er entdeckt hat, dass er durch mich seine verdammte Wohnung kriegt, sagte ihr eine leise Stimme, in der Ironie und Traurigkeit zugleich mitschwangen.

Das Paket mit den Briefen wurde in ihrem Büro abgegeben. Sie sah den Stapel rasch durch und öffnete nur den Bericht des Detektivs.

Dieser hatte sich besonders mit dem Ehemann beschäftigt. Er hatte versucht, ihm zu folgen. Versucht, weil der Betreffende trotz einer Arbeitsverletzung dauernd mit dem Motorrad durch die Gegend fuhr, was seine Verfolgung extrem erschwerte.

Der Detektiv hatte mehrmals seine Spur verloren, ihn dann aber immer wieder gefunden. Außer seinem Haus besaß der Mann von Roselyne eine kleine Wellblechgarage, wahrscheinlich ohne Genehmigung gebaut, Oise-aufwärts zwischen Méry-sur-Oise und Auvers, inmitten einer Unmenge

Hütten und Schrebergärten, die von Rentnern bewirtschaftet wurden. In dieser Garage hatte er ein BMW-Sportcoupé untergestellt, das auf seinen Namen zugelassen war.
Bis zu diesem Punkt konnte Myriam noch nicht recht begreifen, was an der Geschichte merkwürdig sein sollte, aber sie änderte ihre Meinung, als sie den letzten Teil des Berichts las.

Ich habe Kontakt zu einer Quelle im Rathaus von Saint-Pierre auf den Antillen aufgenommen und nach Informationen über die betreffende Person gefragt. Ich habe die Namen der Eltern und Großeltern erhalten.
Sein Vater hieß Raoul Merrien und seine Mutter Madeleine Bhiké. Dieser Name hat mich überrascht, und ich habe mich weiter erkundigt. Ich konnte Madeleine Bhiké nicht befragen, weil sie bereits vor achtzehn Jahren an Krebs gestorben ist, und auch nicht seinen Vater, der vor zehn Jahren durch einen Autounfall umkam, aber die jüngere Schwester der Mutter war am Telefon (0590 87 88 96). Ihr Neffe (Jean-Marie Merrien) ist 1988 nach Frankreich ausgewandert. Er ist auf einem Frachter gefahren. Er hat nie mehr von sich hören lassen, nicht mal, als sein Vater starb. Aber nicht das hat mich am meisten alarmiert (jeden Tag überwerfen sich Leute mit ihrer Familie und geben nie mehr ein Lebenszeichen von sich).
Mich hat der Name irritiert. Bhiké, aber ich wusste nicht, wie ich meine Frage stellen sollte, ohne Konventionen zu verletzen. Ich habe sie gebeten, mir zu sagen, wie ihr Neffe aussah, als er mit sechzehn verschwunden ist.
Sie erinnerte sich genau an ihn: klein, sehr dünn, große nussbraune Augen, eine Hautfarbe wie Milchkaffee »mit wenig

Milch». Ich zitiere ihre eigenen Worte, und es kann keinen Zweifel geben: Der junge Jean-Marie Merrien war ein Mischling. Doch der Mann, dem ich gefolgt bin, hatte alles andere als eine Mischlingshaut. Er ist zu hundert Prozent weiß, er hat eine blasse Haut, obwohl er im Freien arbeitet, und rötliches Haar.
Daraus kann man nur folgenden Schluss ziehen. Dieser Mann ist nicht Jean-Marie Merrien. Und es kann sich auch nicht um Namensgleichheit handeln, denn Datum und Geburtsort (Capesterre auf Marie-Galante) sowie die Vornamen der Eltern sind gleich. Dies bedeutet, der Mann hat sich die Identität des echten Jean-Marie Merrien zugelegt. Aber was geschah vorher? Mit den Informationen, die mir zur Verfügung stehen, kann ich im Augenblick nichts Genaueres sagen.

Myriam saß da und überlegte. Eine falsche Identität, das war ein wichtiger Baustein, etwas Grundlegendes. Eine feste Basis, die der Polizei ermöglichen würde, Nachforschungen anzustellen.
Ihre Hand griff nach dem Telefon, und sie fragte sich, ob sie Martin anrufen sollte. Er war ihr aufgeregt erschienen und war offenbar in Eile gewesen. Nein, besser sie wartete noch.

Martin wies Olivier an, sich auf den Parkplatz vor der Präfektur zu stellen. Ein paar Meter von der Stelle entfernt, an der er Jeannette zum letzten Mal gesehen hatte.
Wo war sie nur hingegangen? Und warum hatte sie ihm nicht Bescheid gesagt und nicht auf ihn gewartet? Ob sie etwas gesehen oder bemerkt hatte? Das rote Motorrad vielleicht?

Olivier hatte eine Landkarte von der Gegend in Sektoren aufgeteilt, zerschnitten und jedem der Helfer einen der Sektoren überlassen.

Erstes Ziel: das Auto von Jeannette finden. Oder jeden Hinweis, der mit ihr zu tun hatte.

Sie hatten der Gendarmerie, der Verkehrspolizei, den verschiedenen örtlichen Polizeidienststellen und dem Sammelplatz für abgeschleppte Autos eine Beschreibung von Jeannette und ihrem Auto zukommen lassen.

Was hätte er an Jeannettes Stelle getan?, fragte sich Martin. Er hatte in den letzten Tagen bemerkt, dass sie immer wütender wurde, nur das Ausmaß ihrer Erregung war ihm nicht bewusst gewesen. Normalerweise konnte sie ihre Gefühle verbergen, konnte Vergewaltiger verhören und sich die übelsten Beschreibungen eines Peinigers anhören, ohne mit der Wimper zu zucken. Aber der Armbrustmörder hatte sie vom ersten Opfer an fast wahnsinnig gemacht. Vielleicht hatte ihre Besessenheit auch mit ihren Eheproblemen zu tun, eine Art Nebenkriegsschauplatz, auf dem sie ihren Groll und Ärger an einem willkommenen anderen Objekt auslassen konnte.

Als Martin sich von ihr verabschiedet hatte, schien sie müde zu sein, aber sie hatte es nicht eilig, nach Hause zu kommen. Das hatte das Telefonat mit dem Ehemann nur bestätigt. Sie redeten nicht miteinander, schliefen nicht im selben Zimmer … Hätte Martin sie zwingen sollen, sich ihm anzuvertrauen? Er war nicht aufmerksam genug, war zu sehr mit eigenen Problemen beschäftigt gewesen; und sie hatte es sich angewöhnt, ihre Gedanken für sich zu behalten. Immerhin war ihr erster Reflex nicht gewesen, ihn anzurufen, als sie etwas gesehen oder begriffen hatte …

An welche Spur hatte sie gedacht, auf die er nicht gekommen war? Oder hatte sie der Zufall auf die Fährte des Mörders gebracht?
Er zäumte das Pferd von hinten auf. Wenn man davon ausging, dass der Täter sein letztes Opfer vorgestern fünfunddreißig Kilometer von Cergy entfernt zwischen 22 Uhr und 22.30 Uhr angefallen hatte und in der Umgebung von Cergy wohnte, hieß das, dass er in dieser Zeit in der Gegend herumgefahren war. Auf der Suche nach einem neuen Opfer?
Nein. Zufall war eine zu einfache Erklärung – und unwahrscheinlich obendrein. Jeannette war Polizistin, eine Polizistin in Alarmbereitschaft. Sie wusste, was für einen Mann sie verfolgte. Es sei denn ... Hatte sie ihn womöglich vorübergehen sehen, ihn erkannt und war ihm gefolgt ... Aber warum hatte sie dann niemandem Bescheid gesagt? Nein, so kam er nicht voran.
Martin hatte sich von Jeannette gegen Viertel vor zehn verabschiedet. Kurz nach zehn war ihr Telefon abgeschaltet worden. Was hatte sie in den fünfundzwanzig Minuten, die dazwischen lagen, getan? Wo war sie hingegangen? Bestimmt nicht sehr weit.
Wenn man die Dinge so sah, kam man von selbst auf die Antwort. Sie hatte plötzlich etwas gesehen oder begriffen und war dem Mörder in die Arme gelaufen. Es war logisch und absurd zugleich. Wenn sie gewusst hätte, wo sie ihn finden konnte, hätte sie erst Martin informiert.
Es sei denn ... Womöglich hatte sie eine Spur gefunden, war sich nicht ganz sicher und wollte erst einmal nachsehen. Jeannette war eine Perfektionistin, und wie viele andere Frauen im Polizeidienst hatte sie das Gefühl, keine Fehler machen zu dürfen.

Kapitel 39

Als Jeannette aufwachte, verspürte sie heftige Schmerzen in der Brust und konnte nur mit Mühe atmen. Sie bekämpfte den ersten Anflug von Panik, als sie merkte, dass ihre Augen und ihr Mund zugeklebt waren. Man hatte sie eingesperrt, nein geknebelt. Sie zwang sich, durch die Nase zu atmen, sich nicht mehr zu bewegen, bis ihr Atem und ihr Herzschlag wieder ruhiger wurden. Nach allem, was sie fühlen konnte, waren ihre Ohren frei. Um sie herum herrschte Stille. Wo immer sie sich befand, vermutlich war sie allein. Ihr war heiß, und ihre Blase war zum Platzen voll.

Als es ihr gelungen war, sich etwas zu beruhigen, und ihr Atem wieder langsamer ging, versuchte sie herauszufinden, wie es um ihren Körper stand. Eine oder mehrere Rippen waren geprellt oder gebrochen, und vielleicht hatte sie auch einen Riss im Brustfell, einen Pneumothorax, denn auch wenn sie ruhig und vorsichtig atmete, tat es ihr weh.

Sie lag ausgestreckt auf der Seite auf einem harten, glatten und trockenen Untergrund, ihre Augen und ihr Mund waren verbunden und zugeklebt, die Hand- und Fußgelenke gefesselt. Ihre Hände waren hinter dem Rücken festgebunden, und neben dem Schmerz, den sie in den Rippen fühlte, spürte sie, dass ihr rechter Arm und die Schulter völlig steif waren. Ihr Nacken und der obere Rücken schmerzten heftig. Als sie versuchte, sich zu bewegen, merkte sie, dass ihre Fesseln aus breiten kunststoffummantelten Bändern bestanden, und sie erinnerte sich an den Schlag in den Nacken, bevor sie hingefallen war.

War sie immer noch in dem Haus? Sie überlegte. Sie konnte es nicht wissen. Gab es in dem Haus eine Garage oder einen Keller? Sie versuchte, sich den Bau vorzustellen. Ihr kam es so vor, dass das kleine Haus nicht unterkellert war und daneben eine Garage stand.

Das Bedürfnis zu pinkeln wurde unerträglich.

Sie versuchte sich aufzurichten und stieß sich den Kopf heftig an einem Gegenstand aus Metall.

Einen Moment lang hätte sie die Panik fast überwältigt. War sie lebendig begraben? Sie wand sich, drehte die Beine zur einen und anderen Seite, ohne auf Widerstand zu stoßen. Sie hatte wieder Mühe zu atmen, es fehlte nicht viel, und sie wäre an ihrem Knebel erstickt. Sie blieb reglos liegen, bis ihre Atmung wieder zur Ruhe kam. Nein, sie befand sich nicht in einem Loch. Sie richtete sich wieder auf, diesmal mit mehr Vorsicht, und jetzt spürte sie Luft und freien Raum über ihrem Kopf.

Es gelang ihr, sich zu setzen, und da war offensichtlich eine Stelle mit einer unebenen Oberfläche und voller Vorsprünge, gegen die sie den Rücken lehnen konnte. Sie tastete die Oberfläche ab, so gut sie konnte. Unter ihren Fingern spürte sie die harte und doch weiche Konsistenz von Gummi. War das ein Reifen? Nach der Form zu urteilen, konnte es kein Autoreifen sein.

Mit kleinen Hüpfern bewegte sie sich von der Stelle und tastete hinter sich. Sie stieß sich den Rücken an einem anderen, etwas weiter herausragenden Vorsprung, sie spürte unter den Händen eine weiche und kalte gerundete Oberfläche, die sich nach oben hin fortsetzte. Plötzlich begriff sie. Das war ein großer Auspuff. Es war das Motorrad. Sie hatte es gefunden.

In diesem Augenblick glaubte sie etwas zu hören. Sie erstarrte. Kurz darauf drang erneut das Geräusch an ihr Ohr. Ein Atmen gefolgt von einem sachten Reiben.

Kam da jemand näher? Sie erstarrte erneut, wartete auf einen Schlag, aber nichts geschah. Nur das Atmen setzte sich fort, wurde plötzlich stärker, dann hörte sie einen erstickten Laut. Die Frau, die ihr die Tür geöffnet hatte, das musste sie sein. Sie war gefangen und gefesselt wie sie selbst und hatte es gerade gemerkt.

Auch Jeannette versuchte, Töne durch den Knebel hindurch auszustoßen, dann schwieg sie.

Die Frau imitierte sie.

Jeannette bewegte sich auf das Geräusch zu, indem sie die Beine anzog und wieder streckte. Sie stieß mit dem Fuß gegen einen Tisch, bewegte sich um ihn herum. Schließlich kam sie zu einem Hindernis, das undefinierbar war, sich aber weich anfühlte. Es war die Frau. Es gelang ihr, sich so zu bewegen, dass sie sie mit beiden Händen berühren konnte. Weitere erstickte Laute wiesen darauf hin, dass die Gefangene ihr etwas zu sagen versuchte. Plötzlich spürte sie ihre Finger, ihre und die Finger der Frau fassten sich an und krallten sich aneinander.

Im selben Moment war ein Geräusch zu hören, etwas aus Metall. Der Schlüssel in einem Schloss.

Die beiden Frauen erschraken.

Sie hörten, wie eine Tür sich öffnete und wieder schloss. Schwere Schritte näherten sich. Ein harter Gegenstand be-

rührte Jeannettes Rücken, Hintern und Schenkel. Die Spitze grober Schuhe?
Die Schuhe des Eindringlings knirschten. Jeannette begriff, dass er sich hingehockt hatte.
Eine Hand tastete nach dem Knebel auf ihrem Gesicht, nach ihren Hand- und Fußgelenken. Er überprüfte seine Arbeit. Sie erwartete, dass er etwas sagte oder zuschlug, aber sie spürte plötzlich, dass er sich wieder entfernte. Die Tür ging wieder auf und zu, ohne dass er ein Wort gesprochen hatte. Während die Tür offen stand, hatte Jeannette den Eindruck gehabt, Vogelstimmen zu hören. Dies bedeutete, dass sie nur eine einzige Tür von draußen trennte. Sie lagen nicht im Keller. Und das erklärte auch, warum sie so fest geknebelt waren. Es bedeutete überdies, dass es Tag war.
Sie fühlte sich etwas besser. Jetzt musste sie nur noch die Fesseln loswerden. Sie hatte nicht die geringste Ahnung, wie sie das anstellen sollte, und ihr Bedürfnis zu pinkeln war einfach unerträglich geworden.

Die ersten Gruppen kehrten zu Martin zurück, sie hatten nichts gefunden. Martin wies ihnen einen neuen Abschnitt zu.
Dann rief er die Psychologin an. Er erklärte ihr, dass Jeannette verschwunden sei, wahrscheinlich vom Täter entführt – wenn nicht Schlimmeres.
Laurette schnitt ihm das Wort ab: »Wenn sie tot wäre, hätten Sie sie wahrscheinlich schon gefunden. Er hat uns doch bewiesen, dass er sich nicht mit Leichen belastet und sie liegen lässt.«
Das traf zu, und diese auf gesundem Menschenverstand ruhende Bemerkung erfüllte ihn mit übermäßiger Freude.

»Haben Sie ein paar Minuten, um meinen Überlegungen zu folgen?«, fuhr die Psychologin fort.

»Nur zu«, sagte Martin mit müder Stimme. »Wenn ich Jeannette finde, bevor Sie fertig sind, lasse ich es Sie wissen.«

»Sehr gut, also ich bin von der Vorstellung ausgegangen, dass dieser Mann sehr organisiert ist. Dies hindert ihn nicht daran, damit wir uns an diesem Punkt einig sind, zu improvisieren und sich Gewaltexzessen hinzugeben. Er hat vermutlich einen soliden Beruf, in dem er nicht weiter auffällt und der es ihm ermöglicht, eine anerkannte soziale Existenz zu führen. Andererseits aber braucht er einen Bereich für sich, in dem er Chef ist und in dem er sich ungestraft seinen Neigungen hingeben kann, Neigungen, die nicht unbedingt illegal sind. Er ist vielleicht Bastler oder Sammler. Ich habe schon einen Mann dieser Art als Patienten gehabt.«

»Einen Bullen?«

»Ja. Er hatte hohe berufliche Qualitäten, aber zu Hause in seiner Wohnung kam er überhaupt nicht zurecht. Verdächtige rührte er nicht an, aber er verprügelte seine Frau. Bis zu dem Tag, an dem sie genug hatte und weggerannt ist. Er war Kalligraph. Er hat ein imposantes Gedankengebäude aufgetürmt, um den Mann, mit dem sie zusammenlebte, eines Verbrechens zu beschuldigen. Aber dabei wurde am Ende er erwischt und verurteilt.«

»Ein imposantes Gedankengebäude ... Gegen seine Frau ... Sieht dem Fall, den wir bearbeiten, recht ähnlich. Seine Frau ist das eigentliche und letzte Ziel seiner Morde.«

»Ja, das Original dieser brünetten, großen und schlanken Frauen ist vermutlich sie.«

»Glauben Sie, unser Mann ist wie Ihr früherer Patient und schlägt seine Frau?«

»Wenn er eine hat, ist das durchaus möglich. Sogar wahrscheinlich.«
»Gut, ich werde überprüfen, ob es Klagen gegeben hat oder zumindest irgendwelche Hinweise. Irgendetwas passt nicht zusammen. Haben Sie eine Erklärung dafür, dass er zum Schluss eine kleine Blondine überfallen hat?«
»Nein, aber ich bin überzeugt, dass sich sein Ziel nicht geändert hat. Dieser letzte Mordversuch war sicher nicht geplant. Vielleicht hatte diese Frau begriffen, wer er war, oder er hat sich aus unbekanntem Grund von seiner Wut hinreißen lassen. Vor allem seit er zunehmend unter Druck steht. Ich könnte wetten, dass die Blondine nicht Teil seines Plans war. Wenn es nicht den Fingerabdruck gegeben hätte, wäre keiner darauf gekommen, dass dieser Mord etwas mit den anderen zu tun hat.«
»Einen Moment, ich rufe gleich zurück«, sagte Martin.
Er rief das Kommissariat und die Gendarmerie an und bat sie, in ihren Unterlagen oder Protokollen nach Klagen und Beschwerden verprügelter Frauen zu suchen. Er überlegte kurz und bat sie, sich auch Akten über misshandelte Kinder anzusehen.
Gleich darauf wählte er wieder Laurettes Nummer.
»Irgendwelche Neuigkeiten?«, fragte sie.
»Nein, nichts.«
Er erklärte ihr, was er gerade getan hatte.
»Das ist eine gute Idee«, meinte sie, »auch wenn ich nicht glaube, dass diese Art Mann Kinder hat. Er ist dazu viel zu narzisstisch. Wenn er eine Frau hat, will er nicht, dass sie sich um jemand anderen kümmert als ihn. Er hat versucht, mit ihr die Form einer idealen Beziehung zu finden, wie er sie mit seiner Mutter hatte oder gerne gehabt hätte. Und

Kinder haben in dieser idyllischen Landschaft nichts zu suchen.«

Irgendetwas in Martins Bewusstsein regte sich. Auch er hatte vor einiger Zeit über einen Mann gesprochen, der seine Frau schlug und wahrscheinlich sein Kind getötet hatte … Myriam, Myriams Buchhalterin.

»Woran denken Sie?«, fragte die Psychologin, sie war irritiert durch sein anhaltendes Schweigen.

»Wenn seine Frau doch ein Kind hätte, von ihm oder aus einer früheren Ehe, wie würde er reagieren?«

»Es ist sehr wahrscheinlich, dass er es misshandeln würde.«

»Meine Frau, das heißt, meine Ex hat mir von einem Mann erzählt, der seine junge Frau schlug und vor zwei Jahren wahrscheinlich den Tod ihres Kindes verschuldet hat.«

»Ist er im Gefängnis?«

»Nein, niemand hat es ihm nachweisen können. Seine Frau hat ihn sogar vor den Ermittlern in Schutz genommen.«

»Das kommt vor.«

»Wie kann man in ein solches Schwein derart verliebt sein?«

»Darum geht es nicht«, erwiderte Laurette. »Es geht um psychische Abhängigkeit. Die arme Frau hat keinen eigenen Willen mehr. Sie hat jeden Halt verloren. Wenn ihr eines Tages bewusst wird, was wirklich geschehen ist, dann ist sie selbstmordgefährdet.«

»Myriam, meine Ex-Frau, ist sicher, dass es passieren wird.«

»Es gibt Einrichtungen, die sich um solche Frauen kümmern. Ich kann Ihnen die Adressen geben, ich schicke Ihnen ein Fax ins Büro.«

»Danke.«

»Kennen Sie den Namen und das Aussehen dieses Mannes?«, fragte plötzlich die Psychologin.
Martin begriff nicht sofort, worauf sie hinauswollte, dann begann er zu lachen. Aber dieses Lachen hatte nichts Fröhliches an sich.
»Glauben Sie an solche Zufälle?«, fragte er. »Das wäre zu schön. Ich rufe Sie an, sobald ich Neuigkeiten habe.«
Er legte auf, zögerte, dann rief er Myriam an.
Es war die Mailbox dran, und er hinterließ eine Nachricht. Er erwähnte die Überlegungen der Psychologin und kündigte an, ihr Adressen für die Buchhalterin zu schicken.
Wenn die verschwunden ist, sagte er sich, dann vielleicht, weil sie beschlossen hat, früher zur Tat zu schreiten als ursprünglich geplant. Nichts von diesem Gedanken ließ er auf seiner Nachricht anklingen.
Nachdem er aufgelegt hatte, dachte er noch einmal an die Worte der Psychologin.
Es war überaus unwahrscheinlich, dass der Gesuchte der Ehemann der Buchhalterin war. Und doch ... Er hatte schon die seltsamsten Dinge erlebt. Er rief wieder bei Myriam an und bat sie, sich so schnell wie möglich bei ihm zu melden.
Zwanzig Minuten später klingelte es.
»Wenn Roselyne tot ist, können ihr deine Adressen nicht mehr viel nützen«, sagte Myriam trocken.
»Kannst du mir sagen, wo sie wohnt und wie ihr Mann aussieht?«
»Ja, sie wohnt in Cergy in einem Einfamilienhaus, in der Rue – äh – Mozart, ich glaube Nummer 36. Der Mann ist groß, rotblond und kräftig.«
Martin brach kalter Schweiß aus.

»Und sie, ist sie eher groß und schlank, brünett und hat einen blassen Teint und helle Augen?«

»Woher weißt du das?«, fragte Myriam mit veränderter Stimme.

»Ich erkläre es dir später, ich muss jetzt auflegen«, sagte er.

Er nahm sein Mikrofon in die Hand, zögerte und legte es wieder hin. Und wenn der Typ den Polizeifunk abhörte …

Er rief Olivier auf dem Handy an und teilte ihm mit, es gäbe einen möglichen Verdächtigen in der Rue Mozart 36 in Cergy. Er bat Olivier, sämtliche Einheiten an beiden Enden der Straße und hinter dem Haus zu postieren.

Er studierte den Stadtplan und beschloss, nicht zu warten. Es war Mittag, er fuhr los und hielt fünf Minuten später an der Ecke Rue Mozart.

Er fischte seine Waffe aus dem Handschuhfach, überprüfte das Magazin, stieg aus dem Wagen und schritt auf das Haus zu.

Vor dem Haus sah er die Schrottansammlung, und er fragte sich, genau wie Jeannette am Abend zuvor, was das wohl zu bedeuten habe. Er öffnete die Gartentür und näherte sich dem Haus, die Hand am Abzug.

Die Eingangstür war abgeschlossen.

Er ging um das Haus herum in den Garten. Vielleicht gab es auf der Rückseite des Hauses eine Terrassentür, die in die Küche führte.

Er zerstieß eine Scheibe mit dem Griffstück seiner Pistole, schob eine Hand durch das Loch und öffnete den Riegel.

Mit gezückter Waffe trat er ein.

Das Erdgeschoss war leer, einen Keller gab es nicht.

Er ging in die Garage, auch die war leer. Der Mörder – wenn

er es denn tatsächlich sein sollte – und seine Opfer waren ausgeflogen.
Ihm war klar, dass nichts in diesem Haus, bis auf seine Eingebung und ein paar sich ergänzende Umstände, die sich jederzeit als Zufall erweisen konnten, bewies, dass der Hausbesitzer und Ehemann von Roselyne der Mörder war.
In diesem Moment rief Jeannettes Mann an. Martin sagte ihm, es gebe nichts Neues, ohne weitere Details zu nennen. Der Mann begann, sein Herz auszuschütten, und sagte, wenn seiner Frau etwas passiert wäre, würde er sich das nie verzeihen. Martin sagte ihm, er könne seine Gefühle gut verstehen, aber sie würden sie lebend und gesund wieder finden. Er legte auf und fragte sich, was Jeannette mit so einem Kerl anfing.
Er zog Handschuhe an, dann untersuchte er das geräumige Schlafzimmer. Auf einer Kommode stand ein Hochzeitsfoto. Der Mann war groß, sah ziemlich gut aus und war gut gebaut. Die Haare waren lockig. Er sah dem Phantombild ähnlich, aber das war auch alles. Die Frau, Roselyne, war groß, brünett, hübsch und hatte schöne helle Augen.
Das musste der gesuchte Mann sein, und obwohl es noch immer keine entscheidenden Hinweise gab, hatte er mit einem Mal nicht den geringsten Zweifel.
Er rief Bélier an und erzählte ihr von seiner Entdeckung.
Sie versprach, in einer halben Stunde da zu sein, um Fingerabdrücke zu nehmen.
Er rief die Präfektur an, stellte sich vor und bat darum, sogleich zu prüfen, ob auf den Namen Jean-Marie Merrien eines oder mehrere Fahrzeuge zugelassen seien.
Er öffnete die Eingangstür und winkte Olivier herbei, der vorsichtshalber die Waffe gezückt hatte. Er bat ihn, nieman-

den hereinzulassen, solange Bélier eingetroffen war. Nach acht Minuten erfuhr er, dass der Gesuchte einen sechs Jahre alten 3er-BMW mit dem amtlichen Kennzeichen 585 CFZ 95 besaß. Von einem Motorrad war nichts bekannt. Sollte er eines besitzen, dann war es nicht im Departement Val d'Oise gemeldet.

Martin untersuchte das Erdgeschoss gründlicher, am Boden war ein winziger Fleck zu sehen, möglicherweise Blut.

Er ging zum Auto und löste eine landesweite Fahndung nach dem 3er-BMW aus.

Kapitel 40

Gerade eben hatte sie das Brummen eines Motors gehört – und das typische Geräusch von Reifen, die über Kies rollen. Der Motor hatte den tiefen, rauen Klang eines großzylindrigen Wagens, mindestens eine Drei-Liter-Ausführung, wahrscheinlich ein C6, Breitreifen, getunter Motor. Im niedrigtourigen Bereich war er etwas zu unruhig, immerhin kannte sie sich mit Motoren und Motorengeräuschen gut aus. Ihr Vater war Besitzer einer Autowerkstatt, und er liebte Autorennen. Sie hätte gewettet, dass es ein BMW war. Der Lärm erstarb, und sie kauerte sich unwillkürlich zusammen. Nun gab ihr Körper den Ton an, und plötzlich gingen die Schleusen auf. Der Urin brannte in der Scheide und zwischen den Beinen, aber sie konnte nichts tun, um ihn zurückzuhalten.

Die Tür ging auf, und sie hörte, wie der Mann voll Abscheu rief:

»Jetzt versaut sie mir mein ganzes Auto, die blöde Kuh.«

Dann war das Geräusch von raschelndem Plastik auszumachen. Sie folgte ihrem exzellenten Gehör und konnte sich nach der Zahl seiner Schritte die Größe und Form des Raums, in dem sie sich befand, näherungsweise ausrechnen. Vier mal zehn Meter, höchstens.

Da war er wieder. Er packte sie an der Taille und hob sie an.

Sie konnte den Schmerz kaum aushalten. Er schleifte sie bis zur Tür, hob sie erneut an und ließ sie nach vorn fallen. Ihr Kopf schlug auf etwas Hartem auf, sie schrie durch ihren Knebel hindurch und fiel in eine kurze Ohnmacht.
Als sie ein paar Augenblicke später wieder erwachte, merkte sie, dass sie in einer anderen, tieferen Dunkelheit verharrte. Sie versuchte, sich auf die Seite zu drehen, und stieß gegen eine Metallfläche. Ihre Beine waren angezogen, und sie konnte sie nicht ausstrecken. Sie begriff, dass sie sich im Kofferraum eines Autos befand. Das Geräusch eines rollenden Wagens war zu hören, desselben Wagens, dessen Motorengeräusche sie gerade eben gehört hatte. Wo steckte die Frau? Jedenfalls lag sie nicht neben ihr.
Er hatte eine Plane im Kofferraum ausgelegt. Es war erstickend heiß, aber sie konnte atmen, solange sie sich nicht bewegte.
Der Schmerz in ihrer Brust schien jetzt dumpfer und nicht mehr so stark. Mit etwas Glück waren ihre Rippen nicht gebrochen, sondern nur geprellt. Ich sterbe bei fast guter Gesundheit, dachte sie, verbot sich aber jedes Selbstmitleid. Martin war sicher inzwischen verrückt vor Wut. Vor allem auf sie. Nie würde sie ihre kleine Tochter wiedersehen. Es stach ihr in den Augen, sie unterdrückte ihr Weinen, das war jetzt nicht der Augenblick für Tränen.
Sie versuchte, die Finger zu bewegen. Ihre Hände und Arme schwitzten. Sie versuchte, die Handgelenke so weit wie möglich auseinander zu ziehen, bevor sie sie wieder aneinander bettete wie zuvor. Es gab etwas Spielraum. Sie rieb ihr Gesicht an der Plastikplane, und sie hatte das Gefühl, dass der Knebel auf ihrer Wange ein wenig verrutschte. Sie probierte es weiter. Auch die Handgelenke zog sie wieder

auseinander und versuchte dabei, nicht an ihre Tochter zu denken. Der Schmerz in ihrem Brustkorb war wieder stärker geworden, er schien ihr die Brust einzudrücken, den Nacken zu zermahlen. Der wenige Platz, der ihr geblieben war, reichte nicht aus, durch Bewegungen den Schmerz zu lindern, und als wäre das nicht genug, wurde sie von einer Frage heimgesucht, die eine zweite nach sich zog: Warum hat er mich noch nicht getötet? Wann wird er es tun?

Er hatte die Bullenbraut nahezu automatisch geschlagen, fast instinktiv. Weil sie in sein Gebiet eingedrungen war; und weil sie eine Frau war. An die Folgen hatte er nicht gedacht, und nachdem sie zu Boden gegangen war, musste er einfach weitermachen.

Dennoch hatte er sich einen Rest Selbstbeherrschung bewahrt und Roselyne nicht geschlagen. Wenn er sie bald töten würde, dann so wie geplant. Dass auf ihrem Körper irgendwelche Spuren zu sehen waren, kam nicht in Frage. Er hatte sie lediglich an die Heizung gefesselt, bevor er Material herbeigeschafft hatte, um die beiden Frauen zum Schweigen zu bringen.

Dann hatte er sie so blind und stumm, wie sie waren, in sein Auto geschafft und war nach Méry zur Garage gefahren. Dort hatte er sie eingeschlossen.

Nachdem er die beiden Frauen dort abgelegt hatte, zwang er sich, nach Hause zurückzufahren, beinahe sicher, ein ganzes Polizeibataillon vorzufinden. Aber da war niemand.

Er fand seine Ruhe wieder, noch war nichts verloren.

Er räumte gründlich auf und versuchte, alles an seinen Platz zu stellen. Nichts in diesem Haus wies auf einen Zusammenhang mit den Morden hin. Nicht der kleinste Gegenstand.

Dass die Polizei seine Fingerabdrücke gefunden haben könnte, kam ihm nicht in den Sinn.

Das Erste, was jetzt zu tun war: Die Polizeitusse auf eine Weise loswerden, die sie nie wieder auftauchen lassen würde.

Und als Zweites hatte er Roselyne loszuwerden, und zwar indem er genau seinem Plan folgte. Er konnte nicht länger warten, es war diesmal eine andere Vorgehensweise zu wählen als üblich. Er würde ihr einen Bolzen in den Hals schießen und sie an einen Ort bringen, an dem sie leicht zu finden war. Anders ging es nicht. Es musste eine Stelle sein, an der sie sich aus gutem Grund aufhielt, wie bei den anderen Opfern; zum Beispiel irgendwo zwischen Cergy und dem Maklerbüro. Wenn er es richtig anstellte, würden die Bullen es nicht durchschauen.

Doch warum war diese Polizistin zu ihm nach Hause gekommen? Wie hatte sie das herausbekommen?

Er hielt ihre Papiere in der Hand und untersuchte sie mit verbissener Aufmerksamkeit, als könne er so auf die Antwort kommen. Sie hatte einen Mann und ein Kind, worauf Fotos in ihrem Portemonnaie hinwiesen. Zum hundertsten Mal fragte er sich, ob er nicht eine riesige Dummheit begangen hatte, als er sie zusammenschlug. Er hätte doch nur in aller Ruhe auf ihre harmlosen Fragen zu antworten brauchen. Zugleich signalisierte ihm sein Instinkt, dass es diese Möglichkeit nicht gegeben hatte. Immerhin hatte sie ihn gesucht. Aber warum war sie allein? Wieder überkamen ihn Zweifel. Bullen arbeiteten nie allein, und doch war sie ohne Begleitung gewesen.

Nachdem er einen Teil der Nacht damit verbracht hatte, das Haus auszuräumen, war er wieder nach Méry zur Garage gefahren und hatte in dem davor geparkten Auto ein paar Stunden geschlafen. Er brauchte Ruhe und Entspannung.

Nachdem er aufgewacht war, sah er sich die Polizistin an, sie hatte sich Roselyne genähert. Er überprüfte ihre Fesseln, sie waren unversehrt. Roselyne schlief unter ihrem Knebel oder tat zumindest so. Die Frau schien sich in einem üblen Zustand zu befinden, wenn sie denn überhaupt noch lebte. Er suchte ein Fernfahrerrestaurant ganz in der Nähe auf und frühstückte ausgiebig. Er wusste nicht, wann er heute wieder etwas zu essen bekommen würde, und er brauchte all seine Kräfte. Draußen regnete es zum Glück. Ein feuchter, durchdringender Sprühregen hatte bislang die Hobbygärtner, die als Rentner am Oise-Ufer ihr Gemüse zogen und die Umgebung der Garage störten, am Kommen gehindert.

Aber bald würde der Regen aufhören, der Horizont hellte sich auf, und sie würden wieder einfallen wie ein Insektenschwarm und in der aufgeweichten Erde herumhacken. Und da diese alten Idioten sonst nichts zu tun hatten, würden sie sich fragen, was er da eigentlich machte. Es wurde Zeit abzuhauen.

Er wendete den Wagen, fuhr rückwärts vor das Tor und schaffte die Bullenfrau in den Kofferraum. Diese Schlampe hatte sich nass gemacht und war wach. Er hörte, wie sie stöhnte.

Er band Roselynes Fußgelenke los und setzte sie auf den Beifahrersitz. Sie ließ es geschehen, als sei sie eine Stoffpuppe.

Jetzt kurz darauf befand er sich auf der A 86, kurz vor der

Stelle, wo sie mit der A 10 und der A 11 zusammentraf. Er fuhr in westlicher Richtung.

Nachdem Martin begriffen hatte, dass Roselynes Mann mit dem Armbrust-Mörder identisch war, nahmen die Ermittlungen eine Wende.

Während er auf Bélier wartete, rief er Myriam an und erstattete ihr Bericht. Er fragte sie, ob sie noch mehr über Herrn Merrien, den Ehegatten, wisse, und sie las ihm den Bericht des Detektivs vor.

Jean-Marie Merrien gab es nicht. Er hatte die Identität eines Jugendlichen aus Guadeloupe angenommen, der seit fünfzehn Jahren nichts von sich hatte hören lassen.

Fünfzehn Jahre. Damals war der Sohn eines Gendarmerie-Angehörigen vor den Antillen auf hoher See ums Leben gekommen.

Ein paar Monate nachdem ein anderer Jugendlicher im Herzen der Bretagne im Wald getötet worden war, mit einem Pfeil, der den Kopf durchbohrte, und die Ermittlungen desselben Gendarmen hatten zu keiner Verhaftung geführt.

Jetzt, wo fast alle Teile beisammen waren, konnte man das Puzzle leicht zusammensetzen.

Der Sohn des Gendarmen hatte den Jugendlichen getötet. Warum? Vermutlich würde man es nie erfahren. Dem Gendarmen war es gelungen, die Ermittlungen in eine Sackgasse zu führen, und er hatte seinen Sohn nach Übersee geschickt, um ihn in Sicherheit zu wissen, falls die Sache doch eines Tages einmal aufgerollt würde. Dem Jungen war es gelungen – durch Zufall oder eine List –, die Identität eines anderen Jugendlichen, der im Meer ertrunken war, anzunehmen. Ob das sein zweiter Mord war? Auch das würde man nie erfahren. Er hatte an Bord Komplizen gehabt, und die Verwaltung hatte ihm geholfen. So war er unter dem Namen eines Jean-Marie Merrien, dem Namen des ertrunkenen Jugendlichen, nach Frankreich gelangt.

Martin erinnerte sich plötzlich daran, dass sie das rote Motorrad nicht hatten finden können. Es war eine Nummer, die mit neun anfing und mit fünf aufhörte. Die Zeugin war womöglich legasthenisch, wie Jeannette meinte. Und wenn die Nummer in Wirklichkeit mit einer Neun aufhörte? Die Nummer des Departements Finistère in der Bretagne war 29. Er rief sein Büro an und bat den Bereitschaftsdienst, sofort nach einem Motorrad zu suchen, das unter dem Namen Merrien gemeldet sei oder – er zögerte eine Sekunde – unter Lemerlé, dem Namen des Gendarmen.

Martin bat ferner darum, die Kriminalpolizei von Brest zu bitten, so schnell wie möglich den früheren Gendarmen zu Hause festzunehmen.

Roselyne saß auf dem Beifahrersitz neben ihrem Mann. An ihr zog die Straße vorbei, ohne dass sie sie richtig wahrnahm. Sie hatte den Sicherheitsgurt angelegt, und ihre Hände waren nicht mehr gefesselt. Ein friedliches Paar, das an einem schönen Spätsommertag über Land fährt.

Er hatte sie gewarnt. Wenn sie sich regte, würde er ihr die Birne in die Luft jagen, wie er sich ausgedrückt hatte. Sie saß unbeweglich da, aber nicht aus Angst. Solange sie noch am Leben blieb, konnte sie der jungen Frau hinten im Kofferraum helfen. Sie hatte keine Ahnung, wie sie das anstellen sollte, immerhin bestand die Möglichkeit.

Sie fuhren in westlicher Richtung. Warum? Sie hatte keine Ahnung, erinnerte sich jedoch, dass er ihr zu Beginn ihrer

Ehe von der Bretagne erzählt hatte, dem Ort seiner Kindheit. Als sie ihn nach Einzelheiten fragte, hatte er eher ausweichend geantwortet und gesagt, er habe keine Verwandten mehr. Eine Lüge? Wahrscheinlich. Vorsichtig musterte sie den Mann neben sich. Er stierte mit grimmigem Blick auf die Straße, die beiden dicken, schwieligen Hände am Steuer. Was hatte er vor?

Roselyne wusste nichts über den Armbrustmörder – sie las keine Zeitung und sah nicht fern –, doch sie war sicher, dass ihre Tage und die der jungen Frau gezählt waren. Sie wusste auch, dass es nichts nützte, ihn um Schonung zu bitten. Er war unerreichbar, in einer Welt, in der nichts zählte außer ihm. Die Wochen über, die sie von ihm nicht mehr verprügelt worden war, war etwas in ihm gewachsen, etwas Grausames, und die Zeit schien reif, es ans Tageslicht treten zu lassen.

Angenommen es böte sich die Gelegenheit eines Auswegs, würde sie diese ergreifen können? Sie fühlte sich schwach, unglaublich schwach, unfähig, sich zu wehren, wenn er sie bald wieder fesselte. Und noch weniger fühlte sie sich in der Lage einzugreifen, wenn er beschloss, die im Kofferraum eingesperrte Frau zu töten.

Warum tat er das? Warum schlug er sie nicht mehr? Sie hätte ahnen können, dass diese Veränderung nur das Schlimmste bedeutete. Sie hätte sich fragen müssen, was es war. Er war da, um andere zu quälen. Er gehörte nicht zu dieser Welt, nur durch einen Irrtum war er hineingeraten. Um alles, was er berührte, zu vernichten. Sie war verrückt, dass sie nicht begriffen hatte, wie gefährlich er war, für alle, nicht nur für sie.

Wenn sie plötzlich das Steuer greifen und herumreißen

würde, dann würde das Auto womöglich ins Unterholz ausbrechen, bevor er reagieren konnte, und dann würden sie beide sterben. Nein, das Risiko konnte sie nicht eingehen. Selbst wenn es ihr gelang, ihn außer Gefecht zu setzen, war da immer noch die junge Frau im Kofferraum, die dabei ebenfalls umkommen würde.

Martin wurde in die Zentrale gerufen, er musste sich sofort auf den Weg machen. Roussel war bereits da, sie wurden ins Büro des Polizeidirektors gerufen.

Der Direktor stand im neunundfünfzigsten Lebensjahr und war erst kürzlich ernannt worden, er kannte noch nicht alle Gepflogenheiten vor Ort. Sein Mitarbeiter stellte ihm Martin vor – der Polizeidirektor kannte nur Roussel –, wobei die ersten Fragen an ihn gerichtet waren.

Martin zitterten die Knie, aber er bemühte sich, so vollständig und knapp wie möglich Bericht zu erstatten.

»Was haben Sie als Nächstes vor?«, fragte der Direktor.

»Ich glaube, man sollte die Presse informieren und Identität und Beschreibung des Mannes und seiner beiden Geiseln durchgeben.«

»Er könnte Angst bekommen und sie sofort töten, oder irre ich mich?«

Martin zögerte einen winzigen Augenblick, er hatte die Antwort schon parat.

»Ich weiß nicht genau, wie sein Denken funktioniert, Herr Polizeidirektor, aber bisher hat sich in seinem Vorgehen eine gewisse Logik gezeigt. Nach dem, was man von ihm weiß, hat er die Absicht, diese beiden Frauen umzubringen, wenn es nicht schon geschehen ist. Wenn er aber weiß, dass man ihn ausfindig gemacht hat, wird er begrei-

fen, dass es nicht in seinem Interesse ist, ihnen etwas anzutun. Er könnte sie ja eventuell für Verhandlungen mit der Polizei verwenden, zur Erpressung eines Fluchtwagens beispielsweise. Und da wir keine Ahnung haben, in welche Richtung er fährt, können wir so vielleicht Anrufe von Zeugen bekommen.«
Der Direktor zögerte, er sah seinen Mitarbeiter und Roussel fragend an.
Dieser hüstelte.
»Ich bin nicht ganz einverstanden mit Martin«, sagte er. »Dieser Mann ist eindeutig unfähig, seinen Gewaltimpulsen zu widerstehen. Wenn er erfährt, dass man ihn identifiziert hat, könnte er sich sofort an den Geiseln rächen.«
»Das stimmt«, sagte Martin, »aber schon seit Wochen und Monaten hat er Lust, seine Frau zu ermorden, und hat einen dummen, aber immerhin hochkomplexen Plan ausgearbeitet, um sie zu töten, ohne dabei erwischt zu werden.«
Wieder herrschte Schweigen.
Der Direktor erhob sich und ging im Raum auf und ab.
Martin wusste bereits, was er tun würde. Egal was sie sagten, sobald er diesen Raum verließ, würde er die Presse alarmieren. Er war sicher, Recht zu haben, selbst wenn er dafür mit einer Versetzung nach Monceau-Les-Mines im Herzen der Provinz rechnen musste.
»Gut, ich verstehe Ihr Argument, Roussel«, sagte schließlich der Polizeichef. »Ich würde sogar sagen, dass ich dazu tendiere, Ihrer Meinung zu folgen.«
Martin spürte, wie sich seine Muskeln anspannten. Das wäre es dann also gewesen mit seiner Zukunft bei der Polizei.
Der Direktor hatte noch nicht ausgeredet.
»... Aber immerhin steckt Kommissar Martin von Anfang an

in der Sache drin. Wir werden sofort die Presse informieren.«

In aller Zurückhaltung seufzte Martin erleichtert auf, während der Polizeidirektor seine Hand auf die Schulter eines Mitarbeiters legte.

»Durier hat den besten Draht zur Presse. Sie werden ihm Informationen zukommen lassen, die veröffentlicht werden dürfen.«

Roussel schien wegen dieser Entscheidung nicht weiter beleidigt.

Martin begriff, dass Roussel in jedem Fall eine andere Meinung vertreten hätte als er. Das war seine Art, sich abzusichern. Wenn der Weg, den Martin vorgeschlagen hatte, zum Erfolg führte, würde keiner mehr darüber reden. Schlug er aber fehl, könnte Roussel immer daran erinnern, dass er anderer Meinung gewesen war.

Bereits am Nachmittag wurden das Foto des Mörders, seine Identität und Personenbeschreibung ausgestrahlt, und zwar in sämtlichen Kurznachrichten und auf allen Lokalradios. Zudem brachten die Nachrichtensendungen der drei wichtigsten Fernsehstationen sowie der Radiosender der westfranzösischen Autobahn die Meldung.

Marion schrieb einen großen Artikel unter dem Titel ›Dem Mörder auf der Spur‹, während sie an Dianes Bett saß, die noch immer im Koma lag.

Merrien, das Objekt all dieser Umtriebigkeit, hörte kein Autoradio, aus dem einfachen Grund, dass sein Radio kaputt war, doch warf er unablässig Blicke in den Rückspiegel. Je mehr Zeit verging, desto sicherer war er, dass ihn die Bullen verfolgten. Auch wenn er keine Spur hinterlassen hatte,

die Polizistin hatte ihn schließlich auch entdeckt, und ihr Verschwinden würde die Motivation ihrer Kollegen, ihn zu finden, zusätzlich entfachen.
Bevor er sich ihrer entledigen würde, musste er sie fragen, wie sie auf ihn gekommen war. Das war außerordentlich wichtig – wieso nur hatte er nicht früher daran gedacht? Oder war es schon zu spät? Aus dem Wageninneren waren keinerlei Geräusche mehr zu hören.
Mit Roselyne musste er sich noch gedulden. Zuerst musste er wieder zu Hause sein und die Armbrust sowie einen Bolzen holen. Er musste sie genau so töten wie die anderen, sonst wäre ja alles umsonst gewesen.
Was machte er bloß hier auf dieser Autobahn? Er war seinem Instinkt gefolgt, als er die Richtung gewählt hatte. Um so schnell und so weit wie möglich von der Polizei weg zu kommen. Das war dumm, sagte er sich. Ich hatte Panik. Sie könnten die Beschreibung des Wagens auf der Autobahn bekannt gegeben haben, und dann stehen sie sicher an allen Mautstellen. Die Autobahn ist eine Falle für Idioten.
Und er konnte kein Benzin an einer der Autobahnraststätten tanken, denn die Tankwarte hatten womöglich längst seine Beschreibung, und an den meisten Raststätten gab es einen Posten der Gendarmerie oder der CRS.
Nein, er musste von der Autobahn runter, bevor die Mautstelle kam.
Dreißig Kilometer vor Le Mans verlangsamte er plötzlich das Tempo und bog in einen kleinen, für die Autobahnmeisterei reservierten Zufahrtsweg ein.
Die Zufahrt war durch ein breites, mit einem Schloss verriegeltes Stahlgittertor versperrt.
Er stieg aus, zog hinter seinem Sitz einen Bolzenschneider

hervor und knackte das Schloss mit einem einzigen beherzten Handgriff.
Schnell fuhr er mit dem Wagen durch das Tor und stieg wieder aus, um das Tor zu schließen.
Die Zufahrt führte auf eine kleine Straße – so schmal, dass zwei Fahrzeuge kaum aneinander vorbeifahren konnten – und gelangte schließlich auf eine Landstraße. Ein paar hundert Meter links von der Weggabelung tauchte ein Dorfkirchturm sowie das Dach eines riesigen Kornspeichers auf. Er schlug die dem Dorf entgegengesetzte Richtung ein und beschleunigte den Wagen.
Er war nunmehr Richtung Osten unterwegs, sein Instinkt hatte ihm einmal mehr den rechten Weg gewiesen.
Wieder einmal war er der Polizei entwischt. Er würde entkommen, hocherhobenen Hauptes.
Was er nicht wusste, war, dass er beim Öffnen des Tores ein elektrisches Signal der Verkehrspolizei ausgelöst hatte.
Es war keine Kamera an dem Tor angebracht, und die Autobahnmeisterei hatte keine Möglichkeit zu erfahren, wer der Zuwiderhandelnde war, wenn es überhaupt eine Zuwiderhandlung gegeben hatte. Ja, es gab mit diesem Alarmsystem immer wieder Ärger. Der Kontakt, der den Alarm auslöste, war hoch sensibel und neigte dazu, von selbst zu reagieren. Dennoch notierte der Mann in der Leitstelle die Zeit des Alarms und gab die Meldung an sämtliche Streckenposten, die gerade Dienst taten, weiter.

Der pensionierte Gendarm Lemerlé wurde verhaftet, als er vom Angeln heimkehrte, er hüllte sich sofort in tiefes Schweigen.
Die Ermittler vor Ort zogen daraus den Schluss, dass er tat-

sächlich etwas zu verbergen hatte, was genau, das ahnten sie nicht.
Martin erfuhr, dass das rote Motorrad, eine Yamaha 1200 XJR, Baujahr 98, auf den Namen Lemerlé gemeldet und versichert war. Bei ihm zu Hause hatte man es nicht gefunden, aber diese Entdeckung bewies, dass der Mörder nie den Kontakt zu seinem Vater verloren hatte.
Solange man Jeannette nicht findet, bedeutet das, dass der Mörder sie als Geisel behielt, sagte sich Martin zum hundertsten Mal. Er klammerte sich an diesen Gedanken, selbst wenn er ihm immer weniger überzeugend schien, je mehr Zeit verging. Der Mörder konnte sie ebenso gut irgendwo zurückgelassen haben, ohne dass man sie gefunden hatte. Das bedeutete nichts, weder in der einen noch in der anderen Richtung.
Jetzt, wo die Beschreibung von Merrien über sämtliche Kanäle lief, fragte sich Martin, ob er nicht einen riesigen Fehler gemacht hatte. Wenn er wusste, dass man seine Identität kannte, hatte er jedes Interesse daran verloren, sie am Leben zu halten. Aber hörte er überhaupt Radio?

Er allein hatte diese Entscheidung getroffen, und wenn sie getötet würde, dann war das allein sein Fehler. Der letzte Fehler in einer ganzen Reihe von Fehleinschätzungen, sagte er sich. Wenn ich bloß selbst einen Sicherheitsgürtel um sein zweites Opfer gebildet hätte. Wenn ich bloß ...
Noch nie hatte er ein so nervenaufreibendes Gefühl der Ohnmacht und Ungeduld verspürt.
Der Polizeidirektor hatte ihm die technischen Mittel der Luftstaffel zur Verfügung gestellt, und er hatte schon mehrfach mit dem dortigen Chef telefoniert. Ein halbes Dutzend

kleiner Flugzeuge auf Flugplätzen von Fliegerklubs in der Umgebung von Paris und ein Hubschrauber auf dem Pariser Heliport waren startbereit.
Aber ihm schien, dass in diesem Stadium jede Bewegung dieser Art nur Zeitverlust bedeutete. Wohin sollten sie fliegen? In seinem Büro, unterstützt durch die Hilfskräfte, die alle am Telefon Dienst taten, würde er sämtliche Informationen erhalten, und dann könnte er sich in die richtige Richtung bewegen.
Die Direktion der Grenzpolizei hatte alle Grenzstationen benachrichtigt, aber Martin glaubte keinen Augenblick daran, dass Merrien Frankreich verlassen würde.
Einer der Helfer winkte Martin zu sich. Er sprang auf. Vor einer Stunde war auf der Autobahn Richtung Le Mans ein Auto gesehen worden, das dem des Mörders ähnelte. Vor einer Stunde. Auch diesmal war ein Fernfahrer auf den BMW aufmerksam geworden; der Mann hatte gerade die Nachricht im Radio gehört.
Nach seiner Aussage hielt sich der Wagen ungefähr an das Tempolimit von 130 Kilometern pro Stunde.
Der Fernfahrer hatte zwei Leute im Auto gesehen.
Frau? Mann? Brünett? Blond? Der Autobahnpolizist, mit dem Martin sprach, konnte keine genaueren Auskünfte liefern. Die Fahrerkabine liege etwa drei Meter über dem Boden, und man könne schlecht sehen, wer in einem derart tief liegenden Auto sitze. Nur in einem Punkt war sich der Fernfahrer sicher: Er hatte neben dem Fahrer eine Beifahrerin gesehen, denn er hatte den Saum eines Rockes und vielleicht sogar ein Stück nacktes Bein erkannt.
Er fährt in die Bretagne, um seinen Vater zu treffen, dachte Martin. Was für eine Dummheit. Wenn er vermutet, dass

wir ihn suchen, weiß er doch, dass wir da zuallererst hinfahren. Ihm bleiben noch fünfhundert Kilometer, um nachzudenken.

Die Autobahn zu nehmen, war ebenso dumm. Es war die reinste Falle. Wie konnte Merrien – der Täter hatte ja inzwischen einen Namen – das entgangen sein?

Martin wies die örtliche Polizei an, entsprechende Sperren zu errichten, aber er konnte nicht glauben, dass Merrien ihnen so einfach in die Falle gehen würde.

Er glaubte zu verstehen, was im Kopf des Mörders vorging. Er war in furchtbaren Stress geraten und war zu seinem Vater gefahren, dem einzigen Menschen, der ihm seinerzeit zu Hilfe gekommen war und alles getan hatte, damit er der Justiz entkam.

Aber der Mörder hatte, obwohl er eher gerissen war als intelligent, gleichzeitig bewiesen, dass er nachzudenken und zu planen verstand. Früher oder später würde er merken, dass er einen Fehler gemacht hatte, und in die Umgebung von Paris zurückkehren.

Die Frage war nur: wann und wo.

Weitere Zeugenaussagen von Autobahnbenutzern trafen ein, manche widersprachen sich.

Martin rief die Autobahnmeisterei an und fragte, ob es möglich sei, die Autobahn zwischen zwei Mautstationen zu verlassen. Der Mann sagte ihm, es ginge nur, wenn man das Tor der Zufahrtswege mit Gewalt öffne oder die verbotenen Ausfahrten nehme, die es bei manchen Tankstellen gebe.

Martin übte sich in Geduld und fragte, ob irgendwo ein solches Tor aufgebrochen worden sei. Der Mann erklärte, ihm sei davon nichts bekannt, er werde sich jedoch erkundigen.

Keine anderthalb Stunden, nachdem das Tor bei Le Mans gewaltsam geöffnet worden war, wurde es von den zuständigen Einsatzkräften kontrolliert.
Bis der Mann die Nummer anrief, die Martin ihm gegeben hatte, waren weitere zwanzig Minuten vergangen. Im Ganzen eine Stunde und fünfzig Minuten.
Martin suchte die um ihn tätigen Hilfskräfte auf und bat sie, ihre Aufmerksamkeit auf die Umgebung von Paris zu konzentrieren. Der Mörder hatte kehrtgemacht.
Man brauchte nicht viel mehr als zwei Stunden, um von Le Mans aus die Umgebung von Paris zu erreichen, selbst wenn man die Route Nationale oder kleinere Straßen nahm.
Der Mörder konnte sich Jeannettes überall auf der Strecke entledigt haben, aber Martin weigerte sich, diesen Gedanken zuzulassen.
Olivier winkte Martin mit dem Telefon herbei.
»Zwei Typen sagen, sie hätten Merriens Auto bei Alençon gesehen, an einer Tankstelle. Sie haben das Kennzeichen nicht notiert. Ist das unwichtig, oder sollen wir eine Streife hinschicken?«
»Wann war das?«
»Vor einer Stunde. Er hat an einer Selbstbedienungs-Zapfsäule getankt.«
»Hat er mit Kreditkarte bezahlt?«, fragte Martin überrascht.
»Ja, wir prüfen es gerade in der Kreditkartenzentrale nach.«
Es konnte stimmen. Aber Sperren aufzustellen hätte keinen Sinn gehabt. In einer Stunde hatte Merrien sicher einige Kilometer zurückgelegt.
»Sie haben richtig gelegen«, sagte Martin. »Wie wir vermutet hatten. Er ist wieder da.«

Er zog sein Notizbuch hervor und rekapitulierte das Geschehen.

1. Jeannette wird von dem Mörder zwischen Viertel vor neun und zehn Uhr sechs gekidnappt, dem Moment, als ihr Handy ausgestellt wird (wahrscheinlich bei ihm zu Hause, Rue Mozart).
2. Zwölf Stunden später wird Alarm gegeben (zehn Uhr morgens).
3. Martin und Olivier treffen sich um elf Uhr an der Präfektur von Cergy-Pontoise, ein paar Schritte von der Telefonzelle entfernt.
4. Ein paar Minuten nach zwölf findet Martin das Haus des Mörders. Es ist niemand dort.
5. Das Auto verlässt um 15 Uhr die Autobahn über einen Wartungsweg auf der Höhe von Le Mans.
6. Etwa eine Stunde später, also um sechzehn Uhr, wird es in der Gegend von Alençon gesehen.

Das bedeutete, dass Merrien gegen 17 Uhr, spätestens gegen 17.30 Uhr in der Nähe seines Ausgangspunkts sein würde, wenn er nicht noch einmal die Richtung geändert hätte.
Das hieß ungefähr jetzt.
Dies bedeutete ferner, dass er um 15 Uhr die Autobahn Paris-West verlassen hatte und dass er wiederum etwa zwei Stunden vorher das Pariser Umland hinter sich gelassen hatte.
Also gegen 13 Uhr.
Martin hätte ihm also, als er das Haus betrat, logischerweise begegnen müssen, da es erst 12 Uhr gewesen war. Aber der Mörder und die beiden Frauen waren schon verschwunden.
Wo hatten sie in der Zwischenzeit gesteckt?
Wenn also Merrien nicht zu Hause war, dann hatte er die

Frauen möglicherweise anderswo versteckt. Wahrscheinlich seit er am Abend zuvor Jeannette angegriffen hatte. Er musste ein Versteck haben, einen Unterschlupf außerhalb seines Hauses.

Martin weigerte sich, der anderen Vermutung weiter nachzugehen: dass Merrien einen Umweg gefahren war, um Jeannettes Leiche loszuwerden.

Martin klammerte sich an das, was die Psychologin gesagt hatte: das geheime Reich des Mörders, dort hatte er seine Pläne geschmiedet, die Bolzen hergestellt. Dort hielt er vermutlich auch sein Motorrad versteckt. Nicht zu weit von zu Hause entfernt, aber auch nicht zu nah.

Dieses Versteck war ohne weitere Informationen unauffindbar. Wie das Herz mancher großer Städte war dieser Vorort, in dem die Oise in die Seine mündete, eine der am dichtesten besiedelten Gegenden Frankreichs. Hunderttausende wohnten und arbeiteten dort. Martin hatte schon einen an ein Wunder grenzenden Zufall erlebt, mit dem er den Mörder identifiziert hatte, wenngleich leider zu spät. Mit einem zweiten Zufall konnte er nicht rechnen.

Wenn überhaupt besaß nur ein Mensch die notwendige Information, der Vater des Mörders. Aber Lemerlé war fünfhundert Kilometer entfernt. Es hätte selbst im Flugzeug mehr als zwei Stunden gedauert, ihn herzubringen. In zwei Stunden würde der Mörder nicht untätig sein, und außerdem war nicht sicher, dass Lemerlé reden würde. Er schwieg immerhin schon seit sechzehn Jahren.

Martin ordnete dennoch an, dass er so rasch wie möglich nach Paris gebracht wurde. Bis dahin musste ihm schnell etwas anderes einfallen. Doch außer Beten fiel ihm nichts ein.

Olivier hob den Daumen. Die Information der Kreditkartenverwaltung war eingetroffen. Die Karte, die Merrien benutzt hatte und mit der er um 15.58 Uhr vierzig Liter Benzin getankt hatte, war eine Visa-Karte auf den Namen Roselyne Merrien.

Mit vierzig Litern konnte er gut 350 Kilometer fahren. Er musste erst wieder Benzin tanken, wenn er in den Nordwesten von Paris kam – sein vermutliches Ziel.

Wenn sich der Mann nicht in der Nacht oder am Beginn seiner Irrfahrt der Leiche von Jeannette entledigt hatte, war sie nun schon seit achtzehn Stunden seine Gefangene.

Kapitel 41

Die Miniaturbolzen, er musste unbedingt die Bolzen holen. Wenigstens einen. Sonst wäre alles, was er bisher getan hatte, umsonst gewesen. Außerdem würden sie ihn schnappen und verurteilen. Dabei brauchte er nur einen einzigen Bolzen, und alles wäre in Ordnung.

Er fuhr den Wagen in die Garage.

Er zog Roselyne aus dem Auto, fesselte und knebelte sie erneut, nachdem er ihr ein wenig zu trinken gegeben hatte. Bei der Autopsie sollte man nicht merken, dass sie in schlechter körperlicher Verfassung gewesen war.

Um die andere Frau machte er sich keine Sorgen. Diese Tusse hatte es fast geschafft, sich den Knebel abzureißen und ihre Handfesseln zu öffnen. Er machte beides wieder fester. Sie war allerdings sehr geschwächt und fiebrig. Selbst ohne Fesseln wäre sie nicht weit gekommen.

Er überlegte. Sollte er das Auto nehmen und sie in das Waldstück bringen, in dem er seine Armbrust und seinen Bolzen holen wollte? Sollte er sie dort beerdigen – oder sie hier bei Roselyne lassen?

Er legte sie wieder ins Auto und zögerte, bevor er den Kofferraum schloss.

Das Auto war der Polizei im Gegensatz zum Motorrad nicht bekannt. Wenn er sich aber täuschte, und es war doch der

Fall? Er ging ein absurdes Risiko ein, wenn er mit einer gefesselten und halb toten Polizistin im Auto durch die Gegend fuhr. Bei der kleinsten Sperre wäre er dran.
Plötzlich hatte er eine Idee.
Er nahm eine große Sprühdose, er hatte sie benutzt, um Zierteile des BMW in der gleichen Farbe zu spritzen wie die Karosserie. Es war noch genug Farbe übrig. Er nahm den Sattel vom Motorrad und versah die Räder und den Motor mit Kreppband. Nachdem das erledigt war, besprühte er rasch und geschickt die nicht abgedeckten Teile.
Es war eine schnell trocknende Spezialfarbe, umso mehr, als es im Innern der Garage warm war wie in einem Ofen. Sobald die Farbe trocken war, entfernte er die Abklebungen und sah sich die Maschine gründlich an. Man durfte nicht zu genau hinsehen, aber das Motorrad hatte jetzt eine wunderschöne dunkelblaue Farbe. An manchen Ecken lugte ein wenig Rot hervor, aber man musste ganz dicht herantreten, um es zu erkennen.
Wenn sie ein blaues Motorrad sähen, würden die Bullen nicht mal auf das Nummernschild gucken. Er schob es nach draußen, schloss die Garage und fuhr davon.

Als er an der Route Nationale 12 Benzin getankt hatte, hatte er unablässig ein Auge auf Roselyne gehabt. Sie hatte nicht einmal den Kopf bewegt. Sie schien jede Art von Selbstständigkeit verloren zu haben, war allein gänzlich lebensunfähig. Von ihr ging keine Gefahr aus.
In diesem Punkt hatte er sich entscheidend geirrt. Roselyne hatte, solange er weniger als drei Meter von ihr entfernt war, nichts unternommen, weil sie genau wusste, dass sie keine Chance hatte, sich zu wehren. Sie wollte lieber warten, denn

eine zweite Gelegenheit würde sie nicht bekommen. Früher oder später würde sie sich schon bieten.
Letztlich hatte sich ihre extreme Passivität ausgezahlt. Er hatte ihr in der Garage die Augen verbunden und beide Hände auf dem Rücken gefesselt. Dabei hatte er vergessen, ihr die Fußgelenke zusammenzubinden.

Um ihre eigene Haut zu retten, hätte sich Roselyne nicht die Mühe gemacht, etwas zu unternehmen. Aber sie war nicht allein. Sie durfte die junge Frau, die in ihrer Nähe im Sterben lag, nicht allein lassen. Sie musste sich schon vorwerfen, dass ihr Kind durch ihre Dummheit und mangelnde Aufmerksamkeit gestorben war. Kein Mensch durfte dasselbe Schicksal erleiden, nur weil sie unfähig war, etwas zu tun.

Durch das wenige lauwarme Wasser, das er ihr zu trinken gegeben hatte, fühlte sie sich wieder gestärkt, auch wenn sie so getan hatte, als ginge es ihr nicht besser. Sobald sie hörte, wie das Motorrad wegfuhr, richtete sie sich auf und versuchte die Stelle zu finden, von der das unregelmäßige, kaum erahnbare Atmen der Frau kam.
Zuerst hörte sie nichts anderes als den eigenen Atem und das Klicken des sich abkühlenden Motors. Er hatte sie nicht mitgenommen, nicht auf dem Motorrad. Das hieß, dass sie immer noch im Kofferraum war und … Roselyne weigerte sich, das Wort auch nur zu *denken*.
Sie richtete sich auf, so gut sie konnte, und bewegte sich durch die Garage. Sie stieß sich die Schienbeine, Hüften und Schenkel an verschiedenen Gegenständen, auch am Wagen, aber sie spürte den Schmerz nicht. Nur ein Gedanke beschäftigte sie: *Er kommt wieder. Er kommt wieder.*

An den Schenkeln spürte sie einen spitzen Winkel, drehte sich um und betastete eine raue Oberfläche, einen Holztisch. Sie schob ihre Finger so weit wie möglich nach hinten und suchte etwas, irgendein Gerät oder Instrument, mit dem sie ihre Fesseln öffnen konnte. Ihr Mann war ein manischer Geist, er ließ ganz gewiss nichts herumliegen. Plötzlich ertasteten ihre Finger eine vertikale Fläche, die unter dem Druck nach hinten zu gleiten schien. War das die Seite einer Kiste? Sie versuchte einen Rand zu finden, es gelang ihr nicht, sie versuchte es wieder und schob die Arme so weit zurück, bis ihre Schultern auszukugeln drohten. *Er kommt zurück.* Es gelang ihr, eine Pobacke nach der anderen auf den Tisch zu schieben, dann tastete sie weiter mit den gefesselten Händen und fand schließlich die Kiste.

Sie brach sich einen Fingernagel ab und kratzte sich die Finger auf, aber schließlich erreichten ihre Finger einen Griff, an dem sie sich mit aller Kraft festhielt. Sie stand wieder auf, die Arme hinter sich, ohne den Griff loszulassen, und bewegte sich mit kleinen Bewegungen vorwärts. Die Kiste war sehr schwer. *Er kommt zurück, er kommt zurück.* Sie zog und zog ... Und plötzlich spürte sie, wie die Kiste schwankte. Sie fiel mit einem entsetzlichen Lärm zu Boden, schrammte ihr die Haut an den rückwärtigen Schenkeln und Waden auf, und die vielen Metallgegenstände fielen zu Boden. Einige schlugen hart gegen ihre Füße und Fußgelenke. Sie beachtete es nicht weiter.

Dann hockte sie sich hin, sie ließ sich auf den Hintern fallen. Harte Spitzen drangen ihr ins Fleisch. Auch das war ihr gleich. Sie tastete hinter sich, dann tastete sie um sich und fand schließlich einen Plastikgriff, den sie packte. Es gelang

ihr, ihn in die Finger zu bekommen. Sie spürte, wie die flache und scharfe Spitze ihr in Maus und Zeigefinger schnitt. Es war ein Messer.
Sie drehte es vorsichtig zum Inneren der Handgelenke und schnitt langsam das Klebeband auf.
Einmal entglitt ihr das Messer, und sie wurde von Angst gepackt. *Er kommt zurück.* Sie bemühte sich, es so ruhig wie möglich zu suchen, und fand nach ein paar Sekunden den mit Blut beschmierten Griff …
Irgendwann gab es ein kurzes Knallgeräusch, und das Band zerriss. Endlich konnte sie sich frei bewegen.
Sie hob die Hände zum Gesicht und riss den Knebel vor ihrem Mund herunter, dann den, der ihre Sicht verbarg, Haare mussten daran glauben.
Nachdem die Augen nicht mehr geblendet waren, und nachdem sie sich an die Helligkeit gewöhnt hatte, stand sie auf und blickte um sich.
Sie stand in einem Raum aus Wellblech, der etwa vier mal sechs Meter groß war. An den Wänden hingen Werkzeuge, sorgfältig nach Form und Größe geordnet – außer denen, die auf dem Betonboden um sie herum lagen. Das Einzige, was sie überraschte, war der große Spiegel an einer der Wände.
Der Kofferraum! Sie drückte auf den Chromknopf unter dem Deckel. Das Schloss klackte, und der Kofferraum sprang auf.
Da lag sie, zusammengekauert und reglos.
Roselyne nahm das Messer und begann, den Knebel über dem Mund aufzuschneiden.
Sie horchte. Die Frau atmete. Ihre Stirn und ihre Wangen waren glühend heiß, ihre Lippen aufgesprungen. Sie befreite die Frau von ihren Fesseln.

Die Frau stöhnte nicht einmal, sie war am Leben, aber wie lange noch? Sie war ohne Bewusstsein, vielleicht im Koma, und Roselyne hatte nicht die Kraft, sie aus dem Kofferraum zu heben. Es gab sowieso Wichtigeres zu tun. *Er kommt zurück.*

Sie fand den Wasserkanister, das Wasser war lauwarm. Sie hob den Kanister mühsam an, obwohl nur noch wenig Wasser darin war, und ließ einen feinen Wasserstrahl in den Mund der Frau laufen. Die Frau seufzte, öffnete aber nicht die von Schorf umgebenen Augen. *Er kommt zurück.* Roselyne stellte den Kanister ab. Das Wichtigste war nun, hier herauszukommen.

Sie ging um das Auto herum und untersuchte die Garagentür. Irgendwo war sicher ein Knopf oder ein Schlüssel, etwas zum Öffnen. Aber wo? *Er kommt zurück.* Sie bearbeitete das Schloss mit einem Schraubenzieher. Es bewegte sich nichts.

Sie waren eingesperrt. *Er kommt zurück.*

Verzweifelt sah sie sich um.

Plötzlich hob sie, ohne zu wissen warum, eines der Werkzeuge vom Boden auf und warf es mit aller Kraft gegen den Spiegel, der in ein sternförmiges Muster zersprang. Dann sah sie neben dem Spiegel ein Holzbrett, an dem verschiedene Schlüssel hingen. Der Autoschlüssel war leicht zu erkennen. Sie lief zu dem Brett.

Er kommt zurück.

Sie drückte aus Versehen auf einen der Knöpfe am Schlüsselbund und löste den Alarm aus, der in der Beengtheit des Raumes einen riesigen Lärm verursachte. Ihr Herz drohte stillzustehen, und als sie ein zweites Mal den Knopf drückte, ging der Alarm aus.

Sie stieg in den Wagen und steckte den Schlüssel ins Zündschloss. Der Motor brummte.
Sie hatte einen Führerschein, war aber seit mehreren Jahren kein Auto gefahren und wusste nicht mehr genau, was sie tun musste. Sie sah sich den Holzgriff der Gangschaltung an, trat auf die Kupplung, schob den Schalthebel erst nach links und dann nach vorn und drückte aufs Gaspedal.
Sie ließ die Kupplung zu früh kommen, der Wagen machte einen Satz nach hinten und zerdrückte die heruntergefallene Kiste, der Motor war ausgegangen. *Er kommt zurück.*
Sie legte den Leerlauf ein, Kupplung und Gaspedal waren hoch empfindlich. Sie war unfähig, dieses viel zu starke Auto zu fahren. Sogleich fegte sie diesen destruktiven Gedanken beiseite und zündete erneut.
Wieder drückte sie die Kupplung durch, diesmal legte sie den ersten statt des Rückwärtsgangs ein. Sie bemühte sich, ruhig zu atmen, und ließ dann langsam die Kupplung kommen. Das Auto fuhr einen halben Meter nach vorn, dann ging der Motor wieder aus. Sie hatte vergessen, aufs Gaspedal zu drücken. *Er kommt zurück.*
Sie schob den Schaltknüppel in den Leerlauf, drehte den Schlüssel im Schloss. Der Motor brummte brav. Wieder trat sie auf die Kupplung, ging in den ersten Gang, gab Gas. Die Nadel des Tourenzählers sprang auf 7, sie ließ die Kupplung los, und das Auto machte einen heftigen Satz nach vorne.
Die Garagentür flog mit lautem Gekreische aus der Halterung, und der Bolide sprang ins Freie.
Sie waren draußen, und das Auto holperte über einen engen Kiesweg. Fünfzig Meter weiter fuhren zwei alte Männer, die gerade ihre Beete hackten, erschrocken in die Höhe. Das Auto preschte vorwärts, im ersten Gang, bei einer Umdre-

hung von 6500. Roselyne, die sich krampfhaft am Steuer festhielt, traute sich nicht, den Fuß vom Gas zu nehmen oder den Gang zu wechseln. Am Ende des Weges bog sie in eine kleine Straße ein, die an kleinen Wohnhäusern vorbeiführte, und setzte ihren Weg so gut sie konnte fort. Sie waren draußen. Sie waren frei. Tränen liefen ihr übers Gesicht, ohne dass sie es merkte. Ein merkwürdiges Geräusch war von vorne zu hören, offenbar hatte sie etwas zerbrochen oder angerissen, wahrscheinlich die tief liegende Stoßstange. Hinter ihr schlug der Kofferraumdeckel bei jeder Unebenheit auf.

Sie drückte weniger stark aufs Gas, das Auto wurde langsamer und fuhr jetzt statt vierzig nur noch dreißig. Sie musste schneller fahren. Sie beschloss, in den zweiten Gang zu schalten. Der Motor stotterte kurz, lief aber weiter. Er klang jetzt ruhiger. Sie erlaubte sich nun, sechzig Stundenkilometer zu fahren, schaltete in den dritten Gang und beschleunigte. Sie war frei, für immer.

Fünfhundert Meter vor sich war eine Tankstelle zu sehen. Sie stellte die Warnblinkanlage an und fuhr nach rechts.

In diesem Moment sah sie im Rückspiegel das Licht eines einzelnen Scheinwerfers. Ein Motorrad. Er hatte sie wieder ausfindig gemacht.

Kapitel 42

Als die beiden in die Jahre gekommenen Gärtner Zeugen wurden, wie sich die Garagentür mit einem Mal nach außen wölbte und einige Meter durch die Luft flog, sahen sie sich erstaunt an, sie wirkten gleichermaßen erschrocken wie verunsichert.

»Sieht aus wie das Auto, von dem sie im Radio gesprochen haben«, sagte einer der beiden Alten.

»Ach so«, sagte derjenige, der von nichts etwas wusste.

»Aber am Steuer saß eine Frau, kein Kerl«, sagte der erste. »Irgendwas daran ist komisch, wir müssen doch anrufen.«

»Ich mische mich nicht in Sachen ein, die mich nichts angehen«, erwiderte der zweite.

Der Ältere sah ihn an, ohne etwas zu sagen. Schon lange hatte er den Eindruck gehabt, dass sein Nachbar ein Idiot war. Man musste sich nur mal ansehen, wie er seine Bohnenstangen in die Erde gepfropft hatte.

Er zog aus seiner Kordhosentasche das brandneue Mobiltelefon, das ihm sein Sohn zu Weihnachten geschenkt hatte, und wählte die Notrufnummer der Polizei. Er hasste die Polizei, aber es gab Momente, in denen man sich an sie wenden musste.

Er erwischte die nächstgelegene Polizeistation und beschrieb, was er gerade gesehen hatte.

Der Polizeibeamte notierte Name, Adresse und Telefonnummer und sagte, er werde einen Wagen schicken.
»Wohin denn?«, fragte der Mann.
»An die Adresse, die Sie mir genannt haben«, sagte der Polizist erstaunt.
»Sie Dummkopf, was soll denn das bringen, das Auto ist doch gar nicht mehr hier. Ich sage Ihnen, es ist Richtung Beaumont unterwegs.«
Der Polizist wurde rot vor Ärger, als er hörte, dass der Mann ihn einen Dummkopf nannte – was zutraf. Fast hätte er den Hörer aufgeknallt, doch schließlich rang er sich dazu durch, den Dienststellenleiter zu benachrichtigen.
»Da ist ein alter Arsch, der sagt, bei ihm sei ein dunkelblauer getunter BMW vorbeigefahren mit einer eingebeulten Haube und einer Frau am Steuer.«
»Stell ihn durch«, sagte er Chef trocken, »hallo, können Sie mir Ihren Namen und den Ort sagen, an dem …«
»Sie Spinner«, unterbrach der Alte ihn, »das habe ich doch alles eben schon dem anderen Dummkopf erzählt.«
»Monsieur …«
»Ich sage Ihnen, das war das Auto, von dem sie im Radio berichten. Ich habe auch die Nummer. Sie fahren Richtung Beaumont-sur-Oise. Bewegen Sie jetzt endlich Ihren Arsch, oder muss ich erst die Presse anrufen und ihnen sagen, wie bescheuert Sie sind?«
Der Chef war noch röter geworden als sein Untergebener, aber er atmete tief durch und zwang sich, ruhig zu sprechen.
»Wir kümmern uns um alles«, sagte er. »Unnötig, bei der Presse anzurufen.«
Der Alte legte mitten im Gespräch auf und rief seinen Sohn

an. Er erklärte ihm, was geschehen war, und legte ihm nahe, andere Bullen bei sich in der Nähe anzurufen, denn die Tölpel, mit denen er gerade gesprochen hätte, seien völlig unfähig.

1959 hatte er erlebt, wie sein jüngerer Bruder von zwei Polizisten weggesperrt wurde. Das einzige Unrecht, dass der Junge begangen hatte, war, dass er nicht gegen die Algerier kämpfen wollte. Er kam in ein Strafbataillon und kehrte sechs Monate später in einem Sarg zurück.

Der Alte hasste Bullen, aber noch mehr hasste er Richter und generell alles, was die Staatsgewalt repräsentierte. Er verließ seinen Gemüsegarten und kaufte sich die Lokalausgabe der Zeitung »Le Parisien«. Er war auf der Suche nach Informationen über den Armbrustmörder, aber die Neuigkeiten über die beiden verschwundenen Frauen waren noch nicht drin. Er rief bei der Redaktion an und erzählte, was er gesehen hatte. Er gab ihnen die Adresse der Garage und ließ sich ausführlich über die unglaubliche Unfähigkeit der Verwaltung im Allgemeinen und der Polizei im Besonderen aus.

Zwanzig Minuten nach dem Anruf des Alten bekam Martin doch noch Wind von der Sache.

Er sah sich die Karte an und organisierte mit Olivier und zwei Kommandanten der CRS im Val d'Oise Straßensperren. Der Zeuge hatte von einer Frau am Steuer gesprochen. Jeannette oder Roselyne? Und wo war dann der Mörder geblieben?

Roselyne war bereits in die Tankstellenzufahrt eingebogen, als sie entdeckte, dass ihr Mann sie verfolgte.

Sie versuchte, die Ausfahrt zu erreichen, aber sie fuhr zu

langsam, und sie hatte vergessen, den zweiten Gang einzulegen. Der Motor begann zu stottern. Außerdem schnitt ihr in diesem Moment ein Auto, das aus der Tankstelle fuhr, den Weg ab. Sie bremste instinktiv und würgte den Motor ab. Sie versuchte, erneut zu starten, aber er hatte bereits die Tür aufgerissen. Sie hob die Hand, um ihr Gesicht zu schützen, als er sie an den Haaren packte, sie aus dem Wagen zerrte und ihr Fußtritte versetzte.

Der Kassierer trat aus dem Tankstellenshop und lief auf sie zu.

Der Mann wartete nicht auf ihn. Er sprang ins Auto und fuhr los. Jeannette lag immer noch im offenen Kofferraum des Wagens.

Martin traf vierzig Minuten später vor Ort ein. Noch nie im Leben war er so schnell gefahren und war – trotz Sirene und Blaulicht – derart unvorsichtig gewesen.

Er hatte sein Handy auf Oliviers Schoß geworfen, der wie angewurzelt auf dem Beifahrersitz saß, hatte ihm Myriams Nummer gegeben und ihm aufgetragen, ihr zu sagen, dass man Roselyne gefunden habe und dass sie am Leben sei.

Roselyne war nicht nur am Leben, sondern bei Bewusstsein und sehr aufgeregt. Der Krankenwagen war noch vor der Polizei eingetroffen, doch sie bestand darauf, mit einem Polizisten zu sprechen. Sie hatte sich geweigert, ins Krankenhaus gebracht zu werden, und als Feuerwehrleute und Sanitäter gemeinsam versucht hatten, sie wegzubringen, hatte sie wie eine Furie um sich geschlagen und es geschafft, der Ambulanz zu entkommen. Bis sie einverstanden war, sich wieder auf die Trage zu legen, hatte man ihr versprechen müssen, dass sie nicht losführen, bevor die Polizei käme.

Martin stieg ein und setzte sich neben sie. Sie war fast ohne Kleider, von Kopf bis Fuß mit Desinfektionsmittel und blauen Flecken übersät und bot einen kläglichen Anblick, aber ihre Augen glänzten merkwürdig, und ihrem Blick war nur schwer standzuhalten.
Sie hielt Martins Handgelenk mit erstaunlicher Kraft fest umklammert.
»Sie müssen sie finden«, sagte sie. »Ich habe es nicht geschafft, sie aus dem Kofferraum zu heben. Sie ist immer noch im Auto. Sie müssen sie finden.«
»In welchem Zustand ist sie?«, fragte er und nahm vorsichtig ihre Hand.
»In keinem guten. Er hat sie gestern Abend zusammengeschlagen und geknebelt. Sie hat seitdem nichts gegessen oder getrunken. Ich habe vorhin versucht, ihr etwas zu trinken zu geben, aber sie war nicht bei Bewusstsein. Und sehr heiß. Sie atmete schwer. Finden Sie sie, bitte!«
»Ich werde sie finden«, sagte Martin. »Wo ist er Ihrer Meinung nach hingefahren?«
Sie schüttelte verzweifelt den Kopf.
»Ich weiß es nicht.«
»Zerbrechen Sie sich darüber nicht den Kopf, wir werden sie finden«, sagte Martin und stand auf.
»Warten Sie!«
»Ja?«
»Er weiß nicht, dass sie im Kofferraum ist. Er hatte keine Zeit nachzusehen. Ich bin sicher, dass er glaubt, er sei allein. Und der Motor des Wagens qualmt ein bisschen.«
»Weißer Rauch unter der Haube?»
»Ja.«
»Danke.«

Sie ließ sein Handgelenk los, und er stieg aus dem Krankenwagen.

Die Feuerwehrleute schlossen die Klappe und konnten endlich losfahren.

Myriam kam wenig später hinzu. Ein Polizist wollte sie zurückhalten, aber sie stieß ihn so heftig zur Seite, dass er auf dem Hintern landete.

Martin war über den Absperrplan gebeugt, das Mikrofon in der Hand und wies die Kommandanten der CRS an, die Aufstellung hier und da zu verändern.

Den Beamten in Uniform, die auf Myriam zukamen, gab er ein Zeichen, sie in Ruhe zu lassen.

»Roselyne ist in der Notaufnahme in Pontoise. Sie ist übel zugerichtet, aber sie wird es überleben.«

Myriam drückte ihm kurz und heftig den Arm, rannte zu ihrem Auto, und als sie anfuhr, flog der Splitt nur so in die Höhe.

Martin setzte die üblichen Prozeduren in Gang, aber im Grunde war er überzeugt, dass es sinnlos war, Straßen zu sperren, die mehr als zehn Kilometer entfernt waren. Der weiße Rauch, den Roselyne gesehen hatte, deutete darauf hin, dass das Kühlsystem leckte. Und ohne Kühlwasser im Motor konnte der Mörder nicht weit kommen. Mit der tiefer gelegten Karosserie konnte er auch nicht durch die riesigen, wenn auch flachen Felder der Picardie, die hier begann, fahren. Getriebe und Stoßdämpfer wären schnell im Eimer gewesen. Zumal das Auto vorn bereits ordentlich ramponiert war. Nach Hause würde er nicht fahren. Auch nicht zu der Garage, aus der Roselyne die Flucht gelungen war.

Er würde sich irgendwo im Umkreis von ein paar Quadratkilometern verstecken.

War der Mörder noch in der Lage, klar zu denken? Worauf hoffte er in dieser Situation?
Und selbst wenn unter dem Druck der Ereignisse jede Logik aus seinem Denken verschwunden war, was würde er jetzt tun?
Er war dumm, aber er war auch gerissen und unerbittlich. Wenn Roselyne Recht hatte, wusste er nicht, dass sich die Geisel noch im Auto befand. Er würde eine andere suchen. Und ein Versteck, in dem er sich aufhalten und abwarten konnte; und womöglich ein anderes Fahrzeug, das weniger auffiel.
Martin sagte sich, dass er in einem von den Sperren begrenzten Gebiet nacheinander alle Häuser und alle einsam gelegenen Bauernhöfe abklappern musste. Das war eine aufwändige Arbeit, die Hunderte von Männern beschäftigen würde, aber Martin hatte keine Wahl. Er war seiner Sache sicher und begann Anweisungen zu geben.

Wie hatte alles bloß derart schief gehen können? Es war nicht zu begreifen. Er hatte alles vorausgesehen, alles geplant, hatte das Glück auf seiner Seite gehabt. Und irgendwann zu irgendeinem Zeitpunkt war alles in die Hose gegangen. Diane? Die hatte er doch zweifellos getötet, und vermutlich wusste niemand, wer sie war.
Er versuchte, sich dieser Gedanken zu entledigen, sie störten ihn nur und halfen ihm nicht weiter. Oberste Priorität: Er musste sich verstecken. Danach, sobald der Fahndungsdruck nachgelassen hätte, würde er zu einem Hafen fahren, um von dort mit einem Schiff ins Ausland zu entkommen, wie er es schon einmal gemacht hatte, damals, vor fünfzehn Jahren. Damals war es gut gegangen. Er hatte dieses

arrogante Arschloch, das sich in Gegenwart eines Mädchen über ihn lustig gemacht und gesagt hatte »Du wichst dir einen und guckst dich dabei im Spiegel an«, umbringen müssen. Das Mädchen hatte über ihn gelacht, diese dreckige Schlampe. Dabei stimmte es gar nicht, oder besser: Er hatte es nur einmal gemacht. Oder vielleicht zweimal. Wie hatte der Schweinehund das nur erraten?

Er hatte den Jungen lange beobachtet, war ihm nach der Schule in einigem Abstand gefolgt und hatte sich gefragt, wie er es angehen sollte. Was er tun wollte, wusste er bereits.

Er hatte ihm einen Zettel in die Schultasche gelegt und mit dem Namen des Mädchens unterzeichnet. »Komm, wir treffen uns beim Saint-Jacques-Kreuz.« Aber dann war er hinter dem Kreuz aufgetaucht, mitten im Wald, und hatte dem Arschloch einen Nussbaumbolzen ins Auge geschossen. Er hatte danach nur den Zettel aus der Schultasche zu nehmen brauchen.

Sein Vater war der Einzige, der ihn verstanden hatte. Er hatte ihm die Prügel seines Lebens verabreicht, und seine Mutter hatte sehr geweint, aber es wurde getan, was getan werden musste. Sein Vater hatte ihn nicht aus Liebe geschützt. Er hatte schlicht und einfach nicht gewollt, dass sein Sohn ins Gefängnis kommt. Denn mit einem Straftäter als Sohn hätte er seinen Posten aufgeben und ein ödes Leben führen müssen.

Dieses Mal standen die Dinge keinesfalls schlimmer als damals. Um für immer zu verschwinden, durfte man nur einfach keinen Fehler begehen, was sicher nicht schwieriger wäre als damals mit sechzehn Jahren. Es wäre sogar viel einfacher. Er brauchte seinen Vater nicht, dieses Stück Dreck, das seine Mutter geschlagen hatte, bis sie ohnmächtig wurde. Sollte er doch abkratzen.

Immerhin war er heute älter und cleverer als mit sechzehn, wesentlich cleverer.

Er musste nur einen Ort finden, wo er das Auto verschwinden lassen konnte. Endgültig. Einen Steinbruch? Nein. Einen Fluss? Nein, der war zu weit weg. Einen großen Weiher, einen Teich. Er wusste, wo einer war, nicht weit, in der Nähe der Stelle, wo er die Armbrust versteckt hatte.

Die gebrochene Stoßstange war inzwischen von selbst abgefallen, die Temperatur von Wasser und Öl stieg stark an. Der Pfeil für das Wasser war schon im roten Bereich, das Öl hatte fast eine Temperatur von annähernd 170 Grad erreicht. Er klopfte nervös auf dem Steuer herum. Verfluchte Roselyne. Die würde er später noch finden. Sie hatte etwas zerstört, was zehntausend Mal mehr wert war als sie. Das Einzige, woran er wirklich hing, außer dem Motorrad und der Armbrust.

Die Armbrust befand sich längst in seiner Tasche, zusammen mit der Pistole der Polizistin – einer kleinen Neun-Millimeter, verchromt, zehn Kugeln – und der Dienstmarke.

Er verließ die Landstraße und bog in einen Weg ein, der zwischen zwei Hügeln hindurchführte. Die trockene, staubige Piste war überaus uneben, Karosserieboden und Auspuff scheuerten auf der Erde. Niemand zu sehen, keine Spaziergänger, kein Jäger. Das Glück war wieder auf seiner Seite. Hinter sich glaubte er ein merkwürdiges Geräusch zu hören, aber er achtete nicht weiter darauf.

Das Auto war sterbenskrank. Es gab überaus seltsame Geräusche von sich, seit er es wieder in Besitz genommen hatte.

Er nahm sich fest vor, eines Tages wiederzukommen und Roselyne zu töten wegen all dem, was sie ihm angetan hatte. Später, sehr viel später. Er hatte keine Eile.
Endlich kam er zu dem Teich. Er blockierte das Steuerrad mit einem Stock und gab dem Wagen einen Stoß, indem er sich an der Unterkante des offenen Kofferraums abstieß. Das Auto rollte und holperte los, der Kofferraumdeckel schlug bei jedem Buckel auf. Als der Wagen mit der Schnauze in das dunkle Wasser tauchte, wurde er kaum langsamer und versank. Ein paar dicke Blasen drangen an die Oberfläche, Dach und Heckteil verschwanden. Weitere kleine Blasen stiegen nacheinander auf.
Es war vorbei.

Jeannette war aus ihrer Lethargie erwacht, als Roselyne die Tankstelle erreichte. Der heftige Luftzug im offenen Kofferraum hatte sie geweckt. Sie spürte, wie das Auto die Fahrt verlangsamte, ihr Nacken schlug gegen die Rückwand des Kofferraums, als Roselyne bremste, und sie fiel für ein paar Augenblicke wieder in einen Dämmerzustand. Dann wurde sie von Roselynes Schreien wieder geweckt und stellte fest, dass sie nicht mehr geknebelt und gefesselt war. Sie klammerte sich am Rand fest, versuchte sich hochzuziehen, doch in diesem Moment hatte der Mörder wieder Roselynes Platz im Auto eingenommen und fuhr in rasendem Tempo davon. Der Deckel des Kofferraums schlug ihr auf die Finger, und sie wurde wieder ohnmächtig. Zehn Minuten später war sie wieder bei Bewusstsein. Das Auto fuhr jetzt wesentlich schneller als vorhin.
Hatte er sie von den Fesseln befreit? Warum stand der Kofferraum offen? Wer saß am Steuer?

Sie wusste nichts von der Fahrt aus der Garage mit Roselyne, nichts von deren Versuch, ihr etwas zu trinken zu geben. Sie fühlte sich furchtbar elend, aber sie konnte atmen und sich einigermaßen frei bewegen, selbst wenn sie sich für jede Bewegung zu schwach fühlte.

Als das Auto langsamer wurde, plötzlich in die Kurve ging und auf einem Feldweg weiterfuhr, gelang es ihr, die Klappe anzuheben und nach draußen zu schauen. Das Auto fuhr nur noch etwa dreißig Stundenkilometer, hinter ihm bildete sich eine Staubwolke. Jetzt oder nie.

Sie versuchte erneut, sich hochzustemmen, was ihr erst beim dritten Mal gelang. Jetzt konnte sie endlich ihre Brust auf die scharfe Kante des Kofferraums legen, und trotz des heftigen Schmerzes in den Rippen schob sie sich mit den Beinen nach oben. Zentimeter um Zentimeter kam sie vorwärts, und schließlich kippte sie über den Rand, mit dem Kopf voran. Ihre Absätze schlugen gegen den Kofferraumdeckel, und sie landete auf Bauch und Rippen, die beide schon einiges abbekommen hatten. Ihr Körper überschlug sich, er machte mehrere Umdrehungen, aber sie spürte nichts von alldem, längst war sie wieder in Ohnmacht gefallen.

Als sie wieder aufwachte, waren nur zwei Minuten vergangen. Diesmal wusste sie, wo sie war. Oder zumindest erinnerte sie sich daran, was vorhin geschehen war; sie versuchte sich aufzurichten, doch ihre Beine trugen sie nicht. Sie zog sich mit aller Kraft in den Schatten der Bäume, die vier, fünf Meter vom Weg entfernt standen.

Trotz der Hitze war der Boden lehmig und feucht. Über ihr wiegten sich sanft die belaubten Äste und ließen hier und da ein Stück Himmel sehen. Es war schönes Wetter, und sie war am Leben. Doch Durst und Fieber plagten sie, Rücken und Rippen waren ein einziger Schmerz. Sie brauchte Wasser, sonst würde sie sterben. Und wenn sie das überlebte, würde sie diesen verrückten Beruf aufgeben. Ihre Tochter würde an erster Stelle stehen. Sie würde ihre Tage mit ihr verbringen, dann hätten sie eben nur ein Gehalt. Aber vorher musste sie noch eines tun.

Sie musste Wasser suchen. Es war eine Frage von Leben und Tod. Und sie musste sich ausruhen, wenn sie vorwärts kommen wollte, ein unauflöslicher Widerspruch.

Sie sah sich den Weg genau an. Vielleicht würde jemand vorbeikommen, ein Spaziergänger, ein Bauer, Kinder.

In der Ferne hörte sie Schritte. Sie versuchte, auf den Knien vorwärts zu rutschen. Sie legte einen Meter zurück und fiel wieder hin und blieb am Boden liegen.

Sie hatte ihn kaum gesehen, aber sofort erkannt. Groß, kräftig, lockiges Haar. Einen Verband am Unterarm. Er trug eine Lederjacke über der Schulter.

Zehn Meter von ihr entfernt blieb er stehen, sie kauerte sich auf die Erde. Er wusste, dass sie hier irgendwo sein musste. Er hatte gesehen, dass der Kofferraum leer war, er suchte sie. Ob er wusste, dass sie hier steckte? Oder hatte er ihre Gegenwart mit den geschärften Sinnen eines wilden Tieres wahrgenommen?

Er wandte den Kopf nach rechts und links. *Er sah nicht nach unten, sondern blickte in Richtung Horizont.* Er suchte nicht sie, sondern seinen Weg. Und seine Hosenbeine waren nass, durchnässt von Wasser.

Er lief nicht auf dem Weg weiter, sondern wandte ihr den Rücken zu, ging auf ein abgeerntetes Feld zu und schlug sich in die Stoppeln. Bald war er durch die Entfernung merklich geschrumpft, sie sah ihn an der dunklen Wand einer verfallenen Hütte vorbeigehen, auf die Sonne zu, die noch immer hoch am Himmel stand. Dann verschwand er hinter einem Hügel.

Westen, dachte Jeannette. Er geht nach Westen, die Hütte, Wasser.

Sie stützte sich auf den Knien ab und versuchte sich aufzurichten. Rippen und Rücken schmerzten wie von Dolchstichen durchbohrt. Aber sie hielt dem Schmerz stand, kam auf die Beine und lehnte sich gegen einen Baum. Nach ein paar Minuten ließ der Schmerz ein wenig nach, ohne gänzlich zu verschwinden. Sie versuchte, in ihre Hand zu spucken, was ihr erst nach mehreren Versuchen gelang. Ihr Speichel war hell, nicht einmal rosa. Sie beschloss, den Schmerz zu ignorieren, und schleppte sich den Weg hinab mit den kleinen Schritten einer Greisin, die alle drei Meter stehen bleibt, um Luft zu holen. Bald kam sie zu der rostigen Wegkette, die die Zufahrt zum Teich versperrte.

Sie kroch unter der Kette hindurch bis zum Wasser. Sie streckte eine Hand aus und führte mehrmals die feuchte Handfläche zum Mund, dann schob sie sich näher heran und trank mit dem Mund das lehmige Wasser. Sie bekam heftige Krämpfe und spuckte Galle und Magenschleim. Nachdem sie erneut für kurze Zeit ohnmächtig geworden war, kroch sie ins Wasser und tränkte Brust, Hintern, Beine. Sie nahm noch ein paar Schluck, diesmal spuckte sie das Wasser nicht aus.

Jetzt musste sie wieder nach oben gelangen. Wie weit war es wohl noch bis zur Straße? Dreihundert Meter, fünfhundert? Sie schien Lichtjahre entfernt. Niemals würde sie das schaffen.

Eine Stunde später wurde sie gefunden. Zunächst hatte kein

Auto angehalten, bis ein Lieferant, der an den Straßensperren zwei Mal hintereinander kontrolliert worden war, stehen blieb.
Fast hätte er die kleine lehmbedeckte Gestalt, die oben auf dem Hügel am Wegrand lag, übersehen. Er hielt an, legte den Rückwärtsgang ein und sah in den Spiegel. Beinahe wäre er abgehauen, doch da lag ein Mensch in erbarmungswürdigem Zustand. Er fasste sie nicht an und rief Hilfe. Sie klammerte sich an sein Hosenbein, und spätestens in dem Moment begriff er, dass sie ihm etwas Wichtiges zu sagen hatte. Es gelang ihr, ihm Martins Nummer zu geben. Langsam nannte sie hintereinander die zehn Ziffern.
Diesmal war Martin vor dem Krankenwagen da.
Als er sie sah, glaubte er, es zerreiße ihm das Herz.
Sie versuchte, ihm zuzulächeln, leise und mit rauer Stimme sagte sie ihm, in welcher Richtung er suchen musste.
»Sei still, du musst deine Kräfte schonen. Gleich kommt der Krankenwagen«, sagte er.
Sie schüttelte ungeduldig den Kopf, und da ließ er sie reden, ein Wort nach dem anderen, ganz langsam. Als sie fertig war, sagte er ihr, dass Roselyne am Leben sei, und es gelang ihr, die Lippen zu einer Art Lächeln zu formen.
Nachdem der Krankenwagen sie abgeholt hatte, stieg er wieder ins Auto. Er folgte dem Weg, den der Mörder gegangen war, und hielt vor der baufälligen Hütte, zu welcher Jeannette ihn geschickt hatte.
Er breitete die Generalstabskarte der Gegend aus. Mit einem Stift zog er von dem Haus aus einen Strich von Osten nach Westen. Nach ein paar Zentimetern gelangte der Stift an einen Weg, der auf der Karte mit einer hellgrünen Punktlinie markiert war.

Er gab seinen Mitarbeitern seine Position durch und erklärte, er werde das Gelände erkunden.
Merrien hatte anderthalb Stunden Vorsprung. Ein guter Läufer schafft auf unebenem Gelände nicht mehr als fünf Kilometer pro Stunde. Er zeichnete einen Kreis, vorsichtshalber in einem Radius von acht Kilometern, und wählte das Gebiet, in dem sich der Mörder aufgehalten hatte, als Mittelpunkt. So grenzte er eine Zone ab, in der sich ein halbes Dutzend allein stehender Häuser befand.
Er stieg wieder ins Auto und fuhr weiter. Er folgte dem Mörder nicht auf Schritt und Tritt. Er war ihm schon viel zu lange gefolgt, ohne ein anderes Ergebnis vorzufinden als immer mehr Verletzte und Tote. Einmal wollte er es schaffen, vor ihm anzukommen.

Kapitel 43

Als er eine große Garage inmitten der Felder erreichte, verlangsamte Merrien seinen Schritt. Niemand würde hier nach ihm suchen. Es gab ein Wasserreservoir, aber nichts zu essen. Er hatte Hunger und brauchte neue Kleider und Geld. Und ein Fahrzeug. Hier konnte er so etwas nicht finden.

Er setzte seinen Weg entlang einem endlosen Maisfeld fort. Die Stauden waren genauso hoch wie er. In der Ferne meinte er einen Hubschrauber zu hören, drehte sich nach allen Seiten um, bereit, sich zwischen die Pflanzen zu flüchten, aber er sah nichts.

Hinter dem Maisfeld lag ein kleiner Forst, dahinter war die Mauer eines Grundstücks auszumachen.

Er ging an der Mauer entlang, bis er auf ein Eisentor stieß. Es war verschlossen.

Er sah zwischen den Stäben hindurch und erkannte am Ende der Zufahrtsstraße ein großes Gebäude mit zahlreichen Fenstern. Ein kleines Schloss. Die Läden waren geöffnet, auch mehrere Fenster. Es war demnach bewohnt.

Er bemühte sich nicht, über das Tor zu klettern, sondern lief in entgegengesetzter Richtung los und fand eine Stelle, an der er mühelos die Mauer überwinden konnte.

Er durchquerte ein Waldstück, ständig auf der Hut, aber er hörte weder ein Bellen noch einen Alarm.

Als er sich dem Haus näherte, sah er, dass im rückwärtigen Garten ein Schwimmbad lag. Mehrere Jugendliche, zwei Jungen und ein Mädchen in Badesachen, aalten sich in der Sonne, zwei andere, Mädchen oder Jungen, schwammen.
Er entfernte sich diskret und ging auf die andere Seite. Im Hof standen zwei kleine Autos im Schatten einer Zeder.
Er trat näher heran. Die Schlüssel steckten.
Er zögerte einen Moment, dann zog er es vor, sich an den ursprünglichen Plan zu halten. Er hatte Hunger und brauchte neue Kleider und Geld.
Er ging an den Wagen vorbei und stieg die Freitreppe hinauf. Die Eingangstür stand offen.
Die Halle, ein großer quadratischer und kühler Raum, führte zur anderen Seite des Hauses. Er hörte Lachen und Stimmen, schnell untersuchte er das Erdgeschoss. Zu beiden Seiten des Eingangs lagen zwei große Zimmer, vollgestellt mit allerhand Möbeln und zwei Schreibtischen.
Er öffnete mehrere Schubladen, fand aber keinen Cent. Als er weiterging, stieß er auf die Küche. Eine Frau beugte sich über das Spülbecken und putzte Gemüse. Sie trug eine Schürze.
Sie hörte ihn und drehte sich um.
»Wer sind sie? Wer hat Ihnen erlaubt, hier hereinzukommen?«
Mit zwei Schritten stand er vor ihr und schlug sie mit einem Fausthieb nieder.
Er schob den Körper unter die imposante Tafel und öffnete den Kühlschrank.
Er nahm zwei Scheiben Schinken, fand ein Baguette im Brotkasten und machte sich ein riesiges Butterbrot. Er nahm zwei Bissen und machte erneut den Kühlschrank auf.

Mit einer Gabel öffnete er eine Bierflasche und trank sie in einem Zug leer. Jetzt ging es ihm besser.
Die Frau unter dem Tisch begann sich zu regen.
Er gab ihr einen Fußtritt, sie rührte sich nicht mehr.
Er verließ die Küche mit seinem Butterbrot in der Hand und ging die Treppe hinauf.
Oben gab es sechs Zimmer. Vier Betten waren ungemacht, aber niemand hielt sich in den Räumen auf. Er durchsuchte Schubladen und Schränke und fand mehrere Portemonnaies, im Ganzen kaum mehr als zweihundert Euro.
Er wurde wütend. Reiche Leute, und man fand nicht mal Geld bei ihnen.
Er brauchte eine Geisel. Sonst würden sie, sobald er weg war, die Polizei alarmieren. Er konnte sie im Keller einsperren. Vorausgesetzt es gab einen.
Er ging wieder nach unten, trat auf die Terrasse und hielt die Pistole der Polizistin in die Luft.
Die jungen Leute sahen ihn nicht gleich, erst als einer von ihnen sich nach einer Cola-Dose umdrehte, erstarrte er. Ihm blieb der Mund offen stehen. Die anderen folgten seinem Blick und erstarrten ebenfalls.
»Die im Wasser sind, rauskommen«, sagte er und hob drohend die Waffe.
»Moment mal, Alter«, sagte einer der Jungen und stand auf. Mit einem Satz war er bei ihm und zerschmetterte ihm Schläfe und Augenhöhle mit einem Hieb des Pistolengriffs.
Die Mädchen schrien auf, aber keiner bewegte sich.
»Aus dem Wasser mit euch!«, wiederholte er.
Die beiden Schwimmer gehorchten, ein Mädchen und ein Junge. Sie war groß und schlank, hatte langes braunes Haar und helle Augen. Er lächelte ihr zu.

Martin suchte auf der Karte und fand einen Weg, von dem er hoffte, dass ihn auch der Mörder genommen hatte, wenn auch in anderer Richtung. Er suchte am Rand des Hügels nach Spuren, konnte aber nichts erkennen.
Die Luft war schwer und reglos, der Horizont wurde diesig. Ein echter Sommertag, dabei war es bald Ende September. Er schwitzte, und das nicht nur wegen der Hitze.
Er hielt an und stieg aus dem Wagen. Er war allein, nur einige schwarze Krähen am Boden pickten um ihn herum nach Körnern.
Er stieg wieder ein und fuhr auf das erste der Häuser zu, auf das auch Merrien gestoßen sein musste, wenn er von Anfang an dieselbe Strecke gegangen war.

Es gab einen Keller, dort sperrte er die drei Jungen und die zwei Mädchen ein und behielt die letzte bei sich. Die große Brünette.
Sie schien ihm nicht verschreckt genug, sie hatte sogar versucht, mit ihm zu reden. Sie hatte versucht, ihn zu zähmen wie ein störrisches Tier. Hielt sie ihn für einen Idioten? Er brauchte eine Sklavin, keine Partnerin. Er musste sie deshalb schnell zähmen.
Er lächelte ihr erneut zu, als wolle er auf ihre Verführungsversuche eingehen. Dann schlug er sie ins Gesicht und in den Solarplexus. Sie landete auf den Knien.
Er zog sie an den Haaren wieder hoch.
»Du hast eine Minute Zeit, dich anzuziehen, sonst breche ich dir den Arm.«
Sie durchstöberte fieberhaft die auf der Terrasse verstreut liegenden Kleidungsstücke und streifte einen Rock und ein T-Shirt über ihren feuchten Badeanzug.

Er zeigte mit dem Pistolenlauf auf ein paar rosafarbene Turnschuhe, und sie zog sie brav an. Wenn sie schon mit ihm gehen musste, dann besser nicht mit bloßen Füßen. Dort, wo er sie geschlagen hatte, waren ihre Wangen gerötet, aber sie weinte nicht. Sie war wie Roselyne. Auch ihre Stunde würde kommen. Er lächelte wieder, sie trat einen Schritt zurück und hob die Arme. Sie begann zu verstehen. Er schlug sie erneut, diesmal auf den Bauch, aber nicht so fest, dass sie stürzte.

Und doch ging sie mit einem dumpfen Stöhnen in die Knie. Er hockte sich neben sie.

»Von jetzt an machst du alles, was ich dir sage. Sofort und sobald ich es sage, genau das, nichts anderes.«

Sie nickte und ließ den Kopf hängen. Er zog sie an den Haaren und starrte sie aus nächster Nähe an.

»Ich will, dass du Ja sagst.«

»Ja.«

Diesmal standen ihr Tränen in den Augen, sie roch überaus angenehm

Er ließ sie los.

Sie sah Roselyne ähnlich, war aber schöner. Viel schöner. Eine weiche gebräunte Haut, schöne Formen. Sie zählte kaum mehr als achtzehn, neunzehn Jahre.

Er drückte ihr die Brust. Sie stöhnte, versuchte aber nicht, ihm auszuweichen. Er knöpfte seine Hose auf und schubste sie so heftig, dass sie auf den Rücken fiel.

»Halt still«, befahl er.

Sie erstarrte und blieb reglos liegen.

Er zog ihr den Bikini-Slip aus und spreizte ihre Beine. Sie legte den Kopf auf die Seite und begann zu weinen, ohne den Versuch zu unternehmen, die Beine zu schließen.

Als Martin ans Eingangstor gelangte, hörte er ein Motorgeräusch. Ein Auto.
Er kauerte sich an die Mauer und sah hinüber.
Ein kleiner roter Peugeot 106 kam herangefahren. Offenbar saßen zwei Leute darin, ihre Köpfe konnte er wegen der Spiegelung auf der Windschutzscheibe nur schlecht erkennen.
Er blieb dicht an der Mauer stehen und wartete.
Der Wagen bremste, eine Tür ging auf.
Eine junge Frau kam näher, eher ein Mädchen. Sehr hübsch. Doch hatte sie einen komischen Gang, ihre Wangen waren wie versteinert und von schwarzen Spuren überzogen.
Sie machte sich am Schloss zu schaffen, dann öffnete sie einen der Torflügel.
Plötzlich sah sie Martin, und die Augen traten ihr aus dem Kopf. Martin legte einen Finger an seine Lippen.
Sie schloss die Augen zum Zeichen, dass sie verstanden hatte. Martin begriff sogleich, dass er sich nicht getäuscht hatte. Er wusste, wer die andere Person in dem Auto war.
Als sie das Tor ganz geöffnet hatte, zögerte sie.
Der Motor des Wagens heulte auf.
Martin dachte einen Moment, der Fahrer wolle das Mädchen überfahren. Er sprang nach vorn und warf sie zu Boden. Das Auto rollte über sein Fußgelenk, und er schrie auf.
Der kleine Peugeot schlitterte vorwärts, zehn Meter hinter dem Portal blieb er stehen.
Martin hatte seine Waffe verloren. Er tastete um sich, sah die Wagentür aufspringen und den Mann aussteigen.
Er hatte eine Waffe, er hielt Jeannettes Beretta, die in der Sonne blitzte, in seiner Hand.
Er ging auf Martin zu und schoss. Nichts geschah, denn

Jeannette hatte ihre Pistole nie geladen. Überrascht starrte Merrien auf die Waffe.

Er lud das Magazin, während Martins Hand sich auf etwas Kaltes und Hartes legte.

Martin nahm seine Pistole an sich, richtete sie aus und schoss. Die Kugel traf den Mörder im rechten Oberschenkel. Er brüllte und fiel auf die Seite.

Doch hatte er die Beretta nicht losgelassen. Er schoss ebenfalls, und das Neun-Millimeter-Geschoss drang in Martins fülligen Hals.

Martin wusste, dass er sterben würde, doch er beschloss, davon für den Augenblick abzusehen.

Er schoss wieder, und diesmal riss die schwere und langsame Kugel die Beretta aus der Hand des Mörders – samt vier seiner Finger.

Der Mörder schrie erneut auf.

Martin spürte, wie sein Bewusstsein zu schwinden begann. Er spürte keinen Schmerz, aber es wurde zunehmend dunkler, als drehte jemand an einem Dimmer.

Er hatte gerade noch Kraft genug, um zu zielen und zu schießen. Er stützte den rechten Ellbogen mit der linken Hand und zielte auf die Mitte des Körpers.

Zu hoch und zu weit links. Die Kugel brach dem Mörder Schlüsselbein und Schulter, tötete ihn jedoch nicht.

Merrien fiel nach hinten, immer noch schreiend. Martin konzentrierte sich und schoss noch einmal. Die vierte Kugel zerfetzte Hoden und Unterleib des Mörders, drang durch seine Därme, durch Magen und Lunge, zerschmetterte das zweite Schlüsselbein, und als sie oben aus seinem Körper austrat, riss sie ihm ein Ohr und ein großes Stück der Kopfhaut ab, bevor sie in einem Baum stecken blieb. Das starke Herz von Merrien pumpte weiterhin alles Blut, das in seinen Adern pulsierte, und der Mann blieb noch ein paar Momente bei Bewusstsein. Sein Kopf drehte sich langsam zur Seite, sein Blick war gebannt von der blitzenden Felge des Kleinwagens, wenige Zentimeter von seinen Augen entfernt. Das letzte Bild, das sich auf seiner Netzhaut formte, war der furchtbare Anblick, der sich ihm auf der glänzenden Metallfläche bot.

Martin hatte noch die Kraft, eine fünfte Kugel abzufeuern, doch riss sie lediglich eine Furche in den Boden. Seine Finger gaben nach, er ließ die Waffe fallen.

Das brünette Mädchen hatte in der Schule einen Erste-Hilfe-Kurs besucht. Sie kniete sich neben Martin und sah, wie winzige Blutblasen aus seinem Hals traten. Seine Augen waren geschlossen. Sie horchte auf sein Herz und versuchte, mit ihren Fingern die Öffnung zu schließen, durch die das Leben nach außen drang. Sie machte eine Mund-zu-Mund Beatmung, während sie in seiner Tasche nach einem Telefon suchte.

Epilog

Am nächsten Tag besuchte Roselyne Jeannette. Sie wurde von Myriam begleitet.

Bei Jeannette waren ihre Tochter und ihr Mann. Sie war noch sehr schwach, eine ihrer Nieren versagte fast völlig den Dienst.

Wahrscheinlich musste sie operiert werden.

Myriam hörte zu, wie Roselyne Jeannette und ihrem Mann erzählte, was geschehen war. Roselyne hatte sich verändert, in ihren Augen strahlte ein neuer Glanz. Es war eine ganz andere Roselyne. Von ungeheurer Vitalität. Myriam war sich plötzlich sicher, dass sie ihre Selbstmordpläne aufgegeben hatte.

Nach einer halben Stunde zogen die beiden Frauen sich zurück, sie gingen in die Notaufnahme.

Sie zogen sterile OP-Kleidung an und traten an Marion und Isabelle heran, die an der Scheibe standen.

Martin lag allein in dem Raum. Überall waren Schläuche zu sehen, er bewegte sich nicht. Auf seinem fülligen Brustkorb ruhte ein Betttuch.

»Sie haben gesagt, er habe großes Glück, dass sein Hals so dick sei, sonst wäre er schon tot«, sagte Isabelle mit schwacher Stimme.

Sie gab sich Mühe zu lächeln, und Myriam drückte sie einen

Moment an sich. »Er schafft das schon«, sagte sie und trat einen Schritt zurück.
Marion und Isabelle standen dicht beieinander. Wie zwei Schwestern, dachte Myriam, und in dem Moment wusste sie, dass Marion schwanger war.
Plötzlich hatte sie genug, sie wollte ihn so nicht sehen. Das war nicht er. Sie würde später wiederkommen, wenn sie ihn anfassen durfte, mit ihm reden konnte. Sie war voller Zorn – so einfach würde er ihr nicht davonkommen.
Sie ging hinaus, riss sich die Papierkleider herunter und warf sie im Vorbeigehen in den Papierkorb.
Isabelle und Marion wussten, was sie in den nächsten Monaten zu tun hatten. Sie nicht.
Als sie ins Auto stieg, nahm sie ihr Telefon und überlegte, ob sie Rémy anrufen sollte. Sie hoffte, er würde ihr ein paar Worte sagen, die sie ein wenig trösten würden, um ihr zu beweisen, dass es noch etwas Hoffnung gab. Zum Beispiel Folgendes:
Ich habe lange überlegt. Ich habe mich in den letzten zwei Jahren wie ein ungeheures Schwein benommen. Meine beiden Ex-Frauen hassen mich, und das zu Recht. Meine Kinder sind mir furchtbar böse, und ich sehe sie fast nie. Selbst bei der Arbeit bin ich nicht ehrlich. Ich pfusche und stehle ohne jedes Risiko. Ab heute werde ich mich ändern.
»Ich liebe dich«, flüsterte Myriam. »Ich wusste, dass du im Grunde ein guter Kerl bist.«
Sie tippte die Kurzwahl.
»Myriam?«, fragte Rémy, als er abnahm. »Kann ich dich später zurückrufen? Ich stecke mitten in einer Besprechung.«
Myriam seufzte. Nein, daraus würde nie etwas werden, den Rémy, den sie liebte, gab es nur im Traum.

»Ich will dich nie wieder sehen«, sagte sie sanft.
»Myriam, bist du das?«, fragte er mit beleidigter Stimme. »Ich kann dich kaum hören. Ich bin mitten in einer Besprechung. Was hast du gesagt?«
»Adieu, dummes Arschloch«, sagte sie und legte auf.

»Wer Italien liebt, wird auch diesen Camilleri lieben.«

SWR

Andrea Camilleri
DIE RACHE DES SCHÖNEN GESCHLECHTS
Commissario Montalbano lernt das Fürchten
BLT
320 Seiten
ISBN 3-404-92171-2

Commissario Montalbano hat es wirklich nicht leicht, denn trotz Fieberschüben und Gebirgskoller ist sein Einfallsreichtum überaus gefragt. Doch zum Glück gibt es immer ein paar Dinge, die seine gute Laune am Leben erhalten: das Meer vor seiner Haustür in Marinella, die Köstlichkeiten in der Trattoria San Calogero und – die Frauen. Was wäre die Welt ohne das schöne Geschlecht, dem sowohl Montalbano als auch der Sizilianer im Allgemeinen und überhaupt alle Männer irgendwie verbunden sind: intelligente Frauen, schöne Frauen – aber vor allem gefährliche Frauen, die auf Rache sinnen? Und Frauen rächen sich nicht irgendwie, sondern auf raffinierte Weise.